N

Schicksalsschläge lassen sich ertragen –
sie kommen von außen, sind zufällig.

Aber durch eigene Schuld leiden –
das ist der Stachel des Lebens.

Oscar Wilde

-1-

Brady McCarthy konnte sich kaum etwas Schlimmeres vorstellen, als die belebten Straßen Dublins hinter sich zu lassen und über die schlecht ausgebauten Regional Roads ins Landesinnere zu fahren. Die Lebendigkeit der Innenstadt, ihr ständiges Wachsen und Pulsieren, war ihm lieber. Er starrte aus dem Fenster und betrachtete die in überhöhter Geschwindigkeit vorbeiziehende Landschaft. Mit dem vielen Grün hier draußen konnte er nichts anfangen, genauso wenig wie mit dem Verfall, der sich wie ein dünner Schleier über die Gegend gelegt hatte. Nahezu unsichtbar und doch vorhanden. Die Morgensonne hatte nicht genug Kraft, die Wolkendecke am Himmel zu durchbrechen und so verschwamm alles zu einer matschig grauen Masse.

Brady rieb sich die Augen und gähnte. Der Anruf hatte ihn kurz vor der Dämmerung erreicht. Sein Partner Sean Callahan hatte ihm mitgeteilt, dass ein Frühsportler am River Camac zwischen Corbally und Brittas einen kleinen, blassen Körper im Wasser treiben gesehen hätte. Sie waren sofort aufgebrochen. Auch wenn Brady sich an Weihnachten etwas Schöneres vorstellen konnte, reizte ihn die ganze Sache. Der erste Mordfall konnte ein Sprungbrett sein – sofern er es richtig anstellte.

Aus dem Augenwinkel registrierte Brady vier Buchstaben auf dem Asphalt und sah durch die Heckscheibe. SLOW. Obwohl die Schrift rissig und verblasst war, konnte man sie gut lesen, dennoch schien Sean sie zu übersehen. Er fuhr viel zu schnell in die scharfe Kurve und wäre beinahe mit einem Zaun kollidiert, der die dahinter liegende Weide von der Straße abgrenzte.

»So ein Mist«, knurrte er, nur um dann mit nicht minderer Geschwindigkeit weiterzufahren.

Brady drehte sich der Magen um. Er hatte sich in der Heiligen Nacht ein paar Whiskey gegönnt und war dann am Morgen ohne zu frühstücken aufgebrochen. Eine Tatsache, die sich jetzt zu rächen drohte. Er ließ das Fenster ein Stück herunter und sog die frische Luft ein. Aus der Ferne hörte er ein aufgeregtes Wiehern. Frei laufende Pferde und Ponys waren nach der Krise keine Seltenheit. Abgemagerte Vollblüter, die in der Nähe der Autobahnen oder auf Müllkippen nach Futter suchten, herrenlose Tiere, die in den Vorstädten herum irrten, weil sie von ihren Besitzern einfach verjagt worden waren. Es war offensichtlich, dass die Pferdenation langsam aber sicher vor die Hunde ging.

»Sind wir bald da?« Brady konnte nicht abschätzen, wie lange sie schon unterwegs waren. Das immer gleiche Bild, das vor den Scheiben vorbeizog, hatte ihn jegliches Gefühl für Distanz verlieren lassen.

»Du kannst es ja kaum erwarten.« Sean grinste, aber es wirkte unecht.

»Glaubst du, es ist ein Kind?«

»Woher soll ich das wissen?«

Brady zuckte die Achseln und schloss das Fenster. »Gibt es *irgendwas*, das wir schon wissen?«

»Nein.«

»Hast du eine Vermutung, was–«

»Merk dir eins.« Sean blickte zu ihm herüber, wobei er die Straße für Bradys Geschmack viel zu lange aus den Augen ließ. »Vermutungen haben in unserem Job nichts zu suchen. Keine Mutmaßungen, keine voreiligen Schlüsse oder Bauchgefühle. Was zählt sind Fakten. Und wir haben keine Fakten, weil wir noch nicht einmal einen Blick auf den verdammten Leichnam geworfen haben, kapiert?«

Brady schwieg. Es machte keinen Sinn, mit Sean zu diskutieren, wenn er *so* war.

Obwohl Sean den Wagen so nahe wie möglich am Ufer geparkt hatte, mussten sie noch einige Meter über feuchte Wiese und Gestrüpp zurücklegen, bis sie endlich den Fluss vor sich entdeckten. Die Wasseroberfläche lag ruhig unter einer morgendlichen Schicht aus Dunst, nur hier und da zeugten kleine Strudel von der Kraft des Gewässers.

»Da vorne ist es«, sagte Sean und stapfte durch einen Nebelschleier.

Brady zog fröstelnd seine Jacke enger um die Schultern und schloss den Reißverschluss. Dann beeilte er sich, seinem Partner zu folgen.

Ein Streifenbeamter stand neben einem Jogger am Flussufer und blickte ihnen erleichtert entgegen. »Da sind Sie ja, Detectives. Mister O'Donald hier hat den Körper entdeckt und uns direkt benachrichtigt.«

»Sehr löblich«, brummte Sean in den Fellkragen seiner Jacke. »Also, wo ist es genau?«

Brady warf einen Blick über das Wasser. Es schien nirgends besonders tief zu sein und die Strömung nicht stark genug, um einen Menschen einfach mitzureißen.

»Da vorne.«

Er schaute dem ausgestreckten Finger des Joggers hinterher. Sean tat es ihm gleich, nur der Streifenbeamte hielt den Kopf gesenkt.

»Sehen Sie? Dort am Schilf in der Mitte des Flusses. Ein weißer Körper mit schwarzem Haar.« Mister O'Donalds Hand begann zu zittern. Er nahm sie herunter und vergrub sie in der Tasche seiner Sporthose.

Brady trat einen Schritt näher. Zwischen verdorrtem Schilf und abgeknickten Ästen waberte ein helles Etwas an der Wasseroberfläche. Ein Körper oder zumindest ein Teil davon. Dunkle, nasse Haarsträhnen bewegten sich sanft mit den Wellen.

»Hat sich wohl verheddert.« Sean stellte sich neben Brady und kniff die Augenbrauen zusammen.

»Soll ich die Spurensicherung informieren? Sollen wir Polizeitaucher–«, begann der Streifenbeamte, aber Sean brachte ihn mit einer Handbewegung zum Schweigen. Dann runzelte er die Stirn und ging ein paar schnelle Schritte am Ufer entlang.

»Was tut er denn?«

Brady konnte nur mit den Achseln zucken. Auch wenn sie beide eigentlich ein Team sein sollten, lief Seans Teamarbeit größtenteils in seinem Kopf ab. »Fall nicht ins Wasser!«

»Sollen wir nicht doch besser Taucher rufen?«, versuchte es der Beamte erneut, wobei er Sean keine Sekunde aus den Augen ließ. Dieser hatte einen Ast aufgehoben und hangelte nun nach dem bleichen Körper.

»Ich denke, er kriegt das schon hin«, sagte Brady und lächelte dem Jogger aufmunternd zu, dessen Gesicht immer noch die Farbe von trockenem Moos hatte. Er war vermutlich nicht auf diese Art von Schrecken am frühen Morgen vorbereitet gewesen.

»McCarthy, hilf mir mal!« Sean hatte es irgendwie geschafft, einen Teil des Astes unter dem Leichnam zu verkeilen. Das andere Ende hatte er sich übers Knie gelegt und drückte es nun mit aller Kraft nach unten, als wolle er eine Art Hebelwirkung erzielen.

Brady eilte zu ihm herüber und half ihm. »Was tust du denn da?«

»Ich angle dieses Ding aus dem Wasser. Drück!«

»Das ist doch Irrsinn, wir sollten–« Plötzlich ließ der Widerstand nach und Brady und Sean landeten unsanft auf dem Hosenboden. Etwas flog über ihre Köpfe hinweg und kam mit einem nassen Plumpsen hinter ihnen zum Liegen. »Gott, Sean, war das …?«

Sean rappelte sich auf, wobei er sich auf den Ast stützte, und schaute sich suchend um.

»Es ist irgendwo hier gelandet.« Brady deutete hinter sich und erhob sich, während Sean an ihm vorbei hastete und einen triumphierenden Schrei ausstieß.

»Wusste ich's doch!«

»Was wusstest du?«

»Quatsch nicht und komm rüber. Sieh es dir an.«

Bradys Kehle fühlte sich wie zugeschnürt an und er musste ein paar Mal schwer schlucken, um den Knoten zu lösen. Seit Ewigkeiten wartete er darauf, einmal in einen Mordfall involviert zu sein, doch jetzt, wo es soweit war, hatte die Realität etwas Hartes an sich. Er war nicht sonderlich scharf darauf, dass seine erste Leiche direkt eine Wasserleiche war. Natürlich kannte er den Anblick aus den Polizeibüchern. Aufgedunsene Körper, entstellte Gesichter, verformt und verfärbt. Doch die Vorstellung, gleich eine echte Leiche zu sehen, hatte so gar nichts mehr mit den bunten Bildern aus den Lehrbüchern gemein.

»McCarthy, komm und sieh dir unseren Schatz an!«

»Das ist pietätlos.« Brady riss sich zusammen und lief zu Sean herüber.

»So ein Unsinn.« Er hockte auf dem Boden und stocherte mit einem Stock in einem weißen, durchnässten Bettlaken herum, an dem überall dunkelgrüne Algen hingen.

Brady hätte am liebsten laut aufgelacht.

»Eine Leiche sieht anders aus, was?« Sean grinste zu ihm hoch, während er weiter an dem Stoff herumfledderte.

»Entwarnung!«, rief Brady dem Polizisten und dem Jogger zu. Selbst auf die Entfernung konnte er noch sehen, wie beide aufatmeten.

»Da hat wohl jemand seine Klamotten nicht mehr gebraucht.« In Seans Stimme schwang Erleichterung mit. »Was haben wir denn hier?« Mit dem Ast förderte er ein helles Kleid zutage. Es war klein, als würde es einem Kind gehören.

»Das ist ein Nachthemd.« Brady ging neben seinem Partner in die Knie. »Ist noch mehr in dem Sack?«

Sean nickte und legte das Hemdchen auf der Wiese ab. Sein Blick hatte sich verfinstert und von seiner anfänglichen Erleichterung war nun nichts mehr zu spüren. Er nahm seine Hände zur Hilfe und riss das Bettlaken auseinander.

»Ein Teddybär?« Brady hob das triefende Stofftier auf und betrachtete es genauer. Der Bär schien einmal weiß gewesen zu sein. Jetzt war er schmutzig und schwer, vollgesogen mit Flusswasser. Ein Auge war herausgerissen und das Fell fehlte an einigen Stellen. Um den Hals prangte eine Schleife, die irgendwann einmal rot gewesen war, die Enden waren aufgeribbelt und verfilzt.

»Heilige Scheiße.« Sean schüttelte fassungslos den Kopf. »Weißt du, was das ist?«

Brady ließ das Stofftier sinken. »Nein.«

»Ich hole einen Plastikbeutel, wir packen den ganzen Kram ein. Ich muss dringend etwas überprüfen.« Sean stand auf und ließ Brady alleine zurück.

-2-

Grace hatte die Beine angezogen und lehnte an Patrick. Tammie saß auf dem Schoß ihres Großvaters und ließ ihre neue Stoffkatze, ein plüschiges rosa Ungetüm, aus ihrem leeren Saftglas trinken. Im Fernsehen lief einer dieser typischen, grellbunten Weihnachtsfilme, irgendein Unsinn über ein paar Kinder, eine Schokoladenfabrik und deren psychisch angeknacksten Chef.

Unauffällig sah Patrick auf die Uhr. Es war jedes Jahr aufs Neue hart, die Zeit von der Kirche bis zum Essen zu überbrücken. Er blickte zur Küche. Seine

Mutter Evelyn würde noch lange nicht fertig sein. Mindestens zwölf Töpfe dampften in aller Ruhe vor sich hin.

»Schatz, konzentrier dich doch mal auf den Film.« Grace grinste zu ihm hinauf und er drückte ihr einen Kuss auf die Stirn.

Sie lachte leise und schmiegte sich wieder an ihn. »Wenn du so weitermachst, verstehst du das Ende nicht.«

»Frustrierende Vorstellung.« Er beugte sich vor und nahm sein Whiskeyglas vom Tisch. »Da halte ich es doch lieber wie Tammies Katze und trink mir einen. Dad?«

Sein Vater blickte auf und Patrick erkannte, dass auch er mit den Gedanken woanders war. Jack rang sich ein Lächeln ab und griff ebenfalls nach seinem Glas, dann prostete er in die Runde.

Patrick leerte den Whiskey in einem Zug. Sein Vater und er tranken an Weihnachten immer zu viel und bereuten es hinterher – doch eine andere Möglichkeit, mit Familienfesten wie diesem zurechtzukommen, hatten sie beide in all den Jahren nicht gefunden.

»In einer halben Stunde essen wir«, rief seine Mutter aus der Küche.

»Das behauptest du jetzt seit zwei Stunden«, gab Jack zurück und rettete sich sogleich in ein gutmütiges Grinsen, als sie in der Tür erschien und ihm einen tadelnden Blick zuwarf. Dann schrillte die Türklingel und durchschnitt die weihnachtliche Atmosphäre wie ein scharfes Messer.

»Ich gehe.« Evelyn tupfte sich mit einem Küchentuch die Stirn ab und trat in den Korridor.

»Wer kann das sein?« Patricks Vater blickte auf seine Armbanduhr, ein klobiges Altherrenmodell, das er besaß, seit Patrick denken konnte.

»Vielleicht die Nachbarn«, sagte Grace.

Jack blickte in Richtung Flur, wo Evelyn leise mit einem Mann sprach. Dann kam sie mit steifen, zombiehaften Schritten zurück ins Wohnzimmer.

»Was ist? Was hast du?« Jack sprang auf und wirkte schlagartig um mindestens ein Promille nüchterner.

»Die Polizei. Es ist die Polizei.« Evelyns Stimme klang heiser, ihre Augen hatten sich mit Tränen gefüllt. Hinter ihr betraten zwei Männer den Raum, von denen Patrick einen auf Anhieb erkannte.

Sean Callahan, der seit ihrer letzten Begegnung grau geworden war, wandte sich gleich an seinen Vater. »Mister Namara. Es tut mir wirklich Leid, dass wir an Weihnachten hier aufkreuzen.«

»Haben Sie sie?« Jack hörte sich an, als sei er soeben einen Marathon gelaufen. »Haben Sie sie gefunden?«

»Daddy«, wisperte Tammie und zupfte an Patricks Ärmel, doch er hatte jetzt kein Ohr für sie. Am Rande seines Gesichtsfeldes nahm er wahr, wie

Grace aufstand, sich die Kleine schnappte und sie aus dem Zimmer brachte.

Callahan schüttelte den Kopf. »Nein, wir ...«

Patricks Mutter unterbrach ihn mit einem gequälten Schluchzer. Sogleich eilte Jack zu ihr und schloss sie in die Arme.

»Wir haben etwas gefunden, das Sie sich ansehen sollten. Ich muss Sie bitten, es zu identifizieren.« Er nickte seinem Kollegen zu, einem jüngeren Beamten in sportlicher Kleidung, der sich bisher im Hintergrund gehalten hatte.

»Mister und Misses Namara, ich bin Detective McCarthy«, stellte er sich vor. Erst jetzt, wo er aus Callahans Schatten trat, entdeckte Patrick die zwei Plastikbeutel, die er in den Händen hielt.

»Zeigen Sie das *mir.*« Patrick brachte endlich die Kraft auf, aufzustehen. Seine Mutter weinte noch immer an der Schulter seines Vaters und er wollte nicht, dass sie noch mehr belastet wurde. Nur zu gut erinnerte er sich an den desolaten Zustand, in dem sie sich nach Amys Verschwinden befunden hatte.

Callahans Kollege trat näher und blieb vor Patrick stehen. »Ein Jogger hat diese Sachen im River Camac gefunden.« Er zeigte Patrick den ersten Beutel, darin ein zusammengeknülltes Kleidungsstück. Blassrosa Blütenornamente auf weißem Stoff. Das musste gar nichts heißen. Vermutlich hatte die Hälfte aller irischen Mädchen ein solches Nachthemd im Schrank.

»Es könnte ihres sein.« Patrick sah, wie seine Mutter zusammenzuckte. »Aber es muss nicht.«

McCarthy nickte und zeigte ihm den anderen Beutel. Ein schwarzes Plastikauge starrte ihn an, darunter eine schmutzige, aufgestickte Schnauze. Schlagartig bekam Patrick keine Luft mehr. Er presste sich die Faust vor den Mund und nahm seine eigenen kalten Finger wahr wie die eines Fremden.

»Mister Namara?«

»Es ist ihrer.«

Aus der Richtung seiner Eltern ertönte ein dumpfer Knall. Evelyn war in die Knie gegangen und krallte sich mit beiden Händen am Bein seines Vaters fest. Jack war sichtlich überfordert.

»Sind Sie sich sicher?« McCarthy blickte zurück zu seinem Kollegen, dann sah er Patrick an.

»Absolut sicher.«

»Wieso jetzt?« Jack klang gefasster, als Patrick erwartet hatte. »Wieso jetzt und nicht vor neunzehn Jahren?«

»Wir gehen davon aus, dass sich der Täter der Beweisstücke entledigen wollte«, antwortete Callahan geradeheraus. »Vielleicht zieht er um. Vielleicht zieht jemand bei ihm ein. Vielleicht hat er schlicht und einfach das Interesse verloren.«

»Woher wollen Sie das wissen?« In Jacks Stimme lag eine unüberhörbare

Drohung, die allerdings weder Callahan noch McCarthy sichtbar beeindruckte.

»Ich denke, wenn Sie ehrlich sind, wissen Sie es selbst, Mister Namara. Ich möchte und kann Ihnen keine falschen Hoffnungen machen. Es tut mir Leid.«

»Raus.« Jack rührte sich nicht von der Stelle, hob lediglich die Hand und zeigte in Richtung Korridor.

»Mister Namara …« McCarthy schlug einen beschwichtigenden Ton an, doch Patricks Vater hörte ihm gar nicht zu.

»Verlassen Sie mein Haus!«

Die beiden Beamten warfen einander einen kurzen Blick zu, dann räumten sie das Feld. Patrick blieb wie versteinert vor dem Sofa stehen, unfähig sich zu rühren. Dies war der Zeitpunkt, auf den sie seit neunzehn Jahren warteten und er fühlte sich noch schrecklicher an, als er es je für möglich gehalten hatte.

-3-

Genau wie zu Hause hatte Tammie auch im Haus ihrer Großeltern ihr eigenes Reich. Amys altes Kinderzimmer war extra für sie renoviert und völlig neu hergerichtet worden. Patrick konnte nicht ausmachen, ob ihn das erleichterte oder kränkte, doch auf jeden Fall war es so einfacher für ihn, den Raum zu betreten.

Tammie fürchtete sich nicht im Dunklen und war keines dieser Kinder, die nachts ins Bett ihrer Eltern kamen. Im Gegenteil: Sie schlief, als gäbe es nichts auf der Welt, vor dem sie Angst haben müsse.

Patrick trat ans Fenster und blickte hinaus in die trübe Nacht. Automatisch suchte er die Umgebung mit den Augen ab, den Garten mit der alten Reifenschaukel und den Waldrand, doch es rührte sich nirgends etwas. Was erwartete er auch? Eine Gestalt, die sich aus den Schatten löste und herauf zu Tammies Fenster stierte? Ja, vielleicht. Vielleicht verbarg sich dort jemand, regungslos abwartend und bereit, sich die Nächste zu holen …

Patrick wandte sich ab und versuchte sich zu beruhigen. Tammie würde nichts geschehen, sie war im Haus und somit sicher. Amys Geschichte würde sich nicht wiederholen.

Amy. Seit dem Auftauchen der Polizisten hatte Patrick das Gefühl, dass sich eine eiserne Faust um sein Herz geschlossen hatte, die es nun mit aller Erbarmungslosigkeit zusammendrückte. Amys Sachen, in einem Fluss treibend, halb verrottet und achtlos weggeworfen. Müll, den keiner mehr brauchte. Allein die Vorstellung war so bitter, dass Patrick sie kaum aushalten konnte und er wusste, dass es seinen Eltern nicht anders ging. Nachdem Callahan und sein Kollege gegangen waren, war Weihnachten schlagartig vorbei gewesen.

Grace hatte die Regie übernommen. Sie hatte zuerst Evelyn halbwegs beruhigt und sie dann alle an einen Tisch gebracht. Sie hatten noch eine Weile zusammengesessen und versucht, mit der Situation zurechtzukommen, sich Mut zu machen, neue Hoffnung zu schöpfen, dann aber schließlich entnervt und entkräftet aufgegeben. Noch nie hatten Patricks Eltern so desillusioniert, so müde auf ihn gewirkt wie heute Abend. Er selbst hingegen spürte eine Spannung in sich, an der auch Graces beschwichtigende Worte und die einlullende Stille dieses Dezemberabends nichts ändern konnten.

Nachdem seine Frau ins Bett gegangen war, hatte er rastlos versucht, ein bisschen Ordnung im Haus zu machen, und sich schließlich zu Tammie geschlichen, in der Hoffnung, beim Anblick seiner schlafenden Tochter ebenfalls Ruhe zu finden. Doch ihre Unschuld, ihre offensichtliche Wehrlosigkeit hatte ihn nur umso mehr aufgestachelt.

Er warf einen letzten Blick auf Tammie, die friedlich wie ein Engel da lag, dann verließ er das Zimmer und beschloss, auch das stickige Haus zu verlassen. Vielleicht würde die kühle Dezemberluft ihm helfen, seine Gedanken zu ordnen.

-4-

Das Erste, was Amy fühlte, war Überraschung. Es war wie an ihrem Geburtstag, wenn sie aufwachte und die ganze Familie an ihrem Bett stand, um Happy Birthday *zu singen. Oder wie das eine Mal, als sie in einen Apfel gebissen hatte und ihr ein Wurm entgegen schaute, weiß und klein und glänzend.*

Bis jetzt war die Sache mit dem Wurm die schlimmste Überraschung ihres Lebens gewesen – doch das hier war schlimmer. Sie war aufgewacht, hatte die Augen geöffnet und um sie herum war alles dunkel gewesen, bis auf ein kleines Viereck aus Licht. Ein Fenster, das von einem dicken blauen Vorhang verdeckt war. In ihrem Zimmer gab es aber keine Vorhänge und ihre Mum hätte es niemals so dunkel darin gemacht.

Amys Herz begann zu pochen und ganz automatisch wollte sie aufspringen und einfach wegrennen, nach Hause laufen und alles ihrer Mum erzählen. Sie versuchte es. Sie versuchte, von diesem Bett aufzustehen und merkte, dass sie ihre Arme nicht bewegen konnte. Sie waren an den Bettpfosten festgebunden und wenn sie zog, fühlte sich das dicke Seil auf ihrer Haut wie Brennnesseln an. Ihre Beine waren mit dem gleichen Seil zusammengebunden, ihre Fußknöchel aufgescheuert und taten weh.

Sie gewöhnte sich langsam an die Finsternis und entdeckte dunkle Flecken an ihren Beinen. Vielleicht war das Blut. Vielleicht war sie schon vorher aufgewacht und hatte das Gleiche versucht wie jetzt, gestrampelt und an den Seilen gezogen. Sie wusste es nicht mehr. Sie wusste auch nicht, wie sie hierher gekommen war und falls ihr jemand erklärt hatte, warum sie hier sein musste, hatte sie es vergessen. Ihre Augen begannen zu brennen und sie fühlte dicke Tränen auf ihren Wangen. Eine davon rollte über ihre Lippen und sie merkte, dass sie Durst hatte, so schlimmen Durst wie noch nie zuvor, und der Durst machte ihr zusätzlich Angst. Sie konnte nicht einfach runter in die Küche laufen und sich ihren pinken Barbie-Becher von Mum mit Saft füllen lassen. Sie konnte gar nichts machen.

Erschöpft ließ sie sich zurück auf die Matratze fallen, die nach Schlamm und Keller roch. Sie machte die Augen zu und stellte sich vor, dass das alles hier nur ein Traum wäre, dass es gar nicht anders ging, weil ihre Eltern nie erlauben würden, dass sie jemand an einen Ort wie den hier brachte. Sie musste nur aufwachen, es musste irgendeinen Trick geben, um wach zu werden. Sie dachte an Toast mit Marmelade und roten Früchtetee, im Winter warm, im Sommer kalt. Sie dachte an Bugs Bunny, den sie sich samstags und sonntags morgens früh im Fernsehen ansehen durfte. Sie dachte an Mia und Sally und Abigail, die Nachbarsmädchen, die oft schon vor der Tür warteten, bis sie endlich zum Spielen raus kam. Sie wollte aufwachen, sie wollte es wirklich, aber als sie die Augen aufmachte, war sie immer noch in dem fremden Zimmer.

Jetzt erkannte Amy, wie klein der Raum war und sie sah die Tür. Sie konnte auch die Wand erkennen, auf der ein Blumenmuster war wie in ihrem eigenen Zimmer. Aber die Blumen waren an manchen Stellen von großen schwarzen Sprenkeln verdeckt, wie in Die unendliche Geschichte, *wo das Nichts immer mehr von der Welt auffraß. Amy wollte nicht von dem Nichts aufgefressen werden. Sie wollte wieder nach Hause und ihren Eltern alles sagen und dann in ihr eigenes Bett, wo es keine Seile und keinen Schlammgeruch gab. Sie presste die Augen zusammen und wünschte es sich ganz fest und dann dachte sie an ihre Kindergärtnerin, die gesagt hatte, dass man sich manche Dinge auch von Gott wünschen durfte.*

»Lieber Gott«, flüsterte sie. »Tut mir leid, dass ich nicht die Hände falte, aber ich hoffe, du hörst mir trotzdem zu. Bitte mach, dass ich aus diesem Zimmer raus darf. Bitte mach, dass meine Eltern mich abholen und alles gut wird. Ich verspreche dir, dass ich dafür auch nie wieder ungezogen bin.«

Sie hörte Schritte und riss die Augen auf. Es funktionierte. Gott hatte ihr zugehört und schickte ihren Dad, der sie nach Hause holte. Sie hörte einen Schlüssel, der sich drehte, dann öffnete sich die Tür. Doch es war nicht ihr Dad, der ins Zimmer kam. Es war der schwarze Mann.

-5-

Es nieselte. Brady hatte die Schultern hochgezogen und die Hände in den Jakkentaschen vergraben. Sean stand nicht weniger verkrampft neben ihm und fluchte von Zeit zu Zeit leise. Vor ihnen waren Beamte der Spurensicherung zugange und durchkämmten die Umgebung rund um den River Camac nach Hinweisen auf Amy Namara. Sie hatten ein provisorisches Zelt über der Stelle errichtet, an der Sean den nassen Beutel aus dem Wasser gefischt hatte, doch Brady bezweifelte, dass das etwas nützen würde.

»Dieser Scheißregen verwischt jede Spur«, schimpfte Sean. »Falls es hier überhaupt irgendwo eine gibt.«

»Ich wüsste zu gerne, wo die Klamotten plötzlich herkamen. Ganz schön seltsame Geschichte.«

Sean zuckte die Achseln. »War es schon damals. Ein kleines Mädchen verschwindet spurlos aus dem elterlichen Haus und niemand will etwas gemerkt haben. Keine Einbruchsspuren, keine Anzeichen eines Gewaltverbrechens, gar nichts.«

»Habt ihr die Eltern überprüft?«

»Natürlich.« Sean warf Brady einen verständnislosen Blick zu. »Die Eltern, den Bruder, die Freundin des Bruders.«

»Nichts?«

»Nichts, was wir beweisen könnten.« Er kniff die Brauen zusammen und ließ den Blick über den River Camac wandern.

Der Regen wurde stärker und Brady drängte sich näher an den Stamm des Baumes, unter dem sie standen. »Und dein Verdacht?«

»Verdachte zählen nicht, McCarthy.«

»Ich weiß. Aber wenn du jemanden verdächtigen müsstest?« Brady musterte seinen Partner, dessen Gesicht wie meistens regungslos blieb. Seine Augen waren auf einen imaginären Fleck in der Ferne gerichtet, undurchdringlich und verschlossen.

»Schwierige Frage. Bei so einem Fall sieht man schnell Gespenster: Die Eltern waren ein bisschen zu überbesorgt, der Bruder ein wenig zu ahnungslos und die Nachbarn zu schockiert. Mit der Zeit sieht man in jedem einen potenziellen Mörder. Aber jetzt …« Sean kratzte sich nachdenklich an der Schläfe. »Nach all den Jahren sehe ich den Fall ein bisschen nüchterner. Es kann jeder gewesen sein und vermutlich werden wir den wahren Täter niemals finden.«

Brady spürte das dringende Bedürfnis, ihn aufzumuntern, wusste jedoch nicht wie.

»Auch wenn ich nichts von Vermutungen halte, sag ich dir, was ich über den ganzen Fall denke«, fuhr Sean fort. »Irgendwer, lass es nun die Eltern, andere Verwandte oder einen Fremden gewesen sein, hat die kleine Namara entführt, vergewaltigt und ermordet. Der Täter hat Panik gekriegt und das Mädchen verscharrt. Das Nachthemd und den Teddy hat er mitgenommen, um sich an die Tat zu erinnern oder aus Angst, Spuren zu hinterlassen. Jetzt ist der Mord lange genug her und er wollte den Krempel loswerden, ein für alle Male. Dabei hat er aber nicht mit der schwachen Strömung und unserem wachsamen Jogger gerechnet.«

»So einfach?«

»So einfach wie grausam, ja.«

Brady atmete durch und beobachtete die Männer in ihren weißen Schutzanzügen, die wie Phantome umher schlichen. Sie sprachen nicht, untersuchten konzentriert jeden noch so winzigen Flecken Erde. Einzig das leise Plätschern des Flusses und das Prasseln des Regens im dichten Geäst erinnerten Brady daran, dass dies kein surrealer Traum, sondern die Wirklichkeit war.

»Vielleicht haben wir trotzdem eine Chance, den Täter zu finden«, brach er das Schweigen. »Jetzt, wo wir die Sachen haben.«

»Mit viel Glück. Aber wann hat man schon viel Glück?«

Hinter ihnen waren Motorengeräusche zu hören. Brady wandte sich um und entdeckte einen schwarzen Übertragungswagen, gefolgt von zwei PKW und einem Sprinter.

»Verfluchtes Pressepack«, zischte Sean. »Die riechen Polizisten zehn Meilen gegen den Wind wie Fliegen die Scheiße.«

Brady sah zu, wie der Übertragungswagen direkt vor der provisorischen Absperrung hielt, die die Kollegen errichtet hatten, damit die Spurensicherung in Ruhe arbeiten konnte. Ein paar Sekunden später hatten auch die anderen Autos vor dem Flatterband gehalten und ihre Insassen waren dabei, sperrige Kameras und Tonangeln auszuladen.

»Danke fürs Mitnehmen«, rief eine Blondine in einem roten Kostüm und sprang aus einem der PKW. Sie hielt einen Notizblock in der Hand und drängte sich zwischen ihren Kollegen nach vorne an die Absperrung.

»Kein Zutritt.« Einer der Streifenbeamten vertrat ihr den Weg, als fürchte er, dass sie kurzerhand über das Flatterband springen würde.

»Ich möchte den Detectives nur ein paar Fragen stellen.«

»Die haben keine Zeit, Miss. Müssen arbeiten.«

Sean wandte sich ab, doch Brady betrachtete das Schauspiel amüsiert. Zu dem ersten Beamten hatte sich ein zweiter gesellt. Beide standen breitbeinig da und hatten die Arme in die Hüften gestemmt.

»Vielleicht können Sie mir ein paar Antworten geben?«, versuchte es die Blonde jetzt an den Kollegen gewandt.

»Kein Interesse.«

Mittlerweile waren auch die anderen Journalisten näher gekommen. Einige von ihnen schienen sich zuerst einen Überblick verschaffen zu wollen, andere fotografierten bereits wild drauflos, als wurde es irgendetwas geben, was uber das übliche Spurensicherungsspektakel hinausginge. Brady fragte sich, wie die Bluthunde von der Presse immer so schnell Wind von einer Polizeiaktion bekamen.

»Detective!« Ein dürrer, junger Mann machte winkend auf sich aufmerksam. Brady ignorierte ihn. »Wir haben gehört, im Fluss wurde eine Leiche versenkt. Ist der Mord der irischen Mafia zuzuschreiben?«

»Hör gar nicht hin«, riet ihm Sean und entfernte sich ans Flussufer.

»Können Sie uns wenigstens verraten, ob–«

»Gerüchten zufolge war–«

Brady verstand nur noch Bruchstücke. Die Reporterinnen und Reporter übertönten sich zunehmend gegenseitig und verursachten ihm jetzt schon Kopfschmerzen. Einer reckte sogar seine Tonangel über das Sperrband und hielt Brady sein Mikrofon beinahe unter die Nase.

»Detective, hat der Mord etwas mit Weihnachten zu tun? Handelt es sich um eine Opferung?«

»Schluss jetzt!« Brady schlug das Mikrofon zur Seite und stampfte auf das Absperrband zu. Die beiden Streifenpolizisten ließen ihn durch.

»Ich weiß nicht, wer Sie alle auf die gottverdammte Idee gebracht hat, dass wir eine Leiche gefunden haben! Wir führen hier nur eine Übung durch. Und da jegliches Aufzeichnen von Polizeiarbeit untersagt ist, bitte ich Sie, nun wieder abzuziehen.« Brady hoffte, dass die Presse ihm den Bluff abkaufte. Ein paar der Reporter schienen zumindest unschlüssig, weshalb er noch einen draufsetzte. »Wenn Sie nicht sofort verschwinden, dann lasse ich Ihr gesamtes Equipment konfiszieren und auf illegale Aufnahmen überprüfen. Wird es bald?«

Ein unwilliges Raunen ging durch die Menge, dann zogen sich die ersten Journalisten in ihre Wagen zurück. Zwei, drei hartnäckige Gesellen entfernten sich lediglich wenige Meter und sprachen mit verstohlenen Seitenblicken in ihre Aufnahmegeräte. Brady ging zurück unter den Baum, an dem er zuvor schon gestanden hatte. Ihm würde ganz sicher niemand mehr nervige Fragen stellen und so war es wahrscheinlich, dass die Journalisten bald wieder fuhren. Es konnte ihm egal sein, was weiter passierte. Es gab nichts zu sehen, also gab es auch nichts, was morgen in der Zeitung stehen würde. Der Regen und der aufziehende Wind würden ein Übriges tun, um die Störenfriede zu vertreiben.

»Detective?«

Brady fuhr herum und sah sich der aufdringlichen Blondine gegenüber. Offenbar hatte sie den Tumult genutzt, um die Absperrung ungesehen zu überwinden.

»Sie dürfen hier nicht sein.«

»Mich hat niemand daran gehindert.« Sie schlug ihren Notizblock auf und zückte einen Stift. »Drei Fragen, dann gehe ich.«

»Sie gehen jetzt.«

»Zwei Fragen.« Sie lächelte ihn an und klimperte mit den Wimpern.

»Auch nicht eine. Sie haben hier nichts zu suchen. Dies ist ein Tat–« Brady brach ab.

»*Ups*, verraten.« Die Blondine kritzelte etwas auf ihren Block. »Was für ein Tatort?«

»Es reicht jetzt!« Unter anderen Umständen hätte er sich darüber gefreut, wenn eine Frau derart hartnäckig war, jetzt machte ihn ihre Anwesenheit lediglich unruhig. Er packte sie am Arm und zog sie mit sich.

»Nicht so eilig. Wir fangen doch gerade erst an, uns so nett zu unterhalten.«

Brady antwortete ihr nicht. Stattdessen zerrte er sie weiter und hob dann mit einer Hand das Flatterband hoch. »Durchklettern.«

»Ist ja schon gut.« Die Blondine bückte sich unter den verdutzten Blicken der Streifenbeamten unter der Absperrung hindurch und richtete ihre Kleidung.

»Ihr Taxi macht sich aus dem Staub.« Brady deutet auf den PKW, mit dem sie gekommen war. Der Fahrer hatte den Motor eingeschaltet und schlängelte sich an dem Sprinter vorbei.

»Was? Mist.« Sie wedelte mit den Armen und lief los. »Hey, warte!«

Brady schaute ihr kopfschüttelnd dabei zu, wie sie das Auto anhielt und schimpfend hinzu stieg. Dann widmete er sich wieder der traurigen Szenerie unten am Ufer des River Camac.

-6-

Patrick schlief meist schlecht und er träumte nicht. Er hatte in der Nacht, als Amy verschwand, damit aufgehört. Wenn er schlief, war nur Dunkel um ihn herum, eine Düsterkeit, die so allumfassend und so beruhigend war, wie der Tod sein mochte. Nur eben endlich.

Das Ende des Schlafs verschaffte ihm diesmal eine Hand, die seine Schulter packte und unsanft daran rüttelte.

»Patrick! Wach auf!«

Irgendwo auf halbem Weg in die Realität wunderte er sich über die Aufgeregtheit in Graces Stimme. Er öffnete die Augen und schaute zu ihr auf.

»Das Auto ist weg, Patrick!«

Verständnislos blinzelte er seine Frau an. Es wollte ihm nicht gelingen, das Gesagte einzuordnen. Er fühlte sich wie gerädert, hätte sich am liebsten einfach umgedreht und weitergeschlafen.

»Deine Mutter und ich wollten eben die Geschenke in den Kofferraum pakken, aber ... der Wagen ist weg«, wiederholte sie.

»Ist mein Vater vielleicht damit unterwegs? Wir parken ihn zu.« Er setzte sich auf und fuhr sich mit beiden Händen durchs Gesicht.

»Dein Vater ist *hier*! Er schellt gerade die Nachbarn aus den Betten und fragt, ob sie etwas gesehen haben.« Grace erhob sich von der Bettkante und ließ Patrick aufstehen. Schlaftrunken sammelte er seine Kleidung von gestern auf und versuchte das schlechte Gefühl zu lokalisieren, das irgendwo in seinen Eingeweiden wühlte. Callahan und McCarthy fielen ihm wieder ein. Amys Nachthemd. Ihr Teddy. Es fühlte sich an wie ein Schlag in die Magengrube und er sank zurück aufs Bett.

»Was hast du denn jetzt vor? Sollten wir nicht die Polizei rufen?« Grace sah ihn fragend an.

»Doch, vermutlich.« Patrick zog sein Hemd über und knöpfte es halbherzig zu. Zwang sich zu funktionieren. »Wieso gehst du nicht runter und hältst Jack davon ab, das ganze Dorf aufzuwecken? Ich rufe in der Zeit die Polizei.«

Einen Moment lang wirkte Grace noch unschlüssig, dann machte sie auf dem Absatz kehrt und verließ das Gästezimmer. Patrick wartete, bis sie die Tür geschlossen hatte, tastete die Taschen seiner Jeans ab und fand eine Diazepam, den ganzen Rest seines Vorrats. Lautlos fluchend schob er sie sich in den Mund und schluckte sie ohne Wasser. Draußen vor dem Haus hörte er seinen Vater rumoren. Er hätte definitiv mehr Tabletten mitnehmen sollen.

»Sie sind in ein paar Minuten da.« Er trat aus dem Haus und wurde von der typisch milden Winterluft empfangen, die hier in Glencullen, eine Stunde außerhalb von Dublin, zwar ein wenig kühler als in der Innenstadt, aber immer noch nicht kalt war. Unglücklicherweise regnete es nicht, sodass nichts die Nachbarschaft daran gehindert hatte, sich vor dem Haus seiner Eltern zu versammeln. Mindestens ein Dutzend Männer und Frauen standen um Jack herum und zwar genau dort, wo gestern Abend noch Patricks Ford geparkt hatte.

»Da bist du ja! Das kann doch wohl nicht wahr sein!« Sein Vater stampfte auf ihn zu. »Muss man sich jetzt schon vor seinem eigenen Haus bestehlen lassen? Wohin soll das noch führen?« Jacks Gesicht war puterrot und die Umstehenden stimmten ihm mit aufgebrachten Gesten und Gemurmel zu.

Patrick erkannte nicht alle von ihnen. Seit er sie zuletzt gesehen oder zumindest bewusst wahrgenommen hatte, waren sie scheinbar ins Unermessliche gealtert. Er und Grace kamen mit Tammie jedes Jahr ein paar Mal her, aber Patrick bemühte sich stets, den Nachbarn und damit jedem Anflug von Sentimentalität aus dem Weg zu gehen. Er brauchte keine Weißt-du-noch-Geschichten. Er wusste noch und das reichte ihm.

»Reg dich nicht auf, Dad.«

»Seid ihr versichert? Ist der Wagen versichert?«, fragte der alte James O'Keefe, der mit seiner Frau gegenüber lebte.

»Natürlich ist mein Sohn versichert, er ist doch kein Idiot!«

Patrick sah auf die Uhr und erschrak darüber, wie lange er geschlafen hatte.

Nachdem es erst stundenlang den Anschein gemacht hatte, dass er gar keine Ruhe würde finden können, war er schließlich praktisch ins Koma gefallen.

»Bist du doch, oder, Patrick?«

»Natürlich.« Er blickte in die Runde. »Machen Sie sich keine Gedanken. Die Polizei wird sich um alles kümmern. Versuchen Sie lieber, den Rest der Feiertage zu genießen.«

Ein paar der Nachbarn lächelten ihm zu, ein paar andere schauten ihn zweifelnd an, bevor sich die kleine Menschenansammlung endlich aufzulösen begann. Man wünschte einander noch frohe Weihnachten, dann schloss sich eine Haustür nach der anderen. Patrick atmete auf, auch wenn sein Verhalten den anderen vermutlich den einzigen spannenden Moment des Tages oder gar des restlichen Jahres verdorben hatte.

»Wo bleiben denn die Cops?« Jack lief ungeduldig auf und ab.

»Die Cops? Du siehst zu viele amerikanische Filme, Dad.« Genau wie sein Vater bemühte sich Patrick um einen beiläufigen Ton, auch wenn Jack der vergangene Tag sichtlich in den Knochen steckte. Seine Augen waren gerötet und sein Haar stand wirr vom Kopf ab.

»Heute Abend wird *Stirb langsam* wiederholt. Bleibt ihr noch?«

»Damit du mich wieder abfüllst?« Patrick tastete seine Hosentaschen nach Zigaretten ab, doch er fand keine. »Geht leider nicht, ich muss morgen arbeiten.«

Sein Vater nickte, schwieg und bedachte ihn mit einem besorgten Blick. Patrick wusste, dass er ihn und seine Familie gern öfter hier hätte, doch daraus würde in nächster Zeit nichts werden. Er konnte sich lebhaft vorstellen, was nach Weihnachten in der Praxis los sein würde und er war froh darüber. Der Gedanke an den nahenden Alltag beruhigte ihn fast so zuverlässig wie eine zweite Diazepam.

-7-

Zuerst hatten sie sich von Sophie, Tammies Kindermädchen, abholen lassen wollen, doch an Weihnachten war sie sicher froh, einmal ihre Ruhe zu haben. Also hatte Patrick ein Taxi gerufen und die Wartezeit genutzt, um alles soweit zusammenzupacken. Er konnte es kaum erwarten, Glencullen zu verlassen.

»Hier, Daddy!« Tammie hielt ihm eine Tupperdose mit etwas Undefinierbarem darin entgegen.

»Von Grandma?« Patrick nahm Tammie die Dose ab und sie nickte. Seine Mutter verschanzte sich schon den ganzen Tag in der Küche und räumte dort wie wild die Reste des Essens weg. Sie schien krampfhaft zu versuchen sich abzulenken, aber ihre geröteten Augen sprachen eine eigene Sprache.

»Daddy? Können wir schaukeln gehen?« Tammie klammerte sich an sein Bein und warf ihm einen flehenden Blick zu.

Patrick sah auf die halb eingepackte Reisetasche, doch es fiel ihm wie immer schwer, seiner Tochter einen Wunsch abzuschlagen. Sollte Grace sich um den Rest kümmern. »Klar, wieso nicht.« Er bückte sich und warf sich Tammie über die Schulter, die sich lachend unter seinem Griff wand. »Gehen wir schaukeln.«

Von der winterlichen Kühle waren Tammies Wangen gerötet und sie schien ernsthaft zu versuchen, sich mit der alten Reifenschaukel zu überschlagen. Patrick bremste sie von Zeit zu Zeit aus, schaute ihr zu und verkniff es sich, sich eine Zigarette anzustecken. Irgendwann hörte er Schritte hinter sich im Gras, drehte sich um und entdeckte Grace.

»Das Taxi ist da.« Sie lächelte, doch ihr Blick war ernst und besorgt.

»Schon?« Er schaute auf die Uhr, wandte sich dann Tammie zu und hielt die Schaukel an, was sie mit lautstarkem Protest quittierte.

»Hast du gesehen, wie hoch ich schaukeln kann, Mummy?«

»Du bist ein echtes Schaukeltalent, mein Schatz.« Grace hob ihre Tochter aus dem Reifen. »Jetzt lauf rein und sag Oma und Opa Tschüss.«

»Okay.« Die Kleine rannte nach drinnen und Patrick und Grace blickten ihr hinterher. Dann sah Grace zu ihm auf.

»Ist alles okay?«

»Klar, alles bestens.«

»Wirklich?«

»Was soll die Fragerei, Grace? Es geht mir gut.«

»Du bist aufgewühlt.«

»Natürlich bin ich das! Hast du nicht gehört, was Callahan gesagt hat? Sie ist mit ziemlicher Sicherheit tot, verstehst du?«

Grace atmete tief durch, als sei das hier eine Yogaübung. »Das ist sie aber schon seit neunzehn Jahren.«

Patrick musste sich beherrschen, um ihr keine Dinge an den Kopf zu werfen, die er später bereuen würde. Was konnte Grace schon über die diffuse Hoffnung wissen, die er seit dem Verschwinden seiner kleinen Schwester immer heimlich mit sich herum getragen hatte? Sie hatte dafür gesorgt, dass er ein halbwegs normales Leben führen konnte und ihn zugleich innerlich ausgehöhlt. Grace mochte Recht haben, vielleicht war gestern Abend tatsächlich nur wahrscheinlicher geworden, was sie ohnehin alle ahnten. Im Moment kam sie ihm allerdings trotzdem einfach nur ignorant vor.

Patrick schluckte seine verärgerte Antwort herunter. Allein schon wegen Tammie wollte er während der Feiertage keinen Streit vom Zaun brechen, denn im Gegensatz zu Grace hatte die Kleine keine Ahnung von Amys Geschichte und sie hatte auch noch keine Ahnung davon, wie viel Schlechtes es auf der Welt gab. Für sie war immer noch Weihnachten und da sollte sie sich keine Gedanken um ihre Eltern machen. Patrick gab sich einen Ruck und schlug einen versöhnlichen Ton an. »Komm schon, beeilen wir uns. Ich will heute noch zu Hause ankommen.«

-8-

Brady und Sean bildeten die Nachhut der Prozession. Vor ihnen liefen Streifenbeamte in einer langen Reihe links und rechts vom Fluss die Umgebung ab, den Blick starr auf den Boden gerichtet. Brady behielt die Häuser im Auge. Sollte eines davon nahe genug am Fluss stehen, würden Sean und er mit den Bewohnern sprechen.

»Wenn wir dem Flusslauf immer weiter folgen, dann kommen wir irgendwann am Brittas Lake an. Spätestens dort muss das Bündel ins Wasser geworfen worden sein«, erklärte Sean.

»Und was ist mit einem der Flussarme?«

Sean winkte ab. »Das sind doch nur kleine Bäche. Keiner davon ist stark genug, um den Beutel über Kilometer hinweg zu transportieren.«

Brady nickte und ließ den Blick schweifen. Die Landschaft um ihn herum hatte sich seit Stunden nicht verändert. Immer wieder Bäume, Wiesen, Büsche, Bäume, Büsche, Wiesen und zwischendurch ein paar Weiden. Hier und da eine Schafherde, ab und zu ein Pferd. Kein Haus im Umkreis ihres Suchradius, keine Scheune, kein Bauernhof.

»Ob das was bringt?«, gab er zu bedenken. Die Nässe kroch durch jede Faser seiner Kleidung und machte sie klamm. Er fühlte sich unausgeschlafen und empfand die Arbeit als zunehmend ermüdender. Am liebsten hätte er sich auf irgendwelche Verdächtigen gestürzt und sie in stundenlangen Verhören zermürbt. Stattdessen begann das ewige Grün, *ihn* zu zermürben.

»Wenn wir bis zum See nichts gefunden haben, weiten wir die Suche aus.« Sean deutete auf ein Haus, das in ungefähr zwei Kilometern Entfernung zum Fluss stand. »Vielleicht wissen die was.« Er zeigte auf ein weiteres Gebäude. »Oder die.«

»Also schön.« Brady setzte die Kapuze seines Pullovers auf und schwieg. Er hatte keine Lust, zum hundertsten Male mit Sean zu diskutieren. Wenn es nach ihm gegangen wäre, dann wären sie die ganze Sache anders angegangen. Aber leider ging es wie immer nach Sean. Er hatte die langjährige Erfahrung, also hatte er auch das Sagen.

Nach einer Weile stoppte der Suchtrupp plötzlich und Brady wäre beinahe in seinen Vordermann gestolpert.

»Da vorne ist eine Farm, Detectives«, sagte einer der Streifenpolizisten.

Sofort drängte sich Sean durch die Menge und Brady folgte ihm. Vor ihnen lag ein altes Bauernhaus, düster und verfallen, mit einer Scheune und einer Weide, die an den Fluss grenzte. Einige Schafe grasten darauf und störten sich nicht an den ungebetenen Besuchern. Der schwere Geruch von Torf lag in der Luft.

»Mein Kollege und ich übernehmen jetzt. Sie warten hier«, befahl Sean und ging los.

Brady folgte ihm resignierend. »Und was jetzt? Schellen wir einfach an?«

»Ja, oder glaubst du wir entern das Haus mit Sturmmasken und schießen alles um, was sich bewegt?«

»Natürlich nicht. Ob hier überhaupt noch jemand wohnt?«

Das Grundstück war verwildert, der Rasen teils zertrampelt und von Reifenspuren durchzogen. Die wenigen Fensterläden, die sich noch in den Angeln befanden, hingen schief, davor wucherten Blumen in steinernen Kästen.

»Denk an die Schafe. Hier wohnt ganz sicher noch jemand.«

Seite an Seite stapften Brady und Sean über die feuchte Wiese zum Haupthaus.

»Dann wollen wir mal.« Sean drückte auf den Klingelknopf, doch nichts passierte.

»Kein Strom?« Brady hob den Kopf und blickte sich nach einer möglichen Stromleitung um. Es schien alles intakt zu sein.

Sein Partner zuckte mit den Schultern und schlug mit der Faust mehrfach gegen die Tür. Brady wollte etwas sagen, doch Sean bedeutete ihm, still zu sein, und lauschte. Dann klopfte er erneut.

»Scheint niemand hier zu sein«, bemerkte Brady und drehte sich um die eigene Achse. Sowohl das Nebengebäude als auch die Scheune lagen vollkommen verlassen da. »Wollen wir uns umsehen?«

»Moment noch.« Sean rüttelte am Türknauf. Das Holz ächzte in den Angeln, doch die Tür schwang nicht auf.

Brady warf unterdes einen Blick durch eines der schmierigen Fenster. Das Innere des Hauses war karg, aber ordentlich. Die Wände wurden von kitschigen Bildern geziert, Platzdeckchen lagen auf schweren Sideboards und die Gardinen sahen zwar aus, als wären sie vor dem Zweiten Weltkrieg gehäkelt worden, waren aber sauber.

»Hier scheinen Rentner zu leben.«

»Rentner, die eine ganze Schaffarm betreiben?« Sean sah ihn skeptisch an. »Na los, McCarthy, beweg dich. Sehen wir uns um. Aber sei vorsichtig.«

Brady entschied sich dafür, erst einmal das Haupthaus zu umrunden. Da es zur rechten Seite von der Weide begrenzt wurde, steuerte er einen kleinen Durchgang zwischen Nebengebäude und Scheune an.

»Riechst du das?«, fragte Sean.

Brady nickte. Ihm waren der Torfgeruch und die saure Luft sofort aufgefallen. »Irgendwo hier muss ein Moor sein.«

»Das meine ich nicht. Es riecht süßlich, irgendwie vermodert.«

»Das sind nur die Meadowsweets.« Er zeigte auf eine Ansammlung von weißen Blüten, die vor ihnen am Ende des Durchganges standen. Sie waren fast verwelkt, ließen die Blätter unter den schweren Regentropfen hängen. »Meine Schwester hat ein Faible für dieses Unkraut«, fügte er hinzu, als ihm Seans zweifelnder Blick begegnete.

»Dachte schon, *du* hast irgendwelche seltsamen Vorlieben.« Sean quetschte sich an Brady vorbei und übernahm die Führung, bis sie auf einer schlammigen Wiese herauskamen.

»Vorsicht!« Sean hielt Brady am Arm zurück, als dieser hinter ihm zwischen den Gebäuden hervortrat.

Brady blieb stehen. Das Gras vor ihm ging in Schilf über, um schließlich in einem Moor zu enden, groß genug, um darin zu versinken und für immer zu verschwinden. Er wich einen Schritt zurück. Seit seiner Kindheit hatte er großen Respekt vor Sumpfgebieten. Sein Großvater hatte ihm einen ganzen Berg an Mythen und Legenden von Menschen erzählt, die im Schlamm versanken und dann als Spukgestalten zurückkehrten, und so hatte das Moor für ihn schon immer etwas Unheimliches, Unberechenbares an sich gehabt. Er hatte wenig Lust, als ledrige Moorleiche zu enden.

»Wer baut sein Haus so nah an einem Feuchtgebiet?« Brady zwang sich zur Ruhe und begutachtete das Gewässer genauer. Es sah eigentlich recht friedlich aus. Wie ein märchenhafter, schilfumwachsener See, teilweise trocken gelegt für den Torfabbau. Nach links erstreckte sich der Sumpf bis zu einem kleinen Waldstück, nach rechts wurde er von der Schafweide begrenzt. Brady drehte sich um sich selbst und betrachtete die Rückseiten des Haupthauses und des Nebengebäudes, die ebenfalls von Weide und Wald eingerahmt wurden. Auch von hier wirkte alles verlassen. Nirgends brannte Licht, kein Fenster war geöffnet und er hörte weder Stimmen noch einen Fernseher. Nur hin und wieder drang ein leises Blöken an sein Ohr.

»Lass uns da mal nachsehen.« Sean steuerte einen Geräteschuppen an, der Brady zuvor gar nicht aufgefallen war. Er befand sich neben der Weide und die Tür stand offen.

»Hallo? Ist da jemand?«, machte Brady auf seinen Partner und sich aufmerksam. »Hallo?«

Als keine Reaktion kam, verlangsamten sie ihre Schritte und schlichen die letzten Meter an den Schuppen heran. Ein leises Knirschen drang daraus hervor. Ein Knirschen und ein Summen und–

»Heilige Scheiße, riechst du das?« Sean prallte zurück und auch Brady wandte sich ab und hielt sich die Nase zu. »Und du willst mir weismachen, dass das nur die verfluchten Blumen sind?«

Brady kämpfte einen Brechreiz nieder und atmete tief durch, doch die modrige Torfluft machte es kaum besser. »... was ist das?«

»Irgendwas verwest da drinnen.« Sean beäugte den Schuppen misstrauisch.

»Ein Schaf?«

»Ein Schaf?«, fragte Sean, als zweifle er ernsthaft an Bradys Verstand. »Was sucht denn ein Schaf im Geräteschuppen?«

»Keine Ahnung«, gab Brady zu, dann zog er sich seinen Pullover über Mund und Nase. »Ich geh nachsehen.«

»Bitte, nur zu.«

Brady wappnete sich innerlich gegen das, was ihn im Schuppen erwarten mochte. Ein vermodertes Tier, Eingeweide, im schlimmsten Fall ein toter Mensch. Dann hielt er die Luft an und betrat das windschiefe Gebäude.

Für einen Moment war Brady in völlige Schwärze gehüllt. Das Summen und Surren wurde irreal laut und irgendetwas setzte sich auf seine Stirn. Brady schlug mit der Hand nach dem Insekt und geriet ins Wanken. Erschrocken schnappte er nach Luft. Der Gestank verschlug ihm sofort den Atem. Brady würgte und presste beide Hände gegen seinen Mund, wandte den Kopf ab und blinzelte einen Tränenschleier weg. Dann hatten sich seine Augen an die Dunkelheit gewöhnt. Durch die Holzritzen fiel graues Tageslicht und er konnte die Silhouette eines Menschen zu seinen Füßen erkennen. Eine wabernde Masse aus Insekten und Blut.

»Verflucht!« Brady stürmte nach draußen und übergab sich.

»So schön?« Sean klopfte ihm auf den Rücken. »Durchatmen. Jetzt bist du ja draußen.«

Brady wischte sich über den Mund und warf einen unheilvollen Blick zurück zum Schuppen.

»Mann oder Frau?«

»Keine Ahnung.«

Sean runzelte die Stirn.

»Echt nicht.« Brady richtete sich auf. »Das Gesicht ist ein einziger ... *Brei.*«

»Gut, überlassen wir das der Spurensicherung.« Sean nahm Brady am Arm und führte ihn vorsichtig am Rand des Moores entlang vom Schuppen weg. »Geht es wieder? Oder willst du dich hinsetzen?«

»Nein.« Er fühlte sich immer noch flau, aber er würde sich sicher nicht die Blöße geben und jetzt um eine Pause bitten. »Es geht schon wieder.«

»Ich ruf die Kollegen.« Sean zückte sein Handy.

Brady sagte nichts. Er ging ein paar Schritte auf das Wäldchen zu und atmete. Atmete tief ein und aus, um seine Lungen vom klebrigen Verwesungsgeruch zu befreien. Er konzentrierte sich voll und ganz auf das Tannengrün vor sich und versuchte, das Gesicht des Leichnams zu vergessen. Hinter sich hörte er Seans Stimme, vor ihm sprangen Vögel durchs Dickicht und zwitscherten zaghaft. Brady ging langsam weiter, darauf bedacht, dem Sumpf nicht zu nahe zu kommen. Etwas zwischen den Tannen hatte seine Aufmerksamkeit geweckt. Etwas Hölzernes, das nicht in den Wald gehörte. Brady kniff die Augen zusammen, um besser sehen zu können. Dann erkannte er es: Am Waldrand war ein Kreuz aufgestellt worden.

»Sean!«

Er hörte, wie sich sein Partner in Bewegung setzte. »Was ist denn jetzt schon wieder?«

Brady antwortete nicht. Stattdessen wies er auf das Kreuz, das im Waldboden steckte. *ALBIA* war in das Holz gebrannt worden. Mehr nicht.

»... du hast ein Grab gefunden, gratuliere.«

»Ich war nicht scharf drauf.« Brady fuhr die Schrift mit dem Finger nach. »Ziemlich ungleichmäßig. Sieht selbst gemacht aus.«

Seans Antwort bestand lediglich aus einem unverständlichen Brummen. Er betrachtete das Kreuz, als würde es ihm freiwillig alle Antworten auf seine Fragen geben, wenn er es nur lange genug in Grund und Boden starrte.

»Was ist das hier für ein Mörderhaus?« Brady stand auf und drehte sich einmal um sich selbst. Er wusste, warum ihm die Menschen außerhalb der Dubliner Innenstadt nicht geheuer waren.

»Vielleicht haben wir es im Schuppen mit einem natürlichen Tod zu tun und hier liegt ein Haustier begraben. Mach dir nicht gleich ins Hemd.« Sean beendete seine erfolglose Hypnose und ging in die Hocke, um das eigentümliche Grab aus der Nähe zu betrachten.

»Das war kein natürlicher Tod.« Das Gesicht der Leiche flammte vor Bradys innerem Auge auf und er wandte sich wieder dem Wald zu, dem beruhigenden Säuseln des Windes, den Vögeln, den knackenden Ästen. Gerade, als der grausige Anblick zu verblassen begann, huschte etwas vor ihm durch den Wald und ließ ihn zusammenfahren. Er blickte genauer hin und erkannte eine dunkel gekleidete Gestalt, die geschickt wie ein Hase zwischen den Bäumen her rannte.

»Na warte.«

Brady spurtete los und drang in den Wald ein. Schlagartig wurde es finster und er hatte alle Mühe, den Mann nicht aus den Augen zu verlieren.

»McCarthy, was wird das?«, hörte er Sean hinter sich schreien. Doch er hatte keine Zeit für Erklärungen.

»Bleiben Sie stehen! Polizei!«

Anstatt seinem Befehl Folge zu leisten, beschleunigte der Flüchtende sein Tempo und lief nun in einem komisch anmutenden Zickzack auf eine Böschung zu. Brady rannte ebenfalls schneller. Ein Glück, dass die Polizeiakademie noch nicht lange hinter ihm lag und er gut in Form war. Es war ihm ein Leichtes, den Abstand zwischen sich und dem Flüchtenden zu verringern. Nur noch wenige Meter trennten sie voneinander und Brady konnte bereits Einzelheiten erkennen. Es handelte sich um einen jungen Mann, dessen Kondition für Bradys Geschmack viel zu gut war. Er war schlicht gekleidet, eine Kapuze schützte ihn vor dem Regen oder diente ihm als Tarnung. Seine Füße steckten in schweren Stiefeln, die ihm auf dem weichen Waldboden sicheren Halt boten.

Brady selber trug Turnschuhe und hatte deshalb alle Mühe, nicht im Morast auszurutschen. Zu allem Übel änderte der Flüchtige in diesem Moment seine Richtung und lief in einem scharfen Bogen an der Böschung vorbei, die er zuvor so zielstrebig angesteuert hatte. Brady versuchte zu bremsen und kam ins Schlittern. Ein dicker Ast schlug ihm vor die Schulter und ließ ihn straucheln. Ein zweiter verkantete sich zwischen seinen Knien und brachte ihn zu Fall. Sein Kopf schlug auf dem Boden auf und für den Bruchteil einer Sekunde wurde alles um ihn herum schwarz. Haltlos glitt er den schlammigen Abhang hinunter. Seine Hände griffen in den Waldboden, doch die dünnen Pflanzen und Wurzeln, die ihn an dieser Stelle überzogen, gaben nach. Erst als sein Körper mit einem Baum kollidierte, kam er zum Liegen. Nach einem Augenblick der Benommenheit rappelte sich Brady auf und versuchte, sich zu orientieren.

Der Mann war oberhalb der Böschung stehen geblieben und schaute zu ihm herunter. Als Brady ihn entdeckte, wandte er den Kopf ab und hastete davon. Im letzten Moment konnte Brady noch einen Blick auf sein Profil werfen. Ein außerordentlich markantes Profil.

-9-

Als Brady zwischen den Bäumen her gehumpelt kam, stand Sean gemeinsam mit den Streifenbeamten ein Stück weit vom Waldrand entfernt und koordinierte vermutlich die weiteren Handlungsschritte. Brady wollte ihm von dem seltsamen Kerl berichten, doch so weit kam er nicht. Er war völlig außer Atem und ihm war schwindelig, also sank er auf einen morschen Baumstumpf und versuchte erst einmal, sich wieder in den Griff zu bekommen. Sein Knie schmerzte und seine Klamotten waren zu allem Übel nicht mehr nur nass, sondern auch noch schmutzig. Außerdem hing ihm immer noch der Verwesungsgeruch in der Nase.

»Was für ein Scheißtag«, murmelte er und beobachtete, wie die Streifenbeamten ausschwärmten, während Sean sein Handy zückte und mit dem Zeigefinger etwas in die Tastatur hackte.

Brady schloss die Augen und lauschte wieder der Stille. In Dublin war es nie still. Polizeisirenen lösten sich mit Autohupen und Stimmengewirr ab. Aber hier draußen …

»Hey, Dornröschen, aufwachen!« Sean rüttelte an Bradys Schulter. »Wach auf, McCarthy!«

Brady öffnete die Augen und blinzelte. Es war heller geworden, die Wolkendecke war aufgerissen und es nieselte nicht mehr. »Bin ich eingeschlafen …?«

»Kann man so sagen.«

Er rappelte sich auf. Seine Knochen fühlten sich schwer an und er fror. Er sah, dass mittlerweile die Spurensicherung angerückt war. Männer und Frauen in Papieranzügen machten sich am Geräteschuppen und ums Haus herum zu schaffen. »Gibt es was Neues?«

»Es gibt zwar keinen Strom, aber das Haus scheint trotzdem bewohnt zu sein. Oder zumindest war es das bis vor Kurzem. Es sieht aus, als wäre es fluchtartig verlassen worden.«

Brady schaute herüber zum Schuppen. »Und da drinnen?«

»Sie sind noch dabei. Aber wir haben etwas Interessantes gefunden. Hey, Finn, bring mal Beweismittel 12 rüber!«, rief Sean in Richtung der Spurensicherer, die dabei waren, vor der Scheune Schildchen aufzustellen.

Einer der Männer erhob sich aus der Masse der Overall-Träger und winkte Sean fröhlich zu. »Ich bin sofort bei euch!« Damit verschwand er wieder in der Versenkung.

»Jetzt mach's doch nicht so spannend.«

»Gedulde dich. Wer während des Dienstes schlafen will, der muss damit rechnen, dass er etwas verpasst.«

»Ich bin mächtig auf meinen Schädel geknallt, Mann.«

Sean setzte ein mitleidiges Gesicht auf und erntete einen Stoß in die Rippen. »Mal im Ernst, was hast du da im Wald überhaupt gesucht, McCarthy?«

»Da war ein Kerl.« Brady stand auf und streckte seine klammen Glieder. »Er hat uns beobachtet und ist dann weggelaufen.«

»Und das sagst du mir erst jetzt?«

»Entschuldige.«

»Ich dachte, du musst schon wieder kotzen oder dir drückt die Blase.« Sean schnaubte verärgert und suchte den Wald mit den Augen ab. Erst jetzt wurde Brady klar, wie falsch er gehandelt hatte. Der Sturz musste sein Hirn tatsächlich ziemlich in Mitleidenschaft gezogen haben.

»Wir können ein Phantombild anfertigen lassen und nach ihm fahnden.«

»Du hast ihn gesehen? Im dunklen Wald, während ihr beide gerannt seid?« Sean musterte ihn argwöhnisch.

»Glaub mir, ich habe genug erkannt, dass wir ihn finden können.« Er nickte. »Wir finden ihn.«

»So, da bin ich.« Der Mann, den Sean mit Finn angesprochen hatte, kam auf sie zu und begrüßte sie per Handschlag. In der anderen Hand hielt er einen Beweismittelbeutel mit einer weißen Karte darin.

»Detective McCarthy«, stellte sich Brady vor und registrierte das Augenzwinkern, mit dem Sean Finn versah.

»Der Junge ist mein neuer Partner«, erklärte er und es klang beinahe entschuldigend.

»Finn Fallon. Aus der Rechtsmedizin.« Finn entblößte eine Reihe gerader, aber zu groß geratener Zähne.

»Erklär ihm, was ihr bisher wisst.«

Finn atmete durch, wobei die Luft pfeifend durch seine Schneidezähne entwich. »Noch nicht viel. Männlich, zwischen fünfundvierzig und fünfzig, weiß. Zudem eine auffällige Deformation am linken Fuß. *Pes equinovarus,* auch Klumpfuß genannt.

»Wie wurde er getötet?«

»Allem Anschein nach wurde er erschlagen. Davor wurde er vermutlich gefoltert. Wir haben verschiedene oberflächliche Schnittwunden an Gesicht und Körper gefunden, die wohl in erster Linie dazu dienten, Schmerz zuzufügen. Außerdem eine ganze Anzahl von Knochenbrüchen, vor allem im Bereich der Füße.«

»Knochenbrüche als Foltermittel?«

»War im Mittelalter üblich.« Finn zuckte die Achseln.

»Und was ist in der Plastiktüte?«

»Etwas sehr Interessantes, das die Jungs von der Spurensicherung entdeckt haben.« Finn hielt den Beweismittelbeutel hoch und Brady erkannte, dass sich darin eine blutverschmierte Visitenkarte befand.

»Haben wir den Namen des Opfers?«

»Nein, viel besser.«

Brady versuchte die Schrift auf der Karte zu entziffern. *Dr. Patrick Namara – Facharzt für Allgemeinmedizin.* Darunter befand sich die Adresse einer Praxis in Malahide, einem schicken Küstenstädtchen nahe Dublin.

»Namara? Tatsächlich?« Brady fiel aus allen Wolken.

In Seans Augen stahl sich ein triumphierendes Glitzern. »Sieht ganz danach aus.«

»Wo wurde die Karte gefunden?«

»Unter dem Opfer«, sagte Finn. Dann blickte er an Brady herunter und ließ sein Pferdegrinsen sehen. »Schlammcatchen?«

»Ich musste jemanden verfolgen«, gab Brady zu und kam sich ein bisschen dämlich vor. »Statten wir Doktor Namara jetzt einen Besuch ab?«

»Erstmal sichten wir das Haus. Die Kollegen waren schon drinnen und haben alle Räume bis auf den Keller freigegeben. Unten sind sie noch zugange, aber oben können wir uns in Ruhe umsehen.«

-10-

Entgegen seiner Vermutungen roch es im Haus weder staubig noch vermodert. Ein süßlicher Duft erfüllte den Korridor, der von einem selbst gebastelten Lufterfrischer auf einer Kommode herrührte. Es dauerte nicht lange, bis sich Bradys Augen an das schummrige Licht gewöhnt hatten und er die Einrichtung erkennen konnte. Sie war altmodisch, das Holz der Möbel abgenutzt oder gesplittert. Doch alles in Allem machte das Interieur einen ordentlichen Eindruck.

Sean war im unteren Stockwerk, sodass sich Brady erstmal mit dem Obergeschoss beschäftigte. Unter dem Dach lagen vier Schlafzimmer, allesamt einfach und spartanisch eingerichtet. Das erste auf der linken Seite war klein und schlicht, mit einem schmalen Einzelbett unter dem Fenster und einem massiven Bücherregal, das fast eine ganze Wand einnahm. Ansonsten war es leer: Keine Bilder zierten die Wände, keine Dekoration lockerte den kargen Raum auf.

Brady warf einen flüchtigen Blick auf die Bücher. Es waren hauptsächlich Lexika und Bildbände über Pflanzen, Tiere, aber auch Mechanik und fremde Länder. Der Bewohner, vermutlich ein Junge oder Mann, schien wissbegierig zu sein.

Das angrenzende Zimmer gehörte augenscheinlich ebenfalls einem männlichen Bewohner. Altertümliche, aus Holz zusammengeschusterte Modellflugzeuge hingen von der Decke und warfen Schatten auf die ebenfalls spärliche Einrichtung. Außer dem Bett gab es einen Schreibtisch, in dessen oberer linker Ecke ein Kerzenstumpf aus einem Berg aus getrocknetem Wachs stand. Daneben befanden sich, ordentlich aufgereiht, Kleber, Farben, Holzreste und verschiedene kleine Sägen und Pinzetten.

Brady wollte sich gerade die letzten beiden Schlafzimmer am Ende des Flures genauer ansehen, als aus dem Keller aufgeregte Stimmen drangen.

»Großer Gott, seht euch das an!«

Er dachte nicht lange nach, sondern rannte nach unten. Dort herrschte bereits ein heilloses Durcheinander. Der Keller war voll gestellt, in den Ecken lagerten allerhand Arbeitsgeräte. Vor einer metallenen Tür tummelten sich Polizisten und versuchten einen Blick in den dahinter liegenden Raum zu werfen.

»Das ist ja ein richtiges Verlies!«, rief einer der Männer.

»Ein Folterkeller«, fügte ein zweiter an.

Brady drängte sich nach vorne.

»Lasst mal den Detective durch«, forderte jemand und Brady wurde in den zweiten Kellerraum gelassen.

Was er sah, ließ ihm den Atem stocken: Ungefähr zwei Meter hinter der Tür verlief ein Gitter quer durch den Raum. In das Gitter war eine Tür eingelassen, die mit einem dicken Vorhängeschloss versehen war. Dahinter hingen zwei eiserne Ketten von der Decke, die in metallenen Handfesseln endeten. An der Wand waren die verschiedensten Instrumente aufgereiht, darunter eine altertümliche Peitsche, ein Rasiermesser und – als seien die Vorstellungen, die dies auslöste, nicht genug – eine rostige Zange. Auf dem Boden unter den Fesseln hatte sich ein dunkler Fleck gebildet, im schummrigen Licht schwarz, in Wahrheit vermutlich rostrot. Brady wollte nicht wissen, was hier unten geschehen war, aber er wusste, dass es seine Pflicht war, es herauszufinden. Allein schon um Amy Namaras willen.

-11-

Jedes Mal, wenn Patrick nach einer längeren Zeit nach Hause kam, fühlte er sich wie in einem Hotel. Das Haus, das sie kurz nach Tammies Geburt bezogen hatten, war zu groß und opulent für das Geld, das es gekostet hatte. Der Garten war riesig und der Ausblick von der Coast Road aus eigentlich noch mal das Doppelte wert. Während der Krise waren viele mittelständische Familien in feine Gegenden wie Malahide gezogen, sodass langsam aber sicher in vielen der anonymen Villenviertel eine Vorstadtidylle entstand, die in erster Linie von Lästereien und Tratsch und gemeinsamen Barbecues im Garten lebte. Als Grace nach Tammies Geburt zu Hause geblieben war, hatten die Nachbarn sie sich gleich geschnappt und in ihr Kaffeeklatsch- und Leseclub-Netz eingewoben wie eine Motte, die sich in ein Spinnennetz verirrt hatte. Mittlerweile arbeitete sie wieder im Kindergarten, doch für diese unsäglichen Treffen hatte sie immer noch Zeit. Vor allem an ihren freien Tagen zwischen Weihnachten und Neujahr verbrachte sie fast jede freie Minute mit ihren Freundinnen aus der Nachbarschaft.

»Ach ja, und bei den Hendersons hat es Heiligabend gebrannt.« Grace goss ihnen beiden Wein ein und setzte sich dann zu ihm aufs Sofa.

»Wirklich.« Patrick griff nach seinem Glas und trank einen winzigen Schluck, damit Grace ihn nicht wieder mit diesem besorgten Blick musterte, der ihn sich jedes Mal aufs Neue unwohl fühlen ließ und stets unliebsame Erinnerungen ins Rollen brachte. Erinnerungen, denen nun eine weitere hinzugefügt worden war. Amys Teddy, schmutzig und in Auflösung begriffen.

»Ja, der Weihnachtsbaum, stell dir vor«, fuhr Grace etwas zu schrill fort. »Die Männer haben ihn in den Garten geschafft und in den Swimmingpool geworfen.« Sie lachte, aber es klang unecht.

Patrick lehnte sich zurück, trank erneut, versuchte sich zu entspannen und ihr Gebrabbel bestmöglich zu ignorieren. Unauffällig warf er einen Blick in den Garten, wo sich außer den Bäumen, die sich leicht im Seewind wiegten, nichts rührte. Im Gartenhaus brannte Licht, also war Sophie noch wach. Patrick fragte sich unwillkürlich, ob ihr Kindermädchen die Tür abschloss, wenn sie allein dort draußen war.

»Du bist ganz schön müde, oder?«

Er hob den Kopf. »Ja, ich bin fertig. Ich werd gleich ins Bett gehen.«

Grace atmete laut durch und stellte ihr Glas auf dem Tisch ab. »Patrick, wenn du reden willst–«

Die Klingel unterbrach sie, als es gerade unangenehm wurde.

»Erwartest du noch jemanden?« Er stand auf und trat in die Diele, ohne eine Antwort abzuwarten.

Grace folgte ihm. »Ist sicher nur Laurie Mackenzie, sie hat ihren Schal hier vergessen.«

Patrick öffnete die Tür und blickte in die ernsten Gesichter von Callahan und McCarthy. »Detectives?«

»Guten Abend, Mister Namara.« Callahan war noch ein bisschen ernster und mürrischer als zuletzt. Er sah aus, als wäre ihm etwas unangenehm auf den Magen geschlagen.

»Ich nehme an, Sie sind nicht wegen des Autos hier?«

»Was für ein Auto?«

»Mein Wagen wurde gestohlen. In der Nacht, nachdem Sie bei meinen Eltern aufgetaucht sind.«

»Wie sagt man so schön? Ein Unglück kommt selten allein.«

»In der Tat«, stimmte McCarthy seinem Kollegen zu. Er wirkte unruhig und in seinen Augen spiegelte sich unverhohlene Angriffslust wider.

»Jetzt reden Sie schon. Gibt es Neuigkeiten von Amy?«

»Wir müssen Sie bitten, uns aufs Revier zu begleiten«, antwortete Callahan lapidar.

Patrick war völlig perplex. »Sie begleiten? Wieso?« Erst jetzt merkte er, dass er immer noch sein Glas in der Hand hatte. Er stellte es auf dem Garderobentisch ab und verschränkte die Arme.

»Das werden wir Ihnen vor Ort erklären.«

»Geht es um meine Schwester?«

»Auch.« McCarthy musterte ihn von oben bis unten, als ob er ihn auf Waffen durchsuchen wollte.

»Was ist denn los?« Grace trat neben Patrick und fröstelte sichtbar im Durchzug.

»Misses Namara.« Callahan tippte an einen imaginären Hut. »Wir würden das gern zunächst mit Ihrem Mann klären. Aber nicht zwischen Tür und Angel.«

»Sie können ihn doch nicht einfach mitnehmen, ohne uns überhaupt zu sagen, was los ist!«

»Wir nehmen ihn ja auch nicht einfach mit. Wir bitten ihn höflich, uns zu begleiten.«

Patrick entging der scharfe Unterton in McCarthys Stimme nicht und er spürte, wie seine Frau neben ihm die Schultern straffte.

»Schon gut, Grace.« Er nickte den Beamten zu. »Ich komme mit.« Er wandte sich ab, um seine Jacke von der Garderobe zu nehmen.

»Was, aber–« Grace stellte sich ihm in den Weg. »Du weißt doch gar nicht, was Sache ist.«

»Es geht um Amy, das sagen sie doch.« Patrick zog seine Jacke über und schob seine Frau aus dem Weg. Egal, warum die zwei Polizisten so geheimnisvoll taten; wenn es Neuigkeiten von seiner Schwester gab, musste er Genaueres wissen.

-12-

Der Raum, in den die beiden Polizisten Patrick gebracht hatten, war karg und unbeheizt, die Wände nackt. Es gab lediglich einen Tisch, zwei Stühle und einen alten Computer mit Röhrenmonitor, der geduldig vor sich hin summte.

Auf einem der Stühle nahm Callahan Platz, den anderen wies er Patrick zu. Während er sich setzte, schloss McCarthy die Tür hinter ihnen, kam ebenfalls zum Tisch und stützte sich mit beiden Händen auf der rissigen Platte ab.

Der Ältere der beiden Polizisten belehrte Patrick über seine Rechte, doch er hörte nur halbherzig hin. Er war nervös und fragte sich, was die Wichtigtuerei sollte.

»Wieso sagen Sie mir nicht endlich, worum es geht?«

Anstatt gleich zu antworten, öffnete Callahan eine dünne Mappe und legte ihm ein Foto vor. »Haben Sie diesen Mann schon einmal gesehen?«

Patrick beugte sich vor und betrachtete das Bild. Zu spät realisierte er, dass der Mann darauf tot war und so traf ihn der Anblick gänzlich unvorbereitet. Tiefe Schnitte in seiner Stirn und den Wangen waren grob und notdürftig zugeklebt worden, um die Mimik wiederherzustellen. Reste von getrocknetem Blut klebten im ungepflegten Vollbart des Toten. Seine Augen waren geöffnet, die Iris auf beiden Seiten von Einblutungen rot gefärbt. Patrick bemühte sich, das malträtierte Gesicht mit der Kühle eines Mediziners zu betrachten, doch es fiel ihm schwer und er musste einen Anflug von Übelkeit herunterschlukken. »Nein, tut mir leid.«

»Sind Sie sicher? Sehen Sie genau hin.« McCarthy schien sich nur schwer beherrschen zu können.

»Ganz sicher.« Er blickte auf. »Wer soll das sein? Ein Patient von mir?«

»Nun …« Callahan tippte ein paar Sätze in den Computer, dann griff er in die Innentasche seiner Jacke und zog einen kleinen Plastikbeutel hervor. »Zumindest haben wir Ihre Visitenkarte dort gefunden, wo dieser Mann getötet wurde.« Er legte Patrick den Beutel vor, darin steckte tatsächlich eine Karte von ihm. Die weiße Pappe war blutverschmiert und hatte sich gewellt, aber sein Name, die Adresse seiner Praxis und seine Telefonnummer waren deutlich zu erkennen. Was hatte das zu bedeuten? Patrick schüttelte den Kopf, er wusste nicht, was er dazu sagen sollte.

»Haben Sie die Karte dort verloren, als Sie den Mann umgebracht haben?«, preschte McCarthy vor. »Sie sollten bei Ihrem Rachefeldzug vielleicht besser auf Ihre Hosentaschen achten.«

»Rachefeldzug?« Patrick bemerkte, dass Callahan seinem Kollegen einen tadelnden Blick zuwarf. »Ich habe keine Ahnung, wovon Sie reden.«

»Wirklich nicht? Das wäre ein komischer Zufall.« Callahan stand auf und machte ein paar schwere, erschöpfte Schritte durch den Raum.

»Würden Sie bitte aufhören, in Rätseln zu sprechen?« Patrick fühlte sich immer unwohler. Stück für Stück wurde ihm klar, was hier lief. Was hatte er auch geglaubt? Dass man ihn in einen Verhörraum bringen würde, nur um ihm mitzuteilen, dass ein weiteres Kleidungsstück seiner Schwester gefunden worden war?

»Sie möchten, dass wir deutlicher werden? Also gut.« Callahan wandte sich ihm zu. »Heute, nur zwei Tage nachdem wir Sie über den Fund von Amys Sachen informiert haben, wurde am Flusslauf des Camac eine abgelegene Farm gefunden. Im Geräteschuppen lag die Leiche dieses Mannes, allem Anschein nach gefoltert und erschlagen. Und im selben Raum fanden wir die Visitenkarte, die Sie da vor sich sehen. Glauben Sie an Zufälle, Mister Namara?«

Patrick hatte wieder einmal das Gefühl, nicht richtig atmen zu können. Sein Puls raste und er verfluchte sich dafür, während der letzten Tage auf sein bewährtes Beruhigungsmittel verzichtet zu haben. Die paar Pillen, mit denen er sich momentan über den Tag brachte, halfen ihm jetzt gerade kein Stück weiter.

»Mein Partner hat Sie etwas gefragt.« McCarthy lehnte noch immer auf dem Tisch und blickte Patrick unverwandt an. »Haben Sie sich selbst auf Spurensuche begeben? Haben Sie diesen Mann auf seiner Farm entdeckt und Ihre eigenen Schlüsse gezogen?«

»So ein Unsinn. Ich gehe doch nicht einfach los und bringe jemanden um.«

»Wie kommt Ihre Visitenkarte dann an den Tatort?«

»Finden Sie es heraus, das ist doch schließlich Ihr Job!« Patrick sah die beiden Polizisten an, die sich einen vielsagenden Blick zuwarfen. Vielleicht war seine ungehaltene Reaktion für sie schon so etwas wie ein Schuldeingeständnis. Er versuchte, sich zusammenzureißen.

Callahan setzte sich wieder und zog ein weiteres Bild aus seiner Mappe. »Waren Sie schon einmal in diesem Haus?«

Patrick betrachtete das Foto. Es zeigte eine Farm, die einen verfallenen Eindruck auf ihn machte. Das Wetter hatte dem alten Mauerwerk sichtlich zugesetzt, das Dach war an einigen Stellen notdürftig geflickt. Zierliche Blumenkästen vor den Fenstern bildeten einen auffälligen Kontrast zum restlichen Zustand der Behausung. »Wurde Amy dort festgehalten?«, hörte er sich selbst fragen.

»Wie kommen Sie darauf?«

»Ich dachte, weil Sie ... Es hätte doch möglich sein können!«

»Sagen Sie es uns. *Wir* hatten keine Gelegenheit, mit dem Bewohner zu sprechen.«

Patrick schloss die Augen. »Ich auch nicht.«

»Wo waren Sie in der Nacht vom fünfundzwanzigsten auf den sechsundzwanzigsten Dezember, Mister Namara?«

»Bei meinen Eltern in Glencullen.«

»Die ganze Nacht über?«

Er dachte an seinen kleinen Ausflug zurück, als er nicht hatte schlafen können. Er war aus dem Haus getreten und hatte gleich die düstere Beklemmung verspürt, die vom nahen Waldrand ausging. Die Bäume schienen ihn anzustarren, ihn gleichermaßen zu locken und fortscheuchen zu wollen ... »Ja, natürlich. Ich war die ganze Zeit über dort. Das können Sie sich gern von meiner Familie bestätigen lassen.«

McCarthy schnaufte verächtlich. »Ihre Familie, natürlich.«

»Nehmen Sie doch meine Fingerabdrücke. Überzeugen Sie sich selbst, dass ich nicht auf dieser Farm war.«

»Sie halten sich für verdammt gerissen, was?« McCarthy sah Callahan an und dieser fuhr fort.

»Wir haben Maisstärkepuder am Tatort gefunden. Das Zeug, mit dem Latexhandschuhe bestäubt werden. Aber das muss ich Ihnen als Arzt wohl nicht erklären.«

Patrick schüttelte den Kopf. »Diese Handschuhe sind frei verkäuflich.«

»Sie müssen trotzdem zugeben, dass die ganze Sache reichlich merkwürdig ist.«

»Das ist aber nicht meine Schuld!«

Callahan maß ihn mit einem Blick, den Patrick nicht deuten konnte, aber er widersprach nicht.

Patrick nutzte die Gelegenheit, um zu fragen, was ihn schon die ganze Zeit über beschäftigte. »Haben Sie in diesem Haus irgendwas gefunden, das auf Amy hindeutet? Wissen Sie, ob sie dort war?«

Ein winziges, unsicheres Flackern im Blick des Polizisten. »Bedaure.« Wieder begann er zu tippen. »Wir werden Ihre Eltern kontaktieren und Ihr Alibi überprüfen.«

»Reicht es nicht, wenn Sie mit meiner Frau sprechen? Meiner Mutter geht es nicht besonders.«

»Das tut mir leid«, gab Callahan zurück und ließ seine Frage unbeantwortet. »Sie können dann erstmal gehen. McCarthy? Übernimmst du das?«

»Kommen Sie, Doktor.« Der Jüngere richtete sich auf und wandte sich ruckartig ab. Er war offensichtlich nicht überzeugt von Patricks Aussage und Patrick konnte es ihm nicht verübeln.

-13-

Als Brady zurückkam, war es fast Mitternacht. Immer, wenn ein Mord geschah, war es, als würden die regulären Arbeitszeiten für die Mordkommission von einer Sekunde auf die andere komplett ausgehebelt werden.

Sean hatte offenbar schon Material von der Spurensicherung und aus der Gerichtsmedizin bekommen und war dabei, alles an ein Flipchart zu pinnen, was für den Fall relevant sein könnte. Tatortfotos und alte Fakten aus Amy Namaras Akte, einen Grundriss der Farm sowie Fotografien des Nachthemds und des Teddybären.

»Hat Namara noch was gesagt?« Sean heftete das Foto einer undefinierbaren Wunde in Großaufnahme an die Wand, gleich neben das Bild der kleinen Namara.

Brady betrachtete ihr Foto genauer. Ein junges Mädchen mit wachen, braunen Augen und sehr dunklem, fast schwarzem Haar schaute in die Kamera. Sie lächelte nicht, vielmehr blickte sie neugierig in die Welt, als frage sie sich, was da draußen noch alles auf sie warten mochte. Sie trug ein rotes Oberteil, das am Hals von einer weißen Schleife zusammengehalten wurde, und einen gleichfarbigen Haarreifen. Sie erinnerte Brady ein bisschen an seine eigene Schwester Caitlín – mit dem Unterschied, dass Caitlín weniger keltisch aussah als die kleine Namara. Ihr Haar war rot-braun und sie besaß die warme Ausstrahlung einer fröhlichen Inselbewohnerin und nicht den blassen, kühlen Teint, der Amy Namara eigen gewesen war. Brady riss sich von ihrem Anblick los und wandte sich Sean zu. »Namara hat geschwiegen wie ein Grab. Die Feindseligkeit dringt dem Kerl aus allen Poren. Irgendwas verbirgt der doch.« Brady ließ sich auf seinen Schreibtischstuhl fallen.

»Mir kam er als Fünfzehnjähriger schon seltsam vor«, erklärte Sean. Er deutete auf ein Familienfoto der Namaras, das alle vier in einem Garten zeigte. Sie sahen glücklich aus.

Brady beäugte Patrick Namara genauer. Er hatte eine Hand auf der Schulter seiner Schwester liegen und den Blick leicht auf sie herunter gesenkt. »Sieht ganz normal aus.«

»Der Junge hat seine Schwester laut Angaben der Eltern geliebt und als ich ihn damals verhört habe, war er ernsthaft am Boden zerstört. Trotzdem hatte ich immer das Gefühl, dass er etwas zu verheimlichen hat.«

»Hmm.« Brady dachte nach. Patrick Namara entsprach nicht dem klassischen Bild eines Mörders. Andererseits: Wer konnte schon sagen, wann man wie ein Mörder aussah? Die Zeiten, in denen Wissenschaftler Verbrecher anhand ihrer Kopfform zu identifizieren versuchten, waren längst vorbei und Brady hatte gelernt, dass man Menschen ihre kriminelle Energie in der Regel nicht ansah. »Was ist das?«

Sean hielt inne, dann reichte er ihm eines der Fotos herüber. Es zeigte schlammigen Boden mit etwas Hellem darin.

»Was ist das?«, wiederholte Brady seine Frage.

»Das haben uns die Kollegen gerade zukommen lassen. Ein Milchgebiss.«

»Aus dem Grab?«, entfuhr es Brady.

»Ja.«

»Von Amy Namara?«

»Das wird sich zeigen. Aber vom Alter her passt es zu ihr. Bis auf zwei Backenzähne sind alle Milchzähne gefunden worden.« Sean nahm das Bild vom Tisch und hängte es ebenfalls an die Wand. Daneben klebte er eine weitere Aufnahme, die die Zähne gereinigt in einer Petrischale zeigte. »Wir haben Glück, dass das Gebiss noch so gut erhalten war.«

»Wie meinst du das?«

Sean seufzte, dann setzte er sich auf die Tischkante. »Wie es aussieht, war da ein Profi am Werk.«

Brady runzelte die Stirn und versuchte nachzuvollziehen, worauf Sean hinaus wollte. Automatisch wanderte sein Blick wieder zu Amy Namaras Foto. Sie fesselte ihn. In ihren Augen stand eine Klugheit, die so gar nicht zu ihrem Alter passen wollte. Vielleicht hatte die Kleine ihr Schicksal gespürt. Vielleicht hatten Kinder eine Art Vorahnung, immer dann, wenn etwas Schreckliches nahte.

»Das Opfer ist vermutlich zuerst an der Luft verwest. Da geht der Prozess viel schneller als im Boden. Danach wurden die Knochen samt Zähnen im sauren Torfboden vergraben. Unser Glück ist es, dass wir das Grab rechtzeitig gefunden haben. In einigen Monaten wäre von dem Körper gar nichts mehr übrig gewesen.«

Brady war unfähig, etwas zu sagen. Das Bild von Amy Namara an der Pinnwand verschwamm und mischte sich mit dem verwesten Gesicht der Leiche aus dem Schuppen. Kaum zu glauben, dass jemand dabei zugesehen haben sollte, wie die Kleine Stück für Stück verfaulte und zerfiel. Er konnte nicht verstehen, wie jemand so skrupellos sein konnte, ein Kind zu entführen, in seinem Keller zu foltern und anschließend zu töten. Doch damit nicht genug. Ihr Täter hatte selbst nach dieser grausamen Tat noch einen kühlen Kopf bewahrt und sich der Leiche so entledigt, dass die Polizei sie beinahe nicht mehr hätte finden können. Andererseits hatte er ein Kreuz für sie aufgestellt, was die Tat regelrecht ironisch anmuten ließ …

Brady schüttelte den Gedanken ab und zwang sich, realistisch zu denken, beherrscht, wie ein Bulle sein sollte. Sie hatten keinerlei Beweise dafür, dass die Zähne und das Blut zu Amy Namara gehörten. Sie hatten lediglich ein Bündel mit ihrer Kleidung aus einem Fluss gefischt. Die Farm musste in keinem Zusammenhang mit ihren Sachen stehen. Sie würden erst Gewissheit haben, wenn alle Untersuchungen abgeschlossen waren.

»Mach für heute Feierabend.«

Brady registrierte erst jetzt, dass er noch immer im Büro war. »Gibt es nichts mehr …?«

»Nein. Es war ein langer Tag. Ein paar Bilder aufhängen kann ich so gerade noch allein.«

»Danke.« Brady erhob sich und wischte sich durchs Gesicht. Er war todmüde, aber er fürchtete trotzdem, dass er heute Nacht wach liegen würde. Zu präsent waren die Ereignisse der letzten Tage.

-14-

Lacey O'Malley tätigte noch ein paar Klicks, dann drehte sie Brady den Monitor zu.

»So etwa?«

Er beugte sich vor, um das Phantombild zu begutachten. »Es ist schwierig, weil ich ihn nur von der Seite richtig gesehen habe, aber ich glaube, dass seine Lippen etwas schmaler waren.«

Lacey nickt und zog die Computermouse zu sich heran. Sie schob einen Regler langsam herunter, bis Brady sie stoppte.

»Perfekt. Jetzt fehlt nur noch eine Kleinigkeit.«

Lacey seufzte. »Okay. Was fehlt?«

»Eine Narbe.« Brady fuhr sich mit dem Finger den Wangenknochen entlang herunter zum Mundwinkel. »So lang ungefähr. Nicht sehr breit, nicht sehr tief, aber auffällig.«

Die Grafikerin nickte und widmete sich wieder dem Bearbeitungsprogramm. »Dann wollen wir doch mal sehen.« Es dauerte ein paar Minuten, bis sie das gewünschte Ergebnis erzielt hatte. »Wie ist es hiermit?«

»Wenn du mir das jetzt noch ausdrucken könntest …«

»Sonst noch Wünsche?« Lacey startete den Drucker und lehnte sich lächelnd zurück. »Wie verstehst du dich mit Sean? Läuft es mittlerweile besser?«

Brady winkte ab. »Ich habe mich mit meinem neuen Toaster angefreundet und die Kommunikation zwischen mir und meinem Frühstücksmüsli läuft auch blendend, aber …«

»Verstehe. Du hast die alte Nuss noch nicht geknackt, was?«

»Manchmal wünsche ich mich zurück in die Streife. Auch wenn Temposünder und häusliche Gewalt nicht besonders erfüllend sind, kam ich mir damals wenigstens nie wie der Trottel vom Dienst vor.« Brady grinste, aber es fühlte sich gezwungen an.

»Hör auf, die Sache ins Lächerliche zu ziehen. Die Chemie zwischen dir und Sean stimmt nicht. Das ist nicht witzig. Ich kann mir vorstellen, wie sich das anfühlt, also spiel hier nicht den harten Supercop.«

Brady hob abwehrend die Hände, auch wenn er wusste, dass es stimmte, was sie sagte. Er hatte ein Problem mit Sean, fühlte sich unverstanden, minderwertig und übergangen, und ihm war nicht nur einmal der Gedanke gekommen, die Versetzung oder zumindest einen neuen Partner zu beantragen. Doch was half das Gejammer? Sean und er würden sich schon zusammenraufen. Und Brady würde seinen Job sicher nicht wegen dem alten Griesgram aufgeben. Er hatte die Akademie in Templemore schließlich mit dem Vorsatz besucht, irgendwann im Morddezernat zu arbeiten und er konnte von Glück sagen, dass kurz nach den obligatorischen drei Jahren im Streifendienst eine Stelle frei geworden war, die sie prompt mit ihm besetzt hatten. Er würde sicher nicht klein beigeben.

»Du hast ja Recht. Und um den Alten nicht noch mehr auf die Palme zu bringen …« Brady zog das Phantombild aus dem Drucker. »… werde ich mich jetzt schleunigst wieder an die Arbeit machen.«

-15-

Brady war erledigt. Sean und er hatten den ganzen Tag an unterschiedlichen Computern verbracht und angefangen, die Straftäterdatei nach möglichen Übereinstimmungen mit dem Toten oder dem Narbenmann aus dem Wald zu durchsuchen. Doch entweder waren Gesichtsrekonstruktion und Phantomzeichnung nicht genau genug oder bei den beiden handelte es sich nicht um registrierte Verbrecher. So oder so hatte die Arbeit etwas Ernüchterndes an sich und nach einigen Stunden glichen die Täterfotos einander so stark, dass

Brady mehrere Minuten brauchte, um Unterschiede zwischen den Gesichtern ausmachen zu können.

Als er sich aus dem Polizeigebäude schleppte, war es halb zehn. Er freute sich auf das Steak-Sandwich, das er sich im Schnellrestaurant unter seiner Wohnung kaufen würde. Anschließend würde er eine heiße Dusche nehmen und den Freitag bei einem Bier ausklingen lassen. Soweit die Theorie. Doch als Brady nach draußen kam, wurden seine Pläne schlagartig über den Haufen geworfen.

»Sie haben sich aber Zeit gelassen.« Die blonde Reporterin, die sich schon am River Camac nicht hatte abwimmeln lassen wollen, erhob sich von den Stufen vor dem Revier. »Dabei möchte ich doch nur ein paar Informationen.«

Brady entfuhr ein genervtes Stöhnen. »Verschwinden Sie. Ich habe keine Informationen für Sie.«

»Doch, haben Sie. Und das wissen wir beide.« Die Blondine kam mit einem verführerischen Hüftschwung auf ihn zu und lächelte.

Brady blieb stehen und musterte sie. Das lange, blonde Haar reichte ihr fast bis zur Taille und ihr schwarzes Kostüm betonte nicht nur ihre Kurven, sondern ließ sie auch seriöser wirken als der knallrote Fummel, den sie am Fluss getragen hatte. »Selbst wenn. Ich kann Ihnen nichts sagen.«

»Dann tut es einer Ihrer Kollegen.« Sie öffnete den obersten Knopf ihres Blazers. »Auch *das* wissen wir beide.«

»Dann gehen Sie meinen Kollegen auf die Nerven, aber nicht mir.«

»Das werde ich, wenn sie herauskommen«, sagte sie leichthin, machte jedoch keine Anstalten abzuziehen. »Es sei denn, Sie entscheiden sich noch anders.«

»Keine Chance.« Brady steckte die Hände in die Taschen. Abwehrhaltung genug, wie er hoffte.

»Wir möchten doch beide nur unseren Job machen, Mister ...?«

»McCarthy.« Er hoffte, dass er nicht schon zu viel verraten hatte. Journalisten konnten aus jedem noch so kleinen Hinweis eine reißerische Story basteln.

»Also, Mister McCarthy ...« Die Blondine ließ die Finger über Bradys Hemd wandern. »Zwei, drei Infos und ich verschwinde.«

»Ja, verschwinden Sie dann?«

»Ganz genau«, hauchte sie und strich ihm über die Wange.

»Vergessen Sie's.« Er trat einen Schritt zurück und ihre Hand fiel haltlos ins Leere. »Warten Sie eine offizielle Pressekonferenz ab.«

»Schön, wie Sie wollen.« Sie kramte in ihrer Tasche und drückte ihm eine rote Visitenkarte mit weißer Schrift und einem Foto darauf in die Hand. »Melden Sie sich, wenn Sie sich anders entscheiden. Aber warten Sie nicht zu lange. Möglicherweise greift noch heute Abend ein Anderer zu.« Sie knöpfte ihren Blazer wieder zu und wandte sich ab.

Brady warf einen Blick auf die Karte. »Chloe MacGowan«, las er leise. Dann schaute er sich das Foto genauer an. Es zeigte die Reporterin mit einem ansteckenden Lachen im Gesicht. Kein Wunder, dass sie Fotos auf ihre Karten drucken ließ. Bei diesem Anblick wurde der ein oder andere Polizeibeamte sicher schwach.

-16-

Brady knüllte die Zeitung zusammen und warf sie mit einer wütenden Bewegung in den Mülleimer. Fassungslos starrte er dem Papierknäuel hinterher, wie es an den Rand des Papierkorbs prallte und dann über den Boden kullerte. Er mochte sich gar nicht ausmalen, was dieser Bericht für Folgen für die Polizei haben würde. Der Fall des toten Mannes war in allen Details geschildert worden und das Schlimmste war: Jedes dieser Details entsprach der Wahrheit.

Mit einer ruckartigen Bewegung stand er vom Tisch auf und durchquerte das Wohnzimmer. Aus seiner Jacke kramte er Chloe MacGowans Karte und sein Handy. Dann wählte er ihre Nummer und wartete.

»Ja?« Sie klang verschlafen. Wahrscheinlich hatte sie ihren Triumph in der Zeitung noch gar nicht entdeckt.

»Was fällt Ihnen eigentlich ein, die Polizeiarbeit auf eine so dreiste Art zu beeinträchtigen?«

»Oh, guten Morgen, Detective.« Ein unterdrücktes Gähnen. »Tut mir leid, ich kam noch nicht dazu, einen Blick in die Nachrichten zu werfen. Ist der Artikel schon drin?«

»Ja«, knurrte Brady und setzte dazu an, weiterzusprechen. Doch Chloe kam ihm zuvor.

»Da haben die Kollegen aber schnelle Arbeit geleistet. Ist er gut geworden? Der Artikel?«

»Sie haben vertrauliche Polizeiinformationen an die Öffentlichkeit weitergegeben!«

»Ach wirklich? Als ich die Informationen bekommen habe, klangen sie gar nicht so vertraulich ...«

»Wer ist Ihr Informant?«

Chloe lachte auf. »Ich bitte Sie. Wäre ich nicht ein Idiot, wenn ich Ihnen das sagen würde? Sie hatten Ihre Chance und jetzt entschuldigen Sie mich.«

Brady atmete durch. »Chloe.«

»Ja?«

»Normalerweise halten wir Informationen zurück, um Nachahmungstäter identifizieren zu können, sollte es zu Folgetaten kommen. Die Sache mit den zertrümmerten Füßen war eine solche Information.« Brady lehnte die Stirn an die Wand und zwang sich, die Reporterin nicht anzuschreien. Er wusste, was dann gleich morgen die Schlagzeile sein würde. »Das hätte nicht an die Öffentlichkeit gehört, verstehen Sie?«

»Das ist nicht meine Sache. Sie halten die Informationen zurück, wenn Sie können, und ich verbreite sie, sobald ich die Chance dazu kriege. Wir machen beide nur unseren Job. Aber im Gegensatz zu Ihnen bin ich ein Teamplayer. Ich habe Ihnen meine Zusammenarbeit angeboten. Sie geben mir Informationen über den neusten Stand der Ermittlungen und ich verbreite nur das, was Sie vorher abnicken. Ganz einfach, ganz unschuldig.«

»Ich kann Sie nicht einfach in den neusten Ermittlungsstand einweihen!«

»Sie haben es doch selbst gesehen: Wenn Sie es nicht tun, tut es irgendjemand anders.«

Brady dachte nach. Im Kopf ging er die Menschen durch, die als Presseinformant in Frage kamen. Sean fiel sofort weg. Bevor der freiwillig ein Wort mit jemandem wechselte, würde er sich lieber den Kopf abhacken. Wen gab es noch? Lacey, Finn Fallon und gefühlte dreitausend Streifenbeamte. Das Spurensicherungsteam, den Tatortfotografen, die Gerichtsmediziner. Es könnte jeder gewesen sein. Vielleicht sogar Ian Sullivan, ihr Chef persönlich, dem sie gestern Abend noch einen Bericht über die bisherigen Ermittlungen vorgelegt hatten.

»Sind Sie noch dran, Detective?«

»Ja.« Er atmete durch. »Übers Wochenende wird es keine neuen Erkenntnisse geben. Keinen Obduktionsbericht und auch sonst nichts Bedeutendes. Schaffen Sie es, mit dem was Sie haben, über die nächsten Tage zu kommen?«

»Theoretisch ja. Ein paar Anwohnerinterviews, die Stellungnahme eines Psychologen zum Thema ... Ich denke, damit lassen sich die Wochenend-Schlagzeilen füllen.«

»Gut, dann hören Sie von mir, sobald es etwas Neues gibt, einverstanden?«

»Lassen Sie mich nicht zu lange warten.«

»Ich warne Sie, Chloe, steht auch nur ein Wort zu viel in den Berichten ...«

»Ich bin eine Frau, die zu ihrem Wort steht. Und jetzt entschuldigen Sie mich bitte wirklich. Ich habe zu tun.« Chloe legte auf.

Brady blickte einen Augenblick lang verdutzt auf das Telefon, dann löste er sich von der Wand und ließ Karte und Handy wieder in seine Jackentasche gleiten. Gleich würden Sean und er sich im Büro treffen und weiter die Straftäterdatei durchsehen. Danach waren die Vermisstenakten dran und Brady wollte gar nicht darüber nachdenken, welch einschläfernde Arbeit im Anschluss auf ihn wartete.

-17-

Während Dublin tags von Zeit zu Zeit in einen Dornröschenschlaf zu fallen schien, begann es nach Sonnenuntergang zu pulsieren. Manche sagten, die Stadt lebe eben nachts und alles, was man tun könne, sei sich daran zu gewöhnen. Oder aber man zog nach Malahide. Dort waren die Abende gediegen, fast andächtig vor dem ständig rauschenden Meereshintergrund. Deshalb war es für Patrick, seit er in Malahide lebte, jedes Mal befremdlich, abends in die City zu kommen.

Er hatte Grace erzählt, dass er in der Praxis noch Papierkram erledigen musste und sie war ein bisschen beleidigt gewesen, dass er das ausgerechnet am Samstagabend tat. Er verstand sie, doch er hielt es einfach nicht länger aus. Seit die beiden Polizisten ihn wegen dieser Visitenkarte befragt hatten, spukte ihm die Angelegenheit im Kopf herum und mit Grace darüber zu sprechen, hatte ihm nicht wirklich geholfen. Zwar versuchte sie ganz offensichtlich, die Ruhe zu bewahren, aber ihre Nervosität blickte immer wieder durch und machte ihn selbst nur noch nervöser. Er hatte keine Erklärung, wie seine Karte auf diese gottverlassene Farm gelangt war. Die ganze Zeit über drehten sich seine Gedanken um diese Frage. Seit er Freitagnachmittag die Praxis geschlossen hatte und es keinerlei Ablenkung mehr gab, war es umso schlimmer. Er musste dringend den Kopf frei kriegen und ihm war klar, dass es nur einen Weg gab, dies zu tun. Über die Weihnachtstage war er völlig abstinent gewesen und jetzt schrie alles in ihm nach Erleichterung.

Er war auf dem Weg zum Dolphin House, das – obwohl es der Name vermuten ließ – kein einzelnes Gebäude war, sondern eine lang gezogene Ansammlung aus Kastenbauten im Süden der Innenstadt. Dolphin's Barn, der Stadtteil in dem die Siedlung lag, gehörte zu den schäbigeren Gegenden Dublins, doch Patrick gefiel es hier. Sämtliche Bauten waren großzügig angelegt, die Straßen waren breit und von Grünflächen gesäumt. Selbst wenn Menschen unterwegs waren, wirkte Dolphin's Barn leer und vielleicht gerade deswegen hyperreal, wie ein konsequentes modernes Gemälde.

Patrick parkte den Wagen am Straßenrand, schloss ihn ab und betete, dass Graces unauffälliger Chevy hier weniger Aufsehen erregte als sein anderes, unauffälliges Auto in Glencullen. Er sah auf die Uhr. Jerzy und er hatten sich für halb sieben verabredet, doch es war gerade mal sechs. Patrick wusste, dass der Pole ihn keine Minute früher als vereinbart hereinlassen würde. Er beschloss, die Zeit sinnvoll zu nutzen, stieg aus dem Wagen und ging zu Fuß zum einzigen Supermarkt in der Gegend, einem Discounter, gut fünfhundert Meter die Cork Street runter.

Als er zurück zum Wagen kam, hatte es zu regnen begonnen und die Zeitung, die er gekauft hatte, war völlig durchgeweicht. Er setzte sich wieder ins Auto und sah sich die von Regentropfen gesprenkelte Schlagzeile an.

‚BRUTALER MORD ERSCHÜTTERT BRITTAS', prangte in dicken, schwarzen Lettern über einem Foto der Farm, die er bereits von seinem Verhör kannte. Der zugehörige Artikel war so reißerisch, wie man es von der Irish Sun erwartete. Der Mann, dessen Foto ihm die Ermittler gezeigt hatten, war laut der Sun tatsächlich gefoltert worden. Patrick wunderte sich über die Detailliertheit des Artikels, der fast wie eine Vorlage für Nachahmungstäter wirkte. Dem Opfer waren Schnittwunden im Gesicht und am Körper zugefügt worden, dazu zahllose Knochenbrüche. Zudem sollten ihm die Füße mit einem Hammer zertrümmert worden sein. ‚Möglicherweise handelt es sich dabei um ein Ritual. Der Beginn einer schaurigen Mordserie?', endete der Artikel.

Wenn Amy auf dieser Farm gewesen war, hatte der Kerl sie in seiner Gewalt gehabt und verdiente vieles, aber keinen mitleidigen Zeitungsartikel. Patrick spürte eine diffuse Wut in sich aufsteigen und es fiel ihm schwer, sich zu kontrollieren. Doch wenn er bei Jerzy auftauchte, musste er zumindest nach außen hin die Ruhe selbst sein. Er knüllte die Zeitung zusammen, warf sie achtlos in den Fußraum und konzentrierte sich ganz darauf, nicht an die letzten Tage zu denken. Nicht an Amys Sachen, nicht an den gestohlenen Wagen und schon gar nicht an die Verdächtigungen durch die beiden Detectives. All das würde ihn noch genug beschäftigen. Aber nach seinem Besuch bei dem Polen würde es einfacher sein.

-18-

Patrick blieb vor dem offenen Zugang zum Dolphin House Nummer Fünf stehen, holte sein Handy aus der Hosentasche und ließ zweimal klingeln. Dann steckte er sich eine Zigarette an, um den Rest der Nervosität niederzukämpfen. Während er rauchte hörte er, wie ein paar Stockwerke über ihm ein Fenster geöffnet wurde und widerstand der Versuchung, hinauf zu spähen. Er wusste, dass Jerzy jedes Mal kontrollierte, wer vor der Tür stand. Als würde ihm das im Ernstfall etwas nützen. Die Garda war zwar nicht das NYPD und wurde oft verlacht, weil die Streifenbeamten nicht einmal Schusswaffen trugen, doch so blöd, hier in Uniform aufzutauchen, waren sie sicher auch nicht.

Das Fenster wurde geschlossen. Patrick nahm einen tiefen Zug aus seiner Zigarette. Dann ließ er sie zu Boden fallen und trat sie aus.

Ein paar weitere Sekunden vergingen, bis schließlich sein eigenes Handy klingelte. Weil es keine Haustür gab, signalisierte ihm Jerzy so, dass er eintreten durfte.

Patrick betrat den Flur und musste, wie jedes Mal, wenn er nach längerer Zeit herkam, erst einmal mit dem Geruch zurechtkommen, einem fettigen, säuerlichen Dunst, der schwer zu beschreiben war. Es war dämmrig und Rauchschwaden durchzogen die Luft. Manchmal, wenn er zu Hause oder in der Praxis war und es besonders schlimm wurde, überrollte ihn dieser Geruch wie eine Welle, so dick und zudringlich als befände er sich wirklich in diesem Hausflur. Manchmal wurde ihm übel davon, manchmal wurde er auf seltsame Weise hungrig und durstig zugleich; eine Gier, die sich im Magen zuerst bemerkbar machte, dann in der Kehle, die seine Eingeweide zusammenzog und ihn dazu brachte, ein ums andere Mal hier aufzutauchen, allen guten Vorsätzen zum Trotz.

Immer zwei Stufen auf einmal nehmend, stieg er die Treppen hinauf. Die Tür zu Jerzys Wohnung im vierten Stock war geschlossen und wurde erst einen Spalt weit geöffnet, als er den oberen Treppenabsatz erreichte. Über eine Sicherheitskette hinweg sah ihm Jerzy aus geröteten Augen entgegen. Er war jung. Jünger als Patrick, doch seine Züge waren verhärtet und seine Haut war fahl. Patrick wusste nicht viel über ihn und das wollte er auch gar nicht. Jerzy war für ihn ein Mittel zum Zweck und er war dasselbe für Jerzy. So einfach war das.

»Du warst 'ne Weile nicht hier.« Jerzy zog die Nase hoch und musterte Patrick von oben bis unten.

»Ich hatte keinen Bedarf.« Er blieb vor der Tür stehen und wartete darauf, dass Jerzy seinen Verfolgungswahn in den Griff bekam. Er wusste, wie man sich in solchen Situationen am besten verhielt. Zurückgenommen. Aufrichtig. Harmlos. Zumindest erstmal.

Jerzy blickte an Patrick vorbei, als erwarte er dort den wie auch immer gearteten Feind, der mit einem Rammbock bewaffnet aus dem Nichts auf seine Wohnung zustürmte. Als dies nicht geschah, entspannte er sich sichtlich. Er löste die Kette, öffnete die Tür und bat Patrick mit einer Handbewegung herein.

»Ich muss dich abtasten.«

»Nur zu.«

Bei seinen ersten Besuchen hier hatte Jerzys Gehabe ihn beeindruckt. Mittlerweile war es Gewohnheit, ein Teil des Ganzen, dessen Fehlen ihm komisch vorgekommen wäre. Dealer waren paranoid, Junkies genauso. In einer von Misstrauen geprägten Atmosphäre konnten Rituale überlebenswichtig sein. Und waren sie noch so unsinnig.

»Gut, du bist sauber. Komm mit.«

Patrick folgte Jerzy durch den lang gezogenen Flur.

»Keinen Bedarf also?« Jerzys schwerer osteuropäischer Akzent ging ihm bei jedem seiner Besuche aufs Neue auf die Nerven. Soweit Patrick wusste, war er in Dublin geboren und aufgewachsen, aber er sprach, als käme er aus der tiefsten Ukraine.

»Du weißt doch wie's läuft.« Patrick blickte sich in der Wohnung um. Die Wände des Korridors waren gleichermaßen mit Schimmel und Postern von Autos und nackten Frauen bedeckt. Drei verzogene Holztüren führten von hier aus in die Küche, ins Bad und in einen Raum, den Jerzy stets verschlossen hielt. Vermutlich fand dort sein Privatleben statt.

»Ist nicht gesund, wie's bei dir läuft. Keine halben Sachen, verstehst du? Das ist nicht gut für dich. Nicht hier ...« Er schlug sich vor die Brust. »... und hier auch nicht.« Er tippte sich an die Stirn.

Patrick zog eine Augenbraue hoch. »Wer von uns ist der Arzt, du oder ich?«

»Du bist Experte auf deinem Gebiet, kolega, und ich auf meinem.« Jerzy grinste und entblößte eine Reihe von Zähnen, die alles andere als gesund aussahen. »Also, was brauchst du?« Er löste sich von der Tür und machte ein paar Schritte auf die Küche zu. Seine Füße schlurften dabei geräuschvoll über den Teppichboden.

»Um ehrlich zu sein, bin ich nicht deswegen hier. Nicht nur.« Patrick war sich nicht sicher, wie er das Thema am besten ansprechen sollte.

»Wenn du nichts kaufen willst, verschwinde. Ich hab keine Zeit für dämlichen Small Talk.« Jerzy wirkte nicht unbedingt beschäftigt, doch er hatte eine Unruhe an sich, die Patrick nicht gefiel.

»Was ist, hast du Geldprobleme?« Die Frage war unbedacht. Sie klang so und sie fühlte sich auch so an. Aber jetzt war es zu spät.

Jerzy hatte seinen herausfordernden Tonfall offenbar nicht überhört. Er drehte sich zu Patrick um und das Grinsen auf seinem scharf geschnittenen Gesicht war angriffslustig. »Was soll die blöde Frage?«

Patrick entschied sich, zur Sache zu kommen. »Mein Wagen wurde gestohlen. Vorletzte Nacht in Glencullen.«

»Ach.« Jerzy setzte sich an den Küchentisch und blickte Patrick an. »Und jetzt hast du mich im Verdacht?« Der Pole wies auf sich selbst, dann lachte er leise und schüttelte den Kopf, während er den Blick auf die fleckige Tischplatte senkte.

»Was?« Patrick betrat langsam die Küche. Er war noch immer auf der Hut, denn er wusste, dass Jerzy nicht so harmlos war, wie er aussah. Als ihm der Pole empfohlen worden war, kurz nach der ersten Line seines Lebens, war er gewarnt worden, dass Jerzy nicht nur ein Dealer, sondern auch ein jähzorniger Schläger war, der neben Koks mit Schlagringen, Butterflys und Schusswaffen handelte.

»Du machst es dir einfach, mein Freund! Wenn dich jemand auf der Straße überfällt oder dich am Geldautomaten ausspäht und anschließend dein Konto leer räumt, war das dann auch ich?« Jerzy lachte wieder. »Weil ich der einzige Kriminelle bin, den du kennst? Ist es das, du Saubermann?«

Patrick wusste nicht, was er sagen sollte. Natürlich hatte Jerzy Recht. Er war der Einzige aus seinem Bekanntenkreis, der sein Geld nicht ehrlich verdiente. Aber war es wirklich logisch, ihn deshalb auch für den Autodiebstahl verantwortlich zu machen?

»Du kennst mein Kennzeichen und du weißt, was für einen Wagen ich fahre. Vielleicht kaufe ich zu wenig für deinen Geschmack und du dachtest, du machst ein zusätzliches Geschäft.« Patrick blickte sich in der kargen Küche um. Es roch gammelig und nichts hier drin zeugte davon, dass gerade erst Weihnachten gewesen war.

»Ein Geschäft mit deiner Blechkiste?« Jerzy stand auf. »Ich glaube, das glaubst du selber nicht.« Der Pole machte ein paar Schritte auf ihn zu und blieb vor ihm stehen.

Patrick musste zugeben, dass er Recht hatte. Sein Wagen war alt und verbeult, er hatte es nie geschafft, ein Auto als Statussymbol zu betrachten und sich dementsprechend ein neueres zuzulegen.

»Wenn du deine Versicherung betrügen willst, musst du es schon klüger anstellen. Autodiebe, sogar Joyrider, klauen nur Wagen, die was hermachen. Bei deiner Karre ist spontane Selbstentzündung noch wahrscheinlicher als ein Diebstahl.«

Patrick schüttelte den Kopf und fuhr sich mit den Händen durchs Gesicht. Was Jerzy sagte stimmte absolut und doch war der Wagen verschwunden.

»Vielleicht hast du zu viel getrunken und die Kiste irgendwo stehen lassen. Mal die Pubs in der Gegend abgeklappert?«

Stirnrunzelnd sah Patrick den Dealer an. »So ein Schwachsinn. Ich habe nicht zu viel getrunken.«

»Aber vermutlich kräftig Downer eingeschmissen. Valium? Faustan? Diazepam ist ein heißer Blackout-Kandidat, Herr Doktor.«

»Halt die Klappe, Jerzy.« Patrick fragte sich, ob es möglich war, dass der Pole Recht hatte. Konnte es sein, dass er in der Nacht des fünfundzwanzigsten nicht bloß einen Spaziergang gemacht, sondern sich in den Wagen gesetzt hatte? Sein Herz begann schneller zu schlagen. Was, wenn er geblitzt worden war? Wenn ihn irgendjemand gesehen hatte? Das würde ihm nur wieder Callahan und McCarthy auf den Hals hetzen.

Jerzy betrachtete ihn, dann ließ er ein heiseres Lachen hören. »Scheiß dich mal nicht ein, ja? Ich mach dir nur klar, dass es nicht ich gewesen sein muss, nur weil dir das gerade gut in den Kram passen würde.« Er nahm eine Blechdose, die mit Blumen- und Schifffahrtsmotiven verziert war, aus der Schublade und stellte sie auf dem Tresen ab. Dann blickte er Patrick an. »Also, was brauchst du?«

Patrick riss sich abermals zusammen. Er musste den Deal hier vernünftig über die Bühne bringen, dann würde er sich ordentlich das Hirn freiblasen und anschließend in Ruhe über alles nachdenken. Jerzys Idee war zudem völlig absurd. Er wusste genau, wie er die Nacht verbracht hatte, in der das Auto verschwunden war. Keine Spur von einem Blackout.

»Fünf Gramm«, antwortete er schließlich. Das war seine Standardmenge. Er redete sich ein, dass die Welt in Ordnung sei, solange er nicht mehr als fünf Gramm auf einmal kaufte, denn was waren schon fünf Gramm? Allerdings zählte nur die Menge, nicht die Häufigkeit seiner Besuche bei Jerzy – auch, wenn er dreimal die Woche fünf Gramm kaufte, war die Welt in Ordnung. Zu wissen, dass man ein Heuchler war, machte es nicht einfacher, einer zu sein.

Er sah zu, wie Jerzy die Blechdose öffnete, die gut bis zu einem Drittel mit Kokain gefüllt war. Der Anblick ließ ihn schwindeln.

Jerzy gab das abgewogene Kokain mit einem winzigen Plastiklöffel in einen kleinen Beutel und drehte sich zu Patrick um. »Du kannst hier eine Line nehmen, wenn du willst.«

Patrick schüttelte den Kopf. »Danke.«

Jerzy zuckte gleichgültig mit den Schultern und verschloss das Beutelchen. Dann sah er Patrick herausfordernd an. »Das mit deinem Auto.« Er zog die Nase hoch und schloss die Schublade. »Das steht jetzt nicht zwischen uns, oder?«

Patrick sah sich und Jerzy in keinem Verhältnis, das etwas zwischen ihnen hätte stehen lassen können. Deshalb verneinte er und streckte ihm die Geldscheine entgegen, die er sich schon im Wagen zurechtgelegt hatte.

Der Pole nahm das Geld entgegen. Routiniert zählte er die Scheine durch, dann blickte er wieder Patrick an. »Gut, denn falls doch, lass ich dich auffliegen. Ich hoffe, das ist dir klar.« Wieder ließ er sein zahnkrankes Grinsen sehen. »Und du willst deinen Job doch behalten, nicht wahr?«

-19-

Als Patrick die Haustür hinter sich schloss, kam Grace ihm gleich entgegen gelaufen und legte sich einen Finger auf die Lippen. Dann wies sie nach oben und lächelte matt.

»Du hast sie früh ins Bett geschickt.« Er zog seine Frau an sich und küsste sie zur Begrüßung. Sie erwiderte seinen Kuss, doch als er die Hände über ihren Hintern wandern ließ, hielt sie sie fest.

»Was hast du?«

»Denkst du nicht, dass wir reden sollten?« Grace streichelte ihm gedankenverloren über die Hände. »Es geht dir nicht gut seit dieser Sache bei deinen Eltern.«

»Es geht mir bestens.«

»Du musst mir nichts vormachen.«

Patrick machte sich los und ging an ihr vorbei ins Wohnzimmer. Dann öffnete er die Terrassentür, trat nach draußen und zündete sich eine Zigarette an.

»Patrick …« Grace folgte ihm, blieb aber in der Tür stehen. »Warum bist du nicht ehrlich zu mir?«

»Was soll ich denn deiner Meinung nach tun? Rumjammern? Durchdrehen? Was hättest du gerne?« Er zog an seiner Zigarette und blies den Rauch in die Luft. Für einen Moment genoss er es, wie der Qualm seine Sicht vernebelte, wie die Welt hinter einem scheinbar undurchdringbaren Schleier verschwand. Dann riss ihn Grace jäh aus dieser Illusion.

»Jetzt sei doch nicht albern! Ich möchte einfach, dass du mit mir sprichst, wenn dich etwas belastet.«

»Ich komme zurecht.« Er trat an Grace heran und drückte ihr einen Kuss auf die Stirn. »Autos werden dauernd gestohlen und–«

»Es geht nicht um das Auto, und das wissen wir beide. Es geht um deine Schwester und um diesen seltsamen Mordfall. Tu doch bitte nicht, als würdest du das alles so leicht nehmen.«

Was sollte er sagen? Dass er genug Kokain intus hatte, um alles, was Grace gerade ansprach, für die nächsten Stunden vergessen zu können und dass er das eigentlich auch wollte? »Grace … Schatz. Können wir nicht einfach den Abend genießen?«

Sie musterte ihn zweifelnd. »Ich weiß nicht.«

»Komm schon.« Er nahm ihr Gesicht in die Hände und küsste sie erneut. »Das hier ist alles, was du im Moment für mich tun kannst.« An den Hüften schob er sie sanft zurück in Richtung Wohnzimmer und diesmal ließ sie es geschehen. Sie nahm ihm die Zigarette aus der Hand, ließ sie auf die Terrasse fallen und schlang die Arme um ihn. Er bedeckte ihren Hals mit Küssen, verbannte ihr unschönes Gesprächsthema aus seinem und hoffentlich auch aus ihrem Kopf.

Nachdem sie auf dem Sofa miteinander geschlafen hatten, so leidenschaftlich es möglich war, wenn man eine Dreijährige im Haus hatte, lag Grace in seinem Arm und schwieg, weil sie nach dem Sex immer schwieg.

Patrick hingegen wünschte sich, sie hätten es oben im Bett gemacht. Dann hätte er gewartet, bis sie schlief, und sich noch einmal hinaus geschlichen, zu seiner Jacke und dem, was er in der Innentasche aufbewahrte. Der Rausch nahm stetig ab und anstelle der erhabenen Leere erfüllten plötzlich doch die Gedanken seinen Kopf, über die Grace vorhin mit ihm hatte reden wollen.

Die Nervosität war wieder da und zwar, wie um eine seltsame Art von Gerechtigkeit herzustellen, heftiger als zuvor. Die Gedanken an Amy kehrten in seinen Kopf zurück. War sie all die Jahre über einfach verschwunden gewesen, gab es jetzt auf einmal jemanden, der sich ihrer Sachen entledigt hatte, ein menschliches Wesen, einen greifbaren Feind. Hatte derselbe Jemand seinen Wagen gestohlen und seine Karte bei diesem Toten deponiert? Oder war alles ganz anders, verborgen hinter einem undurchschaubaren Nebel, der sich um Patrick schloss und immer dichter wurde ...

Sein Puls beschleunigte sich und für einen Moment schien sich der Raum um ihn zu drehen. Er hielt Grace fester und sie spürte es. In ihrer Stimme schwang Sorge mit.

»Alles in Ordnung?«

Patrick erwiderte ihren Blick und lächelte. Er sagte sich, dass dieser Zustand nach der ersten Line seit mehr als einer Woche völlig normal war, dass er die Kehrseite der Medaille doch eigentlich gut genug kennen müsste. Dennoch war diesmal etwas auf besorgniserregende Weise anders. Durch die Ereignisse der letzten zwei Tage fühlte er sich, als sei das hier die berüchtigte Ruhe vor dem Sturm und es fiel ihm schwer, sich dieses Gefühl auszureden.

-20-

Montags aufstehen war noch nie Bradys Ding gewesen. Nach einem arbeitsfreien Wochenende kam er schon kaum aus dem Bett, aber nachdem sie die letzten beiden Tage durchgearbeitet hatten, fühlte er sich heute Morgen regelrecht wie gerädert.

Trotzdem schoss sofort Adrenalin durch seinen Körper, als er das Dezernat betrat. Die morgendliche Stimmung auf dem Revier war immer dieselbe. Um diese Uhrzeit waren die Stimmen noch leise, es roch nach Kaffee und nur jede zweite Neonlampe auf dem Flur brannte. Im Laufe des Tages würde sich das Dezernat allerdings zu einem wahren Bienenstock entwickeln. Die Stimmen würden lauter werden, die Kollegen hektischer und das Licht greller. Befehle würden durch die Gänge schallen, kleine Meinungsverschiedenheiten zu Streitereien werden, das Telefon unablässig klingeln und sie alle in den Wahnsinn treiben.

»Guten Morgen.« Brady betrat das Büro, das er sich mit Sean und seit heute mit einem weiteren Detective teilte. Er schien nicht viel älter zu sein als Brady, vielleicht dreißig oder fünfunddreißig, und er hatte einen wachsamen Ausdruck in den Augen. Brady war froh, dass Sullivan sein Wort gehalten und ihnen direkt einen Kollegen zur Seite gestellt hatte. Der Fall war zu komplex, als dass sie ihn zu zweit hätten aufklären können.

Brady beugte sich über den Tisch und hielt dem Neuen die Hand hin. »Brady McCarthy.«

Der Beamte stand auf und reichte ihm die Hand. »Kilian Westwood, guten

Morgen. Es ist mir eine Ehre mit Ihnen und Ihrem Partner zusammenzuarbeiten. Ich werde Sie bestmöglich unterstützen.«

»Wir können auch jede Hilfe gebrauchen.« Brady setzte sich und rollte mit seinem Stuhl ans Fenster, um das Rollo hochzuziehen.

»Ich habe Mister Callahan schon angeboten, die letzten Dateien durchzusehen und mit dem Opferfoto und dem Phantombild abzugleichen. Dann können Sie sich anderweitig–«

»Wenn ihr fertig damit seid, euch gegenseitig vollzuschleimen, was im Übrigen wirklich erbärmlich auf mich wirkt, dann würde ich euch gerne die neusten Ergebnisse vorlegen.« Sean saß in seinem Stuhl und sah noch mürrischer aus als gestern Abend.

»Liegt der Obduktionsbericht schon vor?«

»Nein, aber der Abgleich vom DNA-Schnelltest.«

Brady musste das Ergebnis gar nicht hören, um zu wissen, was die Analyse ergeben hatte. »... sie ist es, oder? Es ist ihr Grab.«

Sean nickte. »Es ist ihr Grab, ihr Nachthemd und es ist ihr Blut im Keller. Aber nicht nur *ihr* Blut.«

Brady blickte auf. »Scheiße, bedeutet das, dass ...«

»Wer auch immer Amy Namara festgehalten hat, er hatte noch mindestens zwei weitere Personen in seiner Gewalt.«

Brady brauchte einen Moment um zu verstehen. »Und wo sind die anderen beiden Personen jetzt?«

»Es gibt ja nicht allzu viele Möglichkeiten: Entweder sie sind ebenfalls tot, sie sind geflohen oder Patrick Namara hat sie bei seinem Besuch mitgenommen.«

»Unsinn, das würde er doch nicht machen! Was soll er denn mit zwei Kindern, die ... Moment mal. Du glaubst, Patrick Namara hat Amy und zwei andere Personen dort festgehalten?«

Sean zuckte mit den Achseln. »Ich *glaube* noch gar nichts.«

»Das könnte bedeuten«, mischte sich jetzt Kilian ein, »dass unser Opfer den beiden noch lebenden Kindern zur Hilfe kommen wollte ...«

»Und Mister Namara ihn überrascht hat. Er hat ihn getötet und seine beiden Opfer in ein anderes Versteck gebracht«, vervollständigte Sean den Satz.

»Das glaube ich nicht. Namara wirkt nicht wie ein kranker Irrer.« Brady rollte zu seinem Platz zurück. »Außerdem dürft ihr den hauseigenen Folterkeller und die Tatsache nicht vergessen, dass das Milchgebiss aus dem Grab von einem längst verwesten Körper stammt.«

»Dann lassen Sie mal *Ihre* Theorie hören«, bat Kilian.

»Alle drei sind von Mister Klumpfuß festgehalten worden. Überlegt doch mal – mit dieser Behinderung konnte er die Farm auf keinen Fall allein betreiben. Mit der Zeit hat er die anderen aber getötet. Namara hat Wind davon bekommen und auch noch seinen Kopf zu Klump gehauen. Aus Rache, Verzweiflung oder von mir aus auch Perversion.«

»Wir haben aber nur einen Sack mit Kindersachen gefunden. Und nur ein Grab«, erwiderte Kilian so selbstverständlich, als wäre er dabei gewesen.

»Vielleicht wechseln Mister Klumpfuss und seine Helfer ab und zu den Ort.«

»Unmöglich«, wandte Kilian wieder ein. »Die Milchzähne stammen von Amy Namara, was bedeutet, dass sie bei ihrem Tod zwischen sechs und neun Jahre alt war. Sie ist auf der Farm begraben worden. Die Leiche des Mannes war frisch. In den letzten neunzehn Jahren hat er also nicht den Ort gewechselt.«

»Aber wo sind die anderen Kinder dann? Sofern es sich um Kinder handelt.«

»Namara«, sagten Sean und Kilian wie aus einem Mund.

Brady schüttelte den Kopf. »Das passt doch nicht zusammen. Du sagst doch selber immer, dass wir keine voreiligen Schlüsse ziehen sollen, Sean, und genau das tust du gerade.«

»Es geht hier um Kindermord. Da zählt jede Minute.«

»Ach und hier darf man plötzlich wild spekulieren und andere nach Belieben verdächtigen?« Brady stand auf und trat ans Fenster. »Ihr solltet beide mal wieder runterkommen. Namara war's nicht. Vermutlich stammt das Blut im Keller nicht mal von irgendwelchen Menschen.«

»Ich glaube, dass unsere Analytiker gut genug arbeiten, um Tier- und Menschenblut zu unterscheiden.«

»Selbst wenn.« Brady zuckte mit den Schultern. »Ihr habt trotzdem keine Beweise. Vielleicht *hat* Namara diesen Kerl getötet, aber sicher hat er niemanden entführt.«

»Vielleicht haben sie ihre Chance gesehen und sind geflohen, nachdem Namara Klumpfuß den Garaus gemacht hat«, mutmaßte Kilian.

»Verflucht, ja.« Brady wandte sich zu den beiden um. »Der Kerl mit der Narbe!«

»Sie meinen ...«

»Ja.« Brady nickte. »Ist die Fahndung schon rausgegangen? Vielleicht ist er nicht nur ein wichtiger Zeuge, sondern auch Opfer!«

»Am Freitag ist das Bild an alle Einheiten gegangen, heute Morgen ist es in der Zeitung erschienen«, erklärte Sean. Er wirkte skeptisch.

»Ich werde mich noch mal in Brittas umhören.«

»Tu was du nicht lassen kannst«, sagte Sean, dann wandte er sich an Kilian. »Dann können Sie den Namaras mitteilen, dass der Tod ihrer Tochter jetzt zweifelsfrei belegt wurde.«

»Ich? Es ist Silvester und–«

»Sie wollen sich doch nützlich machen. Also los.« Damit war das Thema für Sean erledigt und Brady war heilfroh, dass ihm diese furchtbare Aufgabe nicht zugekommen war.

-21-

Am Silvestermorgen warteten, trotz des bevorstehenden Feiertages, bloß eine Handvoll Patienten auf Patrick, vorwiegend Großmütterchen, die zu kichern anfingen, sobald er nur den Kopf ins Wartezimmer steckte. Ein paar davon waren erkältet, die anderen hatten einfach Langeweile und erzählten ihm lang und breit von ihren Rückenschmerzen, ihren Gichtfingern und den geschwollenen Lymphknoten, die nur sie selbst ertasten konnten.

»Hier, Doktor, sehen Sie?« Die alte Dame auf seinem Behandlungstisch hatte sich bis auf den BH ausgezogen und wies auf einen Ausschlag, der sich von ihren Rippen über die Taille bis zum Becken zog.

»Bitte?« Patrick blickte auf und stellte erschrocken fest, dass er keine Ahnung hatte, weshalb sie hier war. Zwar hatte sie, seit sie ins Behandlungszimmer gekommen war, ununterbrochen geredet, doch er hatte schlicht und einfach abgeschaltet, nicht zugehört.

»Hier, dieser Ausschlag. Sehen Sie?«

»Ja, natürlich. Wann ist er Ihnen zum ersten Mal aufgefallen?«

Die Patientin kniff ihre spärlichen Augenbrauen zusammen. »Dienstag. Sagte ich doch bereits.«

»… lassen Sie mich mal sehen.«

»Tue ich ja.«

Patrick überging die verärgerte Bemerkung der Frau und nahm ein paar Latexhandschuhe aus dem Spender. Er schlüpfte mühelos hinein, denn das Maisstärkepulver sorgte dafür, dass die Finger nicht zusammenklebten. Der Mörder des bärtigen Mannes auf der Farm hatte Handschuhe wie diese benutzt, vielleicht das gleiche Fabrikat. Vielleicht ein Paar aus der gleichen Packung …

»Kriegen Sie das heute noch hin, Doktor? Ich habe wirklich nicht ewig Zeit.«

»Sicher, ich …« Er gab sich einen Ruck und wandte sich der Frau zu, betastete vorsichtig die Pusteln an ihrem Körper. Vermutlich hatte sie an den Weihnachtstagen einfach anders gegessen als sonst und sich eine Lebensmittelallergie eingehandelt. Es war nicht bedrohlich, doch die Patientin wirkte enttäuscht von dieser Diagnose. Nachdem er geschlagene zehn Minuten versucht hatte, ihr klar zu machen, dass der Ausschlag auch ohne Medikamente weggehen würde, zog sie endlich ab. Patrick ließ sich auf seinen Schreibtischstuhl fallen und gönnte sich eine Minute Pause. Er hätte seinen Vater als Landarzt von Glencullen ablösen sollen, dann würde er heute den Großteil des

Tages im Auto verbringen und hätte seine Ruhe. Andererseits würde das auch bedeuten, dass er in diesem Dorf festsitzen und all die Erinnerungen, die er am liebsten löschen würde, jeden Tag vor Augen hätte.

»Doc? Ich schicke die Nächste rein.« Felicia, seine Sprechstundenhilfe, klang fröhlich wie immer. Sie war eine übergewichtige Dreifachmutter, die froh war, dass sie wieder einen Job gefunden hatte. Dazu noch einen, bei dem sie nicht viel mehr tun musste, als herum zu sitzen und freundlich zu sein.

Patrick drückte auf den Knopf der Gegensprechanlage. »Ja, tun Sie–« Das Telefon schrillte und er brach ab. »Nein, warten Sie noch einen Augenblick. Ich habe hier ein Telefonat.«

Wer die offizielle Nummer seiner Praxis anrief, landete normalerweise bei Felicia an der Rezeption. Seine direkte Durchwahl hatten nur Grace und seine Eltern. Hektisch griff er nach dem Hörer. »Namara?«

»Patrick?« Seine Mutter, schluchzend und völlig aufgelöst.

»Ja, ich bin am Apparat.« Schlagartig fühlte sich seine Kehle an wie zugeschnürt. Er wusste, dass etwas geschehen war und einem Teil von ihm war klar, was seine Mutter sagen würde, noch bevor sie es tat.

»Sie haben ...« Der zweite Teil des Satzes ging in Evelyns lang gezogenem Schluchzen unter. »... ihre Überreste gefunden, Patrick.«

Patrick schloss die Augen und umklammerte den Hörer fest, damit er ihm nicht aus der Hand rutschte.

»Sie war auf dieser Farm begraben«, fuhr seine Mutter fort. »Alles, was übrig ist, sind ihre Zähnchen ...«

Aus dem Hintergrund hörte Patrick seinen Vater leise auf sie einreden, doch Evelyn konnte sich nicht beruhigen.

»Ich muss auflegen, Mum.« Seine Stimme klang in seinen eigenen Ohren belegt und fremd. Er brachte die Worte kaum heraus, doch er konnte ihr nicht weiter zuhören. Es ging einfach nicht.

»Patrick? Du–«

Er beendete den Anruf, sank in seinen Stuhl zurück und starrte das Telefon an. Die Stimme seiner Mutter hallte durch seinen Kopf. *Ihre Überreste.* Er sah ein winziges Skelett vor sich und schüttelte den Kopf, damit das Bild verschwand. Dann griff er nach dem Hörer, um Grace anzurufen, und ließ die Hand gleich wieder sinken. Er musste sich erst beruhigen.

Die Tür öffnete sich und Patrick sah aus dem Augenwinkel eine weitere Patientin – einen karierten Mantel und eine Regenhaube aus Plastik. Hatte er Felicia nicht mehr als deutlich gesagt, dass sie niemanden hereinlassen sollte?

»Bitte gehen Sie.«

Die Frau war offenbar schwerhörig. »Herr Doktor, schön dass ich es vor Silvester noch schaffe ...«

»Ich sagte: Bitte gehen Sie! Verlassen Sie das Zimmer, los!« Während er sprach, sprang er auf, trat hinter dem Schreibtisch hervor, eilte zu der Frau und schob sie aus dem Behandlungsraum. Dann knallte er die Tür zu, lehnte sich schwer dagegen und sank zu Boden. Amys Überreste waren gefunden worden – die Neuigkeit fühlte sich in seinem Kopf an wie ein Fremdkörper, wie etwas Widerwärtiges, dessen Existenz allein ihn krank machte.

Das Klicken der Gegensprechanlage. »Doc? Doktor Namara? Ist alles okay?«

Er antwortete nicht, was sollte er auch sagen? Worte hätten nicht beschreiben können, wie *wenig* okay alles gerade war.

Hektisch tastete Patrick die Taschen seiner Jeans ab. Er fand das Kokain und verschüttete es fast, so stark zitterten seine Hände. Seine Augen brannten und sein Kopf schien explodieren zu wollen. Dies war der Moment. Amys Geschichte endete hier. Patrick schüttete sich das Pulver auf den Handrücken und beeilte sich, es zu nehmen, doch es war zu spät, es trat keine Erleichterung ein. Immer wieder jagten die Worte seiner Mutter durch sein Hirn. Er ließ den Kopf gegen die Tür sinken und presste die Hand vor seine Nase, damit der Stoff nicht gleich wieder hinaus lief, während heiße Tränen über sein Gesicht strömten.

-22-

Der schwarze Mann kam nicht nur ein Mal zu ihr. Immer wieder schloss er die Tür auf, schaute in den Raum und beobachtete sie, minutenlang, ohne sich zu bewegen. Irgendwann, als ihr Hals schon brannte vor lauter Durst, traute sie sich, etwas zu ihm zu sagen. Fragte ihn, ob sie ein Glas Wasser haben dürfte. Irgendwann fing sie an zu weinen, obwohl sie das eigentlich nicht wollte, und es nützte auch nichts. Der schwarze Mann blickte sie nur an, bewegte sich nicht und gab ihr nie eine Antwort. Jedes Mal schloss er die Tür nach einer Weile wieder ab und ging.

Irgendwann war sie sich sicher, dass der schwarze Mann sie verhungern und verdursten lassen würde. Sie dachte an ihre Eltern, die sie sicher schon suchten, die bestimmt traurig waren wegen ihr und die noch trauriger sein würden, wenn sie sie irgendwann fanden und sie vor Durst und Hunger gestorben war. Sie fing an, ihre eigene Spucke zu sammeln und sie zu trinken wie Wasser und wenn sie weinte, dann leckte sie die Tränen mit der Zunge von ihren Wangen. Der Mann sah ihr manchmal dabei zu, aber er sprach nie auch nur ein einziges Wort. Mit der Zeit wurde sie müde und sie bekam gar nicht mehr richtig mit, wenn er die Tür aufmachte. Seine Besuche fühlten sich wie ein Traum an und sie war zufrieden damit, denn das bedeutete vielleicht, dass sie doch noch aufwachen würde. Aber sie wachte nicht auf. Stattdessen kam der schwarze Mann irgendwann in das kleine Zimmer und zog den Vorhang auf.

Das plötzliche Licht blendete Amy. Sie machte die Augen zu und spürte die Sonnenstrahlen auf ihrem Gesicht. Der Mann kam näher. Er roch genau wie die Matratze, alt und vermodert, wie es manchmal im Wald roch, wenn es geregnet hatte. Der Mann machte etwas am Bettpfosten, aber sie wollte die Augen nicht öffnen. Ihr Kopf tat weh, das Licht brannte auf ihren Lidern. Sie fragte sich, ob der Mann es gleich wieder dunkel machen würde, da merkte sie auf einmal, dass sie ihre Beine bewegen konnte.

Amy öffnete die Augen und bunte Punkte tanzten durchs Zimmer. Sie brauchte einen Moment, bis sie ihre Waden erkennen konnte, die da, wo das Seil gesessen hatte, matschig und wund aussahen. Dann machte der Mann auch ihre Hände los, legte sie wie bei einer Puppe links und rechts neben ihr ab. Die Seile schnitten und bissen sie nirgends mehr und sie schielte auf ihre Finger. Bewegen konnte sie sie nicht.

Der schwarze Mann beugte sich zu ihr herunter und hob sie vom Bett auf. Sie wollte sich wehren, aber es ging nicht. Sie versuchte, etwas zu ihm zu sagen, aber das Geräusch, das sie machte, hörte sich ganz anders an, als sie erwartet hatte, es waren keine Worte, nur ein Laut, und der Mann reagierte gar nicht darauf. Er trug sie in einen schmalen Korridor. Hier gab es kein Blumenmuster an den Wänden, der Boden knarrte und es roch noch komischer als in dem Zimmer. Irgendwie süß, wie bei ihnen zu Hause, wenn ihre Mum gebacken hatte. Der Hunger krampfte ihren Bauch zusammen und sie schob den Gedanken fort, weil er ihr zu wehtat.

Der Mann ging mit ihr eine Treppe hinab. Er lief komisch und sie hatte das Gefühl herunterzufallen. Sie hob einen Arm, aber nach ein paar Zentimetern wurde es zu anstrengend und dann war die Treppe auch schon vorbei. Der Korridor ging weiter, der süße Geruch war jetzt überall und sie hörte jemanden leise singen, eine Frauenstimme, ohne Worte, ein freundliches Summen wie bei ihrer Mutter, wenn sie richtig gute Laune hatte.

»Mum ...«, hörte sie sich selbst krächzen. Der schwarze Mann sagte nichts. Er brachte sie näher an das Summen heran, näher an den süßen Geruch. Ihr lief das Wasser im Mund zusammen und aus Gewohnheit sammelte sie es, schluckte es gierig, stellte sich vor, es wäre frisch. Dann spürte sie, wie sie abgesetzt wurde. Sie konnte sich nicht auf den Beinen halten und landete unsanft auf dem Boden. Mühsam hob sie den Blick und sah die Füße einer Frau, die in weißen Sandalen steckten. Die Frau kam näher, blieb vor ihr stehen und ging in die Knie.

»Du armes Ding«, flüsterte sie und strich ihr übers Haar.

Amy versuchte, sich aufzurichten, aber es ging nicht, und das Herz schlug ihr bis zum Hals. Die Frau schien zu merken, dass sie Schwierigkeiten hatte und griff ihr unter die Arme.

»Komm, ich helfe dir.« Sie zog Amy mühelos in die Höhe und setzte sie auf einen Stuhl. Nach all der Zeit auf dem Bett fühlte es sich seltsam an zu sitzen,

ihr war schwindelig und sie befürchtete, dass sie jeden Augenblick wieder auf den Boden fallen würde. »Mein armes Mädchen, was hat man mit dir gemacht?« Wieder strich ihr die Frau übers Haar, dann nahm sie Amys lange Strähnen in ihre Hände, hielt sie zurück und betrachtete sie wie etwas, das sie kaufen wollte. »Wunderhübsch«, sagte sie schließlich leise und fing an zu lächeln. »Als ich klein war, war ich auch so hübsch.«

Erst jetzt traute sich Amy, die Frau genauer anzusehen. Sie war jung, jünger als ihre Mum, aber irgendwas an ihr sah alt aus. Alt und traurig. Sie hatte gebräunte Haut, große, dunkle Augen und einen strengen Haarknoten. Ein bisschen erinnerte sie Amy an ihre Lehrerin aus der Vorschule. Sie dachte an ihre Klasse, an ihren Platz am Fenster neben Abigail und wie es dort immer nach Wachsmalstiften roch, und ohne dass sie es verhindern konnte, schossen neue Tränen in ihre Augen.

»Sssht.« Die Frau beugte sich zu ihr herunter und drückte sie an sich. »Du musst nicht weinen, mein Liebling. Du bekommst jetzt eine anständige Mahlzeit und dann fühlst du dich besser.«

Amys Magen knurrte, aber sie weinte nicht wegen einer Mahlzeit oder wegen dem Durst. »Ich will nach Hause«, sagte sie mit dieser fremden Stimme, die ihr genauso viel Angst machte wie alles andere hier.

»Du bist zu Hause, mein Schatz«, flüsterte die Frau nah an ihrem Ohr. Dann drückte sie ihr einen feuchten Kuss auf die Wange.

-23-

Den Vormittag verbrachte Brady damit, auf einer Landkarte abzuhaken, welche der zahlreichen gleich aussehenden Bauernhöfe, Gutshäuser und Anwesen zwischen Corbally und Brittas er bereits besucht hatte. Keinem der Bewohner hatte das Bild des unbekannten Toten etwas gesagt, doch einigen kam zumindest der Mann mit der Narbe bekannt vor. Gegen Nachmittag verwies man ihn auf den einzigen Pub in Brittas, das *The Blue Gardenia*, und er beschloss, sich erstmal dort umzuhören.

Brady fragte sich, warum er darauf nicht selber gekommen war. Wo, wenn nicht in einem Pub, konnte man gute Informanten finden? Alte Männer, die ein Auge auf jeden hatten, der sich durch ihren Ort bewegte. Wachsame Kellnerinnen, die alles Neue beäugten wie wissensdurstige Babys. Brady war sich sicher, dass er im Blue Gardenia Auskünfte bekommen würde, die ihm kein Gutsherr und kein Landwirt jemals würde geben können.

Dort, wo sich die zwei Hauptstraßen von Brittas kreuzten, stand das Blue Gardenia. Ein altes Bauwerk, an dem lediglich die Farbe der Fassade neu zu sein schien. Ansonsten machte der Laden den Eindruck, als sei hier schon zu Zeiten der Kartoffelpest fleißig getrunken worden. Braune Balken durchzogen den gesamten Gastraum, dunkle Bänke waren scheinbar wahllos aufgestellt worden und die gelben Kneipenfenster vermittelten den Eindruck, als herrsche draußen eine Atomkatastrophe.

Brady sah sich um. Trotz der erdrückenden Altertümlichkeit waren nahezu alle Tische besetzt. Kein Wunder. Der Schuppen bot wahrscheinlich die alleinige Rückzugsmöglichkeit in ganz Brittas – mal abgesehen von dem Golfclub, auf dessen Rasen sicher keiner der Besucher je einen Fuß gesetzt hatte.

Als Brady den Pub durchquerte, spürte er die misstrauischen Blicke in seinem Rücken. Gut so. Genau solche Menschen brauchte er. Menschen, die auf jeden Fremden und alles Auffällige reagierten wie auf einen Außerirdischen. Er steuerte ein kleines Podest an, auf der eine Band aus halbtoten Greisen *The Fields of Athenry* spielte. Am liebsten hätte Brady sie daran erinnert, wie out Folksongs waren, doch dann besann er sich eines Besseren. In den Vororten Dublins tickten die Uhren langsamer. Ein Grund mehr für ihn, sich niemals diesen Landeiern anzuschließen.

Brady ließ den Blick durch den Raum wandern. Jeder der Gäste war plötzlich so mit sich selbst oder seinem Guinness beschäftigt, dass es nur eine Möglichkeit gab. Kurzerhand nahm Brady das Mikrofon an sich.

»Where once we watched the small free birds fly«, schmetterte der gebrechliche Sänger weiter und brach erst mit einigen Sekunden Verzögerung ab. Sein verdutzter Blick folgte dem Mikro, dann traf er Brady und erst dann schien der Alte eins und eins zusammenzuzählen.

»Das ist meins«, krächzte er und klang noch immer verwirrt.

Mittlerweile verstummte auch die Band und zahlreiche Köpfe ruckten zu ihm herum.

»Ich bin Polizist«, sagte Brady ins Mikrofon und verursachte eine Rückkopplung, die ihn erschrocken zusammenfahren ließ.

»Zu nah an den Boxen«, bemerkte der Alte mit leichtem Spott in der Stimme und Brady realisierte den Tonverstärker auf einem Barhocker neben sich. Er war froh, dass Sean nicht in der Nähe war. Zweifelsohne hätte er sich an diesem Patzer so lange hochgezogen, bis Brady der nächste Fehltritt unterlaufen wäre.

Mit einem Satz sprang er von der Bühne und versuchte es erneut.

»Mein Name ist Brady McCarthy. Ich bin Detective im Dublin County und möchte um Ihre Mithilfe bitten.«

Ein Raunen ging durch die Reihe und die Gesichter einiger Gäste verfinsterten sich. Brady wusste nicht, ob diese Abneigung ihm oder einer vermuteten Straftat galt.

»Ich ermittle in einem Mordfall und werde gleich zwei Kopien herumgeben. Wenn Ihnen eine der Personen darauf bekannt vorkommt, dann möchte ich Sie bitten, mich direkt anzusprechen. Ich werde noch eine Stunde hier sein. Vielen Dank.«

Brady gab dem Sänger sein Mikrofon zurück und drückte ihm außerdem die Bilder in die Hand. Dann machte er sich auf den Weg zur Bar. Die Stimmen um ihn herum wurden lauter und nach einigen Sekunden stimmte die Band *Wild Rover* an. Brady fragte sich, wie er die nächsten sechzig Minuten überleben sollte und orderte ein Mild Ale.

Als sich nach einer Stunde immer noch nichts getan hatte, stand er auf und sammelte die Kopien ein, die mittlerweile verlassen auf einem der Tische lagen. Die übrigen Gäste beachteten ihn nicht und tranken fröhlich weiter. Es hatte keinen Zweck. Scheinbar war er als Stadtmensch ihr personifiziertes Feindbild. Oder lag es an seinem Beruf? Er würde die ganze Sache anders angehen müssen.

Gerade als Brady die Bilder wieder einstecken wollte, legte sich eine Hand auf seinen Arm. »Kann ich die noch mal sehen?«

Er blickte auf und schaute direkt in das Gesicht eines koboldartigen Klischee-Iren. Sein Haar war rötlich und von grauen Strähnen durchzogen, er lächelte freundlich, wenn auch leicht verschmitzt und in seinem zahnlosen Mund klemmte eine Pfeife.

»Die Bilder. Kann ich sie sehen?«, wiederholte er mit Nachdruck und Brady stellte fest, dass er den Mann viel zu lange gemustert hatte.

»Aber sicher, sehr gerne.« Brady händigte ihm die Fotos aus und wartete geduldig, bis er sie sich in Ruhe angeschaut hatte.

Der Rothaarige nahm die Pfeife aus dem Mund und tippte damit auf das Phantombild des Narbenmannes.

»Der da«, sagte er und nahm einen tiefen Zug aus seiner Pfeife, bevor er weitersprach. »Den hab ich ab und zu am Lieferanteneingang gesehen. Ich glaub, der liefert manchmal was.«

Brady wurde aufmerksam und zückte sein Handy. »Er *liefert* manchmal etwas?« Das passte nun so gar nicht in seine Theorie, dass es sich bei dem Mann mit der Narbe um ein Opfer handelte, das sich nur durch den Tod seines Peinigers aus dessen Fängen befreien konnte. »Können Sie mir den Namen des Mannes nennen? Seine Adresse?«

Der Rothaarige schüttelte den Kopf, wobei ihm die Pfeife beinahe aus dem Mund glitt. »Keinen blassen Schimmer. Aber Danny kann Ihnen da sicher was zu sagen.«

»Danny wie weiter?«

»Grisham. Danny Grisham. *Daniel*. Der Besitzer von dem Laden hier.«

Brady notierte sich den Namen. »Am besten werde ich gleich mit ihm–«

»Kein Chance.« Der Rothaarige tippte auf seine mattgoldene Armbanduhr. »An Silvester ist der Gute mit seiner Familie immer in London. Wenn Sie wollen, richte ich ihm aus, dass er Sie nach dem Feiertag anrufen soll.«

Dankbar lächelnd gab Brady seine Visitenkarte weiter. Wenn es sich so anfühlte, einen Schritt weiterzukommen, wie musste es dann erst sein, einen Fall zu lösen? Dieses Gefühl würde ihn auf Dauer sogar für Sean Callahans Gesellschaft entschädigen können. »Könnten Sie ihm auch die Bilder geben?«

»Kann ich machen, aber ich bin mir sicher. Der Junge auf dem Bild ist der Kerl, der immer das Lammfleisch liefert.« Der Rothaarige fuhr sich mit dem Finger über die Wange. »Den erkenn ich.«

Brady spürte, wie Adrenalin in seine Venen strömte. Lammfleisch. Die Schafe auf der Weide der Farm. Wie zur Hölle passte all das zusammen?

»Ich danke Ihnen.«

»Immer gerne. Wir Jungs aus der Stadt müssen doch zusammenhalten.«

Unwillkürlich fragte sich Brady, wie lange der Kerl schon aus der Stadt fort war und fand es schockierend, wie sehr man sich doch dem Landleben anpassen konnte. Der Rothaarige stieß ein kehliges Lachen aus und klopfte Brady auf die Schulter. Dann verzog er sich in Richtung Hinterzimmer.

-24-

Die Party war furchtbar – doch die Alternative wäre noch unerträglicher gewesen. Nachdem Grace erfahren hatte, dass Amys Überreste gefunden worden waren, hatte sie ihm angeboten, Silvester mit ihm zu Hause statt bei den Mackenzies zu verbringen. Dann wäre es allerdings einer dieser Abende geworden, an denen sie zwanghaft versuchte, ihn zu überzeugen, sein Innerstes vor ihr auszubreiten. Wenn Grace aber sein Innerstes kennen würde, die tiefe Schuld, die ihn jetzt mehr denn je zerfraß, würde sie ihn zweifellos verachten. Also hatte er sich mit Kokain in einen halbwegs erträglichen Zustand gebracht, seinen besten Anzug aus dem Schrank geholt und seine Frau zu dieser schrecklichen Veranstaltung begleitet.

Nun stand er neben ihr in einer Runde durchgestylter Mittdreißiger und tat so als würde er ihrem Smalltalk lauschen, indem er an den richtigen Stellen interessiert nickte oder überraschte Laute ausstieß. In Wahrheit konnte er diese Feier jedoch kaum ertragen. Die Lichtreflexe, die die Deckenleuchten auf die Halbglatze seines Gegenübers zauberten, das helle Lachen der Frau daneben, die aussah wie Katherine Heigl mit zwanzig Kilo zu viel auf den Rippen, die aufreizende Art, wie sie ihre Brüste in ihrem knappen Kleid platziert hatte. All das war ihm heute in höchstem Maße zuwider, es provozierte ihn regelrecht. Und vor allem nervte ihn die beißende Unzufriedenheit, die über allem hing. Jeder hier im Wohnzimmer der Mackenzies, das sie seit Neuestem *Salon* nannten, schien etwas *sein*, *haben* oder *tun* zu wollen. Die Mackenzies wollten reicher wirken als sie waren, der Kerl mit der Halbglatze wollte ins Dekolleté der Frau mit dem hellen Lachen tauchen, der halbwüchsige Sohn der Gastgeber, der schon den ganzen Abend auf dem hauseigenen Flügel herumklimperte, wollte vermutlich schnellstens zurück an seine PlayStation. Sie alle hatten ihre armseligen kleinen Wünsche, ein unsichtbares Paket aus Dingen, die ihnen zu ihrem Glück noch fehlten. Flüchtig, unwichtig und lächerlich. Amy hatte nur einen Wunsch gehabt, sie hatte bloß leben wollen. Sie war stets zufrieden gewesen, ein fröhliches, unkompliziertes Mädchen, und sie hatte nicht einmal sieben werden dürfen.

Patrick hätte jeden auf dieser Party ohne mit der Wimper zu zucken umgebracht, wenn sie dafür zurückgekommen wäre. Diese dekadenten Arschlöcher mit ihren Wohlstandsproblemen, was wussten sie schon über sein Leben? Er hätte die Mackenzies, den Ministerpräsidenten – Gott, er hätte sogar den *Papst* erschossen, um seiner kleinen Schwester eine zweite Chance zu bescheren.

»Und, wie läuft es mit Ihrer Praxis, Patrick?«, fragte ein kurzhaariges Mannsweib in einem schwarzen Schlauchkleid.

Ohne dass Patrick es hatte verhindern können, war er in den Mittelpunkt der Gesprächsrunde gerückt. Grace lächelte verhalten, als sei sie froh, dass er endlich von den furchtbaren Ereignissen dieses Tages abgelenkt wurde. Er liebte sie, aber manchmal hatte sie einfach keine Ahnung.

»Gut. Es läuft gut.«

»Hatten Sie auch schon Fälle von diesem ekligen Syndrom, das jetzt die Runde macht, diesen ausschlagsartigen ... diesen Milben oder Würmern, wie heißt das denn noch mal?«

»Morgellons«, ergänzte der Mann mit der Glatze.

Patrick wusste, wovon er sprach. Von einer Krankheit, bei der die Betroffenen glaubten, von Parasiten abgelegte Fäden oder Fasern unter der Haut zu haben. Hatten die Leute hier keine anderen Probleme, als sich an seltenen Krankheiten aufzugeilen? »Nein, ich bin kein Dermatologe, also ...«

Die Kurzhaarige sah einen bebrillten Mann, der mehr hinter als neben ihr stand, ruckartig an. »Sagtest du nicht, er sei Hautarzt?«

»Nein, ich sagte Hausarzt, Marjorie.«

Marjorie lächelte breit und sah auf einmal doch noch wie eine Frau aus. »Ach so und was haben die Leute so?«

Die Frage irritierte Patrick, die Ignoranz, die sich darin verbarg, doch er rief sich selbst zur Ruhe. Er durfte jetzt nicht überreagieren.

»Patrick?« Grace klang leicht verunsichert.

»Ähm ...« Er setzte gerade zu einer Antwort an, als sein Handy in seiner Brusttasche klingelte. »Geben Sie mit eine Minute, dann erfahren Sie es in allen Einzelheiten.« Er wandte sich ab und warf einen Blick aufs Display. Im nächsten Moment setzte sein Herz einen Schlag lang aus. Das konnte doch nicht wahr sein!

Er stellte das Telefon lautlos und hielt es sich ans Ohr. »Hallo? Tut mir leid, der Empfang ist ziemlich schlecht. Warten Sie eine Sekunde ...« Währenddessen ging er schnellen Schrittes zur Balkontür, öffnete sie und trat nach draußen. Erst als er die Tür hinter sich angelehnt hatte, nahm er ab. »Was fällt dir ein, mich anzurufen?«

Jerzy sah offensichtlich keinen Grund, auf seine gereizte Frage zu antworten. »Patrick? Patrick Namara?«

»Wer denn sonst? Was zur Hölle willst du?« Er warf einen nervösen Blick nach drinnen. Grace schaute alarmiert zur Tür.

»Du musst sofort herkommen! Hörst du? Du musst sofort kommen!« Es war laut im Hintergrund und Jerzy klang alles andere als nüchtern.

»Einen Dreck werd ich tun!«

»Du kommst jetzt sofort her oder ich sorge dafür, dass jeder in Malahide erfährt was du–«

Patrick hörte nicht weiter zu, er schloss die Augen und atmete tief durch. Was hatte er sich nur dabei gedacht, auch nur einen Fuß nach Dolphin's Barn zu setzen? Es war so klar gewesen, dass sich das Pack von dort irgendwann in sein Leben drängen würde.

»Was willst du?«

»Mein Cousin! Er hat eine Überdosis! Du musst sofort herkommen, verdammt noch mal!«

»Wieso zur Hölle rufst du keinen Notarzt?«

»Machst du Witze??«

Drinnen machte sich Grace auf den Weg zur Balkontür und nahm Patrick so die Zeit zum Nachdenken. »Ich mach mich sofort auf den Weg. Ruf mich in fünf Minuten noch mal an!« Damit legte er auf und ließ das Handy in seiner Tasche verschwinden. Im selben Moment öffnete Grace die Balkontür.

»Was ist los? Ist etwas passiert?«

Obwohl dies vermutlich der denkbar unpassendste Zeitpunkt war, fiel ihm in diesem Moment auf, wie umwerfend sie in dem goldenen Paillettenkleid aussah, das sie sich extra für heute Abend gekauft hatte. Allein schon dieses Anblicks wegen tat es ihm Leid, sie anzulügen. »Einer meiner Patienten hat starke Schmerzen in der Brust. Ich muss sofort nach ihm sehen, vielleicht hat er einen Infarkt!«

»... ist es nicht besser, einen Notarzt zu rufen?«

»Der Mann ist alt und verwirrt. Er lässt keine Fremden in die Wohnung.«

Grace nickte hastig und drückte ihm einen Kuss auf die Wange. »Gut, dann beeil dich.«

-25-

Patrick lenkte den Wagen mit erhöhter Geschwindigkeit in den Wendekreis und brachte ihn mit quietschenden Reifen zum Stehen. Er stieg aus und rannte zum Eingang, während sein Hirn Bilder der Umgebung als verschwommene Momentaufnahmen abspeicherte: Wäscheleinen, nachtschwarzen Rasen, Graffitis auf weißer Wandfarbe.

Er betrat das Gebäude, lief die Treppen hinauf und hatte kaum die letzten Stufen genommen, als die Tür des Dealers auch schon von ihm persönlich aufgerissen wurde. Sein Gesicht war schweißnass und seine Augen vor Schreck geweitet.

»Was hast du denn so lange gemacht?« Er packte Patrick an der Schulter und zerrte ihn in die Wohnung. »Da lang! Na los!«

Das Zimmer, dessen Tür Jerzy sonst immer verschlossen hielt, war ein Matratzenlager. Vier oder fünf provisorische Schlafstätten scharten sich um einen Fernseher, der mit abgestelltem Ton vor sich hin flackerte. Der Boden war übersät von Getränkeflaschen und Pizzaresten, eine lieblos aufgehängte Girlande spannte sich quer durchs Zimmer. Gleich unter dem einzigen Fenster hatte sich ein kleines Menschenknäuel um einen Mann gebildet, von dem Patrick nur einen spastisch zuckenden Turnschuh sah.

»Gehen Sie aus dem Weg! Ich bin Arzt!«

Jerzy wiederholte Patricks Worte in schrillem Polnisch und riss die Partygäste von dem krampfenden Junkie weg, der sein Cousin sein musste. Patrick stellte zu seiner Erleichterung fest, dass er, wie er am Telefon angeordnet hatte, beatmet wurde. Eine gefärbte Blondine hing über ihm und presste rhythmisch Luft in seine Lungen.

Patrick ging neben ihr in die Knie und fing Jerzys hoffnungsvollen Blick auf. So hatte er ihn noch nie erlebt und er war sich nicht wirklich sicher, ob die Wangen des Dealers nass von Schweiß oder Tränen waren.

Die Frau bemerkte Patrick und richtete sich auf, völlig außer Atem, das halbe Gesicht bedeckt mit verschmiertem roten Lippenstift. Auch der leblos geöffnete Mund des Bewusstlosen war voller Lippenstift, als wären die beiden bei einem leidenschaftlichen Kuss gestört worden. Was diese Vorstellung allerdings mehr als lächerlich machte, war, dass der junge Mann, der optisch auch Jerzys Bruder hätte sein können, dem Tod offenbar näher war als dem Leben. Seine Lippen waren blau angelaufen, sein Kopf schlug jetzt, wo die Frau ihn losgelassen hatte, unkontrolliert von links nach rechts.

Patrick ergriff den Arm des Junkies und hielt ihn so ruhig wie möglich, um seinen Puls zu fühlen. Die Haut war kalt und feucht. Ekel überkam ihn.

»Tu irgendwas, verdammte Scheiße! Wenn er hier verreckt dann–« Jerzy, der mit panikverzerrtem Gesicht neben ihm kauerte, brach ab, als er Patricks Blick auffing.

»Wie viel hat er genommen?«

»Keine Ahnung, wir haben ein Schmerzpflaster mit Fentanyl ausgekocht ...«

Patrick entdeckte ein Einmachglas, das auf dem Fensterbrett stand. Ein Stofffetzen, der vermutlich das besagte Schmerzpflaster war, schwamm in einer klaren Flüssigkeit.

»Wie kann man so bescheuert sein?« Jeder, der sich auch nur halbwegs mit Medikamenten oder Drogen auskannte, wusste, dass kaum etwas so schwer zu dosieren war wie Fentanyl. Selbst einen Süchtigen, der Opiate gewöhnt war, konnte eine leichte Überdosierung töten.

Patrick griff nach der Tasche, die er aus der Praxis geholt hatte, öffnete sie und zog eine Spritze hervor. Während er die Injektion vorbereitete, wies er die Menschenmenge um sich herum an, den Mann weiter zu beatmen. Die Blondine kam sofort herbeigeeilt. Vielleicht war sie seine Freundin. Patrick stellte sich vor, wie Grace zuckend am Boden lag und er nichts für sie tun konnte, und allein der Gedanke jagte ihm kalte Schauer über den Rücken. Dann wurde Grace zu Tammie und er musste den Gedanken verscheuchen, um nicht auf der Stelle durchzudrehen.

»Was gibst du ihm? Ephedrin?« Jerzy wischte sich nervös das Haar aus der Stirn.

»Naloxon. Haltet ihn fest.«

Jerzy befahl auf Polnisch einen weiteren Mann zu sich, der die Schultern des Junkies zu Boden presste. Er selbst hielt die Beine fest. Patrick setzte die Spritze am Oberarm des Bewusstlosen an und stach ihm die mikroskopisch dünne Nadel in den Muskel. Langsam und gleichmäßig drückte er den Kolben nach unten. Jerzys Cousin stieß ein tiefes, erschöpftes Grunzen aus, dann ließ der Krampf langsam nach und er rührte sich nicht mehr. Für einen Moment herrschte Schweigen.

»... was ist mit ihm?«, fragte schließlich Jerzy, der nun wie ein verängstigter Junge klang.

»Das müssen wir jetzt abwarten.« Patrick beugte sich zu dem Bewusstlosen hinab und spürte, dass dieser selbstständig atmete.

»Wird er überleben?«

»Ich denke schon.«

Als sei das sein Stichwort, sprang Jerzy auf. »Wer von euch hat diesen Dreck mitgebracht?« Er brüllte die Worte regelrecht und schob gleich etwas auf Polnisch nach. Dann verfiel er wieder ins Englische: »Verpisst euch, los! Raus mit euch!« Er packte die Blondine mit dem verschmierten Lippenstift an den

Schultern und stieß sie in Richtung Tür. Gemeinsam mit den anderen verließ sie den Raum.

Patrick wandte den Blick ab und widmete sich wieder dem Junkie, der sich langsam zu erholen schien. Sein Gesicht hatte eine normale Farbe angenommen und er hatte die Augen geöffnet. Orientierungslos blickte er im Zimmer umher. Jerzy ließ sich auf die durchgelegene Matratze fallen und lehnte sich schwer gegen die Wand.

»Diese ganze Scheiße ... Diese ganze Scheiße, verdammt.« Der Pole schloss die Augen und wischte sich mit dem Handrücken den Schweiß von der Stirn.

Erst jetzt nahm Patrick den säuerlichen Geruch wahr, der im Zimmer hing. Unwillkürlich fragte er sich, ob alle, die eben noch hier gewesen waren, in dem kleinen Raum lebten. Ob Silvester für sie ein Abend wie jeder andere war, mit zu viel Alkohol, Drogen und Fernsehen. Dann sagte er sich, dass das nicht sein Problem war.

Er fühlte erneut den Puls von Jerzys Cousin. Dieser entzog ihm seinen Arm, setzte sich mühsam auf und musterte Patrick misstrauisch. Vielleicht merkte er erst jetzt, dass ein Fremder anwesend war.

»Fühlen Sie sich besser?«

Jerzy übersetzte seine Worte, der Junkie zögerte, dann nickte er.

»Gut.« Patrick wandte sich an Jerzy. »Behalt ihn im Auge. Wenn das Naloxon nachlässt, können sich die Symptome wieder verschlimmern.«

»Kannst du uns nicht was davon hier lassen?«

»Damit ihr mich die Zulassung kostet?« Patrick schüttelte den Kopf und begann seine Ausrüstung wieder einzupacken.

»Komm schon!« Jerzy richtete sich auf und hielt Patrick am Arm fest. »Weißt du, wie viel Gramm Koks ich hier hab? Ich bin vorbestraft, verstehst du? Ich *kann* ihm keinen Notarzt rufen, wenn's wieder schlimmer wird, sonst hätte ich das eben schon getan.«

»Du wirst ihn wohl kaum sterben lassen.«

Patrick sah Jerzy in die Augen, doch alles was er darin entdeckte, war eine stumpfe Entschlossenheit. Auf Drogenhandel stand eine Mindeststrafe von zehn Jahren und die Verhältnisse in irischen Gefängnissen waren mehr als berüchtigt. Eine Einlieferung nach Mountjoy galt gemeinhin als Todesstrafe, denn es kam nicht gerade selten vor, dass Häftlinge tot in ihren Zellen gefunden wurden. Blut mochte dicker als Wasser sein, doch Jerzys Angst vor einer Haftstrafe schien die Verbundenheit zu seinem Cousin deutlich zu übertreffen.

»Scheiße, lass mir einfach die angefangene Ampulle hier. Keiner erfährt was, ich schwör es dir.«

Patrick traute Jerzy nicht, aber er wollte auch nicht den Tod des jungen Mannes verantworten. »Gut, von mir aus. Aber du schuldest mir was.«

»Alles, was du willst.«

Patrick sah hinter sich. Die Tür war immer noch geschlossen, dahinter war alles still. Vielleicht hatten sich Jerzys Freunde in die Küche verzogen, vielleicht waren sie gegangen. »Alles, was ich will, ja?«

»Ja. Sag ich doch.« Jerzy blickte ihn an wie ein Hund, der nur darauf wartete, dass man das Stöckchen warf.

»Besorg mir eine Knarre.«

Die Mundwinkel des Dealers zuckten. »Was?«

»Du hast schon richtig gehört.«

Jerzys Lippen verzogen sich zu einem unsicheren Grinsen. »Auf was für einem Trip bist du?«

»Ich habe eine kleine Tochter. Ich will sie verteidigen können.«

»Gegen wen?«

Was sollte er sagen? Gegen den großen Unbekannten, der seine Schwester auf dem Gewissen hatte? Gegen die unheimliche Bedrohung, die sich seit Weihnachten wie ein Schmutzfilm über sein Leben legte? Gegen sich selbst, weil er sich weniger und weniger über den Weg traute? »Das geht dich einen Scheiß an.«

Jerzy zuckte die Achseln. »Wie du meinst. Jedem Gentleman seine Shillelagh. Aber kein Wort zu absolut niemandem, klar?« Er hielt ihm die Hand hin und Patrick schlug ein, auch wenn er das Gefühl hatte, dass ihn der Handschlag mit einem Kriminellen selbst zu einem machte.

-26-

Als Patrick zurück nach Malahide kam, war Mitternacht längst vorbei. Er blieb noch ein paar Minuten im Auto sitzen, starrte das hell erleuchtete Haus der Mackenzies an, dann sein eigenes, das ein paar Meter weiter im Dunklen lag. Tammie schlief vermutlich längst und zwar hoffentlich in Sophies Schlafzimmer, in ihrem Beisein, wie Patrick es dem Kindermädchen aufgetragen hatte.

Er öffnete das Handschuhfach und zog das kleine Päckchen hervor, das Jerzy ihm gegeben hatte. Zerknülltes Zeitungspapier, notdürftig um das schwere Metall gewickelt. Patrick hatte noch nie eine Waffe besessen, vielleicht weil er nicht geahnt hatte, wie gut sich das anfühlte. Wie überlegen man sich vorkam, wenn man den Finger um den Abzug legte. Egal, was in der letzten Zeit geschehen war und was noch geschehen würde – niemand würde seine Tochter anrühren, das schwor sich Patrick. Nie würde sie das gleiche Schicksal wie Amy ereilen.

Er ließ die Waffe wieder im Handschuhfach verschwinden, stieg aus und begab sich, wenn auch unwillig, zurück auf die Party. Die Gäste waren deutlich beschwipster als vorhin und tranken mit Sekt und bunten Cocktails auf das neue Jahr. Patrick ließ den Blick durch den Raum wandern und entdeckte Grace allein auf dem Balkon. Urplötzlich fragte er sich, wie sie sich fühlte, wie sie die letzte Woche erlebt hatte. Ob sie damit zurecht kam. Er nahm im Vorbeigehen zwei Gläser von einem Tablett und trat zu ihr nach draußen.

»Grace.«

Sie drehte sich zu ihm um und ihr nachdenklicher Gesichtsausdruck verwandelte sich zu einem Lächeln. Natürlich – für sie war er der strahlende Held, der gerade einem verwirrten, alten Mann das Leben gerettet hatte. In Wahrheit hatte er ein flaues Gefühl im Magen, weil er das neue Jahr mit einer Lüge beginnen würde.

Grace schlang die Arme um ihn und begrüßte ihn mit einem leidenschaftlichen Kuss. »Frohes neues Jahr, Liebling«, hauchte sie ihm ins Ohr. »Jetzt wird alles wieder besser, das verspreche ich dir.«

Er antwortete nicht, denn er glaubte ihr nicht. Stattdessen küsste er sie und brachte sie so für einen Moment zum Schweigen. Sein Gewissen wog tonnenschwer und Grace machte es nicht besser, als sie ihn fragte, ob er dem Mann hatte helfen können.

»Mach dir keine Gedanken. Ich habe ihn doch noch vom Krankenhaus überzeugen können.« Er reichte ihr ein Glas und stieß mit ihr an.

Grace legte den Kopf an seine Brust und entspannte sich spürbar. »Wenn du dich ein bisschen anstrengst, kannst du *mich* vom Schlafzimmer überzeugen. Oder vom Küchentisch, wo Tammie schon mal bei Sophie schläft ...«

Patrick fühlte sich mies, doch obwohl er sie belog und hinterging, war er unfassbar froh, sie zu haben. Er wollte der Mann sein, den sie verdiente, darum sagte er sich, dass er sich mehr Mühe mit ihr geben musste. Gerade jetzt mussten sie zusammenhalten und damit sie das konnten, durfte sie keinesfalls etwas von seinen heimlichen Ausflügen erfahren, von den Drogen, mit denen er sich den Alltag erleichterte, und der Finsternis, die er seit nunmehr neunzehn Jahren mit sich herumtrug.

»Komm, wir verabschieden uns. Ich überzeuge dich auf dem Weg nach Hause.« Grace lachte leise und zog ihn mit zu den Mackenzies.

-27-

Am Morgen des zweiten Januar riss der Wecker Brady aus dem Tiefschlaf und ließ ihn erschrocken hochfahren. Es dauerte einen Augenblick, bis er sich orientiert und sein Pulsschlag sich beruhigt hatte. Er stemmte sich in die Höhe und stellte fest, dass es schon wieder regnete. Der düstere Himmel hing tief über der Stadt und durch das geöffnete Schlafzimmerfenster fegte eisiger Wind. Am liebsten hätte er sich direkt wieder ins Bett gelegt. Doch er wollte sich nicht vollends Seans Zorn zuziehen, also zog er sich Shorts und Socken an und schlurfte ins Wohnzimmer. Der Anrufbeantworter blinkte aufdringlich. Brady hörte ihn ab, während er sich in der Küche einen Kaffee kochte.

»Hallo Brady? Hier ist Caitlín.« Bradys Schwester machte eine kurze Pause, in der er sie demonstrativ ausatmen hörte, bevor sie fortfuhr. *»Gut, schön. Ich wollte nur sagen, dass ich es sehr nett fand, dich mal wieder getroffen zu haben. Außerdem wäre es toll, wenn du nicht wieder ein Jahr bis nächstes Silvester verstreichen lassen würdest, bevor du deine Familie wieder beehrst.«*

Brady schaute zum Anrufbeantworter herüber und lächelte. Typisch Caitlín. Sie war durch und durch ein Familienmensch. Am liebsten würde sie all ihre Verwandten ständig um sich herum haben. Offenbar hatte sie vorgestern Abend Blut geleckt und bekam jetzt nicht genug von der Familienidylle. Unwillkürlich fragte er sich, ob sie diese Kontrollanrufe auch bei Liam, ihrem anderen Bruder, machte oder ob sie es nur auf ihn abgesehen hatte.

»Also …« Er konnte förmlich spüren wie sie nach Worten suchte. *»Du bist wohl wirklich nicht da. Also dann.«*

Der Anrufbeantworter piepte und spielte eine zweite Nachricht ab.

»Mister McCarthy? Hier spricht Daniel Grisham – der Besitzer vom Blue Gardenia.«

Brady wurde hellhörig und trat näher.

»Sie waren an Silvester in meinem Pub und … nun bin ich zurück und denke, dass ich Ihnen in dieser Sache weiterhelfen kann. Rufen Sie mich bitte an. Oder kommen Sie vorbei.« Grisham hinterließ seine Nummer, dann legte er auf.

Brady grinste zufrieden. Das Jahr fing doch schon mal gut an.

»*Ich* kann rausfahren.«

Auch das noch. Seans plötzlicher Sinneswandel hatte Brady gerade noch gefehlt. Er schüttelte den Kopf und hob beschwichtigend die Hände. »Mir geht es wirklich gut.«

»Du siehst verkatert aus, McCarthy.« Sean beugte sich über seinen Schreibtisch und musterte Brady, der vor dem Fenster stand, eindringlich. »Du sahst schon nach Weihnachten verkatert aus …«

Brady setzte sich Sean gegenüber. »Ich habe Silvester bei meiner Familie verbracht, da braucht man den ein oder anderen Drink.«

Sean hob eine seiner buschigen Augenbrauen und schwieg.

»Sag nicht, so geht es dir nie. Es wurde spät, wir haben getrunken und gestern habe ich den ganzen Tag im Bett verbracht. Gut möglich, dass ich deshalb nicht ganz so frisch aussehe.«

»Wenn du ein Alkoholproblem hast …«

»*Habe* ich nicht.«

»Kannst du noch Auto fahren?«

Brady lachte auf. »Ja doch. Ich habe gestern keinen Tropfen angerührt, ich schwöre es.«

»Geh mir bloß kein Risiko ein. Wenn du dich totfährst, dann ist keinem geholfen.«

»Ich *fahre* mich nicht tot.«

»Klopf, klopf.« Kilian trat in den Türrahmen des Büros. »Ich habe den Obduktionsbericht dabei.«

»Zeigen Sie her.« Sean nahm ihm die Akte ab und öffnete sie.

Brady musterte Kilian, der über den Jahreswechsel um Jahre gealtert zu sein schien. »Sie waren bei den Namaras?«

»Tun Sie mir das nie wieder an, Callahan.« Kilian lehnte sich an eine Wand und senkte den Blick. »So etwas muss ich nicht noch einmal haben.«

»So schlimm?«

»Die Mutter war am Boden zerstört.«

»Und *Mister* Namara?«

»Saß wie versteinert in seinem Sessel«, sagte Kilian mitleidig. Er schüttelte den Kopf. »Ich möchte gar nicht wissen, wie die beiden sich jetzt fühlen.«

»Sie hätten doch damit rechnen müssen, nach all den Jahren.«

»Schon mal was von Hoffnung gehört, McCarthy?« Sean nahm für diese Schelte nicht einmal den Blick aus dem Bericht.

»... ich meine ja nur.« Brady lehnte sich zurück. »Was sagt die Obduktion?«

»Moment.« Sean las noch einen Augenblick, dann sagte er: »Das Opfer wurde aller Wahrscheinlichkeit nach zunächst bewusstlos geschlagen, an Händen und Füßen gefesselt und dann, wie wir schon befürchtet hatten, nach Strich und Faden gefoltert. Die vielen Schnitte stammen von einer dünnen, scharfen Klinge, vermutlich einem Rasiermesser.«

»Im Keller der Farm hing eins an der Wand.« Brady blickte Kilian an.

»Ja, du Schlaumeier. Und dort unten hingen auch eine Zange und ein großer Stahlhammer. Mit beidem wurde unser Opfer ebenfalls malträtiert. Daher die Knochenbrüche und einige Quetschungen an den Weichteilen.«

»Autsch.« Brady verzog das Gesicht. Er hatte sich mal den Finger in der Tür eingeklemmt und vor Schmerz fast angefangen zu heulen. Er wollte gar nicht wissen, wie der Getötete gelitten hatte.

»Das kannst du laut sagen.« Sean schloss den Bericht und rieb sich die Augen. »Abschließend wurde unser Mann mit einem Torfstecher erschlagen.«

»Davon lagen doch mehrere in dem Schuppen, oder?«, warf Kilian ein.

»Ja, aber keiner mit Blutspuren daran.«

»Der Täter foltert das Opfer also und hängt die Instrumente danach zurück in den Keller, aber die Mordwaffe nimmt er mit.«

»Vielleicht braucht er sie noch«, mutmaßte Brady und für einen Moment herrschte beklommenes Schweigen. »Haben wir schon was von den Fingerabdrücken im Keller gehört?«, fragte er schließlich.

»Absolut unbrauchbar. Zum größten Teil verwischt. Ein paar konnten mit denen des Opfers abgeglichen werden, aber auch da waren immer nur fünf oder sechs Marker intakt«, erklärte Kilian.

»Das bringt uns doch alles nicht weiter. Ich werde jetzt zu Grisham gehen. Er ist momentan die einzige Spur, die nicht in eine Sackgasse führt.« Brady stand auf und wartete nicht, bis Sean wieder irgendwelche Einwände erheben konnte, sondern verließ auf dem schnellsten Weg das Büro. Draußen vor dem Revier holte er sein Handy heraus und tippte eine Nachricht. Er atmete durch und dachte über die möglichen Konsequenzen nach. Dann schickte er die SMS ab.

-28-

Der Pub-Besitzer empfing Brady vor dem Hintereingang der Kneipe und begrüßte ihn mit tiefer, angenehmer Stimme. Er war viel jünger, als Brady gedacht hatte, vielleicht Mitte bis Ende dreißig.

»Am besten gehen wir in mein Büro.« Grisham lächelte und ging vor.

Brady folgte ihm und sah sich um. Das Gardenia war auch nicht viel schöner, wenn man es von hinten betrat.

»Leiten Sie den Laden schon lange?«

»Ich habe ihn geerbt.« Grisham hielt Brady die Tür zu seinem Büro auf und deutete auf einen Stuhl. Er nahm Platz.

»Möchten Sie etwas trinken?«

Brady schüttelte den Kopf. Ungeduldig musste er mit ansehen, wie Grisham in Seelenruhe zu einer Minibar ging und sich einen Brandy eingoss.

»Sie haben doch nichts dagegen?«

»Nein.«

Grisham nahm einen tiefen Schluck und setzte sich Brady gegenüber. Seine Nase war gerötet und unter seinen Augen befanden sich dicke Tränensäcke.

»Also, Mister Grisham. Sie kennen diesen Mann hier.« Brady zog das Phantombild aus der Tasche und hielt es Grisham unter die Nase. »... ist das richtig?«

Grisham nickte. »Ganz genau. Er liefert uns regelmäßig Lamm.«

»Seit wann?«

»Seit Ewigkeiten. Mehrere Jahre auf jeden Fall.«

»Wie heißt er?«

»Da fragen Sie mich zu viel.« Grisham nahm einen weiteren Schluck.

»Sie müssen doch den Namen Ihres Lieferanten kennen, denken Sie nicht?«

Grisham lachte. »So wie Sie es sagen, klingt es logisch. Aber ich muss Ihnen ehrlich gestehen, dass sich diese Geschäftsbeziehung einfach so ergeben hat. Eines Tages stand der Junge vor der Tür.«

»Er stand vor der Tür?«

»Ja, ganz genau. Mit einem toten Lamm über der Schulter. Einem ganzen Lamm, das müssen Sie sich mal vorstellen! Er fragte, ob ich es ihm abkaufen will.«

»Und Sie haben Ja gesagt?«

»Natürlich nicht. Wir haben Gesundheitsbestimmungen; ich kann nicht einfach irgendwelches Fleisch annehmen.«

»Und wieso haben Sie dann doch?« Brady beäugte Grisham. Der Pub-Besitzer saß vollkommen ruhig in seinem Stuhl und hielt seinem Blick stand.

»Er zerlegte das Fleisch und kam wieder. Ich sagte Nein, er kam trotzdem wieder. Irgendwann brachte er sogar Papiere mit. Herkunftsnachweise, Sie verstehen?«

»Waren die echt?«

»Ich gehe davon aus. Hören Sie«, sagte Grisham beschwörend, »der Junge brauchte dringend Geld, das hat man ihm angesehen. Er hat die Lämmer zu einem Spottpreis verkauft, ich wäre dämlich gewesen, hätte ich genauer hingesehen.«

»Sie geben also zu, in Ihrem Pub Fleisch anzubieten, von dem Sie nicht wissen, woher es stammt.«

»Ich habe, wie gesagt, Papiere.« Grisham grinste selbstsicher.

Brady lehnte sich resignierend zurück. Im Moment würde er Grisham nichts anhaben können. Sollte sich doch die Lebensmittelbehörde mit ihm rumärgern. »Also gut. Fahren wir fort. Dieser Namenlose bringt Ihnen also Lämmer. Wie oft?«

»Einmal im Monat. Er war zuletzt am vergangenen Sonntag hier, hat zehn Kilo Lammfleisch abgeliefert.«

»Nicht sehr viel für einen Monat.«

»Die Leute kommen nicht zum Essen her.« Grisham hob demonstrativ sein Glas und leerte es.

»Wo wohnt Ihr Lieferant?«

»Raten Sie doch mal.«

»Sie wissen es nicht.« Brady fragte sich ernsthaft, ob Grisham wirklich so dickfellig war oder ob er ihn nur auf den Arm nehmen wollte.

»Ich kann Ihnen die grobe Richtung sagen. Den Weg aufzeichnen.«

»Wirklich zu freundlich.«

»Nicht wahr?« Grisham kramte einen Bierdeckel aus einer Schublade hervor und zeichnete ein Kreuz ein. »Das ist das Blue Gardenia.«

Brady nickte.

»Und hier hinten führt eine kleine Straße den Hügel hoch. Der folgen

Sie.« Grisham malte einen langen, geraden Strich auf und schob Brady den Bierdeckel herüber.

»Das ist alles?«

Grisham lachte. »Das ist alles, mein Freund.«

»Und dort wohnt er?«

»Nein, von dort *kommt* er immer. Wo er wohnt, weiß ich wie gesagt nicht.«

Brady atmete durch. Er wusste nicht, wie er den Barbesitzer handhaben sollte, er wand sich wie ein Aal und entglitt ihm immer wieder.

»Hat er ein Auto?«

»Einen alten, grauen Pick-up.«

»Kennzeichen?«

Grisham hob ratlos die Schultern.

»Wie ist er so?«

»Der Wagen?«

»Verflucht noch mal, der Mann mit der Narbe!«

Grisham hob beschwichtigend die Hände. »Ganz umgänglich. Er liefert, kassiert sein Geld und zieht dann sofort wieder ab. Kein großer Smalltalk, keine rührseligen Familiengeschichten, kein Verhandeln.«

»Gibt es sonst noch etwas, das ich über ihn wissen muss?«

»Ich denke nicht. Was denken Sie?«

»Der Name wäre hilfreich.«

»Den habe ich nicht.«

»Sehen Sie auf dem Herkunftsnachweis nach.«

Grisham seufzte. »Der ist im Safe, den Safeschlüssel hat meine Frau und die ist nicht hier.«

»Wann kommt sie wieder?«

»Ich hoffe irgendwann.«

Brady stand auf. Er war sich jetzt sicher, dass ihm der Pub-Besitzer extra nicht weiterhalf. Die typische Feindseligkeit der Landbewohner war in Grisham deutlich zu spüren, auch wenn er sich alle Mühe gab, freundlich zu wirken.

»Wenn Ihnen noch etwas einfällt ...«

»Dann werde ich Sie *selbstverständlich* sofort informieren.« Grisham erhob sich auch.

»Ich finde alleine heraus, danke.« Brady ging zur Tür.

»Ich wollte mir auch nur einen neuen Drink holen. Auf Wiedersehen.«

Brady ging und ließ die Tür etwas zu fest hinter sich ins Schloss fallen.

-29-

In den vergangenen acht Tagen war Patricks Mutter regelrecht verfallen. Schwer auf seinen Vater gestützt, schritt sie über die schmalen Pfade, die den Grabacker unterteilten. Der Pfarrer wies ihnen den Weg, Patrick und Grace folgten Jack und Evelyn, außer ihnen war niemand hier. Sein Vater hatte die Dorfgemeinschaft gebeten, nicht auf der Beerdigung aufzutauchen, und erstaunlicherweise wurde seinem Wunsch Folge geleistet. Jack hatte auch darauf bestanden, dass keine klassische Beisetzung stattfinden sollte – keine Totenwache, keine Feier, kein Campen am Grab. Patrick wusste, dass seinem Vater dabei nicht wohl war, aber er tat es aus Rücksichtnahme auf Evelyn.

Patrick selbst wäre auch lieber zu Hause geblieben. Er fühlte sich schlecht dabei, Amy zu begraben und hatte das Gefühl, dass sie einen Fehler machten. Während der ganzen letzten Jahre hatten sie nicht einmal darüber gesprochen, sie für tot erklären zu lassen, sie hatten auch nirgends ein provisorisches Grab für sie errichtet und jetzt würden sie ihre Überreste einfach hier zurücklassen. Was sie taten, war nicht, ihr die letzte Ehre zu erweisen – nein, im Gegenteil. Sie machten das Gleiche mit ihr, was ihr auch ihr Mörder angetan hatte.

Plötzlich blieben seine Eltern stehen. Sie hatten die Stelle erreicht, an der Amy begraben werden sollte. Die winzige Grube war bereits ausgehoben worden. Patrick starrte das viel zu kleine Rechteck aus Schwärze an und spürte, dass Grace ihn beobachtete. Besorgt und fragend, dieser Blick wurde langsam zur Gewohnheit.

»Schon gut«, flüsterte er, zumindest glaubte er, dass er flüsterte. »Alles okay, Gracie.«

Der Pfarrer drehte sich zu ihnen um, in den Händen eine Kiste aus braun lackiertem Eichenholz. Alles, was Amy noch war, lag darin. Die Polizei hatte ihnen ihre Überreste gestern übergeben, es hatte kein Bestatter zwischengeschaltet werden müssen. Patrick selbst hatte das Beutelchen mit ihren Zähnen, den zerfledderten Teddy und das Nachthemd, aus dem irgend so ein gottverdammter Spurensicherer quadratische Stücke herausgeschnitten hatte, in diese Kiste, diese lächerliche Karikatur eines Sarges, gelegt.

»Familie Namara ...« Der Geistliche seufzte und blickte hinab in die Grube, die man für Amy auf dem anonymen Gräberfeld ausgehoben hatte. »Es ist schön, dass Sie sich hier eingefunden haben. Ihre Tochter – und Schwester – wäre sicher froh, wenn sie wüsste, dass ihre Familie immer noch an sie denkt.«

Evelyn begann wieder zu weinen und Jack reichte ihr sein Stofftaschentuch. Patrick entzog Grace seine Hand, damit sie nicht spürte, wie er schwitzte. Gestern Abend, nachdem er Amys Überreste verpackt hatte, war ihm das Kokain ausgegangen. Er hatte das Gefühl, dass tausend Ameisen unter seiner Haut umherkrabbelten und die Realität prasselte auf ihn ein wie ein Hagelsturm.

»Und ich bin mir sicher, dass auch Amy immer noch an Sie denkt, an die glücklichen Stunden, die sie mit Ihnen verbringen durfte, bevor Ihrer gemeinsamen Zeit ein allzu frühes Ende beschieden wurde.«

Patrick blickte hinüber zu Jack. Wie konnte sein Vater diese Situation so ruhig, so stoisch ertragen? Wieso wurde er nicht wütend, jetzt, wo sich die Vermutung bestätigt hatte, die er den Detectives noch an Weihnachten vorgeworfen hatte? Er stand einfach nur da, starrte die ausladende Eibe an, unter der Amys Grab liegen würde und hielt den Kranz, den sie für sie hatten anfertigen lassen, so lässig in der Hand wie eine Einkaufstasche.

»Schatz.« Grace legte einen Arm um Patricks Hüfte und bedeutete ihm mit einem Blick, wieder nach vorn zu sehen, sich auf die Beisetzung zu konzentrieren.

»Und ich bin mir sicher, dass Amy dankbar für diese Zeit ist, für die Liebe und Geborgenheit, die ihr durch Sie zuteil wurde. Durch ihre Mutter, die stets für sie sorgte, ihren Vater, der immer ein wohlwollendes Auge auf sie hatte, und ihren Bruder, zu dem sie aufschauen konnte.«

Bei den Worten des Priesters wurde Patrick kotzübel. Was wusste dieser Mann schon über Amy, über das, was sie gedacht oder gefühlt hatte? Was wusste er über ihr Verhältnis zu Jack oder Evelyn oder Patrick selbst?

»Wenn Amy heute auf uns herabblickt, dann wünscht sie sich, dass ihre Familie auch in Zukunft an sie denkt, sie liebt und ein Auge auf sie hat. Denn solange Sie sich an sie erinnern, wird Amy nicht allein sein.« Der Priester bückte sich und ließ die kleine Kiste langsam herab in die Grube sinken.

»Meine arme Kleine«, schluchzte Evelyn hinter vorgehaltener Hand und Patrick sah, dass sich Grace verstohlen eine Träne aus dem Augenwinkel wischte.

Er schüttelte den Kopf und wandte sich dem Pfarrer zu. »Soll das alles sein?« Seine Stimme klang heiser und fremd.

Der Geistliche erhob sich, langsam und arthritisch, faltete die Hände und blickte ihn ruhig an. »Selbstverständlich werden wir noch ein Gebet für Ihre Schwester sprechen, Mister Namara. Ich verstehe–«

»Sie verstehen?« Er machte einen Schritt auf den Pfarrer zu und riss sich von Grace los, die ihn zurückzuhalten versuchte. »Wagen Sie nicht zu behaupten, dass Sie irgendetwas verstehen! Sie verstehen gar nichts!«

Evelyns Schluchzen wurde noch eine Nuance verzweifelter und Patrick glaubte, eine stille Zustimmung darin zu erkennen.

Sein Vater richtete sich auf und warf ihm einen tadelnden Blick zu. »Beherrsch dich bitte.«

Patrick trat einen Schritt zurück und musterte seine Familie, als sähe er sie zum ersten Mal. Ihre blassen Gesichter. Ihre schwarzen Mäntel. Die betretenen Blicke, die sie ihm zuwarfen. »Sie wurde ermordet und ihr lasst euch was von

Liebe und Geborgenheit und ewigem Leben erzählen! Was ist los mit euch?«

Entschlossen trat Grace auf ihn zu und packte seine Schultern. »Du wirst dich jetzt beruhigen, Pat. Denk doch bitte an deine Eltern.«

»Leck mich, Grace.« Er löste ihre Hände von sich und stieß sie zurück. »Lügt euch von mir aus weiter in die Tasche, redet euch die Dinge schön, aber ohne mich!« Er machte auf dem Absatz kehrt und verließ das Gräberfeld. Noch am Tor hörte er das Klagen seiner Mutter.

-30-

Der Morgen zog sich nur so in die Länge. Sean und Brady hatten sich bereit erklärt, heute Vormittag das Zeugentelefon zu übernehmen und eventuellen Hinweisen auf den Mann mit der Narbe nachzugehen. Doch nachdem der erste Anruferansturm verebbt war, kamen nur noch vereinzelte Hinweise rein. Sie hatten Kilian dafür abgestellt, die Datenbank durchzusehen, nur dass sie diesmal den Suchradius erweitert hatten. Zuerst war Brady froh darüber, dass er sich nicht mehr mit den Geschichten irgendwelcher Vermissten herumquälen musste, doch jetzt erschien ihm alles verlockender, als still neben Sean zu sitzen und das Telefon anzustarren.

»Kann man Grisham nicht irgendwie dazu bringen, den Namen rauszurükken?«, brach Brady endlich das Schweigen.

»Vergebliche Liebesmüh«, sagte Sean. »Der Kerl bezieht die Lebensmittel wahrscheinlich unter der Hand und führt gar kein genaues Verzeichnis. Bis wir mit dem fertig sind, liegt auf dem Fall längst eine meterhohe Staubschicht.«

»Wie aufbauend.« Brady ging sich einen Kaffee einschenken. »Auch?«

»Nee.«

»Heute ist die Namara-Beerdigung, oder?«

Sean warf einen Blick auf die Uhr. »War schon.«

»Du bist nicht hingegangen.«

»Ich gehöre auch nicht zur Familie, McCarthy.« Sean widmete sich einem Aktenstapel und begann, ihn neu aufzuschichten.

»Du warst der leitende Ermittler.«

»Weiß ich.«

Brady zuckte die Achseln und nahm einen Schluck Kaffee. »Was sagst du eigentlich zu dieser Zeitungssache?«

»Hm?« Sein Partner hatte die Stirn in Falten gelegt und starrte herab auf die Akten.

»Der Bericht über den Fall.«

»Der vom letzten Jahr? Mann, hast du 'ne lange Leitung.«

»Das ist nicht mal eine Woche her, jetzt tu doch nicht so.« Brady ging zum Fenster und lehnte sich mit dem Rücken an das kühle Glas. Draußen stürmte es und dicke Regentropfen prasselten gegen die Scheibe. Unter jedem Tropfen bebte das Fenster, als wolle es jeden Moment zerspringen. »Ich frag mich, wer die ganzen Infos herausgegeben hat. Du nicht?«

»Wieso sollte ich? So läuft das doch immer. Irgendwen gibt es in jeder Einheit, der nicht den Mund halten kann. Für ein bisschen Rampenlicht tun die Ratten doch alles.«

»Wäre es nicht besser, wenn wir der Presse ganz offiziell Infos geben würden? Natürlich nur die, die sie auch unbedenklich verwenden können?« Brady hoffte, dass Sean nicht dahinter kam, was er mit seiner Fragerei wirklich im Schilde führte.

»Dafür geben wir Pressekonferenzen. Aber irgendwas sickert wie gesagt immer durch.«

»Vielleicht ja auch nicht«, murmelte Brady.

»Bitte?«

»Nichts.« Brady trank, dann schaute er nachdenklich in seinen Becher. »Bisher ist ja alles gut gegangen. Scheint ein Einzeltäter gewesen zu sein, was?«

»Unsere Meinungen gehen auseinander, was den Täter betrifft, McCarthy, das müsstest du mittlerweile kapiert haben.«

Während Brady noch überlegte, was er erwidern sollte, schrillte das Telefon. Sean streckte die Hand aus, aber Brady kam ihm zuvor: »Ich bin dran.« Er nahm den Hörer ab. »Dublin County Morddezernat, Detective McCarthy am Apparat.«

Aus dem Augenwinkel bemerkte er, dass Sean aus dem Zimmer ging. Sollte er doch.

»Irene Pajak hier. Ich habe Ihren Aufruf in der Zeitung gesehen.«

»Hallo Misses Pajak. Können Sie uns weiterhelfen?«

»Der Mann auf dem Phantombild – ich weiß, wo er ist.«

Bradys Herz begann zu rasen. Wenn Misses Pajak ihn nicht reinlegen wollte, wie es bei Zeugenanrufen öfters der Fall war, dann war heute sein absoluter Glückstag. »Sind Sie sich sicher, dass er sich um den Mann auf dem Bild handelt?«

»Ganz sicher. Die Narbe auf der Wange, daran habe ich ihn sofort erkannt.«

»Gut, Misses Pajak, können Sie mir sagen, wo sich der Mann aufhält?« Brady stellte die Tasse ab und griff nach dem erstbesten Kugelschreiber.

»Die Männer. Es sind zwei.«

»Zwei Männer mit Narbe?«

»Nein, die Narbe trägt nur einer von ihnen. Der andere ist etwas jünger und dünner. Und sie hatten noch eine Frau dabei.«

»Eine Frau?« Entweder wurde die ganze Sache immer mysteriöser oder

Irene Pajak irrte sich schlichtweg. »Misses Pajak, sprechen Sie die drei unter keinen Umständen an, in Ordnung?«

»Ist schon zu spät. Sie sind Silvester zu mir in die Pension gekommen, ich musste mit ihnen reden.« Irene Pajak klang entschuldigend.

»Sie sind bereits vor so langer Zeit bei Ihnen untergekommen?«

»Ganz genau, aber erst heute Morgen ist mir die Suchmeldung aufgefallen. Die drei haben hier ein einfaches Doppelzimmer und ein Einzelzimmer gemietet.«

»Wo befindet sich ihr Gasthaus?«

»In Corbally. Die Shamrock-Lodge an der N81, kennen Sie sie? Sie ist ausgeschildert. Sie müssen über eine kleine Brücke und schon sind Sie da.«

Brady notierte sich die Informationen. »Danke, Misses Pajak. Versuchen Sie, den dreien aus dem Weg zu gehen, in Ordnung?«

»Ja, aber ich glaube nicht, dass es nötig ist. Die Frau habe ich nur beim Einchecken gesehen und die beiden Männer das letzte Mal am Silvesterabend. Sie sind sehr stille Gäste.«

Irene Pajak mochte das beruhigen, aber Brady kam es höchst seltsam vor. »Ich komme sofort zu Ihnen.«

»In Ordnung, Detective.« Ein kurzes Zögern, dann: »Muss ich Angst haben?«

»Nein, um Gottes Willen.« Brady versuchte sich seine Sorge nicht anmerken zu lassen. Obwohl sich ein ungutes Gefühl in seiner Magengegend ausbreitete, durfte er Misses Pajak auf keinen Fall in Panik versetzen. »Der Gesuchte dient lediglich als Zeuge, mehr nicht. Machen Sie sich keine Gedanken.«

»Also schön. Dann bis gleich.«

»Ich beeile mich.« Brady legte auf und atmete durch. Dann schrieb er Sean eine provisorische Nachricht und machte sich auf den Weg.

-31-

Patrick hatte am Wagen auf Grace gewartet und sich nur knapp von seinen Eltern verabschiedet, als sie schließlich vom Friedhof kamen. Grace hatte angeboten, die Fahrt nach Hause zu übernehmen, aber wenn er eines nicht hatte gebrauchen können, dann tatenloses Herumsitzen. Die gesamte Strecke über hatte keiner von ihnen ein Wort gesagt. Auf halbem Weg hatte ein leichter Nieselregen eingesetzt, sodass zumindest das Quietschen der Scheibenwischer die Stille durchbrach.

Als sie Malahide schließlich erreichten, goss es wie aus Eimern und vom Meer, das gleich hinter der nächsten Häuserreihe lag, zog ein kalter Wind auf. Sie liefen zum Haus und Grace schloss die Tür hinter ihnen. Wohlige Wärme schlug ihnen entgegen, unterstrichen von einem leisen Kinderlied, das aus dem Wohnzimmer schallte.

»Da sind Sie ja.« Sophie saß mit Tammie auf dem Teppich und schaute auf, als sie Grace und Patrick hereinkommen sah.

»Mummy, Daddy!« Tammie kam ihnen entgegengelaufen, beide Hände voller Bauklötze.

»Ja, es hat nicht allzu lange gedauert.« Grace rang sich sichtlich ein Lächeln ab, dann stieg sie aus ihren Winterstiefeln und lief nach oben.

Patrick ging in die Hocke und nahm seine Tochter auf den Arm. »Hey, meine Kleine.« Er drückte sie an sich und ging mit ihr ins Wohnzimmer.

»Du bist ganz nass, Daddy«, lachte sie und drückte ihn von sich.

»Ja, es regnet, hast du schon gesehen?« Er trug sie zum Fenster und blickte nach draußen.

»Sie hat die ganze Zeit versucht, mich zu überreden, mit ihr nach draußen zu gehen. Sie wollte mir einfach nicht glauben, dass ein Sturm aufzieht«, berichtete Sophie amüsiert.

Patrick betrachtete seine Tochter und lächelte, obwohl noch immer die Wut und die Ameisenarmeen in seinen Eingeweiden wühlten. »Sie ist ein Dickkopf«, gab er zurück.

Tammie lachte erneut und warf einen Bauklotz nach ihm. »Gar nicht!«

Sophie trat neben Patrick und streichelte Tammie übers Haar. »Ich hoffe, auf der Beerdigung hat es nicht geregnet?«

Patrick fuhr zu ihr herum. »Wir reden vor der Kleinen nicht darüber.«

»Oh.« Sophie errötete. »Oh, ich …«

Tammie blickte verunsichert von ihr zu Patrick. Sie schien die Spannung zu spüren, die momentan in der Luft lag.

»Tut mir Leid, Mister Namara.«

»Achten Sie in Zukunft bitte darauf.«

»Was ist denn eine Beerdigung, Daddy?«, wollte Tammie wissen.

Patrick gab seine Tochter an ihr Kindermädchen ab. »Das erkläre ich dir ein anderes Mal. Ich muss mir was Trockenes anziehen.« Er ließ die beiden im Wohnzimmer zurück und ging ebenfalls nach oben.

Im Schlafzimmer knipste er das Licht an und entdeckte sich selbst beinahe überrascht in der mannshohen Spiegeltür des Kleiderschranks. Er war ein bisschen dünner geworden in der vergangenen Woche. Wenn er viel Kokain nahm, aß er nur zu den gemeinsamen Mahlzeiten mit Grace und Tammie etwas und auch das nur, damit er nicht auffiel. Er würde seinen Konsum bald wieder einschränken müssen, das wusste er, aber jetzt war noch nicht der richtige Zeitpunkt.

Patrick zog seine Jacke und den durchweichten Pullover aus, als er plötzlich etwas vibrieren hörte. Verwundert griff er in seine Hosentasche; eigentlich war der Ton seines Handys an. Ein Blick aufs Display verriet ihm, dass es nicht geklingelt hatte, und er entdeckte Graces Mobiltelefon, das neben einem Paar ihrer Ohrringe und einer dazu passenden Halskette auf ihrem Nachttisch lag. Es leuchtete. Patrick sah zur Tür, dann streifte er seine Schuhe ab und näherte sich dem Tischchen.

Cal stand auf dem Display des weißen Smartphones. Verwundert blickte Patrick zur Tür. Cal Parker war ein Arbeitskollege von Grace, ein Kindergärtner, von dem sie das ein oder andere Mal Dinge erzählt hatte, die Patrick schon wieder vergessen hatte, belangloses Zeug von der Arbeit eben. Aber vielleicht auch nicht so belanglos.

Patrick nahm das Handy vom Nachttisch und kam sich wie ein Verräter vor, als er die Nachricht aufrief. Für einen Moment zögerte er, sie zu lesen, doch dann wurde ihm klar, dass es jetzt, wo er sie geöffnet hatte, ohnehin zu spät war. Er würde sie einfach löschen und Grace würde nie etwas erfahren.

Er überflog die Zeilen und konnte nicht glauben, was er da las. Obwohl er es, seit er das leise Vibrieren gehört hatte, eigentlich befürchtet hatte, kam es ihm jetzt fast unwirklich vor.

Würde unser gestriges Abenteuer morgen
nach der Schicht gerne wiederholen!
Habe den Schlüssel vom Sportraum organisiert!
Freue mich schon ...

Patrick wurde übel und er musste sich setzen, denn seine Beine drohten nachzugeben. Diese Nachricht war ziemlich eindeutig und doch konnte Patrick es nicht glauben. Grace sollte ihn betrügen? Mit einem Kindergärtner im Sportraum? Das konnte sie ihm nicht ernsthaft antun. Er hatte bisher nie den Verdacht gehabt, dass er seiner Frau nicht vertrauen konnte, sie hatte ihm immer das Gefühl gegeben, dass er der einzige Mann in ihrem Leben war. Aber was, wenn sie nur eine Rolle spielte? Wenn es eine andere Grace gab? Diese Nachricht sprach eine sehr deutliche Sprache und je öfter Patrick sie las, desto fassungsloser machte sie ihn.

Die Badezimmertür wurde aufgeschlossen und Patrick legte das Telefon reflexartig zurück an seinen Platz. Dann stand er auf und ging zum Kleiderschrank, um sich einen neuen Pullover zu holen. Grace kam aus dem Bad, ein Handtuch um den Kopf gewickelt, und musterte ihn überrascht. »Ich wusste gar nicht, dass du hier oben bist.«

»Tja ...« Er zog den Pullover über. Er wollte ihr in dieser Situation nicht halbnackt gegenüber stehen. »Bin ich aber.«

»Warst du an meinem Handy?« Es lag kein Argwohn in ihrer Stimme, nur Verwunderung. Dieses Miststück.

»Wäre das schlimm?«

Grace lachte irritiert und rubbelte ihr Haar trocken. »Nein, wieso sollte es? Ich frag nur.«

»Einfach nur so?«

»Ja, ich ...« Sie runzelte die Stirn, schloss die Tür hinter sich und kam langsam auf ihn zu. »Was ist denn los?«

»Die Frage solltest du dir eigentlich selbst beantworten können.«

Ihre Verwirrung machte einem Anflug von Wut Platz. »Dann würde ich ja nicht *dich* fragen.«

»Nimm dein Handy.«

Grace musterte ihn, als wäre er betrunken oder verrückt geworden. Langsam und ohne ihn aus den Augen zu lassen, ging sie zum Bett und griff nach dem Telefon.

»Lies die Nachricht.«

»Patrick, ich–«

»Lies die verdammte Nachricht!«

Auf einmal standen Tränen in ihren Augen. Sie senkte den Blick aufs Display und las. Doch anstatt sich zu rechtfertigen, schüttelte sie nur ungläubig den Kopf. »Du musst mir glauben, Patrick, das–«

»Erzähl mir keine Scheiße!«

»Das tue ich nicht. Cal hat mir lediglich ein paar Yogaübungen gezeigt! Ich habe gar kein Interesse an ihm, geschweige denn–«

»Was, Sex mit ihm im Sportraum?«

Grace sah ihn lange an. Tränen rannen über ihre Wangen. Dann schüttelte sie den Kopf. »Was denkst du nur von mir?«, flüsterte sie.

»Wenn die Sache so harmlos ist, wieso heulst du dann?«

Graces Stimme war immer noch kaum hörbar. »Weil du mir nicht vertraust.«

Patrick musterte sie abschätzig und wusste nicht, was er glauben sollte.

»Bitte, Patrick. Wenn du mir nicht glauben kannst, dann ruf Cal doch einfach an und mach dir ein Bild von ihm!«

Bevor Patrick etwas erwidern konnte, vernahm er Schritte auf der Treppe. »Misses Namara? Tammie ist hingefallen und blutet!«

»Ich komme sofort, Sophie!« Grace wischte sich die Tränen aus dem Gesicht und drückte Patrick das Telefon in die Hand. Dann verließ sie das Schlafzimmer ohne ein weiteres Wort.

-32-

Die Shamrock-Lodge war eine kleine Pension mit nur zehn Zimmern. Irene Pajak, Besitzerin und Betreiberin zugleich, erwartete Brady bereits an der Tür und brachte ihn in einen gemütlich eingerichteten Raum, der als Rezeption und Aufenthaltsraum in einem diente. Eine steile Holztreppe führte nach oben, eine Glastür auf den hauseigenen Parkplatz. Brady warf einen Blick nach draußen und entdeckte ihn sofort. Zwischen zwei Familienvans stand ein rostiger, grauer Pick-Up.

»Möchten Sie sich setzen?«, fragte Irene.

»Nein, danke. Ich würde gerne direkt mit Ihren drei Gästen sprechen.« Brady konnte den Blick nur schwer von dem Wagen abwenden.

»Selbstverständlich. Sie sind in ...«, begann Irene, dann senkte sie die Stimme, als ein betagtes Ehepaar den Raum durchquerte und sich auf einem der Sofas niederließ. »... Zimmer sieben und neun.«

Brady nickte und verzichtete darauf, sich Notizen zu machen. Zwei Nummern würde er sich so gerade noch merken können. »Die beiden Männer sind in ...?«

»Sieben.« Irene lächelte und strich sich eine aschblonde Haarsträhne hinters Ohr. Sie wirkte wie jemand, der nervös war, aber versuchte eine gefasste und seriöse Fassade zu wahren. »Kann ich noch etwas für Sie tun?«

Auf den Stufen war lautes Gepolter zu hören, dann entdeckte Brady einen Teenager mit hellblondem Haar, der die Treppe herunter kam. Der Junge trug zerschlissene Jeans und einen dunkelgrünen Pullover. Er zog einen riesigen Lederkoffer hinter sich her, der schon mal bessere Tage gesehen hatte.

»Guten Tag«, sagte Irene Pajak.

Der Junge blickt sie verstört an, dann verzog er die Lippen zu einem zaghaften Lächeln und zerrte den Koffer weiter hinter sich her.

Als er durch den Hinterausgang verschwunden war, wandte sich Irene wieder Brady zu. »Das ist der Jüngere der beiden Männer«, flüsterte sie mit einem verstohlenen Blick durch die Glastür.

»Ach, wirklich?« Brady war ernsthaft überrascht. Er beobachtete, wie der Junge den Koffer vor dem Pick-Up abstellte und nervös auf einem Zahnstocher herumkaute. Offenbar wartete er auf jemanden.

Erneute Schritte auf den Stufen, dann kam ein zweiter Mann herunter. Jemand, den Brady auch unter hundert Fremden erkannt hätte. Er drehte sich hastig um und wandte der Treppe den Rücken zu.

»Morgen, Misses Pajak.« Der Narbenmann nickte ihr zu, dann trat er nach draußen und wuchtete gemeinsam mit dem Jungen den Koffer auf die Ladefläche.

»Ich werde dann mal.« Brady deutete auf den Parkplatz.

»Ich bin hier, wenn Sie noch Fragen haben.«

»Danke.« Brady spürte, wie ihm der Schweiß ausbrach und das Herz ihm bis zum Hals schlug, doch er konnte jetzt keinen Rückzieher mehr machen. Stattdessen folgte er den beiden nach draußen.

»He, Sie!« Vermutlich hätte er etwas Intelligenteres sagen sollen, doch auch so drehten sie sich praktisch gleichzeitig zu ihm um.

Der Jüngere, der auf dem Weg in den Wagen war, wirkte lediglich verdutzt, während die Augen des Älteren schmal wurden. »Ja, bitte?«

Brady trat auf ihn zu. »Detective Brady McCarthy. Von der Mordkommission.«

Es war seltsam, dem Narbenmann plötzlich gegenüber zu stehen, denn in Bradys Kopf war er während der vergangenen Tage schon fast zu einem Phantom geworden. Von Nahem betrachtet sah er jedoch nicht sonderlich mysteriös aus. Er machte einen sportlichen Eindruck und mochte etwa in Bradys Alter sein. Unter seiner Lederjacke trug er schlichte, geradezu ärmliche Kleider. Keine Marken-Embleme, kein Schmuck, nichts Auffälliges, weder positiv noch negativ.

»Und Sie sind?«

Er ignorierte Bradys Frage. »Mordkommission? Was wollen Sie?«

»An Weihnachten wurde in Brittas eine Leiche gefunden und ich führe Befragungen durch. Überall in der Gegend.«

»Aha. Aber wir sind hier in Corbally.«

»Das ist mir bekannt. Dürfte ich bitte Ihren Namen erfahren? Und den Ihres ...«

»Nate Simmon. Und der da hinten ist mein Bruder, Toby.«

Die Antwort machte Brady stutzig, denn er hätte die beiden für vieles, aber nicht für Brüder gehalten. Der Junge im Wagen war viel blasser und ganz anders gebaut als Nate.

»Nate und Toby Simmon. Brüder.« Brady zog seinen Notizblock hervor und schrieb sich die Namen auf. Er spürte Nate Simmons Blick auf sich ruhen.

»Und Sie wollen verreisen?«

»Sieht das so aus?«

Simmons unverhohlene Feindseligkeit überrumpelte Brady. Zwar war er keineswegs der erste Landbewohner, der ihm unfreundlich vorkam, aber der gutmütige Spott, den die anderen ihm entgegengebracht hatten, fehlte hier restlos.

»Wo soll's denn hingehen?«

»Ich weiß nicht, ob Sie das was angeht, Mister McCarthy, aber wir sind erst vor wenigen Tagen angereist.«

Brady blickte auf. In Nate Simmons Augen funkelte derselbe Zorn, den er auch in seiner Stimme zu hören glaubte.

»Sind Sie alleine hierher gereist?«

»Ja.«

»Woher kommen Sie?«

»Brittas. Die Gastwirtin hat unsere Ausweiskopien. Soll ich sie für Sie holen?«

»Nein, danke.« Brady würde sich die Unterlagen später von Irene besorgen. »Wie alt sind Sie beide? Ihr Bruder sieht nicht volljährig aus.«

»Er ist neunzehn. Ich achtundzwanzig.«

»Sie sind also alleine angereist. Wo sind Ihre Eltern?«

»Unsere Eltern sind tot.«

Die Ruhe und Selbstverständlichkeit in Simmons Stimme zeigte Brady, dass ihr Tod schon lange her sein musste und er die Trauerfälle verarbeitet hatte.

»Das tut mir Leid.«

»Muss es nicht. Können wir jetzt los?«

»Nein. Ich möchte wissen, wer die Frau war, mit der Sie am einunddreißigsten Dezember angereist sind.«

»Eine Anhalterin.«

»Wem wollen Sie das erzählen?«

»Na Ihnen, Sie haben doch gefragt.«

Brady räusperte sich und dachte fieberhaft nach. Irgendwie musste er die beiden Jungs festnageln. Was sollte er jetzt sagen? Solche Spielchen waren definitiv nicht sein Ding. »Mister Simmon. Ich denke, wir wissen beide, weshalb ich hier bin.«

Simmon blickte ihn fragend an. Sein Gesicht war leicht gerötet, nur die Narbe auf der linken Wange blieb weiß.

»Sie waren am siebenundzwanzigsten Dezember am Fundort der Leiche. Ich habe Sie gesehen und Sie sind in den Wald geflüchtet.«

Am Rande seines Blickfelds nahm Brady wahr, dass Toby Simmon aus dem Wagen stieg, doch er ließ sich nicht ablenken und achtete genau auf jede Regung in Nates entstelltem Gesicht. Unauffällig ließ er die Hand zu seiner Waffe wandern.

»Ich habe keine Ahnung, wie Sie darauf kommen.« Seine Züge blieben unbewegt, Brady konnte weder Erschrecken noch Furcht darin entdecken.

»Versuchen Sie nicht, mich zu verarschen, Simmon. Wir wissen beide, wie es war.«

»Hey, Toby.« Nates kühle, graue Augen ruhten noch immer auf Brady.

»Ja?« Tobys Stimme klang unsicher. Sie passte zu seinem hageren Erscheinungsbild.

»Sag Mister McCarthy bitte, mit wem ich am siebenundzwanzigsten Dezember zusammen war.«

»Mit mir, Nate.«

Ein triumphierender Ausdruck schlich sich auf Nates Züge.

»Und wo waren Sie?«

»Mit dem Auto unterwegs.«

»Den ganzen Tag.«

»Ja.«

»Und was ist mit der Nacht vom fünfundzwanzigsten auf den sechsundzwanzigsten Dezember?« Brady musste sich beherrschen, um Simmon nicht anzuschreien.

»Weihnachten?«

»Ja, Mister Simmon.«

»Da war ich auch mit meinem Bruder zusammen. Wir haben im Wagen übernachtet. Stimmt's nicht, Toby?«

»Doch, Nate.«

Brady war sich im Klaren darüber, dass er in diesem Moment nicht viel tun konnte. Nate Simmon hatte ein Alibi und Brady keine triftigen Gründe ihn festzunehmen. Alles, was er jetzt tun konnte, war zu verhindern, dass die beiden verreisten. Oder, wie es ihm vorkam, vielmehr *flohen*.

»Sie werden Ihre Reise verschieben müssen. Sie sind Zeuge in einem Mordfall und das werde ich Ihnen nachweisen. Und dann werden Sie mir einige Fragen beantworten müssen.«

Toby Simmon öffnete den Mund, doch ein blitzschneller Blick seines Bruders brachte ihn zum Schweigen.

»Wir verreisen wie gesagt nicht«, wandte Nate ein.

»Gut, denn ich lade Sie hiermit mündlich zu einer Zeugenaussage vor. Sie beide erscheinen morgen um acht Uhr dreißig auf dem Polizeihauptquartier in Dublin City. Phoenix Park. Wissen Sie, wo das ist?«

»Sie etwa nicht?«

»Fragen Sie am Empfang nach Detective McCarthy, man wird Sie dann zu mir bringen. Sollten Sie Corbally verlassen und nach Hause fahren, dann teilen Sie es mir umgehend mit«, fuhr Brady fort. »Sollten Sie dies nicht tun und einfach verschwinden, werte ich das als Flucht. Dann werden wir landesweit nach Ihnen fahnden. Und ich fürchte, Sie sind nicht unbedingt schwer zu erkennen.« Er zog das Phantombild hervor und zeigte es Simmon. Er hoffte auf einen Knalleffekt, doch Nate blieb unbeeindruckt.

»Ich habe nichts gesehen, Mister McCarthy. Und ich habe nichts verbrochen. Sie verschwenden hier Ihre Zeit.«

»Das wird sich zeigen. Kennen Sie diesen Mann persönlich?« Brady hielt ihm nun das Bild des Toten unter die Nase.

Nate betrachtete es eine ganze Weile schweigend, dann schüttelte er den Kopf. »Nein.«

»Spielen Sie keine Spielchen, Nate.«

»Das würde mir im Traum nicht einfallen.«

»Rufen Sie mich an, wenn Sie mir etwas mitteilen möchten.« Brady gab ihm eine seiner Visitenkarten.

»Wird gemacht.« Nate ließ die Visitenkarte achtlos in den Dreck fallen.

»Und seien Sie morgen pünktlich.«

»Ganz bestimmt.« Nate und Toby stiegen ein, kurz danach ließen sie den Motor aufheulen und fuhren davon.

Brady sah ihnen kopfschüttelnd nach, dann ging er wieder rein. »Misses Pajak? Ich brauche die Ausweiskopien der beiden.«

Irene Pajak runzelte die Stirn. »Ausweiskopien? Die beiden mussten sich nicht ausweisen, sie haben bar bezahlt.«

-33-

Brady klopfte an Zimmer Nummer neun.

»Vielleicht schläft sie«, raunte Misses Pajak von hinter ihm.

Er zuckte mit den Schultern und schlug wieder gegen die Tür, dann legte er sein Ohr an das Holz und lauschte. Es war nichts zu hören.

»Und?«

Brady schüttelte den Kopf und richtete sich wieder auf. »Ich brauche Ihren Schlüssel.«

Irene schaute gequält, händigte ihm dann aber den Schlüssel aus.

»Danke.«

»Vielleicht ist sie einfach raus gegangen. Ich habe auch nicht immer alles im Blick. Wenn ich das Frühstück mache zum Beispiel ...«

»Beruhigen Sie sich«, bat Brady und warf ihr ein Lächeln zu. Dann schloss er die Tür auf und trat ein.

Das Zimmer war klein und von warmem Licht durchflutet. Das Fenster stand auf und die orangefarbenen Vorhänge bauschten sich im Durchzug. Eine schwere, rote Tagesdecke war säuberlich über das ganze Bett gezogen worden. Die Luft roch muffig und nach Weihrauch.

»Hallo?« Brady sah sich kurz um. Alles war aufgeräumt und ordentlich, es gab nichts, was ihm komisch vorkam.

»Möglicherweise im Bad?« Irene Pajak übernahm nun das Ruder und horchte an der Badezimmertür. Dann drückte sie die Klinge herunter.

Brady schaltete das Licht ein und schaute ihr über die Schulter. Der scharfe Geruch von Putzmittel schlug ihnen entgegen.

»Hier auch nicht«, stellte Irene hüstelnd fest.

»Sie ist wohl nicht da.« Brady ließ seinen Blick durch das zweckmäßige Badezimmer wandern, aber auch hier gab es nichts, was ihm komisch vorkam. »Könnte die Frau auch eine Anhalterin gewesen sein?«

Irene Pajaks Stirn kräuselte sich. »Anhalterin? Die Dame sah aus wie fünfzig und kam mir nicht wie eine Tramperin vor.«

»Wie lange haben die drei die Zimmer gemietet?«

»Zwei Wochen. Bis zum vierzehnten Januar.«

»Alle drei?«

»Ja.«

»Gut, ich möchte mir jetzt Zimmer sieben ansehen.«

Irene Pajaks Kinn zuckte, als wolle sie etwas erwidern, dann nickte sie. »Wenn das in Ordnung geht.«

»Das tut es. Wir werfen nur einen kurzen Blick rein und dann verschwinde ich.«

Das Zimmer der Simmons ähnelte Zimmer neun bis auf das große Doppelbett. Die orangefarbenen Vorhänge waren ebenfalls zugezogen und sorgten für warmes Licht, das Bett war akkurat gemacht und der blumige Geruch von Raumspray lag in der Luft. Doch im Gegensatz zu dem Einzelzimmer wirkte der Raum der Simmons bewohnt. In einer Ecke stapelten sich zwei Reisetaschen, über einem Stuhl hing eine Jacke.

»Gut, das war's schon«, sagte Brady und wandte sich wieder ab. Er hatte genug gesehen. Offenbar waren die Simmons nicht im Begriff gewesen, irgendwo hin abzuhauen. Was auch immer sie mit dem Koffer wollten, abreisen war es sicher nicht.

»Oh, wirklich?« Irene lächelte erleichtert und schloss hinter sich ab. »Kann ich Ihnen noch irgendwie behilflich sein?«

»Nein, vielen Dank. Sie haben mir schon mehr als geholfen.« Brady schüttelte ihre Hand und hoffte insgeheim, dass es stimmte, was er sagte. Morgen früh würde er hoffentlich Licht ins Dunkel bringen.

»Auf Wiedersehen, Detective.«

»Das sollten Sie sich nicht wünschen.« Brady zwinkerte ihr zu. »Ich bin schließlich von der Mordkommission.«

Irene Pajak wurde bleich.

Brady lachte. »Also dann hoffentlich auf Nimmerwiedersehen.«

-34-

Brady hatte sich schwer getan, einen Treffpunkt für sich und Chloe auszuwählen. Was kannten sie beide, wo war es leise genug, um sich zu unterhalten, aber nicht so privat, dass Missverständnisse aufkommen konnten? Zuerst tendierte er zu *The Temple Bar* mitten in Dublins Szeneviertel Temple Bar. Doch dann fielen ihm die zahlreichen Touristen ein, die den Laden regelmäßig zum Überkochen brachten. Im Kopf ging er durch, welche Pubs in Temple Bar *nicht* auf Touristen ausgelegt waren und kam zu dem Schluss, dass er praktisch alle ausschließen konnte. Außerdem herrschte bei zu vielen Gästen fast überall ein Einlass-Stopp und Brady hatte keine Lust, sich draußen mit einem Bouncer herumzuärgern, während die Reporterin drinnen wartete. Er wollte Chloe aber auch nicht mit in seine Stammkneipe bringen, denn sie musste nicht wissen, wo er sich privat aufhielt. Letztendlich hatte er sich also doch für *The Temple Bar* entschieden, Touristen hin oder her.

Brady drängte sich durch die singenden Massen zur Theke und orderte ein Murphy's. Dann suchte er sich eine ruhige Ecke, von der aus er den Aufgang in den Gastraum sehen konnte. Leider gab es hier oben keinen freien Sitzplatz mehr, doch er schaffte es, einen Stehtisch zu ergattern. Er nahm gerade den ersten Schluck seines Bieres, als er Chloe MacGowan die Treppe herauf kommen sah. Sie hatte das blonde Haar zu einem strengen Zopf zurück gebunden und trug Jeans und ein schlichtes Top. So natürlich gefiel sie Brady gleich hundertmal besser, als in ihrer aufgetakelten Reporterinnen-Aufmachung. Unwillkürlich stahl sich ein Lächeln auf seine Züge.

Chloe entdeckte ihn und erwiderte sein Lächeln. »Hier stecken Sie.«

»Hallo, Misses MacGowan.« Brady reichte ihr die Hand.

»Lassen Sie diesen Höflichkeitsmist und nennen Sie mich Chloe.« Sie zog sich einen Hocker heran und setzte sich. »Draußen regnet es mal wieder, ist das zu fassen?«

»Erstaunt Sie das?«, grinste Brady.

»Nicht wirklich.« Chloe sah sich um. »Ich besorge mir schnell etwas zu trinken.«

Brady stellte sein Glas ab. »Was trinken Sie?«

»Cider.«

»Wie klassisch.« Er nahm sein Portemonnaie und zwängte sich erneut durch die Menge zur Theke. Neben ihm bestellte jemand mit einem lustigen, ausländischen Akzent eine Cola und ein Guinness. Brady wartete, bis er an der Reihe war, dann kaufte er Chloe ein großes Glas Cider. Vielleicht würde er die Reporterin so ein bisschen redseliger machen.

Als er zurück zum Tisch kam, war sie gerade dabei ihre Lippen nachzuziehen. »Ganz schön voll der Laden. Danke.«

»Ich glaube, in Temple Bar gibt es mehr Touristen als Einheimische.« Brady stellte sich Chloe gegenüber.

Sie lachte und trank einen Schluck. »Also, Mister McCarthy.«

»Brady«, sagte er und kam sich unhöflich vor, weil er sich noch nicht vorgestellt hatte.

»Also, Brady. Sie haben mich herbestellt, nachdem Sie mich lange genug schmoren lassen haben.«

»Ich musste nachdenken.«

»Besonnenheit ist die Tugend der Frau.«

»Ach, tatsächlich?«

»Natürlich. Männer sollten mutig sein und ohne Zweifel.«

»Warum glaube ich nur, dass Ihnen diese Weisheit gerade besonders gut in den Kram passt?«

Chloe zuckte mit den Achseln und grinste. »Vielleicht ist das einfach *Ihre* Interpretation.«

Brady sah auf und für einen Moment schauten sie sich in die Augen. Dann wandte er den Blick ab und trank. »Also ... bevor ich Ihnen Auskunft gebe, möchte ich von Ihnen wissen, wer Ihr Informant war.«

»Keine Chance.« Chloe nippte an ihrem Glas.

»Ist es Sean Callahan? Lacey O'Malley? Kilian Westwood?«

»Halt, halt!«, lachte Chloe und hob abwehrend die Hände. »Wenn Sie mir schon so viele Informationsquellen nennen, dann möchte ich mir zumindest die Namen notieren.«

Brady verzog das Gesicht und leerte sein Murphy's mit mehreren, großen Schlucken.

»Jetzt mal ernsthaft, Brady. Ich kann meinen Informanten nicht verpfeifen. Stellen Sie sich vor, es wäre die Putzfrau. Sie würden die arme Frau sofort feuern. Das kann und will ich nicht in Kauf nehmen. Aber ich kann Ihnen versprechen, dass ich meine Quelle nicht mehr kontaktiere, wenn Sie sie jetzt ersetzen.«

»Keine Infos mehr in der Zeitung, die ich nicht ausdrücklich erlaube.«

Chloe führte zwei Finger an die Lippen. »Ehrenwort.«

»Und Sie nennen keine Namen.«

»Sie bleiben vollkommen anonym, versprochen.«

Brady blickte sie zweifelnd an.

»Überlegen Sie doch mal: Ich brauche nur eine Story, je näher an der Wahrheit, desto besser. Sollte ich es mir mit Ihnen verscherzen, dann habe ich niemanden mehr. Ich kann ja wohl kaum reumütig zu meinem ersten Informanten zurückkehren, oder was denken Sie?«

»Keine Ahnung, wie das bei Ihnen so läuft.«

Chloe schüttelte den Kopf. »Sie schätzen mich völlig falsch ein.«

»Meinen Sie?«

»Weiß ich. Ich mache Ihnen einen Vorschlag.« Sie holte einen Stift hervor. »Sie erzählen mir jetzt, was ich wissen muss, und danach lernen Sie mich ein wenig besser kennen.«

Brady wollte etwas einwenden, aber er kam nicht dazu.

»Nur damit Sie verstehen, dass Sie mir trauen können.«

Verwundert beobachtete Brady, wie sie ein Notizbuch aus ihrer Handtasche kramte. Er dachte, dass er der einzige Mensch war, der noch auf die altmodische Art arbeitete. Er hätte bei Chloe eher mit einem Smartphone oder zumindest einem Diktiergerät gerechnet. »Also schön. Wo fange ich an?«

»Bei den neuesten Erkenntnissen.« Chloe befeuchtete ihre Lippen, dann lehnte sie sich zurück und hörte zu.

-35-

Es war bereits weit nach der Sperrstunde, als Brady mit Chloe an seiner Seite den Zugang durch Merchants Arch nahm und auf die Half Penny Bridge zusteuerte. Er war angetrunken und hatte das Gefühl, dass sein Plan, Chloe abzufüllen, mächtig in die Hose gegangen war. Die Reporterin kam ihm stocknüchtern vor und hatte ihn untergehakt, weil er mehr Schlagseite hatte, als ihm lieb war.

»Ah, die Ha'Penny«, lallte er. Seine Zunge war schwer und wollte ihm einfach nicht gehorchen.

»Eine schöne Brücke, ja.«

Brady schüttelte energisch den Kopf und zog Chloe hinter sich her. »Nich' irgendeine Brücke. Wenn man von da 'n Geldstück in die Liffey wirft, kann man sich was wünsch'n.«

Chloe folgte ihm lachend.

Brady suchte in seinen Jackentaschen nach Geld, dann beugte er sich übers Geländer.

»Vorsicht!« Chloe griff nach seiner Jacke und hielt ihn fest. »Du fällst noch rein.«

»Aaaach was.« Brady holte aus und warf eine 10-Cent-Münze in den Fluss. »Jetz' du.« Er drückte ihr ein paar Münzen in die Hand.

»Okay …« Chloe ließ ihn nur zögerlich los. »Dann wollen wir mal.« Einen Augenblick lang starrte sie besonnen auf die Wasseroberfläche, dann öffnete sie die Hand und ließ einige Geldstücke in die Liffey plumpsen.

»Da geht wohl eine auf Nummer sicher.«

»Ja.« Chloe lehnte sich gegen das Geländer und blickte über den Fluss. Zahlreiche Lichter brachen sich auf der unruhigen Wasseroberfläche. »Wie schön es hier ist …«

Brady stellte sich neben sie und versuchte, Dublin mit ihren Augen zu betrachten. Er wusste um die zahlreichen Junkies und Obdachlosen, die sich im Kern der Innenstadt in vermoderten Löchern versteckten, wusste um die Jugendlichen, die nur darauf warteten, einen betrunkenen Partygast zu überfallen und seiner Wertsachen zu berauben. Keine Frage, Brady kannte die Schattenseiten seiner Heimat nur zu gut. Schattenseiten, die jede größere Stadt in sich barg. Und trotzdem übermannte ihn auf einmal die Schönheit Dublins. Das Farbenspiel der angestrahlten Brücken auf dem Wasser, der Lichtkanal, den die beleuchteten Gebäude und die mit Weihnachtslämpchen behangenen Bäume links und rechts der Liffey bildeten, das Stimmengewirr gepaart mit der schwungvollen Musik von vereinzelten Straßenmusikern.

»Gib zu, es ist hinreißend«, hauchte Chloe und schmiegte sich an ihn.

Automatisch legte Brady einen Arm um ihre Hüfte und zog sie an sich. Chloe sah ihm tief in die Augen, dann küsste sie ihn. Brady fühlte sich überrumpelt, wenn auch nicht überrascht. Den ganzen Abend war die Stimmung zwischen ihnen beiden irgendwie vertraut gewesen. Sie hatten sich wie alte Freunde unterhalten, hatten gelacht und zusammen geschwiegen wie Seelenverwandte, die keine Worte brauchten, um einander zu verstehen. Mit geschlossenen Augen erwiderte er ihren Kuss und spürte, wie all sein Blut in seine Lendengegend strömte.

Nach wenigen Sekunden war der Augenblick vorbei und Chloe löste sich von ihm. »Komm, ich bringe dich nach Hause.«

-36-

Es mochte um die drei Uhr sein, als Patrick plötzlich von Tammies kläglichem Weinen aufschrak. Im ersten Moment rasten längst verblasste Bilder vor seinem inneren Auge vorbei: Seine Hände an Mollys Hintern, seine Lippen auf ihren, ein Teddy, der im Dreck landete, Tränen in großen Kinderaugen ... Dann war er in der Realität angekommen und sah seine Tochter in der Schlafzimmertür stehen, viel zu klein und schutzlos, ihre Stoffkatze fest an sich gepresst.

Sofort stand Grace auf und war bei ihr, nahm sie auf den Arm und redete leise auf sie ein. »Tammie, Schatz, was ist denn? Hast du schlecht geträumt?«

Patrick hörte die Verwirrung in ihrer Stimme, denn seit Tammie all ihre Milchzähne hatte, war sie nachts nicht mehr heulend aufgewacht. Bis heute.

»Da war jemand in meinem Zimmer. Der war ganz schwarz. Und dann hat er sich in Luft aufgelöst.«

Schlagartig war Patrick hellwach.

»Unsinn, du hast geträumt«, versuchte Grace, Tammie zu beruhigen.

Patrick hingegen sprang auf und hastete an den beiden vorbei aus dem Schlafzimmer.

»Patrick?«

Grace klang jetzt noch verwunderter, doch er achtete nicht auf sie. Er stürmte in Tammies Zimmer und knipste das Licht an. Es war leer. Er schaute unter dem Bett nach, dann in Tammies weißem Kleiderschrank. Nichts. Er kontrollierte das Fenster, aber es war fest verschlossen und der Riegel war vorgelegt. Das musste nichts heißen. Patrick verließ das Zimmer und begann, die anderen Räume abzusuchen.

»Patrick ...« Grace folgte ihm mit Tammie auf dem Arm, die jetzt den Daumen im Mund hatte und schon wieder schläfrig wurde. »Sie hat nur schlecht geträumt ...«

Patrick wollte nicht zuhören. Nachdem er auch im Bad niemanden entdeckt hatte, lief er herunter ins Erdgeschoss, um dort die Fenster und die beiden Türen zu kontrollieren. Er hörte Grace seufzen, dann verschwand sie mit Tammie im Kinderzimmer.

Obwohl Patrick in diesem Moment glaubte, hundert verdächtige Geräusche zu hören und hundert unheimliche Schatten zu sehen, konnte er im Erdgeschoss nichts Ungewöhnliches finden. Durch sämtliche Fenster versuchte er, auffällige Bewegungen im Garten oder Vorgarten auszumachen, aber da war nichts und auch das Gästehaus lag dunkel und still da. Er suchte mit Blicken die Garage ab, als plötzlich eine Hand seine Schulter packte. Patrick fuhr herum, vorbereitet auf alles Mögliche, und verfluchte sich schon dafür, dass er die Waffe nicht dabei hatte, doch natürlich war da nur Grace in ihrem fliederfarbenen Nachthemd und mit Sorge im Blick.

»Tammie ist im Bett, Liebling. Lass uns auch wieder schlafen gehen.«

Eine ganze Weile lagen sie schweigend nebeneinander und Patrick konnte förmlich spüren, wie es hinter Graces Stirn arbeitete. Dann ergriff sie plötzlich das Wort. »So was hatte sie noch nie. Solche Albträume.«

»Ich weiß.«

Wieder sagte Grace eine Weile nichts, dann drehte sie sich zu ihm um und er spürte ihren Blick auf sich ruhen.

»Weißt du, dass Kinder fühlen, wenn es ihren Eltern nicht gut geht?«

Patrick blickte an die Decke und sagte nichts. Ihm war nicht nach Reden und nach seinem Auftritt auf der Beerdigung konnte er ihr auch nicht länger vormachen, dass alles okay mit ihm war.

»Patrick.«

»Dann mach diesem Cal klar, dass er aufhören soll, dich zu stalken, wie wäre das?«

»Kannst du mir nicht einfach vertrauen? Ich mache mir doch auch keine Sorgen wegen Felicia.«

»Felicia ist zweiundfünfzig.«

»Und Cal einundzwanzig.« Patrick erwiderte nichts und hörte Grace durchatmen. »Es ist nichts zwischen ihm und mir, okay? Er ist Kindergärtner. Vermutlich ist er schwul.«

Patrick gab sich einen Ruck und blickte Grace an. »Vielleicht habe ich überreagiert.«

Grace blickte ihm fest in die Augen. »Und auf der Beerdigung hast du dich auch nicht gerade von deiner besten Seite gezeigt.«

»Das ist im Moment die einzige Seite, die ich fehlerfrei hinbekomme, Gracie. Aber ich arbeite daran.«

»Ich bin für dich da.«

»Ich weiß.« Er nahm sie in den Arm und zog sie an sich.

Grace legte den Kopf auf seine Brust. »Alle Kinder haben Angst vorm schwarzen Mann«, flüsterte sie.

Er wusste das. Er wusste es nur zu gut.

-37-

Die Mahlzeiten waren am schlimmsten. Sie mussten darauf achten, dass ihre Kleider absolut sauber waren, auf die Minute pünktlich sein und sich gerade hinsetzen. Dann mussten sie die Hände falten und ein Tischgebet sprechen. Anschließend mussten sie lächeln, bis das Essen vorbei war. Sie mussten sowieso immer lächeln, wenn sie Mary entgegen traten.

Während sie aßen, musste jeder von ihnen eine Hand auf die Tischplatte legen und wenn sie das Lächeln vergaßen, oder wenn irgendetwas das Lächeln aus ihrem Gesicht fegte, schlug ihnen Douglas mit seinem Rohrstock auf die Finger. Die ganze Zeit über schlich er um sie herum und wartete nur darauf, dass sie einen Fehler machten. Amy fragte sich, ob er nie aß, aber eigentlich kannte sie die Antwort. Er war der schwarze Mann, der schwarze Mann war ein Monster oder ein Geist oder etwas noch Schlimmeres. Der schwarze Mann ernährte sich, und das hatte sie von ihrem Dad gelernt, von Kindern. Er stahl sich nachts in ihre Zimmer, stand an ihren Betten und suchte sich die Unartigsten aus. Und dann, wenn keiner hinsah, nahm er sie still und heimlich mit. Amy wollte nicht von dem schwarzen Mann gefressen werden, sie wollte nicht einfach so verschwinden. Sie wollte zurück nach Hause, zu ihrer Familie, und ihnen sagen, dass es ihr gut ging.

Zischelnd sauste der Rohrstock auf ihre Finger.

Mary seufzte. »Du bist wieder mal mit den Gedanken woanders.«

Amy strengte sich an, das Lächeln wieder aufzusetzen, auch wenn Tränen in ihren Augen brannten. Sie wollte hier weg, sie wünschte es sich ganz fest, aber nichts geschah.

»Iss weiter!«

Sie spießte ein paar Erbsen auf ihre Gabel auf und steckte sie sich in den Mund. Es gab meistens Erbsen oder Bohnen und dazu weiches, braunes Fleisch, das sie kaum herunter bekam.

»Wo soll das mit dir noch enden, meine kleine Albia?«

»Ich heiße Am–«

Wieder der Rohrstock. Die Kinder versteiften sich. Amy wollte schreien, aber sie tat es nicht. Sie wusste, dass Schreien strengstens verboten war und dass darauf eine noch viel schlimmere Strafe stand.

»Du heißt Albia!« Marys Stimme klang jetzt nicht mehr so nett und sanft und sie lächelte auch nicht mehr.

»Ich heiße Amy Namara und wohne an der Barrack Road in Glencullen. Meine Eltern–«

Wieder ein Schlag. Amy konnte die Tränen nicht länger zurückhalten. Sie machte die Augen ganz fest zu, aber sie fing trotzdem an zu weinen.

*»*Wir *sind deine Eltern, Albia!«*

»Ihr seid nicht meine Eltern, du bist bloß eine alte Hexe!« Sofort bereute sie ihre Worte. Sie biss sich auf die Lippe und starrte Mary an. Neben ihr sauste der Rohrstock durch die Luft, aber Mary hob die Hand und der schwarze Mann stoppte kurz vor ihrer aufgeplatzten Haut. Amy hoffte, dass sie nicht blutete. Beim letzten Mal hatte sie ihr Blut mit einem weißen Pulver vom Tisch scheuern müssen, das in den Wunden brannte.

»Jeder räumt seine Sachen selber weg«, hatte Mary damals fröhlich gemeint. Heute war sie nicht fröhlich. »Das ist nicht Strafe genug.« Ihre Stimme war ganz leise und zittrig wie das Miauen der Nachbarskatze zu Hause, wenn man sie beim Schlafen störte. »Offensichtlich müssen wir Albia härter bestrafen, denn gelogen wird in meinem Haus nicht.«

Der Rohrstock verschwand, dann wurde Amy grob in die Höhe gezogen, bis ihre Füße über dem Boden schwebten. »Aber ich lüge nicht. Ich–«

Mary ballte ihre Hand zur Faust und knallte sie auf den Tisch. Besteck klirrte, eines der Wassergläser fiel um. Amy glaubte, dass sie jetzt wieder in das Zimmer kam und wünschte sich, dass sie ihr Glas ausgetrunken hätte. Aber es war zu spät.

»Schaff sie mir aus den Augen!«

Douglas zögerte keine Sekunde. Obwohl Amy zappelte und mit aller Macht versuchte sich zu wehren, schleppte er sie mühelos aus der Küche.

-38-

Es war schon nach neun. Brady lief aufgeregt auf und ab, warf abwechselnd einen Blick auf die Uhr und aus dem Fenster. Er fühlte sich wie gerädert. Sein Kopf schmerzte und seine Glieder waren schwer wie Blei. Am liebsten wäre er einfach nach Hause gegangen. Der Abend mit Chloe war zu viel gewesen.

»Vergiss es, diese Simmons kommen nicht mehr«, sagte Kilian. »Die haben dich gelinkt, das ist doch mehr als offensichtlich.«

Brady hatte Kilian von seinem Zusammentreffen mit Nate und all den Ungereimtheiten erzählt, die sich aufgetan hatten. Am liebsten hätte er mit Sean darüber gesprochen, schließlich wusste er immer Rat, aber der Alte hatte sich den ganzen Morgen über schon nicht blicken lassen. »Glaubst du, Sean ist mit Nate Simmon durchgebrannt?«

Kilian lachte. »Zuzutrauen wäre es ihm. Das dunkle Geheimnis des Sean Callahan.«

»Scheiße.« Brady ließ das Rollo herunter und setzte sich auf die Tischkante. »Ich gebe denen noch dreißig Minuten, dann fahre ich hin und prügle sie hier her.«

»Lass das nicht die Presse mitkriegen.«

Brady spürte, wie ihm das Blut in den Kopf schoss. »Wie meinst du das?«

»Na ja, prügelnde Polizisten sind doch immer eine Schlagzeile wert.«

»Ach so ... Hast du heute schon in die Zeitung geguckt?«

Kilian nickte. »Klar. Es steht noch nichts drin, aber die Webseite der Sun ist ziemlich aktuell.«

»Und?«

»Sie haben über Amy Namaras Beisetzung geschrieben und den früheren Fall aufgerollt. Aber auf eine respektvolle Art. Soweit das geht.«

»Gut.« Scheinbar hatte Chloe Wort gehalten.

»Warum gibt es eigentliche keine Pressekonferenzen?«

»Anweisung von ganz oben. Sullivan meint, dass es nur Unruhe stiftet, wenn wir eine Konferenz einberufen. Dass die Bevölkerung Angst bekommt oder so. Aber ich glaube, es geht ihm im Endeffekt darum, dass er nicht will, dass Parallelen zu Amy Namaras Fall gezogen werden. Damals standen die Kollegen ziemlich schlecht da.«

»Weil sie sie nicht aufgespürt haben?«, fragte Kilian.

»Hätten sie wenigstens eine Leiche gefunden, hätte die Akte geschlossen werden können, aber so ...«

»Verstehe. Und jetzt fürchtet er, dass wir den Klumpfuß-Fall auch nicht aufdecken und das ganze Dezernat in den Dreck ziehen.«

»Er hält die Sache lieber klein.«

»Jetzt ist der Namara-Fall doch zumindest geklärt.«

»Und die Presse berichtet ja auch drüber«, sagte Brady. »Nur gibt es eben keine Konferenz.«

Kilian zuckte mit den Achseln. »Muss ich nicht verstehen, oder?«

»Nein.« Was hätte Brady auch sagen sollen? *Irgendjemand von uns gibt Infos an die Presse weiter und diesen Jemand ersetze ich nun, damit nur noch gefilterte Informationen nach draußen dringen? Es bedarf keiner Pressekonferenz, weil es ja mich gibt?* Es stimmte, dass es Anweisungen von ganz oben gab, nicht mit der Presse zu kommunizieren, aber das galt nicht nur für Konferenzen, sondern generell. Dass Brady – und vor ihm schon jemand anders – sich über dieses Gebot hinwegsetzte, durfte niemals herauf bis zu Sullivan gelangen.

Sie schwiegen eine Weile, bis Bradys Handy sie mit *Seven Nation Army* beschallte.

»Brady McCarthy?« So schnell er konnte, nahm er ab, um dem Lärm ein Ende zu bereiten.

»Ich bin's, Sean. Wir haben einen neuen Mordfall.«

Brady brauchte ein paar Sekunden, bis er verstand. »Wir haben ...«, stammelte er. Dann zwang er sich zur Ruhe und setzte erneut an. »Wieder ein erschlagener Penner?«

»Diesmal ist es eine Frau. Sie wurde erschossen.«

»Und warum übernehmen wir das? Ich meine ...« Alles in ihm sträubte sich, eins und eins zusammenzuzählen.

»Weil die Tat ähnlich ist und der Fundort nur wenige Kilometer vom letzten entfernt liegt. Sagt dir der alte Saint Anne's Friedhof in Bohernabreena etwas?«

Brady schüttelte den Kopf. Wenn die beiden Fälle etwas miteinander zu tun hatten ... Er wagte es nicht, den Gedanken zu Ende zu spinnen. Kilian war aufgestanden und presste ein Ohr an die andere Seite von Bradys Handy.

»McCarthy? Findest du den Friedhof? Er liegt neben dem Glenasmole Reservoir in der Nähe von Castlekelly.«

»Ich finde es schon, ich habe ein Navi.«

»Gut, dann schwing deinen Hintern her.«

»Du bist schon dort?« Brady konnte nicht beschreiben, wie er sich gerade fühlte. Hintergangen? Auf jeden Fall war es wie ein Schlag in den Magen.

»Ja. Man hat mich heute Morgen aus dem Bett geklingelt.«

Brady sparte es sich, Sean darauf aufmerksam zu machen, dass er ihn direkt hätte anrufen müssen. Ihn und am besten auch Kilian. »... Ich beeile mich. Bis gleich.« Er legte auf.

War es möglich, dass die beiden Taten zusammenhingen? Zugegeben, es war schon ein wirklich merkwürdiger Zufall, dass zwei Morde innerhalb weniger Tage um Brittas herum passiert waren – doch solche Zufälle gab es. Er hatte noch nicht einmal einen Blick auf die Tote geworfen und trotzdem fingen seine Gedanken schon an, sich selbstständig zu machen. Er malte sich aus, was es für seine Karriere bedeuten würde, wenn sein erster Fall direkt eine Mordserie wäre. Und vor allem stellte er sich vor, was es bedeutete, wenn er diese Morde auch noch aufdeckte. Die Tatsache, dass mit diesem Karrieresprung Tote verbunden waren, verdrängte er geflissentlich.

»Ich hab's gehört«, sagte Kilian und seufzte. »Das bedeutet wohl, dass ich auf die Simmons warte und Telefondienst schiebe?«

Brady lächelte. »Danke, Mann.«

-39-

Brady hätte nicht gedacht, dass der alte Friedhof so leicht zu finden war. Kaum bog er in Richtung Glenasmole Reservoir ab, entdeckte er in der Ferne auf einer Anhöhe auch schon ein paar alte Grabsteine. Er suchte nach dem Wagen seines Kollegen und steuerte an einem Haufen lächelnder Futterballen vorbei – irgendein Spaßvogel hatte dem Silomais Smiley-Gesichter aufgesprayt. Der Anblick war grotesk in Aussicht auf das, was Brady auf dem alten Friedhof erwartete.

Er bog ab. Für einen Moment verschwand der Kirchhof hinter ein paar Bäumen, dann erschien er direkt vor ihm. Seans Auto und einige weitere Wägen standen auf der Wiese davor und Brady parkte kurzerhand daneben. Er wappnete sich innerlich gegen den Anblick der Leiche, die er gleich zu Gesicht bekommen würde. Dann stieg er aus. Sein Fuß sank auf der nassen Wiese ein und Brady unterdrückte einen Fluch, als ihm klar wurde, dass er sich auf geweihtem Boden befand. Es dauerte keine zehn Sekunden, bis seine Schuhe und Socken durchgeweicht waren. Vorsichtig, um nicht auszurutschen, ging er auf den Friedhofsdurchgang zu. Es war ein steinerner Rundbogen, auf dem ein helles Kreuz stand. Darin eingelassen war ein eisernes Tor. Brady versuchte, das Tor zu öffnen, doch es klemmte. Er drückte mit der Schulter dagegen und es schwang mit einem schrillen Quietschen auf. Der klagende Laut durchdrang die Stille und ließ ihn zusammenfahren. Ein Windstoß fegte durch die Bäume, einzelne Regentröpfchen prasselten auf Brady herunter. Obwohl die Sonne schien, war es hier draußen kühl. Die Luft war klar, lediglich durchzogen von leichtem Torfgeruch aus den umliegenden, alten Häusern.

Ein weiterer Windstoß erfasste Brady und trug die Stimmen seiner Kollegen an sein Ohr. Er zog die Jacke enger um die Schultern und stapfte los. Das Wasser in seinen Schuhen ignorierte er dabei so gut es ging. Während er auf die anderen zuhielt, nahm er die wenigen Einzelheiten des Friedhofs um sich herum wahr. Einige keltische Kreuze ragten stolz in den Himmel, als wären sie erst vor Kurzem aufgestellt worden. Andere Gräber waren uneben und kaum noch als solche zu erkennen. Ein paar Grabplatten waren aufgeplatzt und gaben den Blick in die darunter liegende Schwärze frei. Brady erschauerte. Er hatte Friedhöfe noch nie gemocht.

»McCarthy, wird's bald?« Sean winkte ihn ungeduldig heran.

Er riss sich vom Anblick eines verwitterten Grabsteins los und erklomm einen kleinen Hügel. Die Spurensicherung hatte wieder ein Zelt aufgestellt, um den Tatort vor dem Regen zu schützen. Sean stand davor und rauchte.

»Da bist du ja endlich.«

Brady warf einen Blick auf die Uhr. Er hatte keine Stunde gebraucht. »Wo ist sie?«

Sean deutete mit dem Kopf hinter sich, wo Spurensicherungsbeamte das übliche Prozedere vollzogen. Brady entdeckte Finn Fallon darunter und ging auf ihn zu.

»Finn?«

Der Rechtsmediziner drehte sich um und grinste breit. »Bradley, richtig?«

»Brady. Kann ich einen Blick auf die Tote werfen?«

»Aber sicher doch. Folge mir.« Finn vollführte eine kunstvolle Drehung und schob ein paar Beamtinnen zur Seite. »Platz machen, Manege frei. Taadaa.«

Finn deutete auf eine Frau um die vierzig oder fünfzig. Sie lag in einem blutverschmierten Nachthemd auf einem Haufen kaputter und gesprungener Grabsteine und hatten den leeren Blick gen Zeltdecke gerichtet. Ihre Wangenknochen waren hohl und sie hatte tiefe Ringe unter den Augen. In ihrer Stirn klaffte eine dunkel geränderte Wunde, in deren feuchter Tiefe sich schon Fliegen eingenistet hatten. Auch in den Augenhöhlen hatten sie ihre weißlichen Eier abgelegt. Normalerweise war auch der Mund einer Leiche eine willkommene Brutstätte für Ungeziefer, doch davor hatte der Mörder die Frau bewahrt – ihre Lippen waren mit dicken, metallenen Nadeln zusammengetackert worden.

»Es hat ihr Teile des Knochens weggerissen, deswegen sieht der Schädel etwas alienhaft aus. Die Austrittswunde ist aber viel schlimmer, sei froh, dass sie auf dem Rücken liegt. Da hinten gähnt ein riesiges Loch. Das Hirn scheint am Tatort komplett ausgelaufen zu sein, hier haben wir nur ein paar Blutklumpen und Knochensplitter finden können.«

»Ah, danke.« So genau wollte es Brady eigentlich nicht wissen. Er sog die erdige Luft ein und zwang sich dann, durch den Mund weiter zu atmen. »Der Fundort stimmt also nicht mit dem Tatort überein?«

»Ganz recht.« Fallon nickte. »Es wurde auch eine andere Waffe als beim letzten Mord benutzt. Ansonsten deutet einiges auf den gleichen Täter hin: Die Frau wurde gefoltert, wenn auch halbherziger als das erste Opfer. Es sieht aus, als wäre ein paar Mal mit voller Wucht auf sie eingedroschen worden, außerdem hat sie Quetschungen, die wieder von einer Zange stammen könnten.

»Was hat dieser Kerl für ein Zangen-Problem?«

Fallon zuckte die Achseln. »Eure Baustelle.«

»Gab es wieder keine Papiere?«

»Soweit ich weiß, nichts. Nicht einmal eine ärztliche Visitenkarte.« Finn grinste.

»Wisst ihr sonst noch was?« Brady wandte sich ab und ging ein paar Schritte. Trotz der frischen Luft war der Gestank kaum auszuhalten.

»Die Leiche ist schon älter. Vier Tage oder so.«

Brady rechnete im Kopf nach. »Dann ist sie Silvester gestorben?«

Fallon zuckte mit den Achseln. »Was gibt es für ein besseres Datum, um jemanden zu erschießen?«

Finn Fallon hatte recht. Auch wenn in Irland allgemeines Feuerwerksverbot galt, so gab es doch Ausnahmegenehmigungen. Zwischen der Knallerei wäre ein Schuss kaum aufgefallen. »Ganz schön clever.«

»Ist nur meine Vermutung.«

»Sind hier Feuerwerkskörper oder Überreste davon gefunden worden?«

»Nein. Willst du sehen, was wir stattdessen haben?«

Brady war dankbar, die Leiche hinter sich lassen zu können. Der Rechtsmediziner präsentierte ihm mit dem Stolz eines Museumsbesitzers eine Reihe von Beweismitteln in durchsichtigen Tütchen. Ein benutztes Kondom, ein paar Zigarettenkippen, zwei Dosen eines Mixgetränkes mit Gin, einen alten Schnürsenkel und ein hellblondes Haar.

Brady kniff die Augenbrauen zusammen und nahm Finn den Beutel mit dem Haar aus der Hand. Irgendwo hatte er dieses helle, fast weiße Haar schon einmal gesehen …

»Mach dir nicht zu große Hoffnungen, Sportsfreund. Saint Anne's ist ein Touristenmagnet. Wahrscheinlich gehört nichts davon zu unserem Täter.«

»Dieses Haar …« Plötzlich fiel es Brady ein. Das Haar des jüngeren Simmon-Bruders war weißblond. Als er Toby in der Pension begegnet war, hatte er ihn für einen Norweger oder Schweden gehalten. Die helle Haut und vor allem das extrem blonde Haar hatten ihm direkt ins Auge gestochen.

»Wir überprüfen im Labor, ob es gefärbt ist. Aber es sieht nicht so aus. Die Haarwurzel–«

»Das meine ich nicht. Kann ich es kurz haben?« Aufregung stieg in Brady hoch. Er wollte Sean unbedingt seinen Fund zeigen.

»Tut mir Leid.« Finn schüttelte den Kopf. »Wir können es zusammen unter dem Mikroskop ansehen. Ich habe immer eins dabei, man weiß ja nie, wozu es gut ist. In Fällen wie diesem scheinbar …«

Brady hörte nicht weiter zu. In seinem Kopf baute sich die Szenerie vom Vortag auf. Die Lodge, die beiden Brüder, der riesige Koffer und Nates vage Antworten. Die beiden hatten gar nicht verreisen wollen. Sie waren dabei gewesen, eine Leiche wegzuschaffen!

»Sean??« Brady kämpfte sich aus dem Zelt heraus und ließ Finn verdutzt stehen. Sein Partner saß auf einem großen Felsen und schaute über die Gräber.

»Sieht nicht gut aus, was?«

Brady hockte sich vor Sean. »Die Simmon-Brüder haben was hiermit zu tun! Mit diesem Mord und auch mit dem zuvor!«

»Wer hat was?«

Brady atmete durch. Er hatte in der Aufregung vollkommen vergessen, Sean über alles in Kenntnis zu setzen. Er ordnete seine Gedanken, dann erzählte er

Sean die ganze Geschichte. »... Fallon hat ein Haar gefunden. Ein hellblondes. Toby Simmon hat die gleiche Haarfarbe«, schloss er schließlich.

Sean runzelte die Stirn, dann sagte er: »Ein Haar beweist leider rein gar nichts. Schon gar nicht an einem öffentlich zugänglichen Tatort. Selbst wenn die DNA von Simmon mit der des Haares übereinstimmt, dann haben wir noch lange keinen Beweis dafür, dass dieser Toby auch der Mörder dieser Frau ist. Wir sind die Polizei, Brady. Wir sind dafür da, Tätern Taten *nachzuweisen* und nicht dafür, ihnen etwas zu *unterstellen*. Vor Gericht kommen wir mit Vermutungen nicht durch.«

»Als ich bei den beiden war, haben sie einen Koffer auf die Ladefläche des Pick-up gewuchtet. Darin hat sich die Leiche dieser Frau befunden, da bin ich mir sicher!«

»Wir müssen die beiden zur Rede stellen, da hast du recht«, sagte Sean. »Aber mach dir keine allzu großen Hoffnungen.«

-40-

Patrick schloss die Haustür hinter sich und horchte, doch es war alles still. Grace hatte freitags die Mittagsschicht und musste seit etwa einer Stunde fort sein. Sophie schien sich mit Tammie nicht im Haus aufzuhalten, also sparte er sich eine Begrüßung und ging gleich nach oben.

Normalerweise verbrachte Patrick den Mittag in der Praxis. Nach dem Ende seiner Vormittagssprechstunde dauerte es meistens eine weitere Stunde, bis er schließlich mit dem letzten Patienten fertig war. Dann las er die Post, führte Telefonate und widmete sich anschließend der Nachmittagskundschaft. Heute allerdings lief es etwas anders. Zwar hatte er sich vorgenommen, Grace zu glauben, was die Angelegenheit mit diesem Cal anging, und neunundneunzig Prozent von ihm wollten das auch – doch weil im Moment so vieles aus den Fugen geriet, konnte es nicht schaden, wenn er sich, zumindest was sie anging, ein wenig absicherte.

Er durchquerte das Schlafzimmer, betrat das Arbeitszimmer und schloss die Tür hinter sich. Dass Grace sich einen Platz in diesem Raum hergerichtet hatte, war Teil einer seltsamen Anwandlung gewesen, die auch zur Folge gehabt hatte, dass sie wieder arbeitete. Eigentlich fand Patrick, dass sie zu Hause bleiben sollte bis Tammie in den Kindergarten ging, doch im Herbst des vergangenen Jahres hatte Grace ein plötzlicher Emanzipationswahn befallen, den Patrick bisher nicht ernst genommen hatte. Wenn er ehrlich war, hatte er geglaubt, dass ihr die Doppelbelastung nach ein paar Wochen Arbeit im Kindergarten zu viel werden und sie wieder zu Hause bleiben würde. Stattdessen war sie heute Morgen schon wieder voller Vorfreude gewesen, eine Tatsache, die seinem Misstrauen neues Futter gegeben hatte.

Er trat an den alten Küchentisch, den Grace als Schreibtisch nutzte und klappte ihr Netbook auf. Während der kleine Computer hochfuhr, öffnete er das Fenster und steckte sich eine Zigarette an. Er blätterte die Zeitung vom Montag auf, die ebenfalls auf ihrem Tisch lag, und entdeckte auf der Titelseite das Phantombild eines entstellten jungen Mannes. Scheinbar wurde er im Zusammenhang mit dem Mord in Brittas gesucht. Bedeutete das, dass er selbst aus dem Schneider war? Immerhin hatte er seit seiner Vernehmung nichts mehr von Callahan und McCarthy gehört. Doch etwas in Callahans Blick hatte ihm gesagt, dass die Angelegenheit für ihn noch nicht erledigt war, und dieses Etwas machte ihn nervös. Andererseits sah der narbengesichtige Kerl auf dem Phantombild schon wie ein Verbrecher aus und er selbst war Arzt und lebte in Dublins vornehmster Gegend. Falls Callahan ihn tatsächlich nach wie vor verdächtigte, würde er es damit im Dezernat sicher nicht einfach haben.

Vom Desktop blickte Patrick sich selbst entgegen, mit Tammie auf dem Arm, die damals erst wenige Tage alt gewesen war. Ein Foto, das heile Familie suggerierte und vielleicht genau das sollte. Eine hübsche Fassade, hinter der sich Abenteuer im Sportraum eines Kindergartens abspielten. Patrick mahnte sich selbst zur Ruhe und nahm Platz, wobei er die Zigarette aus dem Fenster hielt. Graces Desktop war so gut wie leer und auch in ihren Dateien konnte er nichts Auffälliges finden. Sie hatte ein paar Fotos abgespeichert, allerdings ausschließlich Familienbilder und ein paar verwackelte Schnappschüsse von sich und ihren Freundinnen aus dem Viertel bei einem ihrer seltenen Mädelsabende.

Zögernd öffnete er den Internetbrowser und klickte ihren Verlauf durch. Sie nutzte ihren Arbeitsplatz offenbar vorwiegend zum Shoppen und Stöbern auf irgendwelchen Modeblogs, was ihn nicht weiter wunderte. Er fand keinen Mailklienten, aber das konnte auch bedeuten, dass sie eine eventuelle E-Mail-Adresse, von der er nichts wusste, bloß sorgsam verbarg.

Obwohl Patrick kein PC-Profi war, beruhigte es ihn trotzdem, dass seine oberflächliche Suche nichts ergab. Er fuhr den Computer herunter, stand auf und sog an seiner Zigarette. Der dicke Rauch der Filterlosen füllte seine Lungen mit einem beruhigenden Gefühl der Schwere und er genoss für einen Moment die Tatsache, dass Grace kein geheimes Internet-Doppelleben zu führen schien. Dann fühlte er sich urplötzlich mies, weil er ihr schon wieder misstraut hatte, und er verfluchte sich dafür, sich noch kein neues Koks besorgt zu haben. Eine Line hätte sein Gewissen für eine Weile abgeschaltet. Allerdings wäre es dann mit doppelter Wucht zurückgekehrt. Das war das Tückische am Rausch: Dass er endete.

Er ließ die Zigarette ins feuchte Gras fallen und schloss das Fenster, dann klappte er das Netbook zu und schrak auf, als es an der Tür klopfte.

»Ja, bitte?«

Die Tür wurde geöffnet und Sophie trat ein. Sie verbarg die Hände in den Taschen ihres orangefarbenen Sweaters. »Hi, Mister Namara. Ich hab' Ihren Wagen in der Auffahrt gesehen.« Sie zuckte die Achseln. »Und da dachte ich, ich entschuldige mich wohl besser mal wegen gestern.«

»Schon gut.«

»Nein, ehrlich. Bei uns zu Hause wurde immer offen mit diesem Thema umgegangen, deshalb bin ich da vielleicht etwas taktlos.«

»Ich möchte, dass Tammie unbeschwert aufwächst.« Er nahm seine Zigaretten und das Feuerzeug vom Tisch und steckte beides ein. »Tragen Sie Ihren Teil dazu bei, dann haben wir kein Problem.«

»Natürlich.« Sophie nickte hastig. »Ich habe die Kleine wirklich lieb, wissen Sie?« Ihr Gesicht veränderte sich und ein warmer Ausdruck trat in ihre Augen.

»Das haben wir alle.« Patrick lächelte verhalten und blickte auf die Uhr. »Tja, ich fürchte, ich muss so langsam zurück in die Praxis.«

»Oh, klar. Ich wollte auch eigentlich ...« Sophie zog ein Kärtchen aus ihrer Tasche und hielt es Patrick hin. »Das hier lag auf dem Fußboden im Flur. Ich dachte, Sie oder Ihre Frau vermissen es vielleicht ...«

Patrick nahm die Karte entgegen und warf einen kurzen Blick darauf. »Danke, Sophie. Wir sehen uns dann heute Abend.«

Schnell schob er sich an ihr vorbei, verließ das Arbeitszimmer und machte sich fast fluchtartig auf den Weg nach unten, wobei er ihren verwirrten Blick im Rücken zu spüren glaubte. Er riss die Tür auf, verließ das Haus, den Blick starr auf das Stück Plastik in seiner Hand gerichtet. Es war die Schlüsselkarte eines Hotels auf dem Weg zur Innenstadt. *Er* zumindest war noch nie in diesem Hotel gewesen.

-41-

Nate Simmon öffnete die Tür des Pensionszimmers und wirkte nicht überrascht, Brady zu sehen. »Detective McCarthy«, stellte er lediglich fest.

»Sie sind nicht zum Verhör erschienen.«

»Da haben Sie recht.« Simmon zuckte die Achseln. »Ich bin nicht dazu verpflichtet, das sollten Sie wissen.«

Brady versuchte ruhig zu bleiben, doch es fiel ihm schwer. »Betrachten Sie meine mündliche Vorladung doch einfach als höfliche Einladung. Die Alternative ist, dass ich Sie beide als Verdächtige festnehme.«

»Wie wollen Sie das begründen?«

»Ich könnte zum Beispiel behaupten, dass Sie gestern eine Leiche in einem Koffer auf einen Friedhof in Bohernabreena geschafft haben. Ich könnte das hellblonde Haar, das wir dort gefunden haben, als Argument anbringen.«

Simmon zeigte immer noch nicht die geringste Regung, doch Bradys Worte schienen ihn überzeugt zu haben. »Sie verrennen sich da ganz gewaltig in was, Detective. Von mir aus sprechen wir mit Ihnen – aber nur, um Sie von dieser Tatsache zu überzeugen.«

Nate Simmon saß im Verhörzimmer und schien sich die allergrößte Mühe zu geben, wie ein Fremdkörper zu wirken. Damals, im Wald, hatte er sich ganz offensichtlich in seiner natürlichen Umgebung bewegt. Hier, in dem kargen Raum, an dem das Lebendigste der gesprenkelte Linoleumboden war, wirkte er noch deplatzierter als in der kleinen Pension von Irene Pajak.

Brady fühlte sich an seine wenigen Zoobesuche als Kind erinnert. An Raubkatzen, die hinter Gitterstäben nervös auf und ab tigerten. Im nächsten Moment kam er sich wegen dieses arroganten Vergleichs wie ein Idiot vor. Er gab sich einen Ruck, löste sich von seinem Platz in der Nähe der Tür und setzte sich Simmon gegenüber.

»Sie wollen also keinen Anwalt, Mister Simmon?«

»Ich *brauche* keinen Anwalt. Ich habe nichts getan. Das ist ein Unterschied.«

»Vielleicht haben Sie ja tatsächlich nichts getan.«

Simmon blickte auf und sah Brady direkt an. Der Ausdruck in seinen Augen war so kühl und durchdringend wie bei ihrer ersten Begegnung. Brady versuchte, gelassen zu bleiben und lehnte sich auf seinem Stuhl zurück.

»Vielleicht gehen alle Taten auf die Kappe Ihres Bruders und Sie sind einfach zu loyal mit Ihrem einzigen Verwandten, um uns die Wahrheit zu sagen.«

Simmon lachte auf, es war ein kurzer, scharfer Laut. »Sprechen Sie mit meinem Bruder. Überzeugen Sie sich selbst davon, dass er keiner Fliege was zuleide tun kann.«

»Und doch haben Sie in Ihrem Haus in Brittas Lämmer geschlachtet.«

»Was für ein Haus? Was für Lämmer?«

Ein kalter Schauer lief Brady über den Rücken. Die beinahe klinisch anmutende Kälte, die in seinen Worten lag, bestärkte Brady in der Überzeugung, dass er keinem harmlosen Schafzüchter gegenüber saß. Er durfte sich jetzt keinesfalls von Simmon vorführen lassen. »Die Lämmer, die Sie ans Blue Gardenia geliefert haben.«

»Ich glaube, ich wüsste, wenn ich das getan hätte.«

»Nun, der Besitzer des Pubs weiß es. Er hat Sie auf dem Phantombild identifiziert.«

»Das ist absolut unmöglich.« Simmon lehnte sich zurück. »Sie wissen doch, wie die Leute auf dem Land sind. Trunksüchtige Wichtigtuer. Die hätten auch Queen Elizabeth auf einem Phantombild als Schafzüchterin identifiziert.«

Brady fiel auf, wie wortgewandt Simmon war. Die vielen Bücher, die er auf der Farm gesehen hatte, erklärten diesen Umstand möglicherweise. Das Zimmer mochte Nate gehört haben, das mit den Flugzeugen vielleicht dem jüngeren Toby. Blieben noch zwei, davon eins mit einem Doppelbett, was allerdings nichts heißen musste. Sie hatten zwei Tote. Das alles passte einfach viel zu gut zusammen und Brady kaufte Nate die Unschuldsnummer immer weniger ab. Langsam wurde er sauer.

»Sie haben mit der Schaffarm also nichts zu tun, das wollen Sie mir ernsthaft weismachen.«

»Ja.«

»Dann haben Sie auch mit dem Folterkeller und dem Kindergrab auf der Farm nichts zu tun? Mit dem Kreuz für, wie war das noch gleich, Albia?«

»Albia ist meinem Wissen nach eine Stadt in Iowa. Vielleicht sollten Sie nach einem Amerikaner suchen, Detective McCarthy.«

»Sie wissen viel, finden Sie nicht? Vielleicht war das Zimmer mit den ganzen Büchern auf der Farm Ihres.«

»Sie mutmaßen doch nur. Klammern sich an Strohhalme.«

»Ich mutmaße? Und wieso habe ich Sie im Wald hinter der Farm gesehen? Wieso haben wir Tobys Haar auf einem Friedhof in Bohernabreena gefunden?« Brady ärgerte sich darüber, dass das Haar nicht auf der Leiche gefunden worden war. Ein winziges Detail, das einen Riesenunterschied machen konnte.

»Auf diesem Friedhof? Da gehen wir manchmal spazieren.«

»Sie gehen dort spazieren. Das wird ja immer besser!«

»Finden Sie.« Nate Simmon blieb ungerührt, aber Brady konnte sich nur noch mühsam beherrschen. Er setzte sich Simmon gegenüber und rief sich zur Ruhe.

»Gut, versuchen wir es noch mal auf die vernünftige Art. Wie ist Ihre Adresse? Wenn Sie nicht auf der Schaffarm leben, wo dann?«

»Wollten Sie sich nicht unsere Ausweiskopien besorgen?«

»Verscheißern Sie mich nicht. Sie haben Misses Pajak nie Ihre Ausweise gezeigt.«

Ein Grinsen huschte über Nates Züge, scheinbar freute er sich über seinen gelungenen Streich. »Gut, ich verrate Ihnen was. Wir haben keinen festen Wohnsitz.«

»Sie sind obdachlos.«

»So sieht es aus.«

»Wie lange schon?«

»Ewig. Schon unsere Eltern waren Penner. Irland hat eine recht ausgeprägte Unterschicht, haben Sie das gewusst?«

»Auf Ihrem Ausweis muss eine Adresse verzeichnet sein. Und darauf müssen auch Ihre richtigen Namen stehen. Und jetzt kommen Sie mir nicht wieder mit Nate und Toby Simmon. Diese beiden Jungs sind im County Dublin nicht gemeldet, das haben wir überprüft!« Brady schalt sich selbst für seine Voreiligkeit. Diesen Joker hatte er sich eigentlich noch aufbewahren wollen. Kilian hatte die Namen durch den Computer laufen lassen und festgestellt, dass die beiden Jungs nirgends verzeichnet waren. Sie waren Phantome.

Ein paar Sekunden lang sah ihn der Mann mit der Narbe nur an und Brady hoffte, dass seine Worte Wirkung zeigten. Dass Simmon, oder wie auch immer sein Gegenüber wirklich heißen mochte, doch noch einknickte. Vergeblich.

»Es sind die Namen, die unsere Eltern uns gegeben haben. Mit anderen können wir nicht dienen.«

Brady sprang auf. »Mir reicht es jetzt! Sie werden mir auf der Stelle Ihren richtigen Namen nennen und dann werden Sie mir erklären, was es mit diesem Gruselkabinett auf Ihrem Grundstück auf sich hat!«

»Mein richtiger Name ist Nathaniel Sim–«

»Wem wollen Sie das erzählen? Sie zeigen mir jetzt auf der Stelle Ihren Ausweis!«

»Sie wollen meinen Ausweis sehen?« Nate blickte auf seine Hände, die von der Landarbeit – oder von was auch immer – einen zerschundenen Eindruck machten. »Woher weiß ich, dass Sie überhaupt ein echter Bulle sind? Woher weiß ich, dass Sie Brady McCarthy sind? Zeigen Sie mir doch erstmal Ihren Ausweis.«

Wieder huschte ein Grinsen über Simmons Züge. Irgendein infantiler Teil von ihm, der während des Verhörs mehr und mehr zum Vorschein kam, schien die ganze Angelegenheit für ein riesiges Abenteuer zu halten.

»Einen Scheißdreck werde ich Ihnen zeigen!«

»Okay, von mir aus, Mister McCarthy. Ich habe Zeit.«

Brady staunte darüber, wie mühelos Simmon dieses Gespräch zu seinem Spiel gemacht hatte. Wie er erschreckend erfolgreich versuchte, Brady zu maßregeln. Als habe er eine wirklich gute Schule durchlaufen. Brady zückte sein Portemonnaie, klappte es auf und hielt Simmon seinen Polizeiausweis hin.

Dieser richtete sich auf und sein Pokerface entgleiste für einen Moment. Brady konnte förmlich sehen, wie die Gedanken durch seinen Kopf jagten, während er den Inhalt von Bradys Geldbörse betrachtete. Dann blickte er auf und lächelte. »Eine wirklich hübsche Reporterin, die Ihnen da Ihre Karte zugesteckt hat. Wie es aussieht, haben Sie einen Schlag bei den Frauen. Sie müssen ein glücklicher Mann sein.«

Es hatte Brady eine Menge Selbstbeherrschung gekostet, sich nicht gleich auf Simmon zu stürzen und ihm das dämliche Grinsen aus dem Gesicht zu prügeln. Wie hatte er so bescheuert sein und Chloes Karte vergessen können? Er hätte sich nicht provozieren lassen dürfen, das war ihm jetzt klar. Aber es nützte ihm reichlich wenig und Chloe noch viel weniger. Er würde es sich nie verzeihen können, wenn sie wegen ihm in Gefahr geriet.

Vor der Tür zu Verhörraum 3 blieb er stehen, atmete tief durch und zwang sich, sich zu beruhigen. Es war lediglich eine Visitenkarte, es gab keinen Hinweis darauf, dass Brady zu Chloe in irgendeiner persönlichen Beziehung stand. Simmon würde mit dieser Information nichts anfangen können und das wusste er mit Sicherheit auch. Er versuchte vielleicht, sich darzustellen, als hätte er alles im Griff, doch im Endeffekt saß er verdammt noch mal auf der ungünstigeren Seite des Tisches.

Brady straffte die Schultern und betrat das Verhörzimmer. Toby Simmon hatte den Kopf auf dem Tisch abgelegt und schien zu schlafen.

»Mister Simmon?« Er trat näher und bemerkte, dass die Augen des Jungen geöffnet waren. Sie waren so hellblau, dass sie etwas Zombiehaftes an sich hatten.

»Mister Simmon. Hören Sie mich?«

»Warum sollte ich Sie nicht hören?« Tobys Stimme war leiser als Nates und ihr fehlte dessen arroganter Unterton gänzlich.

»Ich komme gerade von Ihrem Bruder.«

Toby Simmon antwortete nicht.

»Ich will es mal so ausdrücken: Sie tun sich einen großen Gefallen, wenn Sie mir jetzt die Wahrheit sagen.«

Brady hoffte, dass sich Toby davon aus der Fassung bringen lassen würde – wenn er auch bezweifelte, dass er jemals etwas vom Gefangenendilemma gehört hatte. Doch Simmon schwieg und nicht nur das: Er sah auch weiter ins Leere, als sei Brady gar nicht da.

»Mister Simmon. Wir haben DNA von Ihnen am Fundort der zweiten Leiche in Bohernabreena entdeckt. Äußern Sie sich dazu!«

Von Toby Simmon kam selbst daraufhin keine Regung. Entweder war er tatsächlich geistig abwesend, oder irgendjemand hatte ihm strengste Disziplin eingebläut. Brady konnte sich lebhaft vorstellen, wer.

»Reden Sie. Danach wird es Ihnen besser gehen.«

Simmon verzog keine Miene. Er schloss lediglich die Augen und schwieg, egal wie sehr Brady versuchte, ihn aus der Reserve zu locken.

-42-

»Familiärer Notfall, genau.« Patrick versuchte das wütende Zittern in seiner Stimme zu unterdrücken, doch er befürchtete, dass Felicia es trotzdem bemerkte. Dennoch blieb sie sachlich.

»Also gut, ich hänge dann ein Schild an die Tür.«

»Danke. Ich melde mich später.« Patrick legte auf und steckte das Handy in seine Tasche, den Blick starr auf den Eingang des Kindergartens gerichtet, der mit bunten Blumen aus Holz oder Pappmaschee verziert war. Er wusste nicht, wie lange er schon hier war. Vielleicht zehn Minuten, vielleicht eine Stunde. Genau genommen wusste er auch nicht, was er jetzt vorhatte. Einfach das Gebäude stürmen und Grace zur Rede stellen? Vor den Kindern und ihren Arbeitskollegen? Vor Cal? Damit würde er sich doch vollkommen lächerlich machen.

Er nahm das Kärtchen aus der Ablage unter der Handbremse und betrachtete es zum gefühlt hundertsten Mal seit er zu Hause losgefahren war. Das *Clarence*, ein edles Vier-Sterne-Hotel, lag am Wellington Quay, auf dem Weg von Malahide nach Dolphin's Barn. Soweit Patrick wusste, gab es dort sogar eine Penthouse-Suite – scheinbar ein angemessenes Liebesnest für zwei Kindergärtner. Er stellte sich vor, wie er daran vorbeigefahren war, voller Gewissensbisse, weil er schon wieder unterwegs zu Jerzy war. Möglicherweise hatte Grace währenddessen in einem der Hotelbetten gelegen, vielleicht ebenfalls voller Gewissensbisse. Das Leben konnte so verdammt komisch sein.

Er drehte und wendete die Karte in den Händen, doch sie verriet ihm nicht mehr als das, was offensichtlich war. Es half nichts, er würde Grace damit konfrontieren müssen, also steckte er die Karte in seine Jackentasche, schnallte sich ab und stieg aus dem Wagen. Fast zeitgleich öffnete sich auch die Tür des Kindergartens. Patrick rechnete mit Grace, die sein Auto durch eines der Fenster erkannt hatte, doch aus dem Gebäude trat ein Mann, der erst in seinen Hosentaschen kramte und sich dann eine Zigarette anzündete. Er trug den Dienstpulli, den auch Grace hatte, und mochte um die zwanzig sein. Patrick schloss die Autotür und setzte sich in Bewegung. Der Mann tippte auf einem Handy herum und schien ihn nicht kommen zu sehen, doch das war ihm nur recht. Er packte den Kindergärtner im türkisfarbenen Pullover an der Schulter, drehte ihn zu sich herum und schlug ihm ohne Vorwarnung mit der Faust ins Gesicht. Das Handy fiel zu Boden und schlitterte ein paar Meter über den Parkplatz, der überraschte Mann fiel hintenüber und landete auf dem Hosenboden. Erst als er das Blut entdeckte, das von der Lippe des Mannes tropfte, verstand Patrick, was er da gerade getan hatte.

Der Kindergärtner hob die Hand zum Mund und blickte verstört auf die glänzend rote Flüssigkeit an seinen Fingerspitzen.

Patrick wollte ihn anschreien, wollte ihn fragen, was zur Hölle er sich einbildete, doch er brachte kein Wort heraus. Jetzt, wo Cal ein Gesicht hatte, sah er Grace mit diesem Kerl vor sich, im *Clarence*, leidenschaftlich und eng umschlungen.

»... was machen Sie denn da?«

Bevor Patrick etwas erwidern konnte, öffnete sich die Tür erneut.

»Patrick?« Grace sprach leise, als bliebe ihr die Luft weg. Sie schüttelte fassungslos den Kopf. »Bist du jetzt total übergeschnappt?«

Sie kniete sich zu ihrem Kollegen. »Tut mir so leid, Cal. Mein Mann–«

»Dein Mann *was*?« Auch Patrick blieb beinahe die Stimme weg – allerdings war es Wut, die ihm die Kehle zuschnürte. Er packte Grace am Arm und riss sie grob in die Höhe.

»Au, spinnst du? Was ist denn plötzlich in dich gefahren?«

»Vielleicht sagst du mir erstmal, was in *dich* gefahren ist!«

»Lassen Sie sie los!« Cal hatte offenbar seine Fassung zurück erlangt. Er war aufgesprungen und schien beschlossen zu haben, dass es an der Zeit war, sich für seine Geliebte einzusetzen.

»Halt dich da raus oder ich brech dir die Nase!«

»Patrick!« Graces Stimme klang schrill und sie riss sich los. »Du wirst jetzt aufhören, dich wie ein verdammter Urmensch zu benehmen und mir sagen, was seit heute Morgen passiert ist!«

Er zog die Karte aus der Tasche und hielt sie ihr vors Gesicht. »Die hier lag auf dem Boden in unserem Haus! Eine Schlüsselkarte von einem Hotel! War der Sportraum besetzt oder was?«

»Der ...« Grace verstand offenbar, worauf er hinaus wollte. Sie sah ihn an, genauso fassungslos wie gestern und schüttelte langsam den Kopf, doch die Nummer zog jetzt nicht mehr.

»Du hast keine Erklärung dafür, richtig? Wie auch?« Er blickte von Grace zu Cal, der offenbar versuchte, unschuldig auszusehen. »Du bist das Letzte! Ihr beide!«

Patrick warf Grace die Karte entgegen, sie traf sie am Schlüsselbein und segelte dann zu Boden. Dann drehte er sich weg.

»Patrick!« Er ignorierte sie und ging auf sein Auto zu, doch Grace folgte ihm und packte ihn an der Schulter. »Jetzt hör mir doch zu! Du musst mir glauben, dass–«

Patrick fuhr zu ihr herum und holte aus. Sie ließ ihn los und wich erschrokken zurück, dann starrte sie auf seine erhobene Hand. Im letzten Moment konnte er sich bremsen, aber das bedeutete nichts. Allein die Tatsache, dass er kurz davor gewesen war, sie zu schlagen, änderte alles. Zuallererst den Ausdruck in ihren Augen. Sie schluckte, dann wandte sie sich ab und lief auf die Tür des Kindergartens zu.

-43-

Nach einer Ewigkeit kam Brady aus dem Verhörraum. Sean, den er per SMS zu Hilfe gerufen hatte, lehnte an der Wand und kaute auf einem Sandwich herum, das selbst gemacht aussah.

»Und? Tanzen dir die Simmon-Jungs auf der Nase herum?«

»Der eine ist ein Freak und der andere ein Autist.«

»Vielleicht können sie dich einfach nicht leiden.«

Brady konnte Seans stumpfe Amüsiertheit nicht verstehen. »Bitte, geh rein und ärger dich selbst mit ihnen herum.«

Sean seufzte und steckte sich den Rest des Sandwichs in den Mund. Dann blickte er auf die Uhr. »Ich sage dir, was wir tun. Wir lassen jetzt DNA-Proben von den beiden nehmen und sie dann ein bisschen schmoren. Eine Nacht hinter Gittern kann Wunder bewirken.«

»Und dann?«

»Dann rede ich mit ihnen.«

»Und wenn sie dir auch nichts verraten? Wir haben kein ausreichendes Verdachtsmoment und DNA-Ergebnisse bekommen wir so schnell auch nicht. Ich sehe schon, wie sie uns durch die Finger gleiten!«

»Beruhig dich, McCarthy. Schritt für Schritt denken, das ist die Hauptsache.« Sean klopfte ihm auf die Schulter und Brady hätte seinem Partner am liebsten eine reingehauen. Doch Sean hatte recht: In einem so verzwickten Fall konnte jeder voreilige Gedanke ein Fehler sein.

-44-

Grace hatte ihn keines Blickes gewürdigt, als sie gestern Abend Tammie und eine Reisetasche voller Kleider abgeholt hatte. Als sei er gar nicht da. Als sei er gestorben. Patrick war ihr aus dem Weg gegangen, weil er sich immer noch nicht sicher war, dass er sich beherrschen konnte.

Gegen neun Uhr morgens rief Felicia an und fragte ihn, weshalb er nicht in der Praxis war.

»Verdammt, ich …« Patrick suchte nach einer Ausrede. Er fühlte sich schrecklich verkatert, und das obwohl er keinen einzigen Tropfen Alkohol angerührt hatte. Kokain. Er brauchte dringend Nachschub. Er hätte gleich gestern Abend zu Jerzy fahren sollen, doch er war wie paralysiert gewesen. Hatte im Arbeitszimmer gesessen und zugehört, wie Grace durchs Haus geeilt war, hektisch packend, während sie die weinende Tammie beruhigte.

»… gehen Sie nach Hause, Felicia. Lassen Sie das Schild an der Tür. Wir öffnen heute nicht.«

»Aber ich habe schon das halbe Wartezimmer voller Patienten.«

Patrick schloss die Augen. »Dann hätten Sie sie nicht reinlassen sollen.«

»Aber Sie hatten gesagt, Sie würden sich abends noch mal melden. Als kein Anruf kam, dachte ich, die Angelegenheit hätte sich erledigt.«

»Hat sie aber nicht. Verweisen Sie die Patienten auf Doktor Murdock, der ist doch nur ein paar Straßen weiter.«

»Okay, Doktor. Wie Sie– «

Patrick legte auf und ließ sich zurück in die Kissen sinken. Die Bettwäsche war nass geschwitzt und ihm brummte der Schädel. Es fiel ihm schwer, auch nur den Hauch eines klaren Gedankens zu fassen. Eines allerdings war ihm klar, auch ohne dass er darüber nachdenken musste.

Er drehte den Kopf und betrachtete das Foto von ihnen dreien, das Grace auf ihrem Nachttisch hatte stehen lassen. Tammie war damals zwei gewesen, pausbäckig und fröhlich. Erst jetzt fiel ihm auf, wie ernst ihre Augen in den letzten Tagen geworden waren, und das schlechte Gewissen machte sich als Stechen in seinen Eingeweiden bemerkbar. Er hätte nicht zulassen dürfen, dass alles derart aus dem Ruder lief.

Patrick setzte sich auf und bemerkte, dass er noch immer seine Kleidung von gestern trug. Nachdem Grace die Tür hinter sich und Tammie geschlossen hatte, war ihm der Abend in schleierhafter Erinnerung. Er hatte Tabletten genommen, so musste es sein, und sich dann in voller Montur ins Bett gelegt. Er fuhr sich mit den Händen durchs verschwitzte Gesicht. Er musste etwas tun und zwar jetzt gleich. Er durfte nicht weiter tatenlos zusehen, wie das Schicksal ein Netz um ihn webte. Er musste sein Leben wieder auf die Reihe kriegen, das war er seiner Tochter schuldig. Und er wusste auch schon, womit er beginnen würde. Patrick nahm sein Handy vom Nachttisch und wählte Jerzys Nummer.

Patrick ging in die Küche und knallte die Zeitung auf den Tisch. ‚ZWEITER GRAUENHAFTER MORD', schrie ihm das Blatt entgegen. Diesmal hatte es eine Frau erwischt, deren Körper ähnlich übel zugerichtet worden war wie der des Mannes. Tja, es sah ganz danach aus, dass die Farm, auf der Amy getötet und begraben worden war, mehr als nur einen Bewohner hatte. Patrick stellte sich vor, wie die Menschen dort – oder was auch immer sie waren – seine Schwester in ein kaltes, feuchtes Grab geworfen und es mit Erde zugeschaufelt hatten. Ein Mann und eine Frau also. Beide hatten offensichtlich bekommen, was sie verdienten. Die Frau war, so stand es in der Zeitung, aller Wahrscheinlichkeit nach in der Silvesternacht durch einen Kopfschuss getötet worden. Patrick dachte an seine eigene Waffe, die er unter der Matratze versteckte. Er sollte sich einen sichereren Ort dafür suchen. Jetzt, wo noch jemand zu Tode gekommen war, war es gut möglich, dass die Polizei ein weiteres Mal bei ihm auftauchte.

»Mister Namara?«

Patrick schrak auf. Sophie stand in der Küchentür. Er hatte sie gar nicht kommen gehört.

»Ich wollte nur ...« Sie räusperte sich. »Ihre Frau hat mir erzählt, was passiert ist. Ich wollte Ihnen nur sagen, dass es mir sehr leid tut, dass Sie sich gestritten haben.«

»Uns gestritten haben.« Gegen seinen Willen musste Patrick lachen. »Hat sie das so gesagt?«

»Ja. Das ist es, was sie gesagt hat.«

Er schüttelte den Kopf und widmete sich wieder der Zeitung.

»Also, ich packe dann jetzt meine Sachen.«

Patrick sah auf. Natürlich, daran hatte er gar nicht gedacht. Grace war vermutlich zu ihren Eltern gezogen, also würden sie sich erstmal um Tammie kümmern. Sie hatten ihn nie sonderlich gemocht und würden seiner Tochter vermutlich allen möglichen Unsinn über ihn erzählen. Oder einfach die Wahrheit. »Tun Sie das.«

»Kann ich mein letztes Gehalt noch bekommen?« Sophie verschränkte die Arme. Sie fühlte sich bei diesem Gespräch sichtlich unwohl.

»Ja, klar.« Patrick zog sein Portemonnaie aus der Tasche seiner Jeans. »Haben Sie denn etwas, wo Sie unterkommen können?« Sophie hatte sich im Herbst, als Grace wieder hatte arbeiten wollen, auf eine Anzeige hin gemeldet. Sie stammte aus Belfast und hatte Nordirland verlassen, weil sie, sobald sie etwas Geld gespart hätte, ein Studium am Trinity College beginnen wollte. Mit dem Sparen würde es wohl allerdings vorbei sein, wenn Patrick sie nun feuerte.

»Ich nehme mir erstmal irgendwo ein Zimmer.«

»Sie gehen nicht zurück nach Hause?«

Sie lächelte schief. »Es wird in Dublin ja wohl auch noch andere Jobs geben, oder?«

»Ja, vermutlich.« Patrick zog ein paar Scheine aus seiner Geldbörse. In den wenigen Januartagen hatte sie noch nicht sonderlich viel verdient. »Hören Sie.« Er blickte auf und Sophie an. »Wieso bleiben Sie nicht erstmal hier?«

»Oh nein, ich will Ihnen keinesfalls auf der Tasche liegen.«

»Das Gartenhaus steht sowieso leer. Und ich könnte hier sicher etwas Hilfe gebrauchen.«

Sophie atmete sichtlich auf. »Das wäre der Wahnsinn, Mister Namara. Im Ernst.«

Patrick bemühte sich um ein Lächeln. »Tja, dann ...« Er widmete sich wieder der Zeitung.

-45-

Nach seinem Besuch bei Jerzy wollte Patrick sich zunächst auf den Weg nach Bohernabreena machen – dorthin, wo die malträtierte Leiche der Frau gefunden worden war, doch dann, als er sich mit einer Line gestärkt hatte, entschied er, dass das nicht sonderlich klug wäre. Die Leiche war gestern gefunden worden und die Spurensuche sicher noch in vollem Gange. Nein, er würde nicht zum Friedhof fahren, aber jetzt, wo die Bullen abgelenkt waren, war der perfekte Zeitpunkt, sich die Farm anzusehen.

Das Dorf Brittas war etwa eine halbe Stunde von Glencullen entfernt und als er das Ortseingangsschild passierte, kam ihm alles hier auf unheimliche Weise bekannt vor. Die kleinen Häuschen, liebevoll gestrichen, als ob es jemanden interessierte wie sie aussahen. Die verwinkelten Straßen und das scheinbar kilometerlange Nichts aus Wiesen und Feldern, das zwischen den einzelnen Behausungen lag. Die Farm war leicht zu finden, Patrick fragte einfach einen Passanten danach und dieser wunderte sich noch nicht einmal. Er war vermutlich nicht der erste Schaulustige, der den Leichenfundort begutachten wollte.

Er lenkte den Wagen die schmale Straße hoch und konnte zusehen, wie die Besiedlungsdichte abnahm. Die wenigen Häuser, die er passierte, wurden von Hecken verdeckt, hier oben wollte man offenbar seine Ruhe haben. Die Farm war von der Straße aus nicht einsehbar, er musste den Wagen erst durch einen engen Seitenpfad steuern. Dann plötzlich, tauchte hinter einer Biegung das Haupthaus vor ihm auf, einsam und düster wie aus einer Geschichte von Edgar Allan Poe. Patrick bremste ab, ließ den Wagen ausrollen, kam schließlich zum Stehen. Rechts neben sich, halb von Gestrüpp verdeckt, erkannte er den River Camac, links lagen die Farmgebäude mit ihren baufälligen Fassaden, geflickten, tiefhängenden Dächern und toten Fenstern, hinter denen die Schwärze Augen zu haben schien. Das Haupthaus, das ganze Anwesen strahlte eine Feindseligkeit aus, die Patrick noch nie an etwas Unbelebtem beobachtet hatte. Je länger er das Haus anblickte, desto unwohler wurde ihm, desto mehr krampfte sich seine Brust zusammen.

Amy. Sie war hier gewesen, hier gestorben, hier begraben worden. Eine halbe Stunde von zu Hause entfernt und weder seine Mutter noch sein Vater noch er hatten sie retten können. Patrick spürte, wie Tränen seine Augen füllten. Was suchte er überhaupt hier? Es gab nichts mehr, was er für seine Schwester tun konnte. Es gab keine Möglichkeit, die Schuld, die er vor neunzehn Jahren auf sich geladen hatte, auszumerzen. Es war in jeder Hinsicht zu spät. Wut stieg in ihm auf. Wut auf den Mann und die Frau, auf jeden, der sich an ihr vergriffen hatte. Er war so wütend, dass ihm schwindelig wurde. Er schloss die Augen und legte den Kopf aufs Lenkrad, und in der Dunkelheit sah er Amys Gesicht, den zerschmetterten Mann, eine Frau mit zerfetztem Kopf.

Er wusste, wenn er je wieder mit sich ins Reine kommen wollte, dann musste er herausfinden, was es mit alldem auf sich hatte. Doch er wusste auch, dass er heute keinen Fuß auf den Grund dieser Farm setzen würde. Er konnte nicht, es war, als ob ihn irgendetwas in ihm davor warnte. Patrick nahm eine weitere Line Koks in der Hoffnung, dass der Stoff seine Courage wachsen lasse, doch alles was wuchs war die Überzeugung, dass er, sollte er jetzt aussteigen und diesen Ort betreten, den Verstand verlieren würde. Er startete den Wagen, wendete ihn und fuhr mit durchdrehenden Reifen davon.

-46-

Pünktlich um fünf klingelte es an Bradys Tür. Er zog sein Hemd zurecht und warf einen prüfenden Blick ins Wohnzimmer, in dem er oberflächlich Ordnung gemacht hatte. Eigentlich hatte er nur die Essensverpackungen verschwinden lassen und die roten Kissen, die seine Schwester vor einer Weile auf seinem Sofa drapiert hatte, aufgeschüttelt. Caitlín hatte auf ein bisschen mehr Wohnlichkeit bestanden, doch er bezweifelte, dass die zwei roten Farbtupfer seine Junggesellenbude zu einem Kandidaten für *House and Home* machten. Egal, für heute Abend musste es reichen.

Unwillkürlich fragte er sich, ob Chloe wegen ihm kam oder ob sie nur scharf auf neue Ergebnisse war. Er öffnete und sie begrüßte ihn verhalten mit einem Kuss auf die Wange. Es fühlte sich seltsam an, seit sie sich auf der Half Penny Bridge näher gekommen waren. Brady musste unbedingt herausfinden, woran er bei ihr war. Ein Abendessen war die perfekte Gelegenheit dafür.

Brady ging zurück in die Küche und Chloe folgte ihm.

»Das riecht aber lecker.« Sie schlang die Arme um Brady und drückte ihren warmen Körper gegen seinen.

»Findest du?« Brady versah den Topf mit einem Deckel.

Sie nickte und warf einen Blick hinter ihn auf die kochenden Speisen.

Brady verstellte ihr den Weg. »Das wird eine Überraschung.«

»Es riecht nach paniertem Hirn mit schwarzer Butter.«

»Und das nennst du lecker?« Brady wusch sich die Hände und sah zu, wie Chloe in eine der Pfannen schaute.

»Sind das Salbeischnitzel?«

»Nein.« Brady drängte sie vom Herd weg, was ihr ein kindliches Kichern entlockte. Erst jetzt fiel ihm auf, dass er beim Einkaufen etwas Entscheidendes vergessen hatte.

»Ich kriege es schon noch raus. Ich kriege alles raus.«

»Vor allem *gehst* du jetzt erstmal raus«, feixte Brady und begleitete Chloe aus der Küche.

»Gibt es etwas Neues?« Chloe strich ihm über die Schultern. »Gib mir etwas, womit ich arbeiten kann und dann …« Sie beugte sich zu ihm vor, als wolle sie ihn küssen.

»Ich muss jetzt noch mal kurz was einkaufen und dann …« Brady beugte sich ebenfalls vor, drückte ihr einen Kuss auf die Lippen und ließ sie stehen.

Chloe lachte überrumpelt und schaute ihm nach. »Du lässt mich alleine in deiner Wohnung? Ich könnte Akten durchstöbern oder …«

»Ich bringe keine Akten mit nach Hause.« Brady zog sich seine Jacke über.

»Oder ich könnte deine Pornohefte finden.«

»Oder du könntest einfach schon mal den Tisch decken.«

»Wird gemacht.« Chloe salutierte.

»Also ... Ich besorg nur noch eben Schinken.«

»Für die Salbeischnitzel.« Chloe fing Bradys frustrierten Blick auf und grinste. »Das riecht man doch.«

Brady hatte eine Flasche Cider und ein paar Dosen Bier eingekauft. Er hoffte, dass der Abend ihm Gewissheit über Chloe bringen würde. Bisher hatte er die Reporterin noch nicht durchschauen können. Einerseits war sie so erpicht auf neue Informationen, dass er fest davon überzeugt war, dass es ihr lediglich um ihren Job ging. Andererseits hätte sie ihn dann nicht küssen müssen. Er hatte ihr schließlich schon vorher die nötigen Kenntnisse über den Fall vermittelt. Außerdem, redete er sich ein, brauchte er selbst noch ein bisschen Zeit, um herauszufinden, wie er zu Chloe stand. Sie gefiel ihm, soviel stand fest, aber gefiel sie ihm auch *so* sehr?

Brady überquerte die Dorset Street und holte seinen Schlüssel aus der Hosentasche. Aus seinem geöffneten Küchenfenster im zweiten Stock drang der Geruch von frischem Salbei und gebratenem Fleisch. Brady war hungrig. In den letzten Tagen hatte er sich zu schlecht ernährt. Weihnachten hatte er zu viel und zu fettig gegessen und das Training vernachlässigt. Das würde sich ändern müssen. Verspätete Neujahrsvorsätze, aber immerhin hatte er welche und konnte von sich behaupten, dass er sie auch sicher verwirklichen würde.

Er schloss die Haustür auf und spürte einen harten Schlag vor die Stirn. Benommen taumelte er zurück, fiel die Stufen vor seinem Haus herunter und landete auf dem Asphalt. Jemand hatte ihm die Tür mit voller Wucht gegen den Kopf gehauen! Bevor Brady sich aufrappeln und einen klaren Gedanken fassen konnte, sprang dieser Jemand aus dem Hausflur und mit einem Satz über ihn hinweg.

Brady griff nach dem Bein seines Angreifers, doch dieser verpasste ihm einen festen Tritt gegen die Schläfe. Sofort wurde es Brady schwarz vor Augen.

Chloe hockte vor Brady auf dem Sofa und presste ihm einen Eisbeutel gegen die Stirn.

»Was war denn los? Ist dir schwindelig geworden?«

Brady lächelte schief, auch wenn ihm nicht danach zumute war. »Einer meiner Nachbarn kam zu schnell aus dem Haus und–« Er zuckte die Achseln. »Er hat mich scheinbar mit der Haustür erwischt.« Das entsprach zwar nicht der Wahrheit, aber er wollte Chloe nicht aufregen. Deshalb erhob er sich jetzt auch und steuerte das Bad an. »Ich bin gleich zurück.«

»Ist gut.« Sie ließ sich aufs Sofa fallen.

Brady schloss hinter sich ab und ordnete seine Gedanken. Der vermeintliche Unfall war in Wirklichkeit ein Angriff gewesen, so viel stand fest. Und noch etwas stand unweigerlich fest: Bei seinem Angreifer hatte es sich um Nate Simmon gehandelt. Die muskulöse Statur, die Geschmeidigkeit seiner Bewegungen und vor allem die Kälte und Brutalität, die dem Simmon-Jungen eigen zu sein schien. Die Sache hatte nur einen Haken: Nate Simmon wurde zurzeit von Sean durch die Mangel gedreht.

Brady zog sein Handy hervor und wählte die Nummer seines Kollegen.

»Callahan?«

»Sean, ich bin es. Tut mir leid, dass ich störe.« Brady trat an den Spiegel heran und betastete seine Stirn. Schon jetzt prangte eine beachtliche Beule über seinem rechten Auge und auch seine Schläfe machte keinen guten Eindruck.

»Was gibt's?«

»... du verhörst doch noch die Simmons, oder?«

»Nein, die mussten wir am späten Mittag gehen lassen. Aus Mangel an Beweisen.«

Brady starrte sein eigenes Spiegelbild an. Die Wut in seinen Augen ließ ihn selbst erschrecken. »... wirklich?«

»Ich sag's dir immer wieder, Junge. Keine Beweise, keine Festnahme. Die Simmons sind merkwürdig. Ziemlich merkwürdig sogar. Aber es besteht keine Fluchtgefahr.«

»Die beiden haben uns nicht einmal ihre richtigen Namen genannt! Geschweige denn ihre Adresse!« Brady schlug mit der Faust gegen die Wand. »Sie sind gefährlich und tanzen uns auf der Nase herum!«

»Wir dürfen sie nicht festhalten, Brady, versteh es doch. Denk an den Colm-Murphy-Fall. Wenn wir beim Verhör gegen das Gesetz verstoßen und die Simmon-Sache vor Gericht geht, dann werden die beiden schneller freigesprochen, als dir lieb ist.«

»Das ist etwas völlig anderes!«

»Ist es nicht. Wir brauchen Beweise. Schluss, aus, Ende.«

»Was für Beweise braucht ihr denn noch?«

»Jetzt komm erstmal runter.« Sean seufzte und Brady konnte hören, wie er trank. »Wenn die beiden schuldig sind, dann bringen wir sie im Nullkommanichts in Gewahrsam. Und bis dahin warten wir eben ab.«

Brady schüttelte den Kopf. Ihm fehlten die Worte.

»Wir sehen uns morgen.«

»... und dann?« Brady bemerkte, wie tonlos seine eigene Stimme klang.

»Dann arbeiten wir weiter an dem Fall.«

Brady verabschiedete sich knapp und ließ das Handy sinken. Niemals hätte er gedacht, dass dieser Job derart unbefriedigend sein könnte. Er würde Nate Simmon zur Rede stellen und dann würde er ihm jede einzelne Tat nachweisen.

-47-

Es fiel Brady nicht leicht, das Essen mit Chloe in Ruhe zu Ende zu führen, doch ihm blieb keine andere Wahl. Er konnte ihr unmöglich erzählen, was er vorhatte. Er mochte sie und gleichzeitig misstraute er ihr auch. Wenn sie von dem Mysterium um die Simmons erfuhr, da war er sich sicher, würde sie diese Informationen für sich nutzen – trotz ihres Versprechens.

Noch schwerer fiel es ihm jedoch, ihr Date nach dem Essen zu beenden. Er fühlte sich in Chloes Gegenwart gut und wäre liebend gerne mit ihr zusammengeblieben. Doch der hämmernde Schmerz in seiner Schläfe erinnerte ihn sekündlich daran, dass er noch eine Rechnung offen hatte.

Nachdem er sie zur Bahnhaltestelle gebracht und sich von ihr verabschiedet hatte, stieg er in seinen Wagen und machte sich auf nach Corbally. Innerlich verfluchte er das Gesetz. Warum konnte in Irland nicht, wie in anderen Ländern auch, eine Ausweispflicht herrschen? Warum mussten ausgerechnet die Iren so gutgläubig sein? Wäre die Rechtslage anders, säßen Nate und Toby Simmon, sofern sie überhaupt so heißen mochten, jetzt hinter Gittern. Zumindest bis ihre Identität geklärt wäre.

Während die Gegend um ihn herum immer ländlicher, einsamer und dunkler wurde, stieg Bradys Puls stetig an. Was fiel diesem Nate ein, ihn einfach vor seiner eigenen Haustür anzugreifen? Brady war kein Schwächling und er war sich sicher, dass er ihn in einem Mann-gegen-Mann-Kampf besiegt hätte, doch der Kerl war ja scheinbar mehr für die hinterhältige Tour zu haben. Mal sehen wie er reagierte, wenn er Brady gleich plötzlich gegenüberstand.

Brady bog von der National Road ab und steuerte über die kleine Brücke, die zur Shamrock Lodge führte. Der Empfangsraum des Gästehauses war hell erleuchtet, doch nur in wenigen Zimmern brannte Licht. Brady parkte seinen Wagen und sprang heraus. Wütend stapfte er zum Gebäude herüber. Am liebsten hätte er seine Faust einfach wortlos in Nates Gesicht versenkt. Ohne Vorwarnung und mit aller Kraft.

»Oh, guten Abend, Detective.« Irene schien sichtlich erfreut, ihn zu sehen.

»Hallo.« Brady versuchte, den Zorn nicht in seiner Stimme mitschwingen zu lassen, und rang sich sogar ein Lächeln ab. »Ich muss noch mal mit Ihren Gästen sprechen.«

Irenes Gesichtszüge entgleisten. »... die sind nicht mehr hier.«

»Alle drei nicht mehr?« Brady konnte nicht glauben, was er da hörte.

»Der ältere der beiden Männer, der mit der Narbe, hat vor einer Stunde oder so ausgecheckt. Für beide Zimmer.«

»Warum haben Sie mir nicht Bescheid gegeben, verflucht noch mal?«

Irene Pajak zuckte zusammen. »Hätte ich das denn gemusst? Ich dachte, die Polizei kümmert sich jetzt um die Sache ...«

Brady kämpfte seine Wut nieder. Die Lodge-Betreiberin konnte schließlich nichts dafür. »Sie haben recht.« Fieberhaft dachte er nach, was er als nächstes tun sollte.

»Möchten Sie sich noch mal die Zimmer ansehen oder ...« Pajak machte eine nachdenkliche Pause. Ihre Hilfsbereitschaft schien grenzenlos zu sein.

»Ja, vielleicht sollte ich das.« Brady hörte selber, wie niedergeschlagen er klang.

»Ich fülle das noch schnell für die Versicherung aus, dann bin ich voll und ganz für Sie da, in Ordnung?«

»Keine Eile.« Resignierend ließ er sich gegen die Rezeption sinken. Er war mal wieder in einer Sackgasse gelandet und fühlte sich machtloser denn je. Sein Gehirn weigerte sich einfach, logische Verbindungen zwischen Amy Namara, den Simmon-Jungs und den beiden Leichen zu knüpfen. Das Haus, der Folterkeller, Amys Tod ... War es wirklich möglich, dass Nate und Toby Simmon Opfer waren? Aber wieso flohen sie dann? Wieso wandten sie sich dann nicht hilfesuchend an die Polizei, sondern machten sie sich lieber zum Feind? Und wie stand Patrick Namara zu der ganzen Sache? Seine Visitenkarte war bei der ersten Leiche gefunden worden, ein hellblondes Haar bei der zweiten. War es möglich, dass Patrick Namara und die Simmons unter einer Decke steckten?

»So, das wär's.« Irene klebte einen Umschlag zu und legte ihn in ein Postkästchen. »Rußschaden«, erklärte sie und nahm zwei Zimmerschlüssel vom Schlüsselbrett.

Brady folgte ihr zur Treppe. »Hat es gebrannt?«

»Nein, nein, Jesus. Zum Glück nicht.« Irene Pajak kämpfte sich die steile Treppe nach oben. »Beim Feuerwerk hat eine Rakete die Fassade gestreift.«

»Sie hatten eine Genehmigung für ein Feuerwerk?« Brady wurde hellhörig.

»Ja.« Irene lachte trocken. »Was glauben Sie, womit eine Lodge wie meine die Gäste noch raus aufs Land locken kann? Ohne die Genehmigung säße ich über die Feiertage vermutlich alleine hier.«

Brady fiel Fallons Vermutung ein, dass die Tote auf dem Friedhof an Silvester erschossen worden war. Unter dem ganzen Lärm wäre ein Schuss kaum aufgefallen. Und noch etwas hatte er gesagt: Der Fundort der Leiche entsprach nicht dem Tatort. »Ich muss mir sofort das Zimmer der Frau ansehen!«

Irene Pajak nickte verwirrt und beeilte sich, die Stufen zu erklimmen. Sie schloss die Tür auf und trat zur Seite. Ein modriger Geruch schlug ihnen entgegen und Irene rümpfte die Nase. »Ich bin noch nicht zum Reinigen gekommen.« Sie durchquerte das Zimmer und riss das Fenster auf.

Brady fragte sich, was mit dem Geruchssinn der Frau nicht stimmte. Er hätte das Zimmer unter keinen Umständen betreten können. Er kannte diesen Gestank und hatte eine düstere Vorstellung davon, was er bedeuten mochte.

-48-

Die Spurensicherung sowie Finn Fallon und zwei seiner Mitarbeiter waren fast zeitgleich mit Sean und Kilian eingetroffen. Die Kriminaltechniker hatten die drei Detectives aus dem Zimmer geworfen und nun saßen sie unten im Aufenthaltsraum und ließen sich von Irene Pajak Tee servieren. Das Gesicht der Gastwirtin hatte einen erschrockenen Ausdruck angenommen, nachdem sie von Bradys Vermutung erfahren hatte, und es war ihr bisher nicht gelungen, ihn wieder abzulegen.

»Ich war gerade mit meiner Frau zugange«, klagte Kilian. »Warum müssen Leichen immer zu den ungünstigsten Augenblicken gefunden werden?«

»Was wäre denn ein günstiger Augenblick für einen Leichenfund?«, fragte Sean und Brady konnte nur für Kilian hoffen, dass das nicht der Beginn einer Callahan-Diskussion war.

»Keine Ahnung«, antwortete dieser achselzuckend. »Vermutlich gibt es so was nicht.«

Brady atmete auf, als Sean andächtig nickte. »... also, was denkt ihr? Ihr habt eigene Theorien, oder? Immer raus damit.«

»Mensch, Brady, Sie sind aber auch ein Theoretiker.«

»Werfe ich ihm immer wieder vor«, sagte Sean. »Er denkt zu viel, verlässt sich zu wenig auf Fakten.«

»Weil unsere Fakten scheiße sind. Was haben wir denn schon? Einen Haufen Indizien, einen noch größeren Haufen Verdächtige und mittlerweile wächst unser Totenhaufen auch schon beträchtlich an.« Brady nahm einen Schluck Tee, dann stellte er die Tasse angewidert wieder zurück. »Wir müssen doch langsam mal anfangen, in eine Richtung zu denken.«

»Tu ich dauernd.« Kilian grinste. »Aber irgendwie komm ich dann wieder beim Anfang an. Die Farm, das Moor, der Torfabbau, ein Torfstecher als Mordwaffe. Das passt zusammen, ganz klar.«

»Mister Klumpfuß, der Folterkeller, Amy Namaras Grab«, warf Brady ein.

»Eben«, stimmte Kilian zu. »Das passt für sich auch zusammen.«

»Tja und dann die dritte Komponente: Die Simmons. Flüchtige Brüder ohne Ausweispapiere, dafür aber mit jeder Menge krimineller Energie.«

»Wenn wir in ihrem Zimmer zumindest einen Tatort vorfinden würden, dann könnten wir die Friedhofs-Leiche zuordnen.«

Sean verdrehte die Augen und lehnte sich zurück. »Und was bringt euch das jetzt?«

»Wir sitzen nicht nutzlos herum.«

»Wie wäre es, wenn wir um einen Profiler bitten würden? Ihr wisst schon, so ein FBI-Superhirn«, schlug Kilian vor.

»Du guckst zu viele Serien, Mann.« Brady nahm seine imaginäre Sonnenbrille ab und sagte mit verstellter Stimme: »Die Sonne schien heute nur drei Stunden. Demnach gab es zum Mittagessen einen Cheeseburger. Der Mörder muss also logischerweise Nate Simmons gewesen sein.«

Kilian lachte los und fing sich einen tadelnden Blick von Irene Pajak ein, die noch immer an der Rezeption stand und irgendwie beschäftigt tat. In Wirklichkeit versuchte sie vermutlich zu verstehen, worüber die Detectives sprachen. »Oh ja, das wär's. Den Täter anhand des Mittagessens identifizieren.«

»Ein Analytiker wäre wirklich keine schlechte Idee«, sagte Sean.

Brady und Kilian wandten ihm synchron die Köpfe zu.

»Ach?«, brachte Brady nur hervor.

Sean nickte und machte keine Anstalten, sich zu erklären.

»Aber kriegen wir denn jemanden?«, fragte Kilian. »Wir kriegen nicht mal normale Teamverstärkung. Über die Winterferien sind alle im Urlaub.«

»Das sollte ja wohl kein Argument sein bei einem Mord.« Brady versuchte noch einen Schluck Tee, doch auch diesmal bekam er das Gebräu nur mühevoll herunter.

»Ist es aber. Personalmangel, nie gehört?«

»Unglaublich.«

»Detectives!«, drang Fallons unverkennbare Stimme nach unten. »Bitte einmal herauf kommen!«

»Mein Gott, klingt der fröhlich.« Brady erhob sich.

»So klingt er immer, wenn er was gefunden hat.« Auch Sean stand auf.

Nur Kilian blieb sitzen und verzog das Gesicht zu einer Grimasse. »Scheint ja ein netter Kerl zu sein.«

»Bleiben Sie hier, Kilian?«, fragte Brady.

»Wenn Sie mich nicht brauchen ...«

Brady schaute Sean fragend an. Dieser schüttelte den Kopf.

»So meine Herren, sehen und staunen Sie.« Finn Fallon hatte sich neben dem Bett positioniert wie ein Zauberkünstler.

Die Spurensicherung hatte Sean und Brady in Schutzanzüge samt Atemmasken gesteckt und darauf bestanden, dass sie sich Handschuhe anzogen. Auch wollten die Techniker nicht, dass sie den Raum betraten, und so mussten sie sich das Spektakel von der Tür aus ansehen.

»Mach es nicht so spannend, Fallon«, verlangte Sean und erntete ein schadenfrohes Grinsen.

»Das hier verbarg sich unter der Tagesdecke.« Finn trat zur Seite und gab den Blick aufs Bett frei. Es war abgezogen worden und auf der Matratze prangte ein rotbrauner Fleck, der an einigen Stellen verwässert aussah.

»Blut«, stellte Brady fest.

»Das hier, meine Lieben, passt perfekt zu der Unbekannten vom Friedhof«, nuschelte er unter seiner Schutzmaske hervor. Dann deutete er auf verschiedene Flecken. »Urin, Blut und Hirnmasse sind auf dem Bett ausgelaufen. Irgendwer hat zwar das Bettzeug entsorgt und sich größte Mühe gegeben, die Sauerei in Schach zu halten, aber es ist missglückt.«

»Der Geruch hätte mir schon beim letzten Mal auffallen müssen. Da war sie doch schon tot.«

»Nicht zwangsläufig. Erstens wurde der Körper ja bereits früh entsorgt und zweitens ...« Fallon langte neben das Bett und förderte eine Duftlampe zutage. »Zweitens neutralisiert Weihrauchharz einen Großteil des Geruchs. Da wusste jemand, was er tut. Ich glaube, der Blutfleck ist auch mit Natron bearbeitet worden, aber das muss ich erstmal im Labor überprüfen.«

»Wir müssen die Simmons finden, soviel steht fest«, sagte Brady an Sean gewandt.

Fallon ging unterdes an ihnen vorbei und öffnete die Badezimmertür. »Hier wurde übrigens gründlich mit Chlor gereinigt. Aber ich werde noch mal alles mit Luminol und einer UV-Lampe unter die Lupe nehmen. Sicher finden wir irgendwelche Blutspuren.«

»Spätestens Montag erwarte ich den Bericht, Finn«, sagte Sean. »Wir geben erneut die Fahndung raus, diesmal mit den Polizeifotos der beiden. Kilian soll ein retuschiertes Bild von der ermordeten Frau erstellen lassen. Wir ziehen die Öffentlichkeit jetzt richtig mit rein. Vielleicht können sie uns Hinweise auf die Identitäten der Toten geben.«

»Geht klar.«

»Dann an die Arbeit. Wer weiß, wen sie sich als nächstes schnappen.«

-49-

Brady fühlte sich gut. Es schien, als seien sie ein entscheidendes Stück vorangekommen, als hätten sie endlich ein fehlendes Verbindungsglied gefunden. Obwohl seine Augen bereits tränten, hörte er nicht auf, auf den Bildschirm zu starren. Seine Aufgabe war es, Nate und Toby Simmon ausfindig zu machen und die beiden Opfer zu identifizieren. Die ersten Stunden hatte er damit verbracht, festzustellen, dass es nicht nur im County Dublin sondern in ganz Irland keinen Nate oder Toby Simmon gab. Sie hatten ihnen also tatsächlich falsche Daten gegeben und so hatte Brady beschlossen, die ganze Suche anders anzugehen und die Vermisstenkartei zu bemühen.

Der öffentliche Aufruf, in dem sowohl die Opferbilder als auch die Fotos der Simmons gezeigt wurden, hatte bisher nicht viel nach sich gezogen; was vielleicht daran lag, dass es Sonntag war und sich die Menschen lieber ihren Familien und Hobbys als der Mordermittlung widmeten. Es kamen zwar einige Hinweise rein, jedoch war keiner davon brauchbar. Diesmal waren die Simmons vorsichtiger und auch die beiden Opfer schienen weder Freunde noch Familie zu haben. Genau wie die Brüder waren sie Gespenster.

Der Computer piepste und Brady bewegte den Mauszeiger, um den Bildschirmschoner zu verdrängen und sich das Ergebnis des Datenabgleichs anzusehen. Er hatte die Suche mit den Opfern begonnen – vergeblich. Der Bildschirm präsentierte ihm zwei Worte: »No Results«.

Brady schüttelte den Kopf. Er musste die ganze Sache anders angehen. Immer wieder die Datenbank nach zwei vermissten Mittvierzigern im Raum Dublin County innerhalb der letzten zwei Wochen zu durchforsten war sinnlos. Und wenn er die Suche ausweitete? Er gab weniger Suchkriterien ein: Geschlecht, Augenfarbe und Land.

Wieder dauerte es eine halbe Ewigkeit, bis der Computer ein Ergebnis ausspuckte: »Specify research criteria«.

»Verdammt!« Brady schlug auf die Tastatur, was dem Computer ein protestierendes Piepsen entlockte.

Also gut. Was wusste er, das er für die Suche benutzen konnte? Alter, Geschlecht, Land, Augenfarbe. Die getötete Frau hatte braune Augen gehabt. Große, braune Augen, wie Amy Namara. Weiter. Was wusste er noch? Die Haarfarben der Getöteten. Brady zog die Akten der beiden hervor und studierte die Obduktionsberichte. Nirgends fand er einen Hinweis darauf, dass die beiden gefärbte Haare gehabt hätten. Also schön.

Brady gab alles in die Suchmaske ein, ließ das Feld »Alter zum Zeitpunkt des Verschwindens« frei und grenzte stattdessen das Alter ein, das die Vermissten zum heutigen Zeitpunkt haben mussten. Dann wartete er.

Diesmal dauerte es nicht allzu lange, bis der Computer ihm ein paar Ergebnisse anbot. Er scrollte die Liste herunter und begutachtete jedes Foto genau. Als er nicht fündig wurde, ersetzte er die Suchkriterien, gab die Merkmale des toten Mannes ein. Als auch dies nicht zum Erfolg führte, wiederholte er das ganze Prozedere mit Nate Simmon. Keiner der Vermissten passte.

»Ein letzter Versuch ...« Brady stellte Toby Simmons Augenfarbe ein, seine Haarfarbe, sein Geschlecht. Dann klickte er »Irland« an und startete die Suche. Gebannt starrte er auf den Bildschirm, während die Anzahl der Suchergebnisse langsam wuchs. Nacheinander wurden ihm sechs Steckbriefe angezeigt. Zwei davon konnte er direkt ausschließen. Die Vermissten auf den

Fotos waren zu alt, um Toby Simmon zu sein. Er öffnete den Link zu einem kleinen Jungen und überflog den Text. Der Junge war im Alter von vier Jahren verschwunden und vermutlich von seinem Vater ins Ausland entführt worden. Dies war allerdings erst drei Jahre her.

Der zweite Steckbrief führte ihn zu einem Säugling, der kurz nach seiner Geburt aus einem Krankenhaus in Belfast verschwand. Der kleine David Mahony war an Gelbsucht erkrankt gewesen und noch während der Behandlung aus dem Brutkasten entführt worden. Nicht auszudenken, was die Eltern des Kleinen für Höllenqualen durchleben mussten. Er betrachtete das Bild genauer. Es zeigte ein schlafendes Kind mit gelblicher Haut. Das wenige Haar des Jungen war hellblond und aus dem Steckbrief entnahm er, dass er hellblaue Augen hatte. Brady wusste, dass diese äußerlichen Merkmale noch nichts zu bedeuten hatten, dass sie nur temporär sein konnten. Der Junge war am 07.08.1997 geboren worden. Demnach müsste er nun fünfzehn Jahre alt sein. Unwillkürlich baute sich Toby Simmons Bild vor seinem inneren Auge auf. War es möglich, dass der Junge erst fünfzehn war und nicht neunzehn, wie Nate behauptete?

Brady schüttelte den Kopf. Seine Gedanken liefen in eine falsche Richtung. Zum Zeitpunkt der Entführung musste Nate zwölf oder dreizehn gewesen sein. Er hatte sicher weder die kriminelle Energie besessen, ein Baby zu entführen, noch die Kenntnisse, ein Neugeborenes zu versorgen. Er zog schon wieder voreilig Schlüsse. Gott sei Dank war Sean nicht hier, um ihn zu ermahnen.

Brady rief den dritten Steckbrief auf, doch der Junge auf dem Foto hatte so gar keine Ähnlichkeit mit Toby und auch der vierte Vermisste war nicht Toby. Frustriert schloss Brady das Programm, stand auf und ging zu dem Flipchart, das sich dem Fenster gegenüber in seinem Büro befand. Er notierte, was er bereits wusste. Es gab zwei Tote, einen Mann und eine Frau, Namen unbekannt. Dazu kamen Patrick Namara und seine verstorbene Schwester sowie zwei Brüder, die ebenfalls namenlos waren. Brady verband Amy Namara mit Patrick Namara und diesen wiederum mit den beiden Toten. Dann verband er Toby und Nate miteinander und ebenfalls mit den Toten. Er beschriftete die Striche und betrachtete das Bild genauer. Nun hatte er zwei Geschwisterpaare, die beide mit den Verstorbenen in irgendeiner Verbindung standen. Seltsam.

-50-

Den Sonntag verbrachte Patrick damit, auf dem Sofa zu liegen und sich wie ein Verlierer zu fühlen, sich zuzudröhnen und sich deshalb noch mehr wie ein Verlierer vorzukommen. Der Stoff war mittelmäßig, man brauchte viel Pulver für eine spürbare Wirkung. Das Koks betäubte seinen Mund und seinen Hals, sodass er kaum noch schlucken konnte, es lief ihm als bittere Masse den Rachen herunter. Manchmal, in seinen cleanen Phasen, benutzte er Nasenspray, nur um dieses Gefühl zu imitieren. Aber im Moment war er nicht clean, ganz und gar nicht. So stark hatte er nicht mehr konsumiert, seit er vor zwölf Jahren, während seines Studiums, mit dem Kokain begonnen hatte. Damals war es ihm wie der perfekte Ausweg aus den quälenden Gedanken erschienen, die ihn immer wieder vom Lernen ablenkten. Doch dann hatte er Grace kennengelernt und gewusst, dass sie nie davon erfahren durfte. Sie war ihm so anständig, so rechtschaffen vorgekommen, dass er seine dunkle Seite um jeden Preis vor ihr verbergen wollte. Er hatte seinen Konsum eingeschränkt, hatte manchmal monatelang gar nichts genommen und nur zu seinen Vorräten gegriffen, wenn das Gefühl von Schuld wieder mal besonders schlimm wurde.

Er öffnete die Augen und richtete sich auf. Der Raum wurde von der Sonne, die jenseits des Gartens über dem Ozean unterging, in scharlachrotes Licht getaucht. Das war ein seltener Anblick, denn vor allem im Winter war der Sonnenuntergang hier meist nicht mehr als ein gelblich-grauer Schein am wolkenbedeckten Himmel. Abende wie diesen hatten Grace und er immer als etwas Besonderes empfunden. Wie viele andere Paare hatten sie sich dann ein ruhiges Plätzchen gesucht und dem Schauspiel am Himmel zugesehen. Heute allerdings beunruhigte Patrick die erschreckende Klarheit der untergehenden Sonne und sie schien etwas Unheilvolles an sich zu haben. Unheil, ja, das war wohl das richtige Wort. Er war ein Verlierer und seine Frau eine Schlampe, seine Schwester war tot und er trug die Schuld.

Er schwang die Beine vom Sofa, brachte sich mühevoll in eine aufrechte Position. Als er sich gerade eine weitere Line genehmigen wollte, sah er die Tasse, die auf dem Tisch stand. Der Tee darin dampfte noch. Sophie musste hier gewesen sein, ohne dass er sie bemerkt hatte. Sie musste die Drogen gesehen haben. Was sie wohl über ihn dachte? Er ignorierte die Tasse und schob das weiße Pulver auf dem Tisch zusammen, den Rest von weiteren fünf Gramm. Jemand lief durchs Zimmer. Patrick schrak auf und nahm einen Schatten wahr, der durch die Terrassentür verschwand und sogleich mit dem Sonnenuntergang verschmolz.

Schwerfällig erhob er sich, schwankte gegen den Wohnzimmertisch, hörte ein Poltern und spürte, wie warmer Tee sein Hosenbein durchnässte. Es roch nach frischem Pfefferminz, nein, eher nach etwas altem, verrottendem. Es roch nach Fleisch und Knochen. Er wandte sich ab und wankte in Richtung Tür. Hinter ihm waren Schritte, jemand folgte ihm, schnelles Getrippel, vielleicht ein Kind. Er drehte sich um und erkannte Amy. Sie trug ein schmutziges Nachthemd, machte schnelle, behände Schritte auf ihn zu und streckte die Hand nach ihm aus.

Ich kann nicht schlafen, Paddy. Der schwarze Mann ist in meinem Zimmer. Sie tänzelte durch ihn hindurch, glitt leichtfüßig wie eine Fee die Stufen hoch. Er wollte ihr hinterher, wollte seine Knarre holen und den schwarzen Mann für sie erledigen. Auf der Treppe geriet er ins Straucheln, fiel, schlug sich das Knie auf. Was machte er hier nur? Auf den Stufen war Blut, vielleicht war es das von Amy. Ihre Zähne konnten nicht verraten, wie sie gestorben war, sie verrieten gar nichts. Vielleicht hatte man sie mit einem Torfstecher erschlagen, vielleicht hatte man ihr das Hirn aus dem Kopf geschossen. Er rappelte sich auf, hastete die Treppe hoch. Die Übelkeit wurde schlimmer, als ob jemand seinen Magen zusammendrückte wie eine reife Frucht, aus der man den Saft pressen wollte. Patrick stolperte ins Schlafzimmer und war allein, keine Amy, kein schwarzer Mann, keine Grace. Der Raum stürmte auf ihn ein, die Möbel entwickelten ein vibrierendes Eigenleben. Patricks Herz pulsierte mit in ihrem ungesunden Takt. Er fiel, und dann war nur noch Schwärze um ihn herum. Er fiel ins Bodenlose.

-51-

Am Montagmorgen hing Brady an seinem Schreibtisch und blätterte die Mitschrift der Simmon-Vernehmung durch. Wie es aussah, waren Nate und Toby auch Sean gegenüber nicht sehr gesprächig gewesen – mit dem Unterschied, dass Sean sich von der verschlossenen Art der beiden vermutlich nicht aus der Fassung hatte bringen lassen. Brady schüttelte den Kopf und die Beule, die Nate ihm zugefügt hatte, brachte sich ihm schmerzhaft in Erinnerung. Und schon kreisten seine Gedanken wieder dort weiter, wo sie gestern Nacht aufgehört hatten: Wer steckte hinter den Morden? Warum war die Identität der beiden Toten genau so schwierig herauszufinden, wie die der Simmon-Jungs? In der Frühe hatte bereits Finn Fallon angerufen und berichtet, dass im Folterkeller der Farm tatsächlich Blut von den beiden sichergestellt worden war, doch jetzt, wo sie fort waren, half ihnen das auch nicht mehr weiter. Allerdings stellte sich nun wieder mal die leidige Frage: Wenn die Simmons Opfer waren, wieso flohen sie dann? Wieso vertrauten sie sich nicht der Polizei an? Waren sie einfach verstört oder möglicherweise doch selbst Verbrecher? Vielleicht waren die beiden Jungs einst Opfer gewesen, aber zu Tätern geworden.

Brady konnte es nicht lassen und gab den Namen »Simmon« erneut in die Datenbank ein. Bedauerlicherweise kam er zu dem gleichen Schluss wie zuvor. Natürlich gab es unzählige Simmons in Irland und auch eine beträchtliche Anzahl an Familien mit diesem Nachnamen im County Dublin, jedoch fand er weder einen Nate noch einen Nathaniel, weder einen Toby noch einen Tobias. Es war zum Verzweifeln. Brady hatte das Gefühl, etwas zu übersehen. Wenn er doch nur wüsste, was es war.

»Also schön«, seufzte Brady und legte die Vernehmungsakte beiseite. Er würde noch einmal raus nach Brittas fahren. Bisher hatte er auf dem Land wenigstens ein paar Informationen bekommen.

Gerade als er die Tür öffnete, um das Büro zu verlassen, kam ihm Sean entgegen.

»Ich dachte schon, ich bilde neuerdings nur noch ein Ein-Mann-Team.« Brady verschränkte die Arme.

»Ich bin doch hier. Und ich habe sogar Neuigkeiten.« Sean ließ Brady an der Tür stehen und setzte sich nun seinerseits mit einer Akte an den Schreibtisch.

»Und was sind das für Neuigkeiten?«, knurrte Brady.

Sean feuchtete seinen Finger an und blätterte die Akte durch. »Ah, hier.«

»Was ist das?« Brady hatte keine Lust auf Sean, keine Lust auf seine dämlichen Spielchen.

»Wir haben die Verbindung zwischen den Mordopfern. Du kannst dich freuen!«

»Mit Sicherheit.« Brady trat an Seans Tisch heran und schaute ihm über die Schulter. »Patrick Namara?«

Sean sah auf und grinste ihn an, wobei seine Mundwinkel noch ein Stück weiter nach unten zeigten, als sie es normalerweise taten. »Wir haben seinen Wagen in einem Waldstück zwischen Brittas und Corbally gefunden.«

»Den geklauten?«

»Ganz recht. Eine Frau hat das Auto entdeckt, als sie mit ihrem Hund unterwegs war. Es befinden sich sowohl ein blutiger Torfstecher als auch eine Pistole im Kofferraum.«

Brady bekam vor lauter Sprachlosigkeit den Mund nicht mehr zu. Den Doktor hatte er als Verdächtigen gar nicht mehr auf dem Schirm gehabt.

»Ich schlage vor ...« Sean erhob sich stöhnend und presste eine Hand auf sein Kreuz. »Ich schlage vor, dass wir Doktor Namara vorerst in Gewahrsam nehmen. Nur zur Sicherheit.«

Brady nickte, konnte sich jedoch nicht erheben. Dass die Ermittlungen plötzlich eine so drastische Wendung nahmen, wollte einfach nicht in seinen Kopf gehen.

»Nun komm schon, McCarthy. Vertrödeln wir nicht noch mehr Zeit, wir haben jemanden zu verhaften.«

Die Bedeutung von Seans Worten drang nur langsam zu Brady durch. Gleich würde er seinen ersten Tatverdächtigen festnehmen.

-52-

Gegen Mittag erwachte Patrick in seinem eigenen Erbrochenen an seinem Schreibtisch. Der PC lief und er hatte sich auf die Tastatur übergeben. Auf dem Bildschirm präsentierte ihm sein Browser Suchergebnisse über Amy und die Morde in Brittas und Bohernabreena. Patrick musste sich gestern Abend noch an das Gerät gesetzt haben, doch er erinnerte sich nicht mehr daran.

Angewidert kickte er den Rechner aus und stand auf. Die Luft im Arbeitszimmer war zum Schneiden und der Geruch kaum auszuhalten. Er öffnete das Fenster, dann nahm er eine Dusche und zog sich frische Sachen an; versuchte so, mit ein bisschen Hygiene gegen das neuerliche Ameisenkribbeln in seinen Eingeweiden anzugehen. Anschließend ging er runter in die Küche und machte sich einen starken Kaffee. Sein Magen tat weh, es war ein ätzender, brennender Schmerz und er hätte sich lieber ins Bett gelegt als einen weiteren Tag durchzustehen, aber er wusste, dass er sich nicht so gehen lassen durfte.

Während er darauf wartete, dass der Kaffee seine Lebensgeister weckte, hörte er, wie die Terrassentür geöffnet wurde und Sophie herein kam. Sie schien ihn nicht zu bemerken und machte sich sogleich im Wohnzimmer zu schaffen. Scheinbar nahm sie ihren neuen Job als Hausmädchen ziemlich ernst und so leise wie sie arbeitete, dachte sie wahrscheinlich, dass er noch schlief.

Patrick goss sich eine weitere Tasse Kaffee ein, denn von der ersten war er bisher, wie es ihm vorkam, nur noch erschöpfter geworden. Auf einmal klingelte es an der Tür und er verschüttete fast die Hälfte. Verwirrt sah er auf die Uhr. Grace musste auf der Arbeit sein, auch sonst erwartete er niemanden. Vielleicht schickte sie schon ihren Anwalt.

Er hörte, wie Sophie aus dem Wohnzimmer kam und drehte sich um. Sie spähte die Treppe hinauf.

»Suchen Sie mich?«

»Mister Namara!« Sie erschrak sichtlich. »Ich habe gedacht, Sie ... Sie schlafen noch.« Sie sprach leise, als befürchte sie irgendwie, dass er das immer noch tat.

»Nein, ich bin wach.« Er stellte seine Tasse ab und kam aus der Küche.

»Haben Sie Ihre Frau schon zurückgerufen? Ich hatte Ihnen eine Notiz ins Wohnzimmer gelegt.«

»Sie hat angerufen?«

Es klingelte erneut.

»Nun ja ...« Sophie senkte betreten den Blick. »Sie hat gesagt, dass Sie vergangene Nacht ungefähr fünfzehn Mal auf ihrem Handy angerufen und sie bekniet haben, zurückzukommen. Sie war ... aufgebracht.«

Patrick schüttelte den Kopf. Er sollte bei Grace angerufen haben? Was hatte er letzte Nacht noch alles ohne sein Wissen getan?

»Wenn es Ihnen nicht gut geht, Mister Namara ...«

»Hören Sie bitte auf, sich in mein Privatleben einzumischen. Sophie. Das geht Sie wirklich nichts an!«

Sophie schluckte sichtbar. Dann klingelte es zum dritten Mal, sie warf einen kurzen Blick zur Tür und verschwand über die Terrasse nach draußen. Patrick tat es sogleich Leid, sie so angefahren zu haben. Er drückte seine Zigarette im Spülbecken aus und ging die Tür öffnen.

Vor ihm standen die beiden Detectives Callahan und McCarthy, beide mit finsteren Gesichtern.

Er musterte die Polizisten verwundert. »Kann ich etwas für Sie tun?«

»Sonst wären wir nicht hier«, knurrte Callahan.

»Haben Sie Neuigkeiten von meiner Schwester?«

Callahan schüttelte den Kopf und McCarthy antwortete: »Wir haben Neuigkeiten von Ihrem Auto.«

»Was soll das heißen? Haben Sie es gefunden?«

»Darüber müssen wir uns in Ruhe unterhalten.«

»Gut, dann kommen Sie rein.«

Patrick ging von der Tür weg, doch keiner der Detectives machte Anstalten, das Haus zu betreten. Es war Callahan, der schließlich das Wort ergriff. »Nicht nötig, denn Sie werden mit uns kommen.«

»Ich verstehe nicht.«

»Sie sind vorläufig festgenommen, Mister Namara. Sie stehen unter Verdacht zwei Menschen getötet zu haben.«

-53-

Bei seinem zweiten Besuch im Phoenix Park kam Patrick der Verhörraum um einiges bedrohlicher vor. Heute saßen ihm sowohl Callahan als auch McCarthy gegenüber. Der Jüngere hatte die Arme verschränkt, der Ältere war wieder über die Tasten gebeugt.

Patrick sah von einem zum anderen, doch er konnte aus ihren ernsten Mienen nichts herauslesen. Es war schon ein paar Minuten her, dass sie den Raum betreten hatten und seitdem schwiegen sie alle drei. Er wurde zunehmend nervöser, doch er wusste, dass es genau das war, was die beiden wollten. Also versuchte er, seine Nerven in den Griff zu bekommen und verdammt noch mal aufzuhören, zu schwitzen.

»Also? Sagen Sie mir jetzt, was mit dem Auto ist?«

Die zwei Polizisten wechselten einen kurzen Blick, dann richtete McCarthy sich auf. »Ich übernehme das, wenn du nichts dagegen hast.«

»Nichts dagegen.« Callahan bearbeitete die Tastatur, während McCarthy mit der Befragung begann.

»Ihr Wagen wurde in einem Waldstück in der Nähe von Brittas entdeckt. Brittas sagt Ihnen doch was, oder?«

»Was soll die blöde Frage?«

»Sie sollten aufhören, meine Fragen mit Gegenfragen zu beantworten, sonst zeige ich Ihnen gleich, was das soll!«

Callahan hob beschwichtigend die Hand und mischte sich dann doch ein. »Sie wissen, dass Ihre Visitenkarte am Tatort eines Mordes in Brittas gefunden wurde?«

»Ja, natürlich weiß ich das.«

»Und in Ihrem Wagen, der gestern ebenfalls in Brittas entdeckt wurde, befanden sich nicht nur identische Visitenkarten, sondern auch die passenden Tatwaffen zu diesem und einem weiteren Mord. Können Sie uns das erklären?«

Patricks Kehle war wieder einmal wie zugeschnürt. Er schüttelte den Kopf und presste mühsam ein »Nein« hervor.

»Das ist schade. Dann müssen wir wohl unsere eigenen Schlüsse ziehen.«

»Ich habe niemanden umgebracht! Ich habe diesen Kerl, bei dem Sie meine Karte gefunden haben, nicht einmal gekannt, das müssen Sie mir glauben!«

»Wir müssen gar nichts, nur den Mörder dieses Mannes finden. Und den der Frau, die sechs Tage nach ihm in derselben Gegend erschossen worden ist.«

»Haben ... haben Sie beim zweiten Mal auch eine Karte gefunden?«

McCarthy lachte kühl. »Denken Sie, es würde Ihre Unschuld beweisen, wenn nicht?«

»Also bin ich jetzt ein Verdächtiger.«

»Kann man so sagen.« Callahan wirkte immer noch ruhig. Patrick wusste nicht, ob die beiden hier ein Good-Cop-Bad-Cop-Spielchen abzogen, aber er fragte sich, wer in diesem Fall der Good Cop sein sollte. So oder so machte ihn die ganze Situation verdammt nervös. Und die Tatsache, dass er in seinem Haus eine Waffe aufbewahrte, trug nicht unbedingt dazu bei, dass er sich beruhigte. Ob sie es schon durchsuchten? Er hatte keine Ahnung davon, wie Polizeiarbeit vonstatten ging und war auch nie scharf darauf gewesen, etwas darüber zu erfahren.

»Ja, das kann man. Wenn gleich zwei Tatwaffen von zwei Morden im Kofferraum Ihres Autos liegen, kann man Sie wohl guten Gewissens als Verdächtigen bezeichnen, denke ich. Oder nicht, Mister Namara?« McCarthys Blick ruhte immer noch auf ihm. Er schien förmlich darauf zu brennen, von Patrick ein Geständnis zu hören, ein verräterisches Wort, irgendwas, damit er ihn von hier aus gleich nach Mountjoy überführen lassen konnte.

»Das ist völlig unmöglich«, hörte Patrick sich selbst sagen.

»Dann haben wir uns das wohl eingebildet! Und die Spurensicherung hat sich das auch eingebildet! Wir haben vielleicht alle Halluzinationen, wollen Sie das damit andeuten?«

»Ich will gar nichts andeuten. Aber ich habe mit diesen Morden nichts zu tun.« Seine Stimme klang fremd in seinen eigenen Ohren. So ausdruckslos wie Callahan aussah. Er hörte sowohl sich als auch die Detectives wie durch

Watte und so sehr er auch versuchte, sich zusammenzureißen – es wollte ihm einfach nicht gelingen. »Ich habe niemanden umgebracht.«

»Sind Sie sich da ganz sicher?« McCarthy zog etwas aus seiner Innentasche und legte es auf den Tisch. Patricks Herz krampfte sich schmerzhaft zusammen, als er das Bild erkannte. Er hatte es so lange nicht gesehen, dass er sich augenblicklich um neunzehn Jahre zurück katapultiert fühlte. Amy sah so arglos aus auf diesem Foto. So wach und lebenslustig. Der Fotograf hätte sie nicht besser treffen können. Er hatte genau das dargestellt, was sie ausgemacht hatte – und was ihr schließlich zum Verhängnis geworden war.

»Mister Namara.« Callahan übernahm wieder das Wort.

»Was soll das?« Seine Stimme klang heiser.

»Der Tod Ihrer Schwester geht Ihnen offensichtlich immer noch nah. Rache ist ein starkes Motiv.«

»Ich bin kein Mörder, ich bin Arzt! Ich ...« Er brach ab, starrte Amys Foto an, als könne es ihm irgendetwas verraten, und schob es dann von sich.

»Aber Amy konnten Sie nicht retten.« Callahan beugte sich zu ihm vor. »Da haben Sie die Gelegenheit beim Schopf gepackt und ihren Mörder aufgespürt. Sie haben den Mann gefoltert, bis er Ihnen verriet, was er mit Ihrer Schwester gemacht hat. Und dann ... Was hatte diese Frau mit der ganzen Sache zu tun? Gab es noch andere Beteiligte? Verraten Sie es uns und lassen Sie uns unsere Arbeit machen, Namara.«

Patrick schloss die Augen. »Ich weiß von nichts.«

»Hören Sie verdammt noch mal auf, das Unschuldslamm zu spielen! Wir wissen doch alle, was geschehen ist!« McCarthy stand auf. »Und wir wissen alle, wie Sie sich damals gefühlt haben, nachdem Ihre Schwester verschwunden war!«

Patrick bezweifelte das. Für einen Augenblick herrschte Schweigen. Er sah Amy in ihrem Nachthemd vor sich. Mit ihrem Teddy in der Hand. Mit ihren großen braunen Augen. Er spürte Tränen seine Kehle hinaufsteigen.

McCarthy trat hinter seinen Stuhl und legte die Hände auf die Lehne. »Oder gehen wir die Sache vielleicht ganz falsch an, Namara?«

»... was meinen Sie?«

»Ich meine, dass Sie scheinbar dauernd in mysteriöse Todesfälle verstrickt sind.« Der Detective richtete sich auf und machte ein paar Schritte durch den Raum. »Ein Opfer erschießen Sie, eines erschlagen Sie mit einem Torfstecher. Ich frage mich, was Sie damals mit Ihrer Schwester gemacht haben.«

Es dauerte nur den Bruchteil einer Sekunde, bis Patrick aufgesprungen und mit einem Satz bei dem jüngeren der beiden Polizisten war. Er packte ihn am Kragen und donnerte ihn gegen die Wand. »Was wollen Sie damit sagen, McCarthy?? Was zur Hölle–«

»Ein kleines Mädchen ist doch leichte Beute für einen wie Sie!«

»Brady!« Callahan hatte sich unbemerkt erhoben, schob sich zwischen Patrick und seinen Kollegen und trennte die beiden müheloser, als Patrick erwartet hätte. »Reiß dich zusammen, verdammt noch mal!«

McCarthy starrte den Älteren an und seine Augen waren voller Zorn. Er verkniff sich sichtlich eine Bemerkung, dann richtete er seine Kleider und wandte sich ab. Callahan drehte sich zu Patrick um, der sich an der Wand abstützen musste. Alles drehte sich, wie in einer Endlosspirale. Und es ging abwärts.

»Setzen Sie sich bitte wieder, Mister Namara.«

Patrick ging wie ein gemaßregelter Schüler zurück zu seinem Stuhl und nahm Platz. Er starrte die Tischplatte an und versuchte, das Foto so gut es ging zu ignorieren. Auch Callahan setzte sich, während es McCarthy scheinbar immer noch schwerfiel, seinen Zorn in den Griff zu kriegen.

»Mister Namara. Sie müssen zugeben, dass das alles für uns ein wenig eigenartig aussieht.«

»Aber ich war es nicht«, presste er atemlos hervor.

»Das mag sein, aber für mich spricht im Moment Einiges gegen Sie. Außerdem sind Sie mir etwas zu nervös für den Ahnungslosen, den Sie hier spielen.«

Patrick sagte nichts. Dass er nervös war, konnte er kaum von der Hand weisen. Er spürte Callahans Blick noch einen Moment lang auf sich ruhen, dann begann der Beamte, sich Notizen zu machen. »Sie bleiben also dabei, dass Sie mit den beiden Morden trotz der Indizien, die auf Sie hinweisen, nichts zu tun haben.«

»Ja.«

»Ich möchte Sie daran erinnern, dass Ihnen ein Geständnis vor Gericht positiv ausgelegt würde.«

»Mein Auto wurde gestohlen. Als ich es zum letzten Mal gesehen habe, lagen keine Mordwaffen im Kofferraum, das können Sie mir glauben. Wenn ich der Täter wäre, hätte ich es doch angezündet oder versenkt oder so was!«

Er hörte McCarthy verächtlich schnauben. »Blöd aber auch, dass Sie erst jetzt darauf kommen!«

Callahan blickte auf. »Gut, Mister Namara. Wenn Sie bei Ihrer Meinung bleiben und nicht das Gefühl haben, dass Sie Ihr Gewissen erleichtern möchten, können Sie uns sicher Ihre Alibis nennen.«

»In der Nacht vom fünfundzwanzigsten auf den sechsundzwanzigsten war ich bei meinen Eltern in Glencullen, das hatten wir doch schon.«

»Sie könnten sich fortgeschlichen haben.«

»Habe ich aber nicht.« Auch wenn es anders war, würde er sich hüten, das zuzugeben.

»Und an Silvester? Gegen Mitternacht? Da wird es ja wohl Menschen in Ihrer Nähe gegeben haben, die nicht geschlafen haben.«

Silvester. Gegen Mitternacht. Patrick spürte, wie ihm erneut der Schweiß ausbrach. Ausgerechnet Silvester. Ausgerechnet diese Uhrzeit. Klar, da hatte es Menschen um ihn herum gegeben, die in zumindest halbwegs wachem Zustand gewesen waren: Jerzy, die Blondine mit dem verschmierten Lippenstift, den Cousin, der gerade noch mal dem Tod von der Schippe gesprungen war ... Nur konnte er von denen leider unmöglich etwas erzählen, ohne sich noch tiefer in die Scheiße zu reiten.

»Silvester waren meine Frau und ich auf einer Party. Fragen Sie sie. Wir waren die ganze Zeit zusammen.« Er spürte, dass seine Stimme zu versagen drohte. Graces enttäuschter Blick waberte wie ein Traumbild vor seinem inneren Auge. Er hätte sie beinahe geschlagen. Ihre Ehe war, scheinbar ohne dass er es gemerkt hatte, so kaputt gewesen, dass sie sich einen anderen gesucht hatte. Er konnte nur hoffen, dass es noch etwas in ihr gab, das sie dazu brachte, für ihn zu lügen. Hoffentlich zog sie nicht die falschen Schlüsse aus seinem angeblichen Besuch bei dem *Herzinfarktpatienten* – wenn doch, sah es finster für ihn aus.

-54-

Patrick saß auf der Pritsche in der Einzelzelle, die ihm zugewiesen worden war, und starrte die Wand an, auf der sich immer wieder Amys Foto wie ein Geisterbild zu manifestieren schien. Im Haus seiner Eltern und auch bei ihm gab es keine Aufnahmen mehr von ihr und bis die beiden Polizisten am ersten Weihnachtstag aufgetaucht waren, hatte jahrelang keiner mehr direkt über sie gesprochen.

Er wusste, dass das nicht richtig war. Er hatte Reportagen über verschwundene Menschen gesehen, von denen ihre Freunde und Familien voller Liebe sprachen. Deren Sachen in ihren Zimmern aufbewahrt wurden wie in einem Schrein. Es war ihm immer vorgekommen, als ob es in diesen Familien richtiger lief als bei ihnen. Gleichzeitig wusste er aber, dass es für sie keine Option gewesen wäre, so zu handeln. Er hatte die Gesichter seiner Eltern vor Augen, wie sie in der Zeit nach Amys Verschwinden ausgesehen hatten. Er wusste, dass seine Mutter damals praktisch immer geweint und sein Vater immer gearbeitet hatte und dass beide irgendwie den Spagat versuchten, diesen ganzen Kummer von ihm fernzuhalten. Er fühlte sich stets schlecht deswegen, suchte aber trotzdem nie das Gespräch. Direkte, ehrliche Diskussionen über Amys Verschwinden gab es bei ihnen einfach nicht. Natürlich, am Anfang, als noch die Polizei bei ihnen ein und aus ging und ständig Nachbarn da waren, um sich besorgt zu erkundigen, da wurde viel über sie gesprochen. Hoffnungsvoll.

Sie wird schon wieder auftauchen, sie wird ganz sicher wieder auftauchen, wir beten zu Gott, dass sie wieder auftaucht ...

Aber dieses Mantra war irgendwann verschwunden und mit ihm die Hoffnung. Und mit der Hoffnung waren nach und nach alle Gegenstände aus dem Haus verschwunden, die in irgendeiner Form an Amy erinnerten.

Mit achtzehn war Patrick fast fluchtartig von zu Hause ausgezogen, um aufs College zu gehen, doch er hatte Amys Geschichte mitgenommen, sogar bis in seine Ehe. Er hatte eine Fassade darum errichtet und sie mithilfe von Arbeit und scheinbarer Angepasstheit aufrechterhalten. Immer, wenn die Schuldgefühle Risse hinein gegraben hatten, hatte er sie mit Kokain und Lügen gekittet. Und jetzt erntete er, was er gesät hatte.

Patrick verscheuchte Amys Bild und all die anderen Bilder, die ihn zu übermannen drohten. Es war früher Abend geworden und um ihn herum war es ungewöhnlich still. Vermutlich waren die meisten Beamten schon nach Hause gegangen.

Ob McCarthy und Callahan schon mit Grace gesprochen hatten? Wenn sie die Wahrheit sagte war er geliefert. Er hatte den Polizisten sagen müssen, dass sie getrennt waren und allein schon das hatten die beiden aufgenommen, als sei es ein Teilgeständnis. Wahrscheinlich passte es genau in ihr Bild von ihm: Der Psychopath, dessen Leben mehr und mehr aus den Fugen geriet, der tötete, um damit zurechtzukommen und das Kartenhaus durch seine Morde nur noch mehr ins Wanken brachte.

Patrick wusste, dass er nichts getan hatte, dass ihm irgendwer die Morde unterschieben wollte. Irgendwer hatte sein Auto gestohlen, die Tatwaffen darin versteckt und es so deponiert, dass es irgendwann gefunden werden musste. Gleich nachdem die Polizei das erste Mal bei ihm aufgetaucht war, hatte er befürchtet, dass etwas nicht stimmte. Anstatt die Sache von Anfang an wirklich ernst zu nehmen, ließ er sich lieber von irgendeinem diffusen Gefühl der Bedrohung verrückt machen und vernebelte seinen Kopf mit Drogen.

Schließlich stand er auf und machte ein paar Schritte durch die winzige Zelle. Seine Glieder fühlten sich steif an und das grelle Licht hier drin, gepaart mit dem beginnenden Entzug, verursachte ihm Kopfschmerzen. Er fragte sich, wie es sich anfühlte, zu wissen, dass man Monate oder Jahre in einer solchen Zelle verbringen musste. Wie lange es dauerte, bis man wahnsinnig wurde.

Grace musste ihm einfach diesen letzten Gefallen tun. Sie musste.

-55-

Ein dumpfer Knall, gefolgt von schweren Schritten, ließ Brady aufschrecken. Sean hatte das Büro betreten und setzte sich auf seinen quietschenden Schreibtischstuhl.

»Morgen, McCarthy! Sag' nicht, du hast die Nacht hier verbracht?«

»Doch, sieht so aus.« Brady richtete sich auf und streckte sich. Seine Glieder schmerzten und seine Augenlider fühlten sich schwer an.

»Kein guter Ort zum Schlafen.«

»Wem sagst du das?« Brady ließ sich wieder auf seinen Stuhl sinken und rieb sich die Augen. »Hast du mit Grace Namara gesprochen?«

»Noch nicht.« Sean griff in einen Stoffbeutel und zog der Reihe nach Sandwiches und eine Thermoskanne daraus hervor. »Sie kommt gleich hierher.«

»Wird aber auch höchste Zeit, was?«

»Keine Hektik. Der gute Doktor kann ruhig ein bisschen in seiner Zelle schmoren. Schadet dem auch nicht.« Sean holte zwei Tassen aus dem Beutel und füllte sie mit Kaffee. »Trink was, du siehst ja scheußlich aus.«

»Danke gleichfalls.« Brady nahm einen Schluck und schüttelte sich. »Meine Güte, wer hat den denn gekocht?«

»Meine Frau.« Sean biss in ein Sandwich und kaute genüsslich.

Brady hatte sich noch nie Gedanken darüber gemacht, ob Sean verheiratet war oder nicht. Wenn er ehrlich war, dann hatte er dem Alten nicht zugetraut, jemanden ernsthaft an sich binden zu können. Wer es mit ihm aushielt, musste wirklich starke Nerven haben. »Ist ganz schön stark.«

»Nichts für Schwächlinge.« Kritisch begutachtete Sean das Flipchart. »Bist ja richtig begabt. Künstlerisch, mein ich.«

Brady warf ebenfalls einen Blick hinter sich. Er hatte gestern noch ein bisschen weiter an seiner Grafik gearbeitet. Verbindungen hergestellt, Verbindungen wieder getrennt, doch irgendwie passte Patrick Namara einfach nicht in den ganzen Fall. Egal wie Brady es drehte und wendete, irgendein Puzzleteil stand immer kantig ab und wollte sich nicht ins Bild fügen.

Das Telefon schrillte und holte ihn, wie so oft in den letzten Tagen, aus seinen Gedanken. Manchmal schreckte er nachts aus dem Schlaf hoch, weil ihn das Schellen des Telefons schon bis in seine Träume verfolgte.

»Detective McCarthy?«

»Ich bin's, Finn.«

»Oh, hey.« Brady gähnte. »Was gibt es?«

»Die DNA-Ergebnisse liegen vor.«

»Sag ihm, ich hatte *gestern* einen Bericht erwartet«, raunte Sean.

»Was mault der Alte da im Hintergrund?«

»Er wartet noch auf die Ergebnisse aus der Shamrock Lodge.«

»Sag ihm, ich bin kein D-Zug. Und sag ihm auch, dass die Körperflüssigkeiten aus dem Bett tatsächlich von unserem Opfer aus Bohernabreena stammen.«

Brady zeigte den erhobenen Daumen in Seans Richtung, dann konzentrierte er sich wieder auf das Gespräch mit Finn.

»Wie sieht es mit dem Badezimmer aus?«

»Verwischte Blutspuren soweit das Auge reicht.«

»Und was hat die Untersuchung von Namaras Wagen ergeben?«

»Von den Simmons befindet sich keine DNA im Auto. Dafür von Namara selbst, womit zweifelsfrei klar wäre, dass es sich um seinen Wagen handelt. Außerdem haben wir weibliche DNA gefunden.«

»Von Namaras Tochter und seiner Frau?«

»Vermutlich.«

»Keine fremde DNA, die auf einen anderen Täter schließen lässt?«

»Nein.«

»Wie sieht es mit Fingerabdrücken aus?«

»Doktor Namaras Abdrücke sind überall. Am Kindersitz und am hinteren Fenster befinden sich außerdem kleinere Abdrücke, vermutlich von der Tochter. Am Beifahrersitz haben wir auch eine Vielzahl davon gefunden. Die werden wir mit Namaras Frau abgleichen.«

»Und an den Waffen?«

»Nur das Blut des Erschlagenen, keine Fingerabdrücke. Der Täter trug, wie wir wissen, Handschuhe. Wir haben Pulverrückstände von Latexhandschuhen gefunden«

»Mal wieder.« Brady nickte. »Gut, noch was?«

»Oh ja.« Brady hörte Finn grinsen und konnte sein Pferdegebiss bildlich vor sich sehen. »Ich habe mir erlaubt, die DNA-Auswertungen der beiden Simmon-Jungen abzugleichen. Ich dachte, das wäre vielleicht in eurem Sinne – zur Identitätsklärung, versteht sich.«

»Gute Arbeit, Finn.«

»Tja und jetzt höre und staune: Die beiden sind gar keine Brüder.«

Brady brauchte einen Moment, um die Information zu verarbeiten. »... bist du sicher?«

»Ganz sicher. Durch die Genomanalyse lässt sich das ganz einfach herausfinden. Durchschnittlich stimmen die Erbanlagen von Geschwistern zu fünfzig Prozent überein. In manchen Fällen sind es fünfundzwanzig Prozent, manchmal auch fünfundsiebzig, aber du wirst es niemals finden, dass Geschwister derart unterschiedliches Erbgut haben, wie Toby und Nate.«

»Das bedeutet ...« Brady konnte seinen eigenen Gedanken nicht folgen.

»Das bedeutet, was ich eben schon sagte: Die beiden sind keine Geschwister.«

»Danke, Finn. Mailst du mir die Ergebnisse zu?«

»Sind schon unterwegs.«

Finn legte auf und ließ Brady mit dem Wust an Gedanken allein, die sich in seinem Kopf verknoteten und verschwammen, ohne dass er sie entwirren konnte. Was hatte das alles zu bedeuten? In welchem Zusammenhang standen die neuen Erkenntnisse mit den Tatsachen, die sie bis jetzt hatten?

»McCarthy?« Sean klopfte mit der Faust auf die Tischplatte. »Aufwachen, Ergebnisse mitteilen.«

»Oh, ja.« Brady streckte sich.

»Es hat sich was Neues bei den Simmons ergeben. Die beiden sind gar keine Brüder.«

»Ist nicht wahr.« Seans Begeisterung hielt sich in Grenzen.

»Doch, sie haben uns auf ganzer Linie betrogen. Wir wissen nichts über die beiden, null. Da muss man doch irgendwas machen können.«

»Theoretisch ja, aber die beiden haben nichts Verbotenes getan. Homosexualität ist seit dreiundneunzig legal.«

»Du meinst–«

Sean winkte ab und lachte. Es klang wie ein rauer, irischer Seewind.

Brady trank noch einen Schluck seines Kaffees und schob dann die Tasse von sich. »Ist ja widerlich. Also, wie gehen wir jetzt weiter vor?«

»Der Reihe nach, nur die Ruhe. Wenn du dir zu viele Gedanken auf einmal machst, dann verzettelst du dich und wenn du dich verzettelst, gehst du unter. Sollte Misses Namara Mister Namaras Alibi bestätigen, machen wir uns Gedanken, wie es weiter geht, und widmen uns noch mal den Nicht-Brüdern. Sollte sie nicht, dann wird der Haftrichter seiner Freilassung nicht zustimmen und wir haben genügend Zeit, um ihm die Tat vollständig nachzuweisen.«

»Wenn du das sagst.« Bradys Kopf dröhnte und er konnte keinen klaren Gedanken mehr fassen. »Ich brauche eine Pause. Bin an der frischen Luft.«

»Kein Problem.«

Als Brady das Zimmer verließ, konnte er aus dem Augenwinkel erkennen, dass Sean sich erhob, das Flipchart genauer betrachtete und die Verbindung zwischen Toby und Nate Simmon durchstrich.

-56-

Patrick hatte die ganze Nacht kein Auge zugetan. In der Zelle hatte die ganze Zeit über Licht gebrannt und in einem der Nebenräume hatte ein Teenager stundenlang geweint. Mittlerweile musste er seit mehr als achtzehn Stunden hier sein, was seines Wissens nach bedeutete, dass die gewöhnlichen sechs Stunden, die man auf einer Polizeiwache festgehalten werden durfte, zweimal durch den Superintendenten verlängert worden waren. Das hieß, dass es gute Gründe gab, ihn nicht gehen zu lassen. Er konnte nur hoffen, dass sie Grace einfach noch nicht erreicht hatten.

Patrick stand auf und sein Körper schien doppelt so schwer zu sein wie normalerweise. Seine Beine fühlten sich an, als hätte er stundenlang auf dem Laufband gestanden. Er hatte die ganze Nacht Krämpfe gehabt und jetzt tierischen Muskelkater. Noch nie hatte Patrick einen Kokainentzug ohne Tabletten durchgestanden und er hätte nicht gedacht, dass es so schlimm war. Zwar wusste er, dass die körperlichen Symptome nichts als Einbildung waren, doch seltsamerweise machte es das kein bisschen einfacher.

Automatisch tastete er seine Hosentaschen nach Zigaretten ab, doch er hatte natürlich keine. All seine persönlichen Gegenstände hatte er in eine graue Plastikkiste legen müssen, die man vor seinen Augen in einem Spind verschloss – inklusive seines Gürtels und seiner Schnürsenkel. Er blickte sich in der winzigen Zelle um und fragte sich, wie man sich hier anständig erhängen sollte. Die Neonröhre an der Decke zumindest sah nicht aus, als könne sie das Gewicht eines Menschen halten. Er fragte sich, ob sich hier dennoch schon mal jemand getötet hatte, und auf einmal wurde ihm klar, wie beklemmend es in diesem Raum war. Wie man sich fühlen musste, wenn man Tage oder Wochen in einer Zelle wie dieser drüben in Cloverhill verbrachte. Im Großen und Ganzen war die Untersuchungshaft vielleicht sogar schlimmer als die Haftstrafe nach einer Verurteilung, denn dann konnte man zumindest beginnen, die Tage zu zählen.

Er hörte den dumpfen Hall einer tiefen Männerstimme, dann Schritte auf dem Flur. Jemand näherte sich. Patrick wandte sich der Tür zu und tausend Gedanken rasten durch seinen Kopf. Vielleicht würde er jetzt dem Haftrichter vorgeführt werden. Eine reine Formsache, denn wenn man des Mordes bezichtigt wurde, hatte man kaum eine Chance, auf Kaution freigelassen zu werden.

Die Schritte verklangen abrupt, dann hörte er, wie aufgeschlossen wurde. Die Tür öffnete sich und er sah sich einem untersetzten Beamten gegenüber, der eine unleugbare Ähnlichkeit mit Chief Wiggum von dem Simpsons hatte.

»Patrick Namara? Sie können gehen.« Der Beamte klang gleichgültig. Seine Augen blieben, während er sprach, halb geschlossen.

»Wirklich?«

»Nee, ist ein Aprilscherz. Jetzt kommen Sie schon.«

So gut Patrick ohne Schnürsenkel konnte, folgte er dem Beamten. Auf dem Flur entdeckte er den sichtlich zerknirschten Callahan.

»Noch mal Glück gehabt, Namara. Ihre Frau hat Ihr Alibi bestätigt.«

-57-

»Das war's dann erstmal?« Brady blickte vom Schreibtisch auf und zu Sean, der an der geschlossenen Tür lehnte.

Kilian hatte den Kopf auf die Hände gestützt und wirkte deprimiert.

»Das war's dann erstmal. Er hat für beide Tatzeitpunkte ein Alibi. Das reicht dem Haftrichter, um seine Schuld anzuzweifeln«, erklärte Sean.

»Aber die Alibis kommen von seiner Familie!«

»Was ihn nicht schuldiger macht. Außerdem hat er sein Auto selbst als gestohlen gemeldet. Wäre er der Täter, wäre das reichlich blöde. Da hat der gute

Doktor schon recht. Und da wir auch keine verräterischen Fingerabdrücke an den Tatwaffen haben …«

»Wir stehen wieder bei Null, was?« Kilian hob den Kopf. Unter seinen Augen zeichneten sich dicke, schwarze Ränder ab.

»Ich weiß überhaupt nichts mehr.« Brady schloss die Augen und massierte seine Schläfen. Die erste Euphorie, die nach Namaras Verhaftung geherrscht hatte, war längst abgeklungen und einer alles umfassenden Müdigkeit gewichen.

»Machen wir den Rest des Tages frei.«

»Geht das denn?«, hörte er Kilian fragen.

»Wem nützt es, wenn ihr zusammenbrecht?«

Brady öffnete die Augen wieder. Die Vorstellung klang verlockend. »… gibt es denn nichts zu tun?«

»Was denn?« Sean zuckte mit den Achseln. »Wie Kilian schon sagt, wir stehen wieder ganz am Anfang.«

»Scheiße.«

»Geh nach Hause, McCarthy. Morgen sehen wir weiter.«

-58-

»Wenn du in Schwierigkeiten bist, dann verlange ich, dass du uns die Wahrheit sagst!«

Patrick hatte Jack lange nicht so aufgebracht erlebt. Die Stimme seines Vaters klang durch sein Handy verzerrt und schallte ihm so laut entgegen, dass sie ihm Kopfschmerzen verursachte.

»Ich bin nicht in Schwierigkeiten, Dad. Beruhig dich bitte.«

»Ich soll mich beruhigen? Du hättest mal das Gesicht deiner Mutter sehen sollen, als hier auf einmal die Polizei aufgetaucht ist! Weißt du, wie sie sich gefühlt hat? Kannst du dir das auch nur ansatzweise vorstellen?«

Patrick schloss die Augen und atmete durch. Er war froh, dass er das Gesicht seiner Mutter nicht gesehen hatte. So schlecht, wie es ihr bei ihrer letzten Begegnung gegangen war, konnte der Anblick nur schwer zu verkraften sein.

»Es tut mir leid. Das ist alles ein verdammt blöder Zufall, mehr nicht und ich verspreche dir, dass sich das aufklären wird.«

»Falls du doch in Schwierigkeiten bist, Junge …«

»Denkst du, dass ich diese Leute umgebracht habe?« Er klang vorwurfsvoller als er wollte und am anderen Ende der Leitung herrschte kurz Schweigen. Doch als Jack schließlich antwortete, dass er das natürlich nicht tue, glaubte Patrick ihm.

»Wir möchten einfach, dass es dir da drüben in Dublin gut geht. Verstehst du?«

»Ja. Das verstehe ich.« Patrick öffnete die Augen und sah aus dem Fenster. Der Taxifahrer raste über den Merchant's Quay und auf der rechten Seite zog die Liffey vorbei wie ein schmutziges braunes Band. »Macht euch keine Gedanken um mich, Dad.«

»Du hast alles im Griff, oder?«

»Wie immer. Und jetzt sieh zu, dass du Mum beruhigst.«

Patrick legte auf und ließ das Handy in seine Tasche gleiten. Es war ihm nicht schwergefallen, seinen Vater zu belügen, das war er gewöhnt. Was ihm hingegen schwerfiel war zu entscheiden, was er jetzt machen sollte, um wirklich alles in den Griff zu kriegen. Er hatte keine Ahnung, was er zuerst tun, wo er anfangen sollte, und der Entzug wurde stetig schlimmer. Er zog sein Handy wieder hervor und fing an, eine Liste zu machen, doch er schaffte es nicht, sie in eine sinnvolle Reihenfolge zu bringen.

Gleich nach seiner Entlassung hatte er versucht, Grace zu erreichen, doch sie hatte ihn weder zurückgerufen noch auf seine SMS geantwortet. Er wusste allerdings von Callahan, dass sie bei ihren Eltern in Inchicore wohnte. Heute war Dienstag, demnach hatte sie den Nachmittag frei. Er würde bei ihr beginnen – er musste einfach wissen, wie weit er sich auf sie verlassen konnte, damit man ihn nicht gleich wieder einbuchtete.

-59-

Die Anner Road war eine Querstraße voller Reihenhäuser mit teils begrünten, teils betonierten und zu Stellplätzen umfunktionierten Vorgärten. Bei schönem Wetter war die Gegend ganz annehmbar, ansonsten war sie so trostlos wie der Rest der Stadt. Patrick bezahlte den Fahrer mit dem letzten Bargeld, das er bei sich trug, dann zündete er sich eine Zigarette an und sah dem Taxi nach, wie es in Richtung City verschwand. Während er so dastand und ein paar hastige, tiefe Züge nahm, hatte er das Gefühl, aus dem Haus beobachtet zu werden. Er widerstand der Versuchung, sich umzudrehen und die Fenster nach einem neugierigen Augenpaar abzusuchen, rauchte die Zigarette bis zur Hälfte, ließ sie auf den Bürgersteig fallen und lief den schmalen Weg zum Haus hinauf.

Vor der Tür blieb er stehen und klingelte. Zuerst blieb alles still, aber schließlich hörte er, wie im Obergeschoss ein Fenster geöffnet wurde. Scheinbar ging es in Inchicore nicht gänzlich anders zu als in Dolphin's Barn.

Schritte hinter der dunkelblauen Eichentür, dann vernahm er die gedämpfte Stimme von Adam Oldmore, einem pensionierten Religionslehrer, dessen Tochter Grace offenbar nicht viel vom sechsten Gebot hielt.

»Mach dich vom Acker, Namara!«

So hatte er ihn seit seiner Hochzeit mit Grace nicht mehr genannt, also ging

Patrick davon aus, dass Adam wirklich sauer war. Er fragte sich allerdings, weshalb. Wer von ihnen beiden hatte sich denn mit Kindergärtner Cal vergnügt?

»Ich muss mit Grace sprechen. Es ist wirklich dringend.«

»Vergiss es!«

Vielleicht rührte sein Zorn ja gar nicht aus der Angelegenheit mit Cal. Vermutlich hatte er von Patricks Verhaftung gehört. Ihm wurde ganz anders bei der Vorstellung, dass Menschen, die er bis vor ein paar Tagen zu seiner Familie gezählt hatte, ihn nun womöglich für einen Mörder hielten.

»Jetzt komm schon, Adam!« Patrick fühlte sich hilflos. Am liebsten hätte er einfach die Tür eingetreten. »... Adam?«

Aus dem Haus kam keine Antwort mehr und Patrick legte gerade erneut den Finger auf die Klingel, als sich auf einmal die Tür öffnete und er in Graces Gesicht blickte. Den Ausdruck darin konnte er nicht deuten. War sie verärgert? Genervt? Oder doch irgendwie erleichtert? Grace ließ ihm keine Zeit, sich darüber klar zu werden. Sie kam aus dem Haus und zog die Tür hinter sich zu.

»Gehen wir ein paar Meter.«

»Willst du mich von Tammie fernhalten?«

»Sollte ich das denn?«

Er erwiderte ihren Blick, bis er ihm nicht mehr standhielt. Dann wandte er sich ab und ging los.

Grace folgte ihm und zog ihre Fleecejacke enger um die Schultern. Obwohl er selbst nur im Pullover war, fiel ihm erst jetzt auf, wie kühl es heute war.

»Also?« Grace blieb an der Ecke zur Goldenbridge Avenue stehen, am Zaun zu einem Vorgarten, der so dicht mit Palmen bepflanzt war, dass dahinter gut und gerne ein malerischer Südseestrand hätte liegen können.

Patrick zog seine Zigaretten aus der Hosentasche, drehte sich gegen den Wind und steckte sich eine an.

»Denkst du nicht, dass du mir eine Erklärung schuldig bist?« Er spürte, dass sie nur mühsam die Fassung wahrte. »Warum um alles in der Welt haben die dich festgenommen?«

»Ich hab keine Ahnung.«

Grace lachte fassungslos und auf ihren Wangen breiteten sich rote Flecken aus. »Du hast keine Ahnung?«

Er starrte den rissigen Asphalt an und nahm einen weiteren Zug von seiner Zigarette. Er wünschte sich, dass sie ihm einfach glaubte. »Ich weiß es wirklich nicht.«

»Aber wo du in der Silvesternacht warst, das weißt du doch wahrscheinlich?« In Graces Blick lag eine stille Befürchtung, die ihm ganz und gar nicht gefiel.

»Was denkst du, wo ich war? Diese Frau erschießen?«

»Wo warst du denn, wenn nicht diese Frau erschießen?«

»Bei dem Patienten mit dem Herzanfall, das weißt du doch!«

»Und wie heißt dieser Patient? Wo wohnt er?«

Er schüttelte nur den Kopf und sog an seiner Zigarette.

»Ich rede mit dir, Patrick! Wo warst du Silvester zwischen elf und eins? Wo warst du, als jemand mit unserem Auto–«

»Hör auf.« Entgegen seinen Erwartungen verstummte sie und wich einen winzigen Schritt zurück. Auch wenn sie ein Miststück war, tat es ihm weh, dass sie auf einmal Angst vor ihm zu haben schien. »Grace, ich ...« Er spürte, wie seine Stimme brach.

Sie verschränkte die Arme vor der Brust.

»Ich habe niemanden getötet, hörst du? Ich habe diese Menschen nicht einmal gekannt.«

»Dann erklär mir das alles. Sag mir, warum ich dich nicht mehr wiedererkenne.«

»Das werde ich. Wenn ich selbst weiß, was los ist. So lange musst du einfach zu mir halten, verstehst du?«

»Ich habe dir dieses Alibi gegeben und ich habe mich wirklich nicht gut dabei gefühlt. Mehr kannst du nicht erwarten. Eigentlich kannst du selbst das nicht erwarten, nach allem was war.«

»Nach allem was war? Wer ist denn verantwortlich für alles was war? Wer hat denn mit dem erstbesten Arbeitskollegen rumgehurt?«

Grace funkelte ihn zornig an. »Könntest du dich bitte zusammenreißen? Ich verstehe einfach nicht, was in letzter Zeit mit dir los ist.«

»Mit mir? Was ist mit *dir* los?«

Grace sah ihn lange an. Ihre Wut verflog sichtlich und Tränen füllten ihre Augen. »Mit mir ist gar nichts los, Pat. Nichts. Du bist derjenige, dem es nicht gut geht. Aber es ist wie immer: Anstatt, dass du mich an dich heran lässt, stößt du mich fort. Warum können wir nicht einmal offen miteinander sprechen?«

Patrick wusste nicht, was er sagen sollte. Er hatte nie gemerkt, dass sie auch nur ansatzweise eine Ahnung hatte, wie es in ihm aussah. Vor den Vorfällen der letzten Zeit hatte er sich stets bemüht, ihr den perfekten Ehemann vorzuspielen. Wenn sie die ganzen Jahre über gespürt hatte, dass er etwas vor ihr verbarg, war es nur noch verständlicher, wieso sie sich einen anderen gesucht hatte. Der Ehepartner sollte schließlich jemand sein, der einem so nah war wie man selbst. Vielleicht hatte sie sich danach gesehnt. Nach Nähe.

»Hast du mich deshalb betrogen?«

Die Tränen rannen jetzt wie Sturzbäche über Graces Wangen. Sie schüttelte heftig den Kopf. »Ich habe dich nicht betrogen. Seit wir uns kennen gelernt haben, haben mich andere Männer nicht mehr interessiert. Sonst wäre ich doch längst gegangen!«

»Wer weiß, vielleicht wolltest du das Haus behalten. Die Annehmlichkeiten. Dein bequemes Leben.«

»So denkst du also von mir?«

»Erklär mir, wie diese Schlüsselkarte in unser Haus gekommen ist.«

»Erklär du es mir doch! Du bist doch hier offenbar der mit den Geheimnissen.«

Patrick antwortete nicht. Er zog so heftig an seiner Zigarette, dass er die Hitze der Glut im Mund spürte. War es möglich, dass *er* diese Karte dort verloren hatte? Er durchforstete sein Gedächtnis, so gut es ihm in dieser Situation und in seinem Zustand möglich war, aber er war ewig in keinem Hotel mehr gewesen. Das letzte Mal gemeinsam mit Grace und Tammie. Nein, diese Karte konnte unmöglich von ihm kommen und er ging davon aus, dass sie das ganz genau wusste. Vielleicht wollte sie ihm jetzt auch noch einreden, dass er verrückt war. Vielleicht war das Teil ihres Spielchens, das sie trieb. Möglicherweise hatte sie sich in Cal verliebt, der aber nur Kindergärtner und nicht Arzt war. Grace wollte aber weder ihren Lebensstandard aufgeben noch das Sorgerecht für Tammie verlieren, also sorgte sie einfach dafür, dass er den Verstand verlor und als Mörder in den Knast wanderte ... Das ergab Sinn. Er hielt es nicht für wahrscheinlich, wollte es nicht für wahrscheinlich halten, aber es war möglich. Theoretisch konnte sie sich Weihnachten fortgeschlichen haben. Und Cal konnte in der Silvesternacht diese Frau erschossen haben. Aber die beiden waren noch nicht fertig mit ihm, deshalb gab sie ihm jetzt ein Alibi. Wer wusste, was als Nächstes kam. Patrick wurde schwindelig und sein Herz klopfte erbarmungslos gegen seine Brust. Er hatte sich doch nicht so in seiner eigenen Frau täuschen können, oder?

»Patrick?« Grace trat einen Schritt auf ihn zu. »Was ist mit dir? Du bist ganz bleich!«

Er spürte, wie ihm der Schweiß ausbrach, und wich nun selber zurück, um nichts Unüberlegtes zu tun. »Ich muss los«, hörte er sich selbst sagen.

»Was? Aber ...«

»Ich muss hier weg.« Er wandte sich ab und lief los, ohne genau zu wissen wohin. In seinem Kopf drehte sich alles und es fiel ihm in diesem Moment schwer, seiner eigenen Frau den Rücken zuzudrehen.

»Patrick! Warte doch!«

Er lief weiter und weiter durch das Labyrinth aus Reihenhäusern, hinter deren Türen scheinbar heile Familien scheinbar heile Leben führten. An einer Straßenecke, irgendwo Richtung Hilton und St. John's Road, ging ihm die Puste aus. Er wusste nicht, wie lange er gelaufen war, aber Graces Stimme war längst verklungen.

-60-

Als Patrick Malahide mit dem Bus erreichte, war es Abend geworden. Er fühlte sich zu unruhig, um nach Hause zu gehen, also zog er seine Jacke enger um die Schultern und lief runter zum Strand. Zwar hing sein Hirn kraftlos in seinem Schädel und verlangte mit Nachdruck nach Schlaf, doch sein Körper fühlte sich an, als habe man ihm einen Trichter in den Mund gesteckt und ihn von unten bis oben mit Ameisen angefüllt. Um diese beiden Empfindungen in Einklang zu bringen und ruhig schlafen zu können, brauchte er eine großzügige Line und zwei Diazepam, und er wusste, dass er zumindest Letzterem nicht würde widerstehen können, wenn er jetzt heimkehrte. Kokain hatte er nicht mehr, die letzten Reste hatte Sophie gestern Morgen vom Wohnzimmertisch gewischt.

Er fragte sich, ob sie noch da war. Er ließ den Blick über die entfernte Küstenlinie schweifen. In vielen Fenstern brannte Licht, doch sein eigenes Haus lag komplett im Dunklen. Vielleicht hatte sie endgültig ihre Sachen gepackt und war gegangen, nachdem er verhaftet worden war. Vermutlich hätte er ihr wenigstens Bescheid sagen sollen. Vielleicht hätte er auch Grace anrufen sollen, bevor sich die Polizei bei ihr meldete. Schließlich war sie immer noch seine Frau.

Aber es ist wie immer: Anstatt, dass du mich an dich heran lässt, stößt du mich fort.

Dieser Satz hatte ihn getroffen. Er hatte nicht gewusst, dass Grace diese gewisse Distanz zwischen ihnen klar war. Erst jetzt, im Nachhinein, fielen ihm einige Situationen ein, die ihn stutzig hätten machen müssen: Abende, an denen sie ihn immer und immer wieder gefragt hatte, ob es ihm gut ging. Bohrende Blicke, die er meist nur aus dem Augenwinkel wahrgenommen hatte. Vielleicht hatte sie seine Aufs und Abs von Anfang an mitbekommen. Wenn es so war, musste sie sich ständig um ihn gesorgt haben – und was hatte er getan? Mauern um sich herum errichtet. Wenn seine Verdächtigungen nicht bloß Hirngespinste waren, dann war es verständlich, dass sie irgendwann einen regelrechten Hass auf ihn entwickelt haben musste.

Er versuchte, seine Fantasie zu zügeln. Zwar musste er wohl oder übel in Betracht ziehen, dass Grace mit allem zu tun hatte, doch er durfte sich nicht wieder in etwas verrennen. Morgen früh, wenn er einigermaßen frisch und ausgeschlafen war, würde er ruhig und besonnen–

Patrick spürte, wie Wasser durch seine Schuhe drang und seine Socken durchnässte. Verwirrt stellte er fest, dass der Sand unter ihm sich in Matsch verwandelt hatte. Er blickte auf und erschrak. Die Flut hatte eingesetzt und an einigen Stellen war der Strand schon bis zu den Dünen überschwemmt. Wie hatte er nur dermaßen die Zeit vergessen können? Er drehte sich zum Ozean.

Das Wasser kam auf ihn zu, so schnell, dass er zuschauen konnte. In wenigen Minuten würde der gesamte Strand überspült sein. Patrick machte ein paar Schritte und merkte schon jetzt, dass er im Sand stecken blieb. Jedes Heben der Füße verursachte ein Schmatzen, als ob ihn etwas festhalten wollte und nur unwillig nachgab.

Er beschleunigte seine Schritte so gut es ging und stellte fest, dass das Wasser stetig anstieg, obwohl er sich Richtung Land bewegte. Das konnte nur bedeuten, dass er sich auf einer Sandbank befand. Er hatte von Spaziergängern gehört, meist Touristen, die in letzter Minute von solchen Sandbänken gerettet worden waren, weil das Wasser um sie herum zu hoch gestanden hatte, um zu Fuß zum Strand zurückzukehren.

Patrick versuchte, noch schneller weiter zu kommen, doch das Wasser leckte jetzt schon an seinen Knien und er drohte, seine Schuhe im Matsch zu verlieren. In der Ferne hörte er die Brandung an die Klippen schlagen und es klang nicht wie sonst, nicht beruhigend, nicht wie ein Geräusch, das man gern um sich hatte. Es hörte sich heimtückisch an.

Das Wasser erreichte Patricks Oberschenkel. Er versuchte, noch schneller voran zu kommen, strauchelte und fiel der Länge nach in die eisige, salzige Brühe. Das Wasser war so kalt, dass er einen Moment brauchte, um den Schock zu überwinden und sich zu orientieren. Er war sofort bis auf die Knochen durchnässt und als er sich wieder aufrichtete, fegte der Wind durch seine Kleider.

Patrick kämpfte sich weiter vorwärts, weiter in Richtung der rettenden Dünen, doch mit jedem Schritt wurde es beschwerlicher. Er blieb stehen und ließ das Wasser an sich zerren. Seine Lungen schienen einzufrieren. Als ob sein Körper ihm die ganze Zeit über einen blöden Streich gespielt hatte, spürte er plötzlich, wie fertig er war. Die Unruhe verflog und machte einer Erschöpfung Platz, die ihn in die Tiefe zu ziehen drohte. Und auf einmal wurde ihm bewusst, dass es möglich war. Dass er loslassen konnte. Es bedurfte dessen nicht viel. Er würde einfach nur aufhören müssen, gegen das Wasser, gegen die Schwere in seinen Beinen anzukämpfen. Einfach aufgeben und alles würde ein Ende haben. So leicht konnten die Dinge für ihn sein, wenn er es nur zuließ. Er spürte, wie sich mit jedem Vor- und Zurückwogen der Brandung etwas mehr Sand an seinen Schuhen festsetzte. Wie das Wasser, das immer noch stieg, seine Unterarme umspülte. Er musste sich noch nicht einmal rühren. Alles würde hier ganz von allein ein Ende finden.

Patrick schloss die Augen und Amys Foto, das sich bei dem Verhör unauslöschbar in sein Gehirn gebrannt zu haben schien, tauchte vor seinem inneren Auge auf. Er sah das Bild mit einer ungewohnten Klarheit, als schauten ihn Amys dunkle Augen tatsächlich an. Als seien sie durch undurchschaubare Kanäle auf einmal wieder verbunden.

Er fragte sich, ob es für Amy einen solchen Moment gegeben hatte. Einen

Moment der Entscheidung: Aufgeben oder weiterkämpfen. Er fragte sich, ob sie beschlossen hatte, zu kämpfen und wie es gewesen sein musste, als sie schließlich doch verloren hatte. Als sie schließlich doch erschlagen, erstochen, erwürgt oder auf welche grausame Art und Weise auch immer unwiederbringlich vernichtet worden war.

Empfindungen brandeten in ihm auf, die er längst vergessen zu haben glaubte. Er fühlte sich für Amy verraten, fühlte sich für sie wütend und machtlos und war für sie traurig. Gerade die Schuld, die ihn die meiste Zeit seines Lebens über wie ein Fels zu Boden zu drücken schien, trieb ihn nun an, die Dinge nicht einfach enden zu lassen. Er stellte sich vor, wie Amy um ihr Leben gekämpft hatte. Sie war erst sechs gewesen. Ihr Bild war immer noch da, schien ihn immer noch anzugucken. Und die Schuld brachte ihn dazu, sich vor ihr zu schämen, weil er hier im Wasser stand und drauf und dran war, gegen sein eigenes Leben zu kämpfen. Und die Scham brachte ihn dazu, sich in Bewegung zu setzen.

-61-

Seit sie hier herunter gebracht worden war, wünschte sich Amy, wieder in dem Zimmer zu sein. In dem Zimmer hatte es wenigstens ein Bett und ein Fenster gegeben. Hier gab es nur Gitter und Ketten und die meiste Zeit war es dunkel. So stellte sich Amy ein Gefängnis vor. Ihr tat alles weh und der Durst war wieder da. Durst und Heimweh fühlten sich ähnlich an, das hatte sie gelernt, seit sie hier war. Und sie wusste immer noch nicht, warum sie hier sein musste. Sie wusste, dass sie nicht ihren Namen oder ihre Familie vergessen würde, nur weil Mary sie in diesen Raum sperren ließ. Sie würde immer wissen wer sie war, immer. Sie würde zurück nach Hause kommen und immer noch ihren Namen wissen.

Auf einmal ging die Tür auf und Amys Herz setzte für ein paar Sekunden aus. Sie war genug bestraft worden. Douglas würde sie jetzt hier rausholen. Dann sah sie, dass es nicht der schwarze Mann war, sondern das andere Kind war. Der Junge. Er kam näher, blieb vor den Gittern stehen.

»Hallo Albia.«

»Ich heiße ...«

Mit der flachen Hand schlug er gegen die Stäbe. Das Rasseln tat in Amys Kopf weh.

»... kannst du mich losmachen? Bitte?«

Der Junge sagte nichts, aber er zog einen Schlüssel aus seiner Hosentasche und öffnete die Gittertür. Aufgeregt sah ihm Amy zu, wie er die Tür hinter sich schloss und näher kam. Vor ihr blieb er stehen. »Hallo Albia.«

Neue Tränen schossen ihr in die Augen. »Ich bin nicht Albia. Ich bin Amy. Ich ...« Ihre Stimme versagte, wurde wieder zu dem unheimlichen Krächzen, das nicht ihr selbst zu gehören schien. Der Junge achtete nicht darauf, dass sie weinte. Er schlug ihr ins Gesicht. Amys Kopf wurde zur Seite geschleudert und sie konnte nichts machen, außer noch mehr zu weinen.

»Bitte ...«, flüsterte sie.

»Wie ist dein Name?« Der Junge hörte sich an, als ob es ihm egal war, worum sie ihn bitten wollte.

»Amy.« Sie zog den Kopf zwischen die Schultern, versuchte sich wegzudrehen, aber ihre Zehenspitzen berührten nur ganz knapp den Boden und sie hatte keine Kraft, sich in den schweren Ketten zu bewegen. Eine zweite Ohrfeige traf ihr Gesicht.

»Dein Name ist Albia. Wie ist dein Name?«

Sie machte die Augen auf. Der Junge stand ganz dicht vor ihr, die Hand erhoben wie Mary, wenn sie etwas befahl. Er hatte ein nettes Gesicht und rote Wangen, aber seine Augen waren düster wie die von Douglas.

»Bitte, du musst mir helfen ... Meine Eltern machen sich Sorgen um mich ... Ich will doch nur nach–«

Er schlug sie noch einmal. Ihre Wange brannte wie Feuer, dann fühlte sie sich warm und nass an.

»Sag mir deinen Namen. Deinen richtigen Namen. Mutter will, dass du lernst, deinen richtigen Namen zu sagen.«

Amy biss sich auf die Lippen und sagte gar nichts. Sie musste so sehr schluchzen, dass ihr der ganze Körper davon wehtat. Sie wollte nicht diese scheußliche Albia sein, die lächelnd mit der Hexe und dem schwarzen Mann zu Mittag aß.

»Sag mir deinen Namen, Albia!« Der Junge schrie sie jetzt an. Amy glaubte, dass er verrückt war, genauso verrückt wie seine Eltern, und dass sie lieber gar nicht mehr mit ihm sprechen wollte. Sie wollte, dass er ging und dass Douglas kam. Douglas sagte nie etwas. Er tat ihr zwar weh, aber er schrie sie nicht an.

Der Junge verschwand aus ihrem Sichtfeld und sie hörte ihn irgendwas machen, irgendwo in der Nähe der Wand. Dann kam er zurück und was er in der Hand hielt, verwirrte Amy. Genau so eine Zange hatte ihr Dad zu Hause in seiner Garage. Ihr Anblick stach Amy ins Herz und ließ sie für einen kurzen Moment glauben, dass nun alles gut würde. Dass zu diesem winzigen Stück Zuhause weitere kommen würden, dass sie bald wieder dort wäre. Dann biss ihr die Zange in die Haut und sie glaubte gar nichts mehr.

Es dauerte ewig, bis der Schmerz nachließ und der Junge wieder zu sprechen begann. »Jedes Mal, wenn du das Wort „Amy" sagst, bedeutet das schlimme Schmerzen. Weißt du, wie schlimm Schmerzen sein können? Sie können so schlimm sein, dass du stirbst. Also hör auf, „Amy" zu sagen.«

»Aber ich bin *Amy«, schluchzte sie.*

Wieder biss die Zange zu, irgendwo in ihren Bauch, aber es tat überall weh. Sie dachte in letzter Sekunde daran, dass sie nicht schreien durfte und presste die Zähne aufeinander. Der Junge ließ locker und sie spürte seine kalte Hand an ihrer Wange. Sie zuckte zurück, aber er wischte ihr nur die Tränen und das Blut aus dem Gesicht. »Dann hör auf, „Amy" zu sein.«

Amy machte die Augen auf. »Bitte hilf mir«, wimmerte sie.

Der Junge schüttelte den Kopf und hob die Zange.

Mit ihrem ganzen Gewicht warf sich Amy in die Ketten, um dem Werkzeug auszuweichen, doch ihr Körper schwang nur ein winziges Stück nach hinten. »Ich bin Albia, mein Name ist Albia!«, schrie sie, ohne es wirklich zu wollen.

Der Junge rührte sich nicht. Eine ganze Zeit lang sah er sie nur an. Dann verschwand er wieder aus ihrem Gesichtsfeld und sie hörte ihn in der gleichen Ecke wie gerade herumklappern.

»Ich hab es doch gesagt.« Sie schloss die Augen. »Ich bin Albia, hörst du? Ich bin–«

Sie spürte etwas kaltes, glattes an ihren Lippen. »Trink«, sagte der Junge.

Überrascht öffnete Amy die Augen.

»Los, trink. Bevor noch jemand kommt.«

Amy öffnete den Mund und trank hastig das kalte Wasser. Es lief an ihrem Kinn runter und sie bemühte sich, vorsichtiger zu sein, damit ja kein Tropfen zu viel daneben ging.

»Danke«, flüsterte sie schließlich und versuchte den Jungen anzulächeln, aber der Junge lächelte nicht zurück.

-62-

»Mister Namara? Hören Sie mich?«

Er hatte die Augen geschlossen und spürte, wie das Meerwasser in die Polster unter ihm sickerte. Natürlich hörte er sie, aber er war außerstande, etwas zu erwidern. Den Weg aus der steigenden Flut nach Hause hatte er wie in Trance zurückgelegt. Nur langsam wurde ihm klar, was er beinahe getan hätte. Er hatte eine Tochter, verdammt noch mal. Sie zu enttäuschen war schlimm, es fühlte sich so ähnlich an wie damals, als es ihn in die Verzweiflung getrieben hatte, Amy enttäuscht zu haben.

Er erinnerte sich an einen Vorfall kurz nach ihrem Verschwinden. Damals war er fünfzehn gewesen und wie besessen von dem Gedanken, dass Amy sich lediglich in dem dichten Wald hinter ihrem Elternhaus verlaufen hatte. Dass sie noch dort war. Verängstigt und halb verhungert – dass ihr aber nichts zugestoßen war. Dass es, anders als die Polizei vermutete, immer noch einen Weg zurück nach Hause für sie gab, den sie alleine nur nicht fand.

Er steigerte sich so in diesen Gedanken hinein, dass er in einer schlaflosen Nacht aus dem Haus schlich und in den Wald lief, fest entschlossen, sie wiederzufinden. Stundenlang rannte er durch das Dickicht, sah sie in jedem Schatten kauern, schöpfte hundertmal neue Hoffnung und musste immer wieder feststellen, dass es nirgends eine Spur von ihr gab.

Irgendwann fand er sich völlig entkräftet auf dem Waldboden wieder, regennass und schmutzig, obwohl er den Regen vorher noch nicht einmal bemerkt hatte. Das Morgengrauen setzte bereits ein und auf einmal war er sich sicher, dass er den Weg zurück nach Hause ebenfalls nicht wiederfinden würde. Dass er sich für immer hier im Wald verlaufen hatte.

Vor seinem inneren Auge hatte er seine Eltern gesehen, die panisch nach ihm suchten, die alles noch einmal von vorne durchstehen und schließlich akzeptieren mussten, dass sie nun auch ihr zweites Kind verloren hatten. Er hatte die Vorstellung nicht ertragen. Er war nach Hause gerannt, hatte sich ins Haus geschlichen, ohne dass sie seinen Ausflug bemerkten, und sich geschworen, dass er ihnen niemals Kummer machen würde.

Er war ein mustergültiger Schüler, fast ein Streber geworden, danach ein hervorragender Student, hatte in der Blinddarmpatientin Grace Oldmore früh die richtige Frau gefunden und eine Familie gegründet. Er hatte alles getan, damit seine Eltern sich nie wieder sorgen mussten. Bis gestern hatte das funktioniert.

»Sie müssen aus den nassen Sachen raus, Mister Namara.« Sophie zerrte an seiner Jacke, dann packte sie ihn am Arm und versuchte, ihn in die Höhe zu ziehen. »Jetzt kommen Sie doch ...«

»Sophie?«

Sie hielt inne und er spürte ihren Blick auf sich ruhen.

»Ich habe es versaut.«

Sie hielt in der Bewegung inne, dann setzte sie sich neben ihn. »Was haben Sie versaut?«

»Alles. Ich habe alles falsch gemacht.«

»Was meinen Sie ...?« Noch immer blickte sie ihn an.

»Ich verliere meine Frau, mein Kind, meine Praxis ... Alles rinnt mir durch die Finger.«

Sophie sagte nichts. Ihre Blicke trafen sich, doch der Ausdruck in ihren Augen war undeutbar und linderte das schlechte Gefühl, das von ihm Besitz ergriffen hatte, nicht im Geringsten. Es hockte wie ein Dämon in seinen Eingeweiden und riss ihn von innen in Stücke.

»Haben Sie sich schon mal in etwas verrannt und einfach keinen Ausweg gesehen, Sophie?«

Sophie blickte ihn lange an, dann tat sie plötzlich etwas Überraschendes. Sie beugte sich zu ihm herüber und strich ihm das nasse Haar aus der Stirn. »Es gibt immer einen Ausweg. Sie müssen nur daran glauben. Und jetzt kommen Sie.«

Sie stand auf und versuchte erneut, ihn in die Höhe zu ziehen, doch er löste sich vorsichtig aus ihrem Griff.

»Ich kriege das schon allein hin. Danke.«

-63-

Sobald Bradys Kopf das Kissen berührt hatte, war er hellwach. Er zwang sich zur Ruhe, wälzte sich von einer Seite auf die andere, aber die Geschehnisse wollten ihn nicht loslassen. Er konnte einfach keinen Schlaf finden. Immer wieder ertappte er sich dabei, wie er mit offenen Augen in die Dunkelheit stierte und den Fall durchging. Zwischendurch nickte er ein, nur um nach wenigen Minuten aufzuschrecken und die Fakten erneut durchzukauen. Egal wie sehr er sich zwang sind nicht zu bewegen, es juckte ihn am ganzen Körper. Ihm war heiß und kalt gleichzeitig und Unruhe durchzuckte ihn wie Elektroschocks.

Es half nichts. Brady schlug die Decke zur Seite, stand auf und ging auf die Toilette. Danach würde er sich noch einen letzten Schlafversuch gönnen – sollte dieser wieder missglücken, dann würde er einfach aufstehen. Aufstehen und was machen? Das könnte er sich immer noch dann überlegen.

Die Toilettenspülung war laut und machte ihn endgültig wach. Resignierend schlurfte er in die Küche und setzte Kaffee auf. Die Digitaluhr am Herd zeigte an, dass es kurz nach zwölf war. Die halbe Nacht lag noch vor ihm und er langweilte sich jetzt schon. Vielleicht sollte er Chloe anrufen? Sie würde sich sicher bedanken, wenn er sie um diese Uhrzeit weckte, doch irgendwie spürte er ein tiefes Verlangen nach ihr. Den letzten Kontakt zu der Reporterin hatte er gehabt, als er ihr die retuschierten Fotos der beiden Opfer für die öffentliche Zeugensuche hatte zukommen lassen. Sie hatte auf seine Mail mit einem knappen *Danke* geantwortet. Mehr nicht.

Er wartete, bis die Kaffeemaschine durchgelaufen war und hoffte auf eine plötzliche Schlafattacke. Aber nichts geschah. Sein Kreislauf kam von Sekunde zu Sekunde mehr in Schwung und nachdem er den heißen Kaffee getrunken hatte, fühlte er sich so belebt, dass er am liebsten zum Training gegangen wäre. Er ließ es viel zu sehr schleifen und fühlte sich, als könne er seinen Muskeln beim Verfallen zusehen.

Also schön, was nun? Ein paar Liegestütze? Brady ließ sich auf den Boden nieder und drückte sich ein paar Mal in die Höhe. Dann fiel sein Blick aus dem Fenster in die tiefe Nacht und er kam sich albern dabei vor, seinen Körper zu stählen, während alle anderen schliefen.

Unruhig tappte er zurück ins Schlafzimmer und zog sich an. Ein nächtlicher Spaziergang durch die beleuchteten Gassen von Temple Bar würde ihn sicher ablenken.

Die meisten Pubs hatten um diese Zeit längst geschlossen oder kündigten die letzte Runde an. Vor den wenigen Lokalen, die eine Sonderlizenz beantragt hatten, drängten sich nun zahlreiche Feierwütige und versuchten irgendwie am Bouncer vorbei ins überfüllte Innere zu kommen. Das Stimmengewirr und die laute Musik der Straßenmusiker taten Brady gut. So konnte er sich wenigstens nicht auf das Chaos in seinem Kopf konzentrieren.

Er steuerte eine Seitenstraße an, in der sich die Menschenmenge in Maßen hielt. Hier befand sich seine Stammkneipe, in der er auch um diese Uhrzeit noch ein Pint bekommen würde. Brady begrüßte den dicklichen Bouncer, der mehr Ähnlichkeit mit einem Maskottchen als mit einem richtigen Türsteher hatte, und ging direkt auf die Bar zu.

»Marty!«

»Brady!« Der Barkeeper beugte sich über die biernasse Theke und klopfte ihm auf die Schulter. »Ein Murphy's?«

»Gerne, und eins für dich.« Brady schaute sich nach einem freien Barhokker um. Zu seinem Glück beschloss ein Pärchen gerade, den Heimweg anzutreten. Der junge Mann versuchte, seine betrunkene Freundin nach draußen zu befördern, was ihn alle Mühe kostete. Offenbar wollte das Mädchen noch weiterfeiern. Sie protestierte lautstark, hatte gegen ihren drahtigen Freund jedoch keine Chance.

Marty sah amüsiert zu den beiden herüber. »Carol und Michael. Die sind ständig hier und jedes zweite Mal gehen sie streitend.«

Brady setzte sich an die Bar und Marty stellte ihm sein Bier hin. Die Musik machte es unmöglich, über die Theke hinweg ein anständiges Gespräch zu führen und Brady war froh darüber. Ihm war nicht nach Reden. Er ließ den Blick durch das Lokal schweifen und dachte an Chloe. Wenn er sie jetzt anrief, würde sie ihn vermutlich für einen Stalker halten, einen durchgeknallten, obsessiven Bullen. Wenn er ihr jedoch eine SMS schrieb, konnte sie ihm zwanglos am nächsten Morgen antworten.

Es bedurfte noch eines weiteren Glases, bis er die Nachricht fertig hatte. Er hoffte, dass sie unverfänglich und interessiert zugleich wirkte, ohne dass sich Chloe zu irgendetwas gedrängt fühlte. Kompliziert. Brady las sein Meisterwerk noch einmal durch.

Hallo Chloe, hier ist Brady.
Lust dich mal wieder mit mir
zu treffen? Auch ohne
Informationsaustausch? Brady.

Beim zweiten Mal lesen klang die SMS nicht halb so gut, wie er es beim Schreiben gedacht hatte. Die Sätze waren belanglos. Er sollte es erneut versuchen.

»Brady?«

Ertappt fuhr er herum, darauf gefasst, Chloe zu entdecken, die ihm die ganze Zeit über die Schulter geschaut hatte. Doch vor ihm standen nur Lacey O'Malley und ihr Mann Stephen.

»Hey, ihr zwei.« Er lächelte schief.

»Du hier und nicht im Dezernat?« Lacey setzte sich auf den freien Hocker neben ihm und Stephen zog sich einen weiteren heran.

»Ja.«

»Ich dachte, ihr müsst durcharbeiten. Glück gehabt.«

»Es gibt nichts durchzuarbeiten.« Brady griff nach seinem Glas und leerte es.

»Warum so mürrisch?« Lacey orderte drei Cider. Als sie sich wieder umdrehte, zuckte Brady mit den Schultern.

»Aach ...«

»Jetzt sag' schon, was bedrückt dich?«

»Der ganze beschissene Fall.«

»Pass auf, dass du nicht wie Sean endest.« Lacey lachte und nahm die Getränke entgegen. Stephen bezahlte stumm und setzte sich dann wieder.

»Ich werde noch schlimmer. Danke.« Brady nahm das Cider-Glas und trank einen Schluck. Er konnte dem süßen Getränk nicht viel abgewinnen, aber Lacey schien, genau wie Chloe und wahrscheinlich jede andere Irin auch, süchtig danach zu sein.

»Ich meine es ernst. Damals, bevor Amy Namara verschwunden ist, war er wie du. Nicht zu bremsen, immer mit dem Kopf durch die Wand.«

»Das wusste ich gar nicht.«

»Wie auch? Du warst damals noch nicht bei uns. Und ich hatte auch gerade erst angefangen. Jedenfalls wurde der Namara-Fall Sean zugeteilt.«

»Ach nee.« Brady musste unwillkürlich grinsen und auch Lacey konnte sich ein erneutes Lachen nicht verkneifen.

Nur Stephen blieb ernst. Er legte einen Arm um die Schultern seiner Frau und lauschte dem Gespräch schweigend. Brady mochte Stephen. Er hatte ihn schon einige Male getroffen und war von der ausgeglichenen und ruhigen Art des Hünen jedes Mal überrascht gewesen. Stephen wirkte, als hätte er ständig alles im Griff, auch wenn er mit den Gedanken ganz woanders schien.

»Hättest du nicht gedacht, was? Auf jeden Fall ...« Lacey bemühte sich um mehr Ernsthaftigkeit. »Auf jeden Fall hat er sich geschworen, die Kleine lebend zu finden. Aber mit jedem Tag, der verstrichen war, hat sich irgendwas in Sean geändert. Zuerst hatte er ständig eine neue Theorie, einen neuen Verdächtigen. Er hat sich auf alles gestürzt wie ein Raubtier, so entschlossen war er, die Kleine zu finden. Aber dann, mit den Jahren ...«

Stephen zuckte mit den Schultern, als wolle er die Ratlosigkeit seiner Frau unterstützen.

»Du siehst ja selber, was aus Sean geworden ist.«

Brady verzog das Gesicht. »Scheiß Geschichte.«

»Nicht wirklich unterhaltsam, das stimmt.«

Brady nickte nachdenklich. Erst jetzt fiel ihm auf, wie wenig er über seinen Partner wusste. Er kannte seinen Namen und sein Alter, er wusste, wo er wohnte und mittlerweile auch, dass er eine Frau hatte. Da hörte es dann aber auch schon auf. Er wusste so gut wie gar nichts über die Privatperson Sean Callahan und hatte sich bisher jede Mühe gegeben, dass es bei ihrem unpersönlichen Arbeitsverhältnis blieb. Mit Sean hatte er nie in einem Pub gesessen und ein Bier getrunken. Er hatte nicht einmal seine Mittagspause freiwillig mit ihm verbracht. Dass sein Verhalten mehr als kindisch war, wurde ihm erst jetzt bewusst.

Lacey prostete sich mit Stephen zu und Brady bestellte eine neue Runde. Er würde sich morgen noch genug über sein infantiles Benehmen aufregen können.

-64-

Als Brady sich auf den Heimweg machte, dämmerte es bereits. Zuletzt hatte er mit Lacey und Stephen am Ufer der Liffey gesessen, doch irgendwann hatte ihn doch noch die Müdigkeit eingeholt und er war nach Hause geschwankt. Er bog gerade in die Dorset Street ein und konnte sein Wohnhaus schon sehen, als sein Handy schellte. Der blecherne Laut durchdrang die Stille wie typisch irische Polizeisirenen. Brady fuhr zusammen. Er konnte es nicht mehr hören. Wenn der Fall endlich abgeschlossen war, dann würde er erst einmal Urlaub machen. Irgendwo auf einer einsamen Insel, fernab von Mobiltelefonen, Computern und anderen Kommunikationsmitteln.

»Brady McCarthy …?« Er erschrak darüber, wie stark er lallte.

»Mister McCarthy, Sie müssen mir helfen«, wisperte eine Stimme, die ihm seltsam bekannt vorkam. »Mein Bruder hält mich hier fest, ich will nicht auch noch sterben!«

Sein alkoholbenebeltes Gehirn brauchte eine Weile bis es verstand.

»… Toby Simmon? Bist du es?«

»Meine Eltern sind schon tot, ich will nicht auch noch getötet werden. Bitte, helfen Sie mir!« Die Panik, die in Tobys Stimme mitschwang, ließ sie höher klingen, doch es bestand kein Zweifel. Brady hatte gerade Nate Simmons vermeintlichen Bruder dran, der offenbar in höchster Gefahr schwebte.

»Ganz ruhig, ganz ruhig. Wo bist du?«

»Auf der Farm! Nate hat mich wieder hergeschafft! Ich wollte zur Polizei gehen, ich habe versucht ihn zu überreden, aber er hat mir gar nicht zugehört. Er ist total wütend geworden und ...«

»Ich mache mich sofort auf den Weg.« Brady schaute sich nach einem Taxi um, aber die Straße war wie leer gefegt. Er entschied sich gegen die Vernunft und dafür, seinen Wagen zu nehmen, und hastete auf die gegenüberliegende Straßenseite. »Ich bin unterwegs, Toby. Aber du musst mir ein paar Informationen geben, okay?«

»Okay ...« Toby atmete zitternd ein.

»Wo bist du genau?«

»Oben! Nate hatte alle Türen verriegelt, die Fenster vernagelt ... Er glaubt, er kann uns so retten, aber ich ... « Ein Schluchzen zwang ihn dazu, abzubrechen.

Brady versuchte, den Schlüssel ins Wagenschloss zu bekommen, aber er wollte einfach nicht passen. Nicht nur, dass er das Schloss doppelt sah, er schien zu allem Übel auch noch drei Autoschlüssel in der Hand zu halten. Er dachte einen Moment nach.

»Mister ...? Sind Sie noch da?«

»Bin ich ... Gut, also ...« Brady atmete durch. Dieser verfluchte Alkohol ließ ihn einfach keinen klaren Gedanken fassen. »Ich werde ... Kannst du mir sagen, ob ihr zwei alleine im Haus seid?«

»Ja, unsere Eltern sind tot, das sagte ich doch!« Toby drohte, hysterisch zu werden. »Sie sind tot und ich bin der Nächste!«

»Deine Eltern?« Trotz des Alkohols schaltete Brady prompt. »Wie heißen deine Eltern?«

»Ma... Mary und Douglas. Bitte, Mister, Sie müssen herkommen!«

»Das werde ich.« Brady startete noch einen Versuch, den Wagen zu öffnen. Als dieser missglückte, rannte er los. Er wusste, dass Sean nur ein paar Straßen von ihm entfernt wohnte, und hoffte, dass er den Weg dorthin auch betrunken finden würde. »Du bleibst einfach am Telefon, bis wir da sind, in Ordnung?«

»Ist gut ...«

»Ist Nate in deiner Nähe?« Bradys Stimme klang keuchend, der Spurt setzte seinen Lungen mehr zu, als er gedacht hatte.

»... ich liege in meinem Zimmer. Nate ist völlig durchgeknallt! Er ist unten und nagelt irgendetwas zusammen.« Brady hörte das Quietschen von Bettfedern. »Glaube ich ...«

»Was machst du? Nein, bleib liegen!«

»Das Hämmern hat aufgehört. Ich kann nachsehen, wenn Sie wollen ...« Offenbar behagte Toby diese Vorstellung gar nicht.

»Bleib einfach, wo du bist!«

»Ist gut.« Erneut das Quietschen des Bettes.

»Ist Nate bewaffnet? Weißt du das?«

»Er schläft neuerdings mit einem Jagdgewehr neben sich. Sind Sie schon unterwegs?«

Brady gab noch ein bisschen mehr Gas und bog um eine Ecke. »Ein Gewehr sagst du? Ein geladenes?«

»Glaube schon ... Sind Sie bald da? Ich glaube er kommt hoch!«

Brady hörte ein Rascheln aus der Leitung dringen.

»Toby?«

»Sssh ...« Jetzt konnte er den Jungen nur noch wie durch Watte hören. Brady rannte noch schneller und wäre fast an Seans Hausnummer vorbeigelaufen. Es war ein kleines Einfamilienhaus mit weißen Gardinen und einem gepflegten Vorgarten. Brady hätte bei Sean eher damit gerechnet, dass er ein dunkles Apartment unter dem Dach bewohnte. Mit großen Schritten hastete er über die Wiese und drückte die Klingel.

»*Toby? Was zur Hölle tust du da?*«, schallte es aus dem Handy. Nate.

»Ich...«

»Toby?« Brady schellte noch einmal, dann noch mal. »Komm schon Sean, komm schon ...«

»*Du sollst die Finger vom Handy lassen! Wen hast du angerufen?*«

Die Tür öffnete sich und Sean hielt Brady eine Pistole an die Stirn. »Du? Was suchst du so spät hier?«

Nahezu zeitgleich hörte Brady ein lautes Scheppern, dann wurde die Verbindung unterbrochen.

»Wir müssen zur Schaf-Farm! Nate droht jetzt auch noch Toby umzubringen!«

-65-

Sean raste über die einsamen Landstraßen nach Brittas und rief dabei Verstärkung. Brady versuchte unterdes vergeblich, Toby Simmon wieder ans Telefon zu bekommen. Zuerst hatte er zweimal das Freizeichen gehört, dann war die Verbindung unterbrochen worden und nun kam er gar nicht mehr zu dem Jungen durch. Er konnte sich bildlich vorstellen, was Nate Toby anzutun vermochte und es waren nicht gerade angenehme Bilder.

»Kannst du nicht schneller fahren?«

Sean gab die letzten Anweisungen über Funk durch und trat dann noch mehr aufs Gas.

Brady konzentrierte sich auf den Sonnenstreifen vor sich am Horizont. Wenn sie Glück hatten, hatte Toby eine gute Ausrede für seinen Anruf gefunden, Nate beschwichtigt und lag nun seelenruhig im Bett.

»Du wartest gleich draußen«, bemerkte Sean mit einem Seitenblick zu Brady.

»Nein, wieso?«

»Du bist betrunken. Ich gehe da kein Risiko ein.« Sean klang, als würde er keine Widerworte zulassen. Doch Brady war nicht gewillt, einfach zuzusehen. Toby hatte *ihn* angerufen und er war es ihm schuldig, ihm zu helfen.

»… dass du alleine in das Haus eines Schwerbewaffneten gehst, ist *nicht* gefährlich?«

»Ich habe Erfahrungen, die meine Sinne geschärft haben.«

»So ein Blödsinn.« Brady wandte sich trotzig ab und starrte aus dem Fenster. »Ich lasse dich sicher nicht alleine reingehen.«

Sean schwieg und Brady wertete dieses Schweigen als Zugeständnis, auch wenn er sich nicht vorstellen konnte, dass der Alte sich so schnell geschlagen gab.

Die Farm lag gespenstisch vor ihnen. Vom Wald her war Nebel aufgezogen, hatte die Wiesen überflutet und hüllte nun das Gebäude in einen dunstigen Schleier. Alle Fenster und Türen waren vernagelt und der Himmel hing tief über dem bemoosten Dach.

»Es gibt noch eine Hintertür«, flüsterte Brady. Die Kälte und das Adrenalin hatten ihn halbwegs nüchtern werden lassen und er hatte nicht mehr das Gefühl, sich und sein Können maßlos zu überschätzen. Langsam aber sicher fühlte er sich wieder als Herr seiner Sinne und dieses Gefühl beruhigte ihn. Er deutete Sean, ihm zu folgen. Dieser zog seine Waffe und sicherte sie beide ab, während sie um die Ecke schlichen. Seine eigenen hektischen Atemzüge und das rasselnde Luftholen seines Partners klangen übernatürlich laut in seinen Ohren.

Erst jetzt fiel es ihm auf: Es war totenstill hier draußen. Die Vögel sangen nicht in Anbetracht der aufgehenden Sonne und nicht einmal der Wind war in den Bäumen zu hören. Brady konnte nur hoffen, dass die beklemmende Stille kein schlechtes Omen war.

Er stieß sich von der Wand ab und spähte um die Ecke. »Die Hintertür steht auf!«

»Wir gehen rein. Bleib hinter mir.« Nun war es Sean, der vorging und sich langsam an die offene Tür heranpirschte. Zwischendurch hielten sie immer wieder inne und lauschten. Doch das Haus schien verlassen zu sein. Und noch etwas fiel Brady auf: Von dem schrottreifen Pick-up war weit und breit nichts zu sehen. Toby hatte gesagt, dass Nate ihn hergebracht hatte. Womit, wenn nicht mit dem Auto?

Brady und Sean positionierten sich links und rechts neben der Tür.

»Nate und Toby Simmon? Kommen Sie bitte aus dem Haus, hier spricht die Polizei!« Auch wenn Sean nicht schrie, war seine Stimme schneidend laut.

Brady kam sich nutzlos und schutzlos vor. Die Situation hatte ihn überrumpelt. Nun stand er ohne Waffe, in völliger Dunkelheit, übernächtigt und angetrunken vor dem mysteriösen Landhaus eines mutmaßlichen Serienmörders. Seine Hände zitterten und das Herz schlug ihm bis zum Hals. Glücklicherweise behielt Sean einen kühlen Kopf. Mit einem kurzen Blick sicherte er sich nach hinten ab, dann huschte er mit einer Behändigkeit ins Haus, die Brady ihm gar nicht zugetraut hätte.

Er lief Sean nach und es dauerte einen Augenblick, bis sich seine Augen an die Dunkelheit gewöhnt hatten. Dann eilte er die Treppe hinauf, ohne auf irgendwelche Sicherheitsvorkehrungen zu achten. »Komm. Toby sagte, er sei oben!«

Sean sog die Luft ein und folgte seinem Kollegen. »McCarthy! Du hast nicht mal eine Waffe!«

Brady eilte die Stufen hoch und blieb in der ersten Zimmertür stehen. Erschrocken starrte er den dunklen Blutfleck an, der sich auf dem Bett gebildet hatte.

»Großer Gott!« Sean schob seinen Kollegen zur Seite und trat ins Zimmer. »Wo ist der Junge?«

Brady war noch immer unfähig, den Blick von der riesigen Blutlache abzuwenden.

»McCarthy! Wo ist der Junge?« Sean war vor ihn getreten und rüttelte an seinen Schultern.

»Ich ...« Brady hatte sich gefangen und löste sich aus Seans Griff. »Vielleicht sind sie zusammen abgehauen oder ...« Er drehte sich um die eigene Achse und ließ die Augen durch das spartanisch eingerichtete Zimmer schweifen. Die Modellflugzeuge, die von der Decke hingen, wehten im seichten Luftzug. Einige Flieger aus dem Regal waren heruntergefallen und blutverschmiert. Auch auf dem Boden waren Blutstropfen zu sehen, die zum Schreibtisch führten. Und dann entdeckte Brady ihn: Unter der Tischplatte, halb hinter dem Schreibtischstuhl versteckt, kauerte der blonde Simmon-Junge.

»Toby!«

Seine Augenlider waren nur halb geöffnet und an seinem Haaransatz prangte eine tiefe Wunde.

Brady hastete zu ihm. »Einen Arzt, schnell!«

Sean hatte bereits sein Handy gezogen und war in den Flur gegangen.

Brady hockte sich auf den Boden und schob den Schreibtischstuhl zur Seite. »Es wird jetzt alles gut ... Der Krankenwagen ist unterwegs.«

Toby zuckte zusammen und schien ihn nicht zu erkennen. Er wich zurück wie ein verwundetes Tier und presste beide Hände gegen die Verletzung. Seine Augen wanderten unstet hin und her. Brady fiel sofort auf, dass seine Pupillen unterschiedlich groß waren.

»Nein, keine Angst ... Bleib ganz ruhig ...« Brady berührte den Jungen am

Arm, was diesen zu einem erschrockenen Schrei veranlasste. »Ist schon gut, ist schon gut, ich bleibe hier, siehst du?«

»McCarthy, ich muss runter! Hier oben habe ich keinen Empfang!«

»Ist gut.«

»Frag, ob Nate noch im Haus ist!« Seans schwere Schritte waren auf der Treppe zu hören.

»Ist gut …«, murmelte Brady wieder und wandte sich erneut dem Verletzten zu, auch wenn er bezweifelte, dass dieser ihm eine Antwort geben würde. »Toby? Ist dein Bruder noch im Haus? Ist Nate noch hier?«

Toby blickte ihn an, dann rang er röchelnd nach Luft und sank leblos zur Seite.

»Scheiße, nein!« Mit einem Satz war Brady bei ihm. Erst jetzt erkannte er, dass aus der tiefen Schädelwunde nicht nur Blut, sondern auch Hirnmasse austrat. Brady kämpfte einen Moment gegen die Übelkeit, dann versuchte er, sich an die zahlreichen Erste-Hilfe-Kurse zu erinnern, die er absolviert hatte. Er überprüfte die Atmung und stellte zu seiner Erleichterung fest, dass sie sehr schwach, aber regelmäßig war. Vorsichtig lagerte er den Oberkörper des Jungen hoch und sah sich nach etwas um, womit er die Wunde steril und locker abdecken konnte, doch er fand nichts.

»Sean! Der Rettungsdienst muss sich beeilen, am besten schicken sie einen Hubschrauber!« Brady überprüfte erneut die Atmung. Seine Hände zitterten und er spürte, dass ihm heiße Tränen über die Wangen rannen.

-66-

Am nächsten Morgen fühlte sich Patrick wie gerädert. Er brauchte drei Anläufe, um überhaupt aus dem Bett zu kommen und eine Ewigkeit, um sein Handy aus seinen Kleidern zu fummeln, nur um dann festzustellen, dass es den Ausflug ins Salzwasser nicht überlebt hatte. Er wankte ins Arbeitszimmer und ließ sich auf den Schreibtischstuhl sinken. Ihm war heiß und kalt zugleich, vermutlich hatte er Fieber. Fahrig nahm er das Telefon von der Station und wählte Jerzys Nummer, die er längst auswendig kannte. Er musste sich unbedingt in Fahrt bringen, wenn er nicht noch einen Tag sinnlos vergeuden wollte.

Patrick bat den Dealer, bei ihm vorbeizukommen, weil er wusste, dass er den Weg nach Dolphin's Barn in diesem Zustand nicht schaffen würde. Er hätte Sophie bitten können, ihn zu fahren, aber ein solcher Mistkerl war er dann doch wieder nicht. Er legte das Telefon weg und zog sich frische Sachen über, dann öffnete er die Tür zum Korridor. Unten hörte er das Klappern von Computertasten. Er wusste, dass Sophie zum Surfen stets hier herüber kam, da der Empfang im Gartenhaus miserabel war. Im Moment wäre er allerdings deutlich lieber allein gewesen. Er vernahm, wie sie zu tippen aufhörte, dann quietschte das Sofa, als sie aufstand. Patrick wich ins Schlafzimmer zurück und kam sich im nächsten Moment albern dabei vor.

»Mister Namara?« Sie war in die Diele gekommen und flüsterte mehr, als dass sie rief.

»Ich erwarte jemanden, Sophie. Wenn es klingelt, lassen Sie ihn bitte einfach herein.«

»Okay. ... die Polizei oder –«

Patrick schloss die Tür und ging zurück ins Arbeitszimmer. Vielleicht war sein Ansatz in der Nacht von Sonntag auf Montag gar nicht so verkehrt gewesen und er musste einfach dort weitermachen, wo er, wenn auch unwissentlich, aufgehört hatte.

Er drehte die Heizung auf und setzte sich an Graces Schreibtisch. Sie hatte ihr Netbook noch nicht abgeholt und er hatte nicht das Gefühl, dass er seine Tastatur würde reinigen können, ohne sich ein weiteres Mal darüber zu übergeben. Er fuhr den Computer hoch und der andere Patrick, der Familienvater, bei dem alles halbwegs gut lief, lächelte ihm gewinnend entgegen. Er ignorierte das Foto so gut er konnte und überlegte, womit er beginnen sollte. Er wusste, dass seine Schwester tot war und er wusste, wo sie begraben worden war. Er wusste, dass an diesem Ort ein bärtiger Kerl getötet worden war, der vorher allem Anschein nach Amys Sachen in den River Camac entsorgt hatte. Er wusste, dass ebenfalls eine Frau ermordet worden war, vermutlich von der gleichen Person, die auch den Mann erledigt hatte. Soweit hatten die Polizisten recht: Es musste jemand sein, der herausgefunden hatte, was für Monstren diese beiden Menschen waren, und bereit dazu gewesen war, ihnen die gerechte Strafe zuteil werden zu lassen. Doch Patrick traute weder Jack noch seiner Mutter diese Taten zu, und außer ihnen Dreien gab es niemanden, der ein Interesse an Amy haben konnte. Also war es wahrscheinlich, dass es weitere Opfer gab. Vielleicht war jemand entkommen. Vielleicht hatte dieser Jemand Amy gekannt und wusste, was ihr zugestoßen war. Das Phantombild in der Zeitung fiel Patrick ein. Der Mann, dessen Wange eine mehr als auffällige Narbe zierte, wurde im Zusammenhang mit den Morden gesucht. Vielleicht würde er die Antworten auf all die Fragen kennen, wenn Patrick ihn nur fand.

Er öffnete eine Suchmaschine und gab „Mann Narbe Brittas Morde" ein. Sogleich bekam er mehrere Dutzend Ergebnisse. Er klickte auf „News" und las, dass der Narbengesichtige und ein weiterer Mann offenbar am Freitag vernommen worden waren. Die Polizei hatte sie am Samstag gehen lassen, doch mittlerweile wurde wieder nach ihnen gefahndet. Patrick fand Fotos der beiden und war erstaunt, wie gut der Narbenmann auf dem Phantombild getroffen war. Eine Eilmeldung berichtete, dass der andere, ein unauffälliger Junge mit hellblondem Haar, vergangene Nacht ins Tallaght Hospital eingeliefert worden war und offenbar im Koma lag. Patrick lehnte sich zurück. Was hatte das alles zu bedeuten? Wenn der Narbenmann die beiden ersten Opfer auf dem Gewissen hatte, war das dritte vielleicht auch ein Täter und er hatte ihn ebenfalls erledigen wollen. Wieso ließ er sich dann zwischen den einzelnen Morden so viel Zeit?

Patrick klickte sich weiter durch die News und stieß auf die grausigen Details der ersten beiden Morde. Dem Mann auf der Farm waren die Füße mit einem Stahlhammer zertrümmert worden. Auch der Frau im Hotel hatte der Täter einige Knochen gebrochen, woraus die Polizei schloss, dass er von großer Wut getrieben wurde. Beide Opfer waren mit Schlägen und Quetschungen gefoltert worden, aber der Mann war am Ende erschlagen und die Frau erschossen worden. Vielleicht war der Killer noch dabei, seine Methoden zu verfeinern.

In einem der Artikel stieß Patrick auf die Nachricht, dass die Tatwaffen gefunden worden waren. ‚MORDWAFFEN IN AUTO VON ANGESEHENEM ARZT – EIN KILLER AUS DER OBERSCHICHT?' Er schüttelte den Kopf und stieß das Netbook wütend von sich. Sicher, das hätten die Leute gern. Einen durchgeknallten Killer wie in American Psycho. Er war aber nicht der verdammte Patrick Bateman. Wenigstens wurde sein Name nirgends erwähnt, dafür aber der seiner Schwester. In nahezu jedem der Artikel, die er fand, wurde auf ihr Verschwinden und den Fund ihrer Überreste hingewiesen, meist mit traurigen, melodramatischen Worten, die ihm die Lektüre dieser Absätze nicht unbedingt erleichterten.

Er wollte gerade einen neuen Suchbegriff eingeben, als es klopfte.

»Komm rein!«

Die Tür öffnete sich und Jerzy trat ein. Seine Jacke, eine rotweiße Lacoste-Fälschung und sein graues Basecap waren durchnässt. »Brauchst du neue Patienten für deine Praxis oder weshalb lässt du mich durch den beschissenen Regen rennen?«

»Du wirst es überleben.«

»Ich mein's ernst, ich bin nicht dein verdammter Laufbursche. Wenn du das nächste Mal Stoff brauchst, beweg deinen Arsch ins Dolphin House.«

»Du bist vor allem nicht der einzige Dealer in der Stadt.«

Jerzy trat näher. »Was wird das?« Er blickte auf den Laptop.

»Nichts, das dich was angehen würde.«

Ehe Patrick reagieren konnte, drehte der Dealer das Netbook zu sich.

»Ich sagte doch, dass dich das nichts angeht!«

»Warum verfolgst du diesen Scheiß? Arbeitest du irgendwie für die Gerichtsmedizin oder so?«

»Nein.« Patrick klappte den Computer zu. »Ich hol' dir dein Geld und dann verschwindest du.« Er verließ das Arbeitszimmer und spürte, wie Jerzy ihm folgte. Er ignorierte ihn und griff nach seiner Hose, die immer noch feucht war. Er wollte gar nicht wissen, wie es in seiner Brieftasche aussah.

»Dein Hausmädchen hat's übrigens nicht drauf. Hier sieht's aus, als hätte 'ne Bombe eingeschlagen.« Jerzy lehnte in der Tür und blickte sich im Schlafzimmer um.

»Sie ist eigentlich nicht mein Hausmädchen.«

»Jetzt sag nicht, du hast dein Frauchen durch 'ne Jüngere ersetzt?«

»Nein, hab ich nicht.« Patrick fand sein Portemonnaie. Das Leder war klamm und von einer weißen Schicht überzogen.

»Du bist nicht gerade gesprächig.« Jerzy hörte auf, das Zimmer zu inspizieren und sah Patrick an. »Ich muss mir doch keine Sorgen machen?«

Patrick, der gerade ein paar halbwegs brauchbare Geldscheine aus dem Portemonnaie zog, blickte Jerzy ziemlich verwirrt an. »Wieso solltest du?«

»Weil du gerade offensichtlich total von der Rolle bist. Ich hab schon genug Fälle wie dich gesehen. Erst seid ihr smarte Typen mit 'ner Vorliebe für Koka, dann lasst ihr eure Wohnungen verkommen, dann euch selbst und schließlich landet ihr bei Crack oder Freebase. Und das Zeug verkauf' ich nicht. Da beherrschen die Afrikaner den Markt, die verfluchten Voodoopriester!«

»Nimm dein Geld und geh mir nicht auf die Nerven.« Patrick hielt Jerzy ein paar Scheine hin, die zum Glück intakt waren. Der Pole ließ sie in der Tasche verschwinden, dann griff er sich vorn in die Hose, zog ein Plastikbeutelchen hervor und reichte es ihm.

»Das ist fürs Erste das letzte Mal.« Patrick betrachtete den Beutel in seiner Hand. Zehn Gramm. Damit musste er eine Weile hinkommen, wenn er nicht tatsächlich noch so enden wollte, wie der Dealer es ihm prophezeit hatte.

»Ja, klar. Wir sprechen uns spätestens übermorgen.«

Jerzy warf einen letzten Blick ins Arbeitszimmer und hinter seiner Stirn schien es, wenn das überhaupt noch möglich war, aufs Heftigste zu arbeiten. Dann ging er an Patrick vorbei aus dem Zimmer und hinterließ einen Dunst aus kaltem Rauch, nassem Hund und etwas Scharfem, Medizinischem, das er gar nicht entziffern können wollte.

-67-

Brady und Sean hatten noch einige Stunden im Warteraum des Tallaght Hospital verbracht, bis sie schließlich nach Hause gegangen waren. Toby Simmon war weder während des Rettungstransports noch im Krankenhaus zu sich gekommen. Die Ärzte hatten ihm ein Schädel-Hirn-Trauma diagnostiziert, wollten sich bezüglich der Schwere der Verletzung jedoch noch nicht festlegen. Zurzeit lag der Junge in einem künstlichen Koma, das seinem Körper dabei helfen sollte sich zu regenerieren und dem Gehirn dabei, abzuschwellen. Jetzt hieß es Hoffen und Bangen. Gerne hätte Brady Tobys Angehörige benachrichtigt, damit sie in diesen schweren Stunden bei ihm sein konnten, doch er wusste einfach nicht, wie er seine wahre Identität herausfinden sollte.

»Egal aus welcher Richtung ich diesen Fall betrachte – mir geht das Thema Kindesentführung nicht mehr aus dem Kopf«, gestand Brady Sean, der auf einem Sessel in Bradys Wohnung Platz genommen hatte.

»Toby und Nate haben keine Identität und scheinen plötzlich vom Himmel gefallen zu sein. Und Doktor Namara hängt irgendwie mit drin.«

Sean seufzte und die folgenden Worte kosteten ihn sichtliche Mühe. »Auch wenn du nichts hast, was deine These belegt, würde ich sie doch gerne in aller Ausführlichkeit hören.«

Brady stand auf und ging in die Küche, um Kaffee zu machen. »Nate und Toby wurden als Kinder entführt und von zwei Fremden aufgezogen. Ich vermute, dass es sich dabei um die beiden Getöteten handelt, die von Toby als Mary und Douglas bezeichnet worden sind.«

»Und was ist mit Amy Namara?«

»Sie wurde von den gleichen Leuten entführt, darum auch ihr Grab auf dem Grundstück.«

»Amy Namara ist tot, die beiden Jungs leben noch. Wieso wurde die Kleine als Einzige getötet?«

»Ich denke, das weiß nur Patrick Namara. Er hat die beiden Opfer gefoltert, um die Wahrheit zu erfahren und sie dann umgebracht.«

»Dann erklär mir doch mal, wie es in deine Behauptung passt, dass Nate seinen angeblichen Bruder ins Koma geprügelt hat.«

Brady senkte den Blick. Sean hatte ihn mit der Schwachstelle seiner Theorie konfrontiert. »Das müssen wir herausfinden.«

»Dein Einsatz in allen Ehren, Junge, aber ich fürchte, dass es nicht so leicht wird. Das hier ist die Realität und da löst man die Fälle nicht aufgrund irgendwelcher Vermutungen im Kopf. Selbst wenn du mit allem recht hättest, bräuchten wir eine geschlossene Beweiskette, und die haben wir nicht.«

»Und was ist mit der Tatsache, dass dies die einzig logische Theorie ist? Es *muss* doch praktisch schon so gewesen sein.«

»Unsinn. Es gibt hundert Theorien, die theoretisch Sinn machen würden. Soll ich mir auch eine Geschichte zurecht spinnen? Also schön, es war folgendermaßen: Patrick Namara ist geistesgestört. Bis zum Jahr 1994 hat er nur Tiere gequält, aber dann hat ihn seine Geistesgestörtheit dazu getrieben, seine Schwester zu töten. Er fand Gefallen am Töten von Menschen, konnte seine Neigungen jedoch eine ganze Weile verbergen. Irgendwann hat dann eine Kleinigkeit das Fass zum Überlaufen gebracht und er hat sowohl den Penner als auch die Frau vom Friedhof getötet. Einfach weil er Dampf ablassen musste. Grace Namara ist übrigens Mitwisserin, konnte ihrem Mann nicht mehr in die Augen sehen und ist deshalb ausgezogen. Und der Fall der Simmon-Brüder hängt mit diesem gar nicht zusammen. Nate Simmon hat sich damals nur zufällig am Tatort befunden. Ein Schaulustiger. Er war einfach zur falschen Zeit am falschen Ort.«

»Er hat versucht, Toby umzubringen. Wie passt das in deine Theorie?«

»Naja, dass die beiden keine Brüder sind, erklärt ja alles. Sie sind ein heimliches Paar und in Beziehungen kommt es bekanntlich schon mal zu Morden aus Eifersucht.«

»Gut, dann erklär mir doch bitte, wieso Toby am Telefon zu mir gesagt hat, dass seine Eltern schon tot wären und er nicht auch noch sterben will.«

»Meine Eltern sind auch schon längst unter der Erde.« Sean schaute Brady an und lächelte beschwichtigend. »Du siehst es doch, McCarthy. Mit ein bisschen Fantasie stellen wir innerhalb einer Stunde ganz locker zehn mögliche Tathergänge auf, aber welcher davon richtig ist …? Und ob überhaupt …?« Sean zuckte mit den Schultern.

Brady gab sich geschlagen. Auch wenn er Seans Ansatz nicht für wahrscheinlich hielt, verstand er, was er ihm damit sagen wollte. »Gut, wie gehen wir dann vor?«

»Wir machen uns daran, weiter nach Zeugen zu suchen. Und zwar nach Zeugen, die uns mit Nate Simmon und den beiden Getöteten weiter helfen können. Wir werden Akten wälzen und Befragungen durchführen. Und vielleicht lösen wir den Fall dann in zehn, zwölf Monaten. Vielleicht aber auch nie.«

-68-

Patrick träumte nicht. Nie. Kein einziges Mal seit jener Nacht, in der Amy verschwand. Und als er jetzt, wie aus dem Nichts, wieder damit anfing, war es wie ein Schock. Bilder jagten durch seinen Kopf, jagten einander und ihn, seinen Geist, oder was auch immer von einem übrig war, wenn man schlief. Er sah den Bärtigen mit dem zerschnittenen Gesicht, sah gequetschtes Fleisch. Sah Grace, ihren besorgten Blick, sah Grace in einem Hotelbett mit Cal, und Tammie, die mit ihrem Stofftier daneben stand.

»Mister Namara.«

Aus Tammie wurde Amy, aus dem Hotelzimmer der Wald hinter seinem Elternhaus. Er sah Amy, die in den Wald lief, um nie wieder aufzutauchen, sah die abgesperrte Farm in Brittas, hörte das dumpfe Klatschen eines Torfstechers auf platzendem Fleisch. Wie mochte sich Wahnsinn anhören?

»Mister Namara, wachen Sie auf!«

Patrick vernahm einen Knall und realisierte erst einige Sekunden später, dass sein eigener Körper das Geräusch verursacht hatte, als er vom Stuhl gefallen war. Jetzt saß er auf dem Boden des Arbeitszimmers und blickte sich in dem kleinen Raum um, als habe er ihn noch nie zuvor betreten.

Es war Abend geworden und bis auf das kalte, blaue Leuchten des Monitors völlig dunkel. Die Heizung war noch immer voll aufgedreht, sodass hier drin eine unerträglich trockene Hitze herrschte. Patrick hatte keine Ahnung, wie lange er geschlafen hatte, aber er fühlte sich, als habe sein Albtraum Jahre gedauert. Selbst Sophie, die ziemlich perplex vor ihm stand und durch das Licht hinter ihr zu einer Silhouette wurde, konnte nichts daran ändern, dass ihm die surrealen Traumbilder noch näher waren als die Realität.

»Sie haben nicht auf mein Klopfen reagiert, da habe ich mir Sorgen gemacht ...« Sie klang völlig atemlos. »Dann habe ich versucht, sie zu wecken, aber Sie kamen mir so leblos vor, ich ...«

»Ist schon gut, Sophie.« Es war mehr eine Art Autopilot als er selbst, der diese Worte sagte. Seine Stimme klang heiser und jedes Wort verstärkte die dröhnenden Kopfschmerzen, die sich seit heute Mittag kein Stück gebessert hatten. Er griff nach der Tischplatte und stand auf, was ihn mehr Mühe kostete, als er erwartet hätte.

»Ist alles in Ordnung mit Ihnen? Brauchen Sie einen Arzt?«

»Ich brauche gar nichts!« Sophie zuckte zurück und er fügte ein weniger harsches »Danke« hinzu. Dann sagte er nichts mehr, aber Sophie machte dennoch keine Anstalten zu gehen.

»Ist noch etwas?« Er musterte ihren Umriss. »Was wollten Sie überhaupt hier?«

»Ich wollte Sie fragen, ob ich vielleicht etwas zum Abendessen kochen soll.«

»Nein. Danke.«

Noch immer machte sie keine Anstalten zu gehen. »Da ist noch etwas.«

Er stützte sich schwer auf der Tischplatte ab und blickte zu Sophie herüber, ohne etwas zu sagen.

»Ich habe gesehen, dass Sie sich mit diesen Morden beschäftigen und ich finde, dass Sie sich in der letzten Zeit komisch verhalten ... Misses Namara ist ausgezogen und die Polizei war hier ... Und dann wollte ich Ihr Bett machen und habe diese Waffe gesehen ...«

»Und jetzt denken Sie, dass ich etwas damit zu tun habe? Denken Sie, dass ich dieser gesuchte Mörder bin?«

»Nein! Ich ...« Auch wenn er sie nicht erkannte, hatte er ihr Gesicht vor Augen. Ihre blauen Augen, die vor Schreck groß geworden waren. Als sie weiter sprach, hatte sie die Stimme deutlich gesenkt. »Ich habe keine Angst vor Ihnen.«

»Aber Sie möchten trotzdem lieber ausziehen, um–«

»Nein, ich bleibe!«

Ihre Stimme bebte und ihr ganzes Verhalten irritierte ihn. Vielleicht hatte sie getrunken. Vielleicht war sie auch einfach zu schockiert von ihm, von der Hitze und dem Chaos aus Mord-Artikeln hier drin, von dem Kokain, von all den Eindrücken, denen er sie aussetzte. Er richtete sich auf und begann, oberflächlich Ordnung zu machen. »Also schön. Dann ... bestellen Sie sich doch etwas zum Abendessen oder sehen Sie fern oder so.«

Sophie rührte sich nicht von der Stelle. Patrick wollte ihr Gesicht erkennen und schaltete die Schreibtischlampe ein. Für den Bruchteil einer Sekunde kniff sie geblendet die Augen zusammen. Er sah, dass sie geschminkt war und ihm fiel auf, dass er sie noch nie so gesehen hatte. Ihre Augen waren dunkel umrandet und ihre Lippen blutrot. Das Haar hing ihr lang und gebürstet über die Schultern. Anstatt der Sweatshirts, die sie sonst zu bevorzugen schien, trug sie ein enges Top. Patrick war bisher nicht aufgefallen, wie hübsch sie war. Anscheinend sah sie ihm an, was er dachte, denn ihre Wangen wurden rot.

»Tut mir leid, ich ...« Sie trat näher an ihn heran. »Ich wollte Sie nicht verdächtigen.«

Sie stand jetzt so dicht vor ihm, dass er ihr Parfüm hätte riechen können, wenn sie welches getragen hätte. Er erinnerte sich an solche Momente mit Grace. Grace benutzte immer den gleichen Duft, einen dieser Klassiker, irgendetwas Blumiges, Pudriges. Sophie schien nach überhaupt nichts zu riechen, Patrick nahm lediglich einen Hauch von Haarshampoo wahr. Sie sprach nicht weiter und hob langsam das Gesicht.

»Ist schon gut«, hörte er sich selbst sagen.

»Sie sind Arzt. Sie würden nie jemandem absichtlich wehtun.«

»Nein.« Er legte ihr die Hände auf die Wangen, spürte ihre weiche Haut unter seinen Fingern. Fragend, beinahe schüchtern blickte sie ihn an. Er beugte sich zu ihr herunter und küsste sie.

Sophie zögerte einen winzigen Augenblick lang, dann legte sie die Arme um ihn und presste ihren Körper an seinen. Ihm wurde regelrecht schwindelig, als ob sie gemeinsam von einem Hochhausdach stürzten. Sophie zu küssen war falsch und richtig zugleich, es machte ihn vom Betrogenen zum Betrüger.

Er hob sie hoch und trug sie aus dem stickigen Arbeitszimmer zum Ehebett. Dann legte er sie auf die Matratze und richtete sich auf, um seinen Pullover auszuziehen. Dabei trafen sich ihre Blicke und er entdeckte eine Scheu in ihren Augen, die er nicht erwartet hatte. Sie sah erschrocken aus und ihm wurde klar, was er hier eigentlich machte. Sie war das Kindermädchen seiner Tochter und er fiel über sie her. Was wollte er sich eigentlich beweisen?

»Tut mir Leid, Sophie, ich ...«

Langsam setzte sie sich auf.

»Ich weiß nicht, was ich mir dabei gedacht habe.«

»... ich auch nicht.« Sie stand auf und richtete ihre Kleider, dann verließ sie fluchtartig das Schlafzimmer. Patrick hörte sie die Treppe herunter hasten und ließ sich auf die Bettkante sinken. Noch immer drehte sich alles in seinem Kopf und Sophies Geschmack fühlte sich komisch und fremd in seinem Mund an. Er schloss die Augen und fuhr sich mit beiden Händen durchs Gesicht. Die Reihe an falschen Entscheidungen, die er in letzter Zeit traf, nahm einfach kein Ende.

-69-

Als Brady an diesem Montagmorgen aufwachte, war er hoch motiviert und hatte neue Hoffnung geschöpft, dass sie endlich vorankommen würden. Sean und er hatten noch bis tief in die Nacht geredet und Listen erstellt, wie sie im Weiteren vorgehen würden. Ihm war die Aufgabe zugefallen, sich um die Auswertung der Zeugenaussagen zu kümmern. Sean würde sich nun seinerseits in Brittas umhören.

Ein Blick auf die Uhr zeigte Brady, dass er noch eine gute Stunde Zeit hatte. Ungewohnt. Normalerweise war er morgens immer auf die letzte Minute fertig. Er duschte ausgiebig, zog sich an und hörte den Anrufbeantworter ab, während er wartete, dass der Kaffee durchlief.

»Hi, kannst du mich mal zurückrufen? Mein Jüngster ist krank und ich langweile mich zu Tode. Also, melde dich mal und vertreib deiner Schwester die Zeit. Bye bye.«

Brady hoffte, dass sein Neffe nicht ernsthaft erkrankt war und nahm sich vor, sich in Zukunft wieder öfter bei Caitlín zu melden. Eigentlich hatte er sich immer gut mit ihr und seinem älteren Bruder Liam verstanden. Wenn er ehrlich war, dann fehlten ihm die gemeinsamen Treffen mit den beiden. Doch nach seiner Ausbildung in Templemore war seine Zeit immer knapper geworden und mittlerweile war es schon soweit, dass er seine Geschwister nur noch auf Geburtstagen und an Feiertagen sah. Er speicherte sich eine kurze Erinnerung im Handy ein und hörte die nächste Nachricht ab.

»Hallo Brady, hier ist Chloe. Dein Handy ist leider aus und ... Naja, ich wollte dich eigentlich fragen, ob du in den nächsten Tagen Zeit hast. Ruf mich einfach zurück, ich habe mein Handy den ganzen Abend an. Bis dann.«

Die Anzeige des Anrufbeantworters zeigte, dass der Anruf gestern Abend gekommen war, während er mit Sean im Tallaght Hospital gesessen und um Toby gebangt hatte. Die Erinnerung an den Jungen traf ihn schmerzlich. Er nahm sich vor, in der Mittagspause nicht nur Caitlín und Chloe, sondern auch das Krankenhaus anzurufen. Vielleicht würde man dort gute Neuigkeiten für ihn haben.

Die Zeit im Büro wollte einfach nicht vergehen. Sean hatte ihm geraten, die

Masse an Informationen, die sie bereits gesammelt hatten, nach ihrer Dringlichkeit zu sortieren, um nicht den Überblick zu verlieren.

Gegen Mittag war er froh, das stickige Büro verlassen zu können. Er setzte sich auf die Treppen vor der Polizeistation und zückte sein Handy. Als erstes würde er sich bei Chloe melden. Wie er Caitlín kannte, war seine gesamte Pause um, bevor sie zum Punkt gekommen war.

»Ja?«

»Hi, Chloe.« Brady musste lächeln, als er ihre Stimme hörte.

»Brady, schön dass du anrufst! Wie geht es dir?«

»Ich bin ein bisschen im Stress, deswegen musste ich meine Mittagspause abwarten.« Brady ließ ein paar Kollegen passieren und senkte die Stimme, bevor er weiter sprach. »Ich würde dich auch gerne wiedersehen. Am besten so schnell wie möglich. Würde dir heute Abend passen? Später Abend?«

»Wie wäre es mit jetzt gleich?« Chloe lachte. »Ich bin ganz in der Nähe, im Phoenix Park.«

»Wirklich?« Er spürte wie sich sein Herzschlag beschleunigte und stand auf. Dann fiel ihm der Fehler auf. »Du kannst nicht herkommen. Wenn uns jemand zusammen sieht, dann wissen sie gleich, wer der Presse die Informationen zuschustert.«

»Du sorgst doch nur dafür, dass nichts Falsches an die Öffentlichkeit gelangt.«

»So einfach ist das nicht.« Brady setzte sich wieder. »Wir können uns heute Abend bei mir treffen.« Chloe sagte nichts und das Zögern traf Brady schwer. Ohne es zu wollen, zückte er seinen Joker: »Es hat schon wieder einen Mordversuch in Brittas gegeben. Auf einer Schaf-Farm. Diesmal hat es einen jungen Mann erwischt.«

Chloe biss an. »... wie jung?«

»Neunzehn? Vielleicht noch jünger.«

»Erzähl mir mehr.«

»Später. Kommst du vorbei?«

»Liebend gern. Passt dir neun?«

Brady musste schluckten. »Ja. Passt perfekt.«

-70-

Patrick fuhr viel zu schnell. Die Erinnerung an letzte Nacht verfolgte ihn und warf Sophies Trugbild auf jede sich bietende Angriffsfläche. Er hatte sich ihr gegenüber absolut unmöglich verhalten und heute war er gleich im Morgengrauen verschwunden, um ihr nicht entgegentreten zu müssen.

Was hatte er sich nur bei diesem Kuss gedacht? Sophie war höchstens Mitte zwanzig und er liebte immer noch Grace.

Am frühen Vormittag hatte er Glencullens Stadtgrenze passiert und als er vor dem Haus seiner Eltern parkte, kam ihm der Zeitungsjunge entgegen, der in Patricks Erinnerung schon immer ausgesehen hatte wie jetzt, dürr, dunkelhaarig und kleinstädtisch, und sofort fühlte er sich wieder abgestoßen von diesem Ort, an dem alles angefangen hatte, beschissen zu werden.

Er löste den Sicherheitsgurt, blieb aber im Auto sitzen. Für einen Moment war er unschlüssig, ob er nicht einfach kehrtmachen und Sophie erklären sollte, dass der Kuss nichts als ein Ausrutscher gewesen war. Doch er wusste, dass dieser Kuss nicht sein einziges Problem war. Er musste den Kopf freikriegen und hier würde es ihm vielleicht gelingen. Eigentlich hatte er heute noch mal nach Brittas fahren wollen, um sich selbst umzusehen. Um vielleicht eine Spur von dem Kerl mit der Narbe zu finden, um sich selbst entlasten zu können. Aber er wusste, dass er, so wie er jetzt drauf war, nur Mist gebaut hätte.

Er stieg aus, schloss den Wagen ab und ließ den Blick über das ihm so vertraute Bild wandern. Das Grundstück seiner Eltern wurde von einer niedrigen Mauer begrenzt, hinter der der Waldrand eine scharfe Linie ins Land zog. Die Schatten zwischen den Bäumen waren so tief und schwarz, dass es schien, als wäre es im Wald Nacht. Als wäre es dort immer Nacht.

Er hörte, wie sich die Haustür öffnete.

Seine Mutter war in die Tür getreten. »Paddy?« Sie war blass und ihre Stimme klang belegt. Doch dann lächelte sie und er glaubte, dass er jetzt gerade vielleicht genau das Richtige tat.

-71-

Brady saß im Auto vor dem Eingang des Tallaght Hospitals und schaute herauf zu den beleuchteten Fenstern, hinter denen er Toby vermutete. Die Ärzte hatten ihn nicht zu ihm gelassen, obwohl sein Zustand weniger kritisch war als anfangs vermutet. Zwar lag der Junge immer noch im künstlichen Koma, machte jedoch gute Fortschritte. Über den Grad der Schädigung hingegen, den sein Gehirn möglicherweise davongetragen hatte, wollte oder konnte zu diesem Zeitpunkt noch niemand Mutmaßungen anstellen. Tobys behandelnder Arzt hatte noch einmal auf die Dringlichkeit hingewiesen, die Identität des Jungen herauszufinden und seine Eltern zu kontaktieren. Genauso gut hätte er von Brady verlangen können, ohne Hilfsmittel zum Mond zu reisen.

Brady atmete durch und riss sich vom Anblick des einschüchternden Baus los. Bisher war es ihm immer gelungen, die Geschehnisse seiner Arbeit nicht mit nach Hause zu nehmen. Er bezweifelte, dass es heute auch funktionieren würde. Das Schlimme waren nicht die Leichenfotos, nicht die Tatorte und all das Blut, das Schlimme war die Hilflosigkeit, die sich immer wieder in seinen Kopf drängte. Egal was er tat, egal womit er sich beschäftigte, irgendwann hatte er immer wieder vor Augen, dass er absolut machtlos war. Dass ein Mörder da draußen sein Unwesen trieb, während Sean, Kilian und er auf der Stelle traten.

Er startete den Wagen. Das Aufheulen des Motors holte ihn in die Realität zurück und er beeilte sich, den Heimweg anzutreten. Er rief sich ins Gedächtnis, dass er im Moment sowieso nichts tun konnte und Chloe zu Hause auf ihn wartete. Doch der Gedanke an die junge Reporterin ließ ihn sich auch nicht besser fühlen. Anfangs hatte er einen kleinen Funken Hoffnung geschöpft. Er hatte gehofft, dass es ihr nicht nur um ihren Job ging, sondern auch um ihn. Aber nach dem Telefonat vorhin war er sich da nicht mehr sicher. Im Gegenteil. Chloe MacGowan schien ein gerissenes, kleines Biest zu sein, das sein tolles Aussehen benutzte, um den Polizeibeamten reihenweise den Kopf zu verdrehen. Wenn Brady ehrlich war, dann wusste er rein gar nichts über sie. Vielleicht hatte sie einen Mann und zwanzig Kinder zu Hause.

Obwohl Brady sich um ein paar Minuten verspätet hatte, schien Chloe noch nicht da zu sein. Er betrat den Hausflur und der Geruch von Mettbällchen, Ciabatta und Chicken Teriyaki schlug ihm entgegen. Der Dunst des benachbarten Schnellrestaurants zog durch jede Ritze ins Hausinnere und setzte sich in allen Winkeln fest. Er würde sich über kurz oder lang eine neue Bleibe suchen müssen. Obwohl es auch Vorteile hatte, neben einem Fast-Food-Laden zu wohnen.

Brady sprintete die letzten Stufen zu seinem Apartment hoch und prallte erschrocken zurück, als er den Treppenabsatz erreichte. Die Tür zu seiner Wohnung stand offen, das Holz war gesplittert und das Schloss verbogen. Von drinnen drangen Stimmen und Kampfgeräusche an sein Ohr. Brady blieb keine Zeit für Überlegungen, er hastete in die Wohnung. Das Adrenalin schärfte seine Sinne und er nahm in einem Sekundenbruchteil alle nur möglichen Details wahr. Das Wohnzimmer mit der angrenzenden Küche war verwüstet. Der Boden war von Scherben übersät, ein blutverschmiertes Schälmesser lag neben der Anrichte und eine dünne Blutspur führte zum Schlafzimmer.

»Jetzt halt verdammt noch mal still, dann hast du es schnell hinter dir!«, dröhnte eine Männerstimme an Bradys Ohr.

Er griff nach dem erstbesten Messer aus dem Messerblock und stürmte ins Schlafzimmer. Chloe lag auf dem Bett und wehrte sich nach Leibeskräften. Über ihr stand eine dunkel gekleidete Gestalt und drückte ihr mit zwei behandschuhten Händen die Kehle zu.

»Aufhören! Sie sind verhaftet!«

Der Angreifer fuhr herum. Seine Züge waren wutverzerrt, aber Brady erkannte ihn trotzdem. Nate Simmon verzog das entstellte Gesicht zu einem

Grinsen, offenbar dachte er nicht daran, seinen Griff um Chloes Kehle zu lokkern.

»Mister McCarthy ... Ich dachte schon, Sie kommen gar nicht mehr.«

»Lassen Sie sie los!« Brady wollte sich am liebsten auf ihn stürzen, doch er wusste Nate nicht einzuschätzen. Wie es aussah, würden ihm wenige Sekunden reichen, um Chloe den Garaus zu machen. Ihre Gegenwehr hatte bereits nachgelassen und ihr Gesicht eine ungesunde Farbe angenommen.

»Machen Sie jetzt keinen Fehler, Detective ...« Nate machte keine Anstalten, seinen Griff zu lockern. »Bedenken Sie, was Sie anrichten könnten.«

»Lassen Sie sie los und ich lasse Sie gehen.« Er wusste, dass er Nate nicht einfach gehen lassen durfte, aber das war ihm in diesem Moment egal. »Wenn Sie sie töten, dann kommen Sie hier nicht lebend raus, das schwöre ich.« Brady versuchte, seiner Stimme Festigkeit und Autorität zu verleihen, doch er hatte das Gefühl, nur kläglich zu klingen.

Nate schien einen Moment lang nachzudenken, dann schüttelte er den Kopf und zog Chloe grob in die Höhe. Er ließ ihren Hals los und schlang ihr einen Arm um die Taille. Mit der anderen drückte er ihr ein Taschenmesser an die Kehle. Sie rang röchelnd nach Luft.

»Gehen Sie aus dem Weg.« Nate machte einen Schritt auf Brady und die Tür zu.

»Machen Sie keine Dummheiten. Wenn Sie sie töten–«

»Schnauze! Aus dem Weg, sagte ich!«

Chloe schrie auf, als das Messer ihre Haut anritzte, und Brady wich hastig zur Seite. Erst jetzt entdeckte er, dass das Blut auf dem Wohnzimmerteppich nicht von Chloe, sondern von Nate stammte. Er hatte eine blutende Schnittwunde am Oberarm.

»Hören Sie mir zu ...« Brady legte so viel Festigkeit in seine Stimme wie er konnte. »Gemeinsam können wir eine Lösung finden ...« Er fragte sich, ob sein Gerede in Nates Ohren genauso leer klang wie in seinen eigenen.

Nate drängte sich an Brady vorbei, wobei er seine kalten Augen starr auf ihn gerichtet hielt. »Lösungen zu finden scheint mir nicht Ihre große Stärke zu sein, Detective McCarthy!«

Noch bevor Brady reagieren konnte, schubste Nate Chloe in seine Richtung, rannte aus dem Schlafzimmer und schlug die Tür hinter sich zu. Brady gelang es im letzten Augenblick, das Küchenmesser fallen zu lassen und Chloe nicht zu verletzen. Aneinandergeklammert landeten sie neben dem Bett. Mit einem kurzen Blick vergewisserte er sich, dass es ihr gut ging, dann setzte er Nate nach. Doch dieser war bereits verschwunden.

»Verfluchte Scheiße!« Brady vergewisserte sich, dass Nate tatsächlich die Wohnung verlassen hatte, dann schob er das Sofa vor die demolierte Tür, um sie wenigstens notdürftig zu verbarrikadieren. Während er sich versicherte, dass alle Fenster geschlossen waren, rief er Sean an. Er fasste die Geschehnisse in wenigen Sätzen zusammen und bat seinen Partner, einen Krankenwagen her zu schicken. Dann ging er zurück zu Chloe, die in der Ecke kauerte und die Arme um die Knie geschlungen hatte. Sie zitterte und ihre feuchten Augen waren ins Leere gerichtet. Trotzdem schien sie zumindest körperlich in Ordnung zu sein. Der schmale Schnitt an ihrem Hals blutete schon nicht mehr so stark und ihre Wangen nahmen langsam wieder eine natürliche Farbe an.

»Er ist weg.« Brady streckte die Hand nach ihr aus und sie ließ sich in die Arme nehmen. Auch wenn es denkbar war, dass Nate zurückkam, um zu Ende zu bringen was er angefangen hatte, versuchte er gelassen zu wirken. In Wahrheit lauschte er auf jedes noch so kleine Geräusch. Es dauerte eine halbe Ewigkeit, bis er Seans Stimme hörte. Eine Ewigkeit, in der Brady bewusst wurde, wie wenig Routine er im Polizeidienst hatte.

-72-

»Ich dachte, jetzt ist es vorbei.« Es war das erste Mal seit Nates Übergriff, dass Chloe selbst das Gespräch suchte. Nachdem der Notarzt gegangen war, hatte Sean veranlasst, dass man die Tür zu Bradys Apartment noch in derselben Nacht reparierte. Während sie auf den Hausmeister warteten, hatte Bradys Partner sich von einer ganz neuen, geradezu väterlichen Seite gezeigt. Er hatte dafür gesorgt, dass Chloe ihren geschwollenen Hals mit gefrorenen Erbsen kühlte und so lange beruhigend auf sie eingeredet, bis es ihr wirklich besser zu gehen schien.

Als Brady und Chloe schließlich allein waren, lagen sie eine ganze Weile schweigend nebeneinander im Bett. Brady war froh, dass Sean Chloe nicht als Reporterin erkannt und sie ohne Fragen als Bradys Freundin akzeptiert hatte.

Er drehte den Kopf zu ihr herüber und sah, dass ihre Augen noch geöffnet waren. Behutsam zog er sie an sich und küsste sie auf die Stirn.

»Mach dir keine Sorgen, es wird alles gut.«

»Ich hab geklingelt und mir wurde die Tür aufgedrückt. Ich dachte *du* wärst es, aber …«

»Ssh, er ist weg. Du bist in Sicherheit.«

»Er war noch nicht fertig mit mir«, wisperte Chloe und der ängstliche Unterton in ihrer Stimme versetzte ihm einen Stich. Er hasste es, dass sie sich fürchtete. Dass dieses Monster sie überlistet und in Bradys Wohnung angegriffen hatte und dass er rein gar nichts hatte tun können. Der Angriff hätte ihn und nicht Chloe treffen sollen.

»Es ging nicht gegen dich persönlich, da bin ich mir sicher. Er wollte *mir* eine Lektion erteilen und das hat er geschafft. Und falls er hier heute Nacht noch mal auftaucht, erwischt ihn die Streife vor der Tür. Mach dir keine Sorgen.«

»... mache ich nicht.« Sie klang nicht sehr überzeugt. Auch wenn sich Brady andere Umstände gewünscht hätte, hatte er das Gefühl, in diesem Augenblick die wahre Chloe kennenzulernen. Die Frau und nicht die Reporterin.

»Morgen sieht alles schon ganz anders aus. Schlaf ein bisschen.«

»Du auch.«

»Ich bleibe wach.« Auch wenn Brady das Gefühl hatte, dass der Tag schon mindestens achtundvierzig Stunden hatte und jede Zelle seines Körpers nach Ruhe schrie, würde er jetzt ganz sicher nicht schlafen.

»Wirklich?«

»Ja. Wenn irgendetwas ist heute Nacht, wenn du etwas brauchst oder wenn du reden willst ...«

»Ich will nur eins ...« Auf einmal richtete Chloe sich auf und ließ sich rittlings auf Brady nieder. Überrascht sah er zu, wie sie das übergroße T-Shirt, das sie von ihm bekommen hatte, über ihren Kopf zog. Brady musterte sie eingehend. Sie war zierlich und ihre Haut ebenmäßig und hell, die Knochen ihres Schlüsselbeins traten leicht hervor. Nach allem, was heute Nacht geschehen war, kam ihm die toughe Reporterin geradezu verletzlich vor, was sie allerdings nur noch anziehender machte. Brady senkte den Blick ein Stück weiter und musste schlucken.

Chloe lächelte, dann beugte sie sich zu ihm herunter und küsste ihn.

-73-

Nachdem Patrick gestern beinahe den ganzen Rest des Tages im Gästezimmer verbracht hatte, hatte seine Mutter heute früh entschieden, dass sie alle gemeinsam frühstücken sollten. Das Esszimmer roch nach Bratfett und Patrick versuchte mühsam, ein paar Bissen von der üppigen Mahlzeit herunterzuwürgen. Sein Vater aß mit gewohntem Appetit, seine Mutter hielt sich an einer Tasse Tee fest. Patrick musste sich konzentrieren, um nicht am Tisch einzuschlafen. Er hatte keine Ahnung, warum er so unfassbar müde war. Die Erinnerung an die letzte Nacht entglitt ihm immer wieder wie ein schlüpfriges, kleines Tier, das sich nicht von ihm fangen lassen wollte. Die Blackouts häuften sich und sein Hirn schien ihn förmlich anzuschreien, dass er es mit den Drogen nun wirklich gut sein lassen musste. Auch jetzt, wo er wach war, spielte ihm seine Wahrnehmung Streiche. Immer wieder schweifte er ab in längst vergangene Zeiten, zu Ereignissen, die eigentlich keine Rolle mehr in seinem Leben spielten. Er sah Amy vor sich, damals, vor vielen Jahren. Es war auf einem dieser Familienausflüge gewesen, zu denen seine Eltern ihn als Teenager gezwungen hatten. Sie waren an die Boyne gefahren, zum Picknick mit anschließender Burgbesichtigung.

»Paddy, steh auf, ich hab Frösche gefunden!«

»Geh mit deiner Schwester gucken, Patrick. Nicht, dass sie noch ins Wasser fällt.« Seine Eltern waren Fans von Amys Entdeckergeist. Sein Vater war überzeugt, dass sie einmal Forscherin werden würde. Patrick fand das etwas verfrüht. Er selbst hatte mit seinen dreizehn Jahren noch keine Ahnung, was er tun wollte.

»Paddy«, quengelte Amy.

Er gab sich einen Ruck, stand auf und warf sich seine Schwester mühelos über die Schulter. »Na los, du Monster.«

Amy lachte und trommelte mit ihren kleinen Fäusten auf seinen Rücken ein. Am Wasser ging sie in die Knie und wies auf das buschige Schilf, in dem gerade ein langes, grünbraunes Bein verschwand.

»Hast du ihn gesehen?« Stolz blickte Amy zu ihm auf.

»So halb. Kannst du einen von denen da raus holen?«

»Mann, Paddy!« Amy ging in die Knie und begann, das dichte Gras nach Fröschen abzusuchen. Vorsichtshalber hielt er sie fest, damit sie nicht ins Wasser rutschte.

»Freust du dich auf die Burg?« Wieder blickte er herüber zu dem alten Gemäuer.

»Nö.«

Er lachte. »Sagst du das Mum und Dad?«

»Warum wohnt da keiner mehr?«

»Naja, weil ... weil eben keiner mehr hinter so riesigen Mauern leben will.«

»Warum nicht?«

»Weil ... damals brauchten die Leute so was, um sicher vor ihren Feinden zu sein. Jetzt gibt es die Polizei, die auf die Menschen aufpasst. Darum versteckt sich keiner mehr in Burgen.«

»Die Polizei passt auf alle Leute auf?« Amy schien etwas im Schilf entdeckt zu haben. Sie hielt ganz still und spähte auf ihre Hand. »Auch auf uns?«

»Mum und Dad passen auf sich selber auf und ich pass' auf dich auf!«

»Patrick!« Die Stimme seines Vaters wummerte durch seinen Schädel wie ein Presslufthammer. Er schrak auf, sah sich verwirrt im Esszimmer um. »Deine Mutter redet mit dir.«

»Mum ... Entschuldige, ich–«

»Bist du krank, Paddy?«, wollte sie ganz unvermittelt von ihm wissen.

»Nein, es geht mir gut.« Wie zum Beweis griff er nach seiner Gabel und schob sich einen weiteren Bissen in den Mund, auch wenn ihm von der puren Konsistenz der Bratkartoffeln übel wurde. Er hatte keine Ahnung, wie lange seine letzte Mahlzeit her war.

»Du bist ganz blass.«

»Es geht mir gut. Wirklich.« Er rang sich ein Lächeln ab und erkämpfte sich so ein paar weitere Minuten des Schweigens. Doch die Stimmung blieb getrübt und er wusste, dass das noch nicht alles war. Zwischen seinen Eltern schien die ganze Zeit über eine telepathische Diskussion darum stattzufinden, wer ihn denn jetzt endlich offen ansprach. Schließlich war es sein Vater und obwohl Patrick geglaubt hatte, gegen alles gewappnet zu sein, überraschten ihn seine Worte.

»Grace hat angerufen.«

Patrick ließ die Gabel sinken und blickte seinen Vater an. Er hatte sich noch gar keine Gedanken darüber gemacht, ob seine Eltern schon von ihrer Trennung wussten.

»Was hat sie gesagt?«

Seine Hoffnungen, dass Grace die Sache vielleicht heruntergespielt hatte, wurden sogleich von seiner Mutter zunichte gemacht. »Sie hat uns von deinen Verdächtigungen erzählt ... und davon, dass du dich in der letzten Zeit anders verhältst.«

»Eigentlich sagte sie ...« Sein Vater legte die Gabel weg, auf die er der Länge nach eine Karotte gespießt hatte. »... dass du nicht mehr du selbst bist.«

Patrick lachte, aber es war kein echtes Lachen und fühlte sich auch mehr wie ein tuberkulinisches Husten an.

»Ich wüsste nicht, was daran komisch ist.« Jacks Stimme war dunkel, sein Gesicht leblos. Seine Mutter blickte auf ihr Essen, als mache allein der Umstand, dass sie gerade aßen, jeden Konflikt unmöglich.

»Ich hab' keine Ahnung, wieso sie hier anruft und die Unschuldige spielt, aber ihr könnt mir glauben, dass–«

Schneller, als Patrick es ihm zugetraut hätte, war sein Vater aufgesprungen, hatte ihn am Arm gepackt und ihn ebenfalls in die Höhe gezogen.

»Jack!«, hörte er seine Mutter noch rufen, doch sein Vater zerrte ihn mit sich, ohne auf sie zu achten. Er stieß Patrick ins Gästebad und wies auf den Spiegel über dem Waschbecken, der in den Ecken schon Rost ansetzte.

»Sieh dich an! Sieh dich an und dann sag mir noch mal, dass es dir gut geht!«

Patrick war völlig perplex. Er hatte seinen Vater ewig nicht mehr derart aufgebracht erlebt und wusste nicht, was er tun oder sagen sollte, um die Wogen zu glätten. Er betrachtete sein eigenes Spiegelbild, bleich, ausgezehrt und unrasiert, doch er war nicht fähig, etwas dazu zu sagen. Stattdessen fühlte er sich förmlich übermannt von dem Gefühl, das Unglück, das ihn verfolgte, nun auch hierher gebracht zu haben. Als sei er Überträger einer gefährlichen Krankheit, die nun auch seine Eltern befiel, einfach, weil er hergekommen war. Im Spiegel begegnete sein Blick dem seines Vaters und aus dem Esszimmer hörte er seine Mutter schluchzen.

»Da siehst du, was du ihr antust!«, kommentierte Jack, ohne den Blick von Patrick zu wenden.

»Ich bin wirklich müde, Dad ...«

»Du bist doch gerade erst aufgestanden!«

Patrick antwortete nicht und für ein paar Sekunden herrschte eine Stille, die nicht weniger beängstigend war als der plötzliche und unerwartete Ausbruch seines Vaters.

»Reiß dich gefälligst am Riemen oder ich sorge gleich morgen dafür, dass du dir Hilfe holst!« Jack wandte sich ab und verließ das Bad. Auch Patrick trat aus dem kleinen Raum und schlich sich zur Treppe, ohne einen Blick ins Esszimmer zu werfen. Sein Vater redete leise auf seine Mutter ein und sie schien sich langsam zu beruhigen, doch das änderte nichts an der furchtbaren Gewissheit, Schmerz über seine Eltern gebracht zu haben.

-74-

Three, four, knock at the door ...

Amy hatte nicht mehr die Kraft, die Reime zu flüstern, also dachte sie sie nur vor sich hin. Sie stellte sich vor, dass sie mit den anderen Mädchen im Wald spielte oder wie früher manchmal mit ihrem Bruder. Wenn sie es sich eine Weile vorstellte, wurde es fast echt.

Five, six, pick up sticks ...

Dann konnte sie den Wald und das frische Heu riechen und den Saft schmekken, den ihnen Mum manchmal nach draußen brachte. Beim Spielen merkte man nicht, dass man Durst hatte, sondern erst, wenn man ein kaltes, volles Glas in die Hände gedrückt bekam.

Seven, eight, lay them straight ...

Beim Verstecken spielen wollte sie immer suchen, weil sie gut darin war. Die anderen versteckten sich auf Ästen, hinter Büschen, manchmal sogar in ausgehöhlten Baumstämmen, aber sie fand sie immer und dann ärgerten sie sich und wollten sich gleich noch einmal verstecken. Manche von ihnen glaubten, dass Amy schummelte, aber das machte sie nicht. Sie sang immer das ganze Lied, bevor sie suchen kam. Als sie auf der Suche nach den anderen den Wald durchkämmt hatte, war sie zum ersten Mal dem schwarzen Mann begegnet. Er hatte sich hinter einem Baum verborgen und sie angesehen.

Nine, ten, a good fat hen ... eleven, twelve ...

Die Tür ging auf.

»Albia«, krächzte Amy nur. »Albia ... Ich bin ...«

»Halt deine Schnauze!« Die Gitter erzitterten unter einem Schlag.

Sie wollte die Augen aufmachen, aber sie war so müde. Die Stimme gehörte dem Jungen, der nie lächelte. Warum war er sauer? Sie hatte seit Tagen nicht mehr den falschen Namen gesagt und er hatte sie jedes Mal gelobt und ihr ein bisschen Wasser gegeben. Gestern oder vorgestern hatte er ihr Beeren mitgebracht, die süß und sauer zugleich geschmeckt hatten und so saftig waren, dass ihr Magen schon beim Gedanken daran wehtat.

Das Gitter wurde geöffnet, dann wieder zugeknallt. Amy spürte die Erschütterung in ihren Ketten. »Bitte ...« Sie versuchte, die Augen zu öffnen. »Ich bin Albia ...«

Der Junge war auf einmal bei ihr und griff ihr fest in die Haare. »Und ich sage dir, dass du die Schnauze halten sollst!«

Amy schaffte es, die Lider zu öffnen. Der Junge starrte sie an, seine Augen machten ihr Angst. Dann sah sie das Blut, das viele Blut und den langen, schwarzen Spalt in seiner Wange.

»Was ...«

»Sie wollte dich hier schmoren lassen, bis du zur Vernunft kommst! Das wäre wahrscheinlich richtig gewesen, aber ich musste ja Mitleid mit dir haben!«

Amy wusste nicht, was er meinte. Sie wusste nur, dass diese Wunde in seinem Gesicht schlimm, wirklich schlimm war. Der Junge war bleich, seine Hand zitterte. Er musste bestimmt zu einem Arzt. Ihr Daddy war Arzt, er hätte ihm helfen können. Sie wollte es ihm sagen, aber sie konnte nicht. Jedes Wort war so anstrengend.

»Sie hat es sich schon gedacht, verstehst du? Oben an der verdammten Treppe hat sie auf mich gewartet.«

Auf einmal verstand Amy. Sie hatte nichts zu essen und zu trinken kriegen dürfen und dann war der Junge mit dem leeren Glas aus dem Keller gekommen. Und seine Hände waren von den Beeren ganz verschmiert gewesen, das hatte sie gesehen. Und jetzt hasste er sie, weil sie Hunger und Durst hatte. Und das Blut strömte sein Gesicht runter, klebrig und nass und schnell wie ein Bach.

»Du musst ...« Sie hustete. Ihr Hals fühlte sich an wie Papier. » ... Arzt ...«

»Ich sage dir, was ich muss!« Er ließ sie los und hastete zur Wand. Als er zurückkam, hatte er ein Messer in der Hand. »Mutter hat das Schlachtermesser benutzt, aber hiermit wird es auch gehen, was denkst du?«

Das war es also. So würde dieser böse Traum enden. Irgendwie hatte sie es geahnt. Irgendwie hatte sie gewusst, dass sie Mum und Dad und Paddy, die Mädchen aus ihrer Klasse, ihr Zimmer und all das nicht wiedersehen würde. Sie machte die Augen zu und glaubte, dass sie weinen würde, aber sie weinte nicht. Sie war so müde. Sie glaubte, dass sie vielleicht einschlafen und träumen würde, während das Blut aus ihr lief wie aus der Wange des Jungen.

Sie spürte, wie das kalte Messer ihre Haut berührte und hörte ihn atmen, ganz dicht vor sich. Amy kniff die Augen zusammen und wartete auf den Schmerz. Ja, ganz sicher würde sie träumen. Sie würde alle noch einmal wiedersehen, ein letz-

tes Mal, würde noch einmal wissen, wie es zu Hause roch und wie es sich anfühlte, dort zu sein. Und dann würde sie fort sein.

-75-

Am Morgen fiel es Brady schwer, Chloe allein zu lassen, auch wenn sie den Vorfall von letzter Nacht einigermaßen verwunden zu haben schien. Am liebsten wäre er bei ihr geblieben, doch er hatte einen Mörder zu schnappen, der ihm persönlich viel zu nahe getreten war. Brady hatte Chloe in ein Taxi gesetzt und sich vergewissert, dass ihr niemand folgte. Dann hatte er sich selber auf zur Arbeit gemacht.

Sean führte immer noch Befragungen durch und Kilian war damit beschäftigt, die Opferfotos durch die Interpol-Datenbank laufen zu lassen, sodass Brady das Büro ganz für sich alleine hatte. Doch so lange das Telefon weiterhin schwieg, konnte er keine Fortschritte machen. Ohne Zeugen keine Verdächtigen, ohne Verdächtige keine Festnahme.

Es war bereits Nachmittag und Brady bezweifelte längst, dass der Tag noch etwas Gutes mit sich bringen würde, als die Tür auf flog und Kilian ins Büro gestürmt kam. »Ich glaube, ich habe die beiden Toten in der Datenbank gefunden.«

»Die beiden Toten?«

Kilian nickte. »In der internationalen Datenbank.«

»In der internationalen Datenbank«, wiederholte Brady und merkte zu spät, dass er sich wie ein Idiot aufführte. »Ich will ... Zeigen Sie sie mir bitte sofort.«

»Cedric Thompson und Rachel Caldwell«, las Brady die Namen, die sich unter den beiden Farbfotos befanden.

»Ja. Aber wir bezweifeln, dass sie diese Namen noch benutzen.« Kilian schien ganz in seinem Element, doch Brady konnte gar nicht richtig zuhören.

»Tatsächlich. Sie sind es. Das sind die Toten.« Er hatte sich hinter Kilian positioniert und stützte sich auf der Lehne seines Stuhls ab. Er war unfähig, die Augen von den Fotos auf dem Bildschirm zu wenden, als ob sie verschwinden würden, wenn er sie nicht mit seinen Blicken festhielt.

»Caldwell ist 1985 aus einem Heim in Albia, Iowa, verschwunden. Sie lebte dort, seit ihre Eltern bei einem Überfall ums Leben gekommen waren. Tragischer Fall.«

Brady merkte auf. »*Albia*, sagen Sie?« Das gleiche Wort hatte auf dem Kreuz auf der Simmon-Farm gestanden und Nate Simmon hatte beim Verhör die gleichnamige Stadt in Iowa erwähnt.

Er betrachtete das Bild der jungen Frau genauer. Auch wenn es mehr als fünfundzwanzig Jahre alt war, war die Ähnlichkeit mit der Toten im Nachthemd nicht zu leugnen. Und trotzdem ... »Aktuellere Fotos gibt es nicht?«

»Nur welche, die aus diesem Zeitraum stammen. Die Gesichtserkennung hat allerdings bei beiden angeschlagen.« Kilian deutete auf das Bild des jungen Mannes. »Thompson ist 1987 verschwunden. Er lebte in Maryland auf einer Rinderfarm mit seinem Vater. Eines Tages meldete dieser, dass Cedric ihn in der Scheune niedergeschlagen habe und mit einer jungen Frau namens Rachel auf Nimmerwiedersehen verschwunden sei. Die Beschreibung der Frau traf auf Caldwell zu. Der Vater gab an, dass sie *seltsam* war.«

Brady nickte. »Das ist ja wohl die Untertreibung des Jahrhunderts, aber gut.«

»Sie war eine typische Ausreißerin und ist irgendwann auf dieser Farm gelandet. Dort wurde aus den beiden so eine Art Paar. Ich denke, Cedric war Rachel auf gewisse Weise hörig. Dazu sage ich aber gleich noch was.«

Wenn Thompson der jungen Rachel verfallen war, hatte sie entweder etwas extrem Anziehendes oder etwas sehr Herrisches an sich gehabt – oder beides. »Weiter, was wissen Sie noch?« Bradys Gehirn versuchte schon wieder Verbindungen herzustellen und verlangte nach mehr Futter.

»Ich habe herausgefunden, dass es von beiden Strafakten gibt. Darin finden sich aber nur kleinere Delikte, hauptsächlich Diebstähle in Boston und Umgebung. Weil beide noch so jung waren, sind sie immer mit milden Strafen davongekommen.«

»Sie haben versucht, sich irgendwie durchzuschlagen.«

»Auffällig ist daran nur, dass die Diebstähle immer durch Thompson ausgeführt wurden, obwohl der durch einen Gehfehler beeinträchtigt war.«

»Einen Klumpfuß.«

»Genau. Laut Zeugen war auch Caldwell immer am Ort des Geschehens, jedoch ohne jemals einen Finger krumm zu machen. Wie es aussieht, hat sie Anweisungen gegeben, die der gute Thompson ausgeführt hat.«

»Was für ein Idiot.«

»Sein IQ war zwar laut seiner Akte unterdurchschnittlich, aber als Idioten konnte man ihn noch nicht bezeichnen. Schließlich sind die beiden am Ende mit allem durchgekommen, was sie verbrochen haben.«

»Sie haben wirklich gute Arbeit geleistet.«

»Das war bei Weitem noch nicht alles, Mann.« Kilian bekam das Grinsen gar nicht mehr aus dem Gesicht.

»Schießen Sie los.«

»Ich sagte ja bereits, dass sie mit *allem* durchgekommen sind. Und jetzt passen Sie auf.« Kilian drehte sich auf seinem Stuhl zu ihm herum. »Thompson und Caldwell haben sich nach 1989 darin versucht, Kinder zu entführen.«

Brady starrte Kilian an, als würde er plötzlich ausgelassen auf dem Tisch tanzen.

»Da sind Sie erstaunt, was?«

»In der Tat ... Wieso haben sie nicht einfach Kinder bekommen?«

»Nach allem, wovon ich ausgehe und was ich herausfinden konnte, glaube ich nicht, dass sie eine sexuelle Beziehung hatten.«

Langsam begriff Brady die Ausmaße von Kilians Entdeckung und die Erleichterung über diesen Fortschritt war unbeschreiblich. »Jetzt haben wir also eine mögliche Verbindung. Wir müssen überprüfen, ob ... Können Sie mir diese Fakten ausdrucken? Ich muss ...«

»Eins noch: Niemand weiß sicher, ob den beiden jemals eine Entführung gelungen ist. Nach einem missglückten Entführungsversuch in der Nähe von Somerville, Massachusetts, sind sie 1990 erstmal untergetaucht. Damals hatten sie versucht, ein vierjähriges Mädchen zu kidnappen, aber die Kleine hat sich gewehrt und geschrieen. Niemand wusste, wo sie sich aufhielten, bis 1991 der kleine Sammy Ray Mercer im Alter von sechs Jahren vom Spielplatz eines Kinderheims in South Boston entführt wurde. Die Betreuerin hatte einen Moment nicht aufgepasst. Sie war einer gestürzten Frau zur Hilfe geeilt und hatte die Kinder für wenige Sekunden aus den Augen gelassen. Als sie sich wieder umdrehte, war der Junge verschwunden. Man ging davon aus, dass Caldwell und Thompson dahinter stecken, weil die Beschreibung der gestürzten Frau auf Caldwell zutraf. Aber sie konnten nicht aufgespürt werden. Es wird vermutet, dass sie es direkt nach der Entführung geschafft haben, unbemerkt aus den USA auszureisen. Mit dem Jungen.«

Brady musste die Fülle an Informationen erstmal verarbeiten. Seine Gedanken überschlugen sich. Thompson und Caldwell, Kindesentführer, Nate und Toby Simmon, die tote Amy Namara. Wer wusste schon, wie viele Entführungen und Kindstötungen auf das Konto der beiden gingen?

»Gibt es Fotos von dem Jungen? Sammy ...«

»Sammy Ray Mercer. Nur eins, von seiner Aufnahme im Heim. Da war er ungefähr drei. Seine Mutter hat ihn vor einem Fast-Food-Restaurant ausgesetzt. Alles, was er dabei hatte, war ein Zettel mit seinem Namen darauf.« Kilian öffnete eine neue Datei und zeigte ihm das Foto eines ernsten, kleinen Jungen mit dunklem Haar und hellen Augen.

»Er sieht aus wie jedes andere Kind auch ...« Brady versuchte krampfhaft, Nate oder Toby in ihm zu erkennen. »Wir sollten versuchen, die Mutter zu kontaktieren. Vielleicht hat sie noch einen Schnuller von Sammy. Irgendetwas, wovon wir die DNA mit der von den beiden Jungs abgleichen können?«

Kilian schüttelte bedauernd den Kopf. »Jennifer Mercer hat sich damals von einer Brücke gestürzt.«

»Und der Vater?«

»Der Vater ist unbekannt.«

»So ein Mist!« Brady sah seine Chancen schwinden. »Gibt es noch mehr Entführungen, die auf ihr Konto gehen könnten?«

»Eigentlich jede ungeklärte.«

»Das heißt ... Diese Erkenntnis bringt uns auch nicht wirklich weiter?«

»Immerhin sind die Toten jetzt identifiziert. Vielleicht können wir damit arbeiten.«

»Wenn die beiden sich mehr als zwanzig Jahre lang versteckt haben ...« Brady schüttelte den Kopf. »Irgendwie werden wir diese Infos nutzen können. Ich weiß nur im Moment noch nicht wie.«

-76-

Patrick schluckte zwei Tabletten und schaffte es, bis zum frühen Abend zu schlafen. Dann stand er auf, nahm eine ausgiebige Dusche und rasierte sich mit dem Rasierer seines Vaters. Anschließend spülte er das restliche Kokain und die Diazepam durchs Klo. Sobald er die Spülung betätigte, bereute er es und gleichzeitig war er froh, endlich diesen Schritt gewagt zu haben. Er musste clean werden, ein für alle Mal. Er konnte nicht länger durch die Leben derer stolpern, die ihm wichtig waren und überall für Probleme und Wut und Tränen sorgen.

Er verließ das Gästezimmer und lauschte, doch im Haus war alles still. Vielleicht waren seine Eltern fort, vielleicht schliefen sie schon. Er zögerte kurz, dann schlich er zu seinem alten Zimmer und öffnete die Tür, die laut und unheilvoll in den Scharnieren quietschte. Unwillkürlich fragte er sich, wie lange niemand mehr hier drin gewesen war. Er schloss die Tür hinter sich und war wie erschlagen von der Wärme und dem Staub, der wie dichter Rauch in der Luft hing. Das Fenster war schmutzig und ließ nur wenig von dem trüben Abendlicht herein. Er schaltete die Deckenbeleuchtung ein, die erstaunlicherweise noch funktionierte.

An der Türschwelle verharrte er. Seine Eltern hatten hier nichts verändert, die Möbel standen so da, wie er sie zurückgelassen hatte, als er aufs College gegangen war. Sogar das Übungsskelett, das er von seinem Vater bekommen hatte, befand sich noch an seinem Platz. Ab der neunten Klasse hatte er darauf hingearbeitet, wie Jack Arzt zu werden. Er hatte versucht, seine Eltern stolz zu machen, ihnen durch Leistung zu gefallen. Rückblickend war ihm klar, dass er damit nur sein schlechtes Gewissen hatte beruhigen wollen und dass es ihm nie wirklich gelungen war. Was er getan hatte, war unentschuldbar.

Patrick ging zum Fenster, um es zu öffnen, und entdeckte die beiden Kisten in der Lücke zwischen Wand und Kleiderschrank. Gesichtslose, braune Umzugskartons, beide mit Klebeband fest verschlossen, beide unbeschriftet

– Patrick wusste, was darin war. Er hatte seinen Eltern geholfen, sie zu packen.

Kurzentschlossen zog er den oberen hervor, stellte ihn aufs Bett und begann, das Klebeband zu lösen. Die Jahre hatten die einzelnen Bahnen miteinander verschmelzen lassen und als er sie abzog, wirbelte vom Pappdeckel des Kartons millimeterdicker Staub auf.

Patrick riskierte einen Blick auf die Sachen, die seit fast zwanzig Jahren in dem Karton vor sich hin moderten. Obenauf lag ein Kinderbuch, eine dicke Ausgabe, deren Seiten an den Rändern dunkelgrau geworden waren. *Irische Sagen und Legenden* stand in goldenen Buchstaben vorne drauf. Jack hatte Amy jeden Abend eine Geschichte aus diesem Buch vorlesen müssen und sie hatte immer darauf bestanden, dass er das Buch in den Händen hielt, auch wenn er sie längst auswendig kannte.

Vorsichtig nahm Patrick das Märchenbuch aus der Kiste und fand darunter ein paar ihrer Kleidungsstücke, von denen seine Eltern sich nicht hatten trennen können. Behutsam holte er sie heraus und was er darunter erblickte, ließ sein Herz sich schmerzhaft zusammenkrampfen. Auf dem Boden des Kartons lag eine kleine Porzellandose, darin zwei von Amys Milchzähnen. Sie hatte sie verloren, kurz bevor sie verschwunden war.

Jetzt muss mir die Zahnfee einen Wunsch erfüllen, Paddy.

Patrick sank neben Amys Sachen auf die Bettkante und konnte nichts dagegen tun, dass er völlig die Beherrschung verlor. Er schlug die Hand vor den Mund und spürte, wie Tränen über seine Finger strömten. Sie war ein sechsjähriges Mädchen gewesen. Was um alles in der Welt hatte er sich damals nur gedacht? Er hatte zugelassen, dass Amy diesen Wahnsinnigen in die Hände gefallen war, er hatte ihren Tod zu verantworten. Wenn er dafür jetzt wahnsinnig wurde, wenn er langsam aber sicher den Verstand verlor, dann hatte er es verdammt noch mal verdient.

Auf einmal spürte er eine Hand auf seiner Schulter. Er blickte auf und entdeckte Evelyn, die hereingekommen war, ohne dass er es bemerkt hatte. Er öffnete den Mund, um ihr diese Situation zu erklären, doch seine Mutter schüttelte bloß den Kopf und ihre Lippen verzogen sich zu einem traurigen Lächeln.

»Sie fehlt uns allen.«

Er war nicht fähig, etwas zu erwidern.

»Die letzten Wochen waren für uns alle schwer, aber du kannst mit uns darüber sprechen, Junge.« Die Stimme seiner Mutter zitterte.

Patrick wandte sich ab und vergrub das Gesicht in den Händen. Er verdiente ihren Trost nicht und konnte ihr selber keinen Trost spenden. Sein Wissen um jene Nacht vor neunzehn Jahren stand so fest und unerschütterlich zwischen ihnen.

Er öffnete die Augen und starrte aus dem Fenster. Der Himmel war nachtblau, der Mond weiß wie Knochen. Der Wald ragte finster in den Abend und hatte nichts von seiner Bedrohlichkeit eingebüßt. Patrick lauschte der zittrigen Stimme seiner Mutter, die sanft auf ihn einredete, und wünschte sich nur noch, dass alles endlich ein Ende nahm. Morgen würde er zurück nach Dublin fahren und dann würde er dafür sorgen.

-77-

Brady konnte nicht einschlafen. Immer wieder musste er an Chloe denken, wie sie alleine in ihrer Wohnung saß und vermutlich Angst hatte. Er hatte heute mehrfach mit ihr telefoniert und sie hatte ihm immer wieder versichert, dass es ihr gut ginge, bis Brady schließlich aufgegeben hatte. Anscheinend wollte sie ihre Ruhe.

Er stand auf und trat ans Fenster. Die Dorset Street lag dunkel und verlassen unter ihm. Wenn er sich überlegte, dass Nate Simmon in einem der unzähligen Schatten hocken und auf sein nächstes Opfer warten könnte, wurde ihm ganz anders.

Brady verscheuchte die düsteren Gedanken und setzte sich an den Tisch. Vor ihm lagen einige Zettel, auf denen er grob notiert hatte, was sie bisher wussten. Ein entführter Sechsjähriger, der mit ziemlicher Sicherheit auf das Konto von Thompson und Caldwell ging. Vom Alter her konnte dieser Junge Nate sein. Was zwar Einiges erklärte – zum Beispiel, dass er und Toby sich für Brüder hielten, es aber nicht waren – jedoch erklärte es nicht, wieso Nate seine vermeintlichen Eltern umgebracht haben sollte. Wenn es aus Hass auf seine Entführer geschehen war, wieso hatte er dann gewartet, bis er fast dreißig war? Warum war er so lange bei ihnen geblieben? Und wieso hatte er dann versucht, Toby ebenfalls zu töten?

Es gab nur eine Möglichkeit, die ihn jetzt weiterbringen konnte: Er musste herausfinden, ob Toby auch entführt worden war.

Brady öffnete sein Notizbuch und setzte *DNA-Abgleich Thompson, Caldwell und Toby Simmon* ganz oben auf die Liste. Als zweiten Schritt notierte er, dass er sich noch einmal das Baby ansehen würde, dass vor fünfzehn Jahren aus dem Krankenhaus in Belfast entführt worden war. Wenn er Glück hatte, dann hatten die Eltern des Säuglings irgendetwas aufbewahrt, womit man Tobys DNA abgleichen konnte. Und anschließend würde er sich noch einmal den Namaras widmen. Vielleicht sagten ihnen die Namen der Entführer etwas. Unterdes würde er Kilian oder Sean bitten, sich alle Fälle von Kindesentführung und Kindstötung zwischen 1991 und heute in Irland anzusehen. Außerdem musste sich noch einmal jemand auf der Farm genauer umsehen. Er mochte sich gar nicht ausmalen, was alles zu Tage kommen würde, wenn man nur tief genug grub.

-78-

Es fiel Brady nicht leicht, die Eltern des entführten Säuglings zu kontaktieren. Er wusste, dass er den Mahonys Hoffnungen machen würde, die er eventuell schnell wieder zerschlagen musste. Aber er sah einfach keinen anderen Weg. Aus dem Telefonverzeichnis wusste er, dass die Mahonys nicht mehr in Belfast lebten, sondern in Maynooth, keine dreißig Kilometer von Dublin entfernt. Brady hatte überlegt, ob er sein Kommen ankündigen sollte, doch dann war er zu dem Schluss gekommen, dass er der Familie keine Zeit für Spekulationen geben sollte. Und so befand er sich nun, an einem nebligen Samstagmittag, auf der National Road auf der Höhe von Dowdstown.

Sean hatte angeboten ihn zu begleiten, doch Brady hatte abgelehnt. Nun bereute er es. Der Alte hätte ihm mit seiner Erfahrung sicher in der einen oder anderen Situation sehr hilfreich sein können.

Das Haus der Mahonys lag hinter einem hohen Zaun in einer verkehrsberuhigten und gepflegten Wohnsiedlung. Brady spähte durch eine Lücke im Holz auf das Grundstück. Von außen machte das Haus den Anschein, als wohne eine glückliche Durchschnittsfamilie darin. Auf dem Rasen vor der Tür lagen ein Fußball und ein bunter Eimer. Neben dem Gebäude konnte er eine Schaukel und einen Basketballkorb erkennen. An den Fenstern einiger Zimmer hingen selbst gebastelte Weihnachtssterne. Und noch etwas stach Brady sofort ins Auge. Über der Tür und an allen Fenstern blinkten rote Lämpchen, die auf eine Alarmanlage hindeuteten. Brady kniff die Augen zusammen, um besser sehen zu können und entdeckte auf Anhieb drei winzige Kameras, die jede Bewegung auf dem Grundstück aufzeichneten. Das Haus der Mahonys glich einer Festung.

»Dann wollen wir mal ...« Er drückte die Klingel, die in eine massive Steinsäule neben dem breiten Tor eingelassen war. Es dauerte nicht lange, dann rauschte die Sprechanlage.

»Ja bitte?«, fragte eine Männerstimme.

»Detective McCarthy. Vom Dublin County Dezernat.« Brady vermied es, den Begriff *Morddezernat* zu benutzen.

»Was wollen Sie?«

»Ich möchte Ihnen nur einige Fragen stellen. Darf ich reinkommen?«

»Halten Sie Ihre Marke nach links oben. Dort ist eine Kamera im Baum.«

Brady hob den Blick und entdeckte tatsächliche eine winzige Überwachungskamera in einer Tanne und fragte sich unwillkürlich, wie viel Geld die Mahonys für diese High-Tech-Anlage ausgegeben haben mussten.

»Ihre Marke, Mister McCarthy. Bitte.«

Brady beeilte sich dem elektronischen Auge seine Dienstmarke zu präsentieren. Einen Moment herrschte Schweigen, dann schwang das Tor mit einem Surren auf.

»Ich erwarte Sie an der Haustür«, drang es aus der Sprechanlage.

»Also, Mister McCarthy, worum geht es?« Jonathan Mahony hatte in einem Sessel Platz genommen und betrachtete Brady aus hellblauen Augen. Sein Haar war ergraut, was ihn älter wirken ließ, als er vermutlich war.

»Ich möchte Ihnen ein paar Routinefragen stellen. Zum Verschwinden Ihres Sohnes David.« Brady wusste, dass er mit der Tür ins Haus fiel, aber ihm rannte die Zeit davon.

»David?« Jonathans Gesicht war keine Regung anzumerken. »Ich glaube, meine Frau und ich haben damals alle nur erdenklichen Fragen zu seinem Verschwinden beantwortet. Mehrfach. Lassen Sie die alte Geschichte ruhen.«

»Nun …« Brady musste seine nächsten Worte mit Bedacht wählen. »Es ist möglich, dass wir Davids Entführer gefunden haben.«

»… nach so langer Zeit?«, fragte eine weibliche Stimme von der Wohnzimmertür.

Brady und Jonathan blickten gleichzeitig auf. Im Türrahmen stand eine hagere Frau, die dem Alter nach Elizabeth Mahony, Davids Mutter, sein musste.

»Wie oft haben sie das schon behauptet, Betty?« Jonathan stand auf und schritt langsam auf seine Frau zu. Die Behutsamkeit, die er ihr gegenüber an den Tag legte, ließ Misses Mahony zerbrechlich wirken. »Lass mich das hier regeln, Schatz.«

»Nein.« Elizabeth schüttelte den Kopf und betrat das Wohnzimmer. Zuerst wirkte sie unschlüssig, dann nahm sie neben Brady Platz. »Sie arbeiten an Davids Fall …?«

»Indirekt. Wir ermitteln in einem Mordfall an einem Paar.«

»Da siehst du es doch!«, erboste sich Jonathan und ging aufgebracht im Zimmer auf und ab.

»Bitte, was hat diese Sache mit David zu tun?« Elizabeth' Augen ruhten auf Brady.

»Bei den beiden Getöteten handelt es sich um gesuchte Kindesentführer.«

»Entführer, ja? Nicht Kinds*mörder*.« Auch wenn Elizabeth mehr mit sich selbst sprach, war es Brady als wäre er ihr eine Antwort schuldig.

»Das wissen wir noch nicht genau«, gestand er. »Wir gehen davon aus, dass sie zumindest ein kleines Mädchen getötet haben. Es tut mir leid.«

Elizabeth hatte den Blick immer noch auf Brady gerichtet, aber ihre Gedanken schienen abzuschweifen. Ihre Augen wurden glasig und sie starrte durch ihn hindurch, als wäre er überhaupt nicht da.

»Betty, ich spreche schon mit Detective McCarthy.« Jonathan legte seiner

Frau eine Hand auf die Schulter. »Mach doch schon einmal Mittagessen. Die Kinder kommen gleich vom Fußball.«

»Nein. Lass mich hören, was er zu sagen hat.«

»Wie du möchtest.« Jonathan ließ sich nur zögerlich zurück in den Sessel fallen.

»Misses Mahony, Mister Mahony … Ich möchte Ihnen auf keinen Fall irgendwelche Hoffnungen machen, die sich hinterher nicht bewahrheiten …«

»Das hat man schon so oft getan.« Elizabeth wischte sich eine Träne aus dem Augenwinkel. Scheinbar waren die Wunden, die der Verlust ihres Kindes ihr zugefügt hatte, auch nach fünfzehn Jahren noch frisch. »Einmal brachte man uns sogar ein Findelkind vorbei. Sie glaubten, es wäre David, aber ich erkenne doch meinen eigenen Sohn!«

Brady öffnete den obersten Knopf seines Hemdes. Die Beklemmung, die im Haus der Mahonys herrschte, schien ihn erdrücken zu wollen. »Wir haben … Gibt es noch irgendwo DNA von Ihrem Sohn?«

»Sie meinen so etwas wie Haare? David war noch ein Säugling, Detective. Ich habe ihn kaum in den Armen halten können, nachdem ich ihn auf die Welt gebracht habe.« Elizabeth schüttelte den Kopf. »Er hatte Neugeborenengelbsucht, wissen Sie? Zur Vorbeugung einer Schädigung des zentralen Nervensystems musste David eine Fototherapie mit blauem Licht über sich ergehen lassen. Irgendjemand hat ihn dann …« Elizabeth brauchte einen zweiten Anlauf, um die Ereignisse zu schildern. »Irgendjemand hat David aus seinem Wärmebettchen gestohlen …« Elizabeth sank in sich zusammen und Jonathan stand auf, um seine Frau zu umarmen.

»Gehen Sie jetzt besser, Mister McCarthy.«

Brady erhob sich zögernd. »Wenn Sie doch noch etwas von David haben …«

»… dann können Sie uns sagen, ob er tot ist?« Elizabeth' direkte Fragen brachten Brady aus dem Konzept. Am liebsten hätte er die Mahonys getröstet, hätte ihnen gesagt, dass David vielleicht noch lebte. Aber er beherrschte sich.

»Ja«, log Brady. Er konnte ihnen unmöglich die Wahrheit sagen.

»Alles was uns noch von unserem Sohn geblieben ist, ist seine Decke.«

»Eventuell reicht das schon.«

Elizabeth sah ihren Mann an. »Holst du sie bitte?«

»Bist du dir sicher?«

»Ja.« Elizabeth nickte und wandte sich an Brady. »Ich möchte sie wieder haben. Wenn Sie mit Ihren Untersuchungen fertig sind.«

Jonathan zögerte, dann stand er auf und verließ das Wohnzimmer.

Elizabeth schaute ihm nachdenklich nach, dann ergriff sie erneut das Wort. »Als ich mit David schwanger war, da hatte ich dauernd das Gefühl, dass etwas nicht in Ordnung ist. Damals haben wir in einem Haus in Belfast gewohnt. Ich habe dieses Haus gehasst. Überall habe ich Schatten gesehen, etwas gehört …«

Brady runzelte die Stirn. Sofort brannten ihm jede Menge Fragen auf der Zunge, doch er wollte sie in ihrem Redefluss nicht stören.

»Ich habe eine Gestalt im Garten gesehen. Jonathan hat mich für übersensibel gehalten, hat meine Wahnvorstellungen, wie er sie nannte, auf die *Schwangerschaftshormone* geschoben. Er war schon immer ein Feigling. Er hat die Augen gerne vor der Wahrheit verschlossen …« Elizabeth begann, die Fernbedienung auf dem Tisch an den Linien der Tischplatte auszurichten. »Heute bin ich mir sicher, dass die Entführer uns beobachtet haben. Sie haben sich uns ausgesucht und bis ins Krankenhaus verfolgt.«

Brady erschauerte. Elizabeth schilderte die Ereignisse von früher, als wäre sie immer noch darin gefangen.

»Ich habe immer gehofft, dass David bei netten Menschen gelandet ist. Bei Menschen, die selber keine Kinder kriegen können. Die nicht wussten, wo sie mit ihrer überschüssigen Liebe hin sollten und keinen anderen Ausweg gesehen haben, als ein fremdes Baby damit zu überschütten.«

»Eine tröstliche Vorstellung.«

»Vermutlich ist sie das.« Elizabeth wandte sich Brady zu und rang sich ein Lächeln ab. »Sie haben also ein skelettiertes Baby gefunden?«

Jetzt konnte Brady nicht mehr anders. »Nein, Misses Mahony. Wir haben einen Jungen gefunden. Lebend.«

»Das ist unmöglich …«

Brady hob die Hände. »Das muss nichts bedeuten, wir … Wir müssen nur einfach jeder Spur nachgehen, die wir haben.«

»Gibt es ein Foto? Des Jungen, den Sie gefunden haben?«

Brady hatte mit dieser Frage gerechnet. Er hatte vorher nicht gewusst, wie er darauf reagieren würde, aber jetzt gab es nur eine logische Möglichkeit. Er holte Toby Simmons Foto aus der Innentasche und reichte es Elizabeth.

Sie nahm das Bild behutsam in die Hände und strich mit den Fingern über die feinen Linien in Tobys Gesicht. Etwas flammte in ihren Augen auf, das kurz darauf wieder erlosch.

»Machen Sie Ihre Tests, Detective. Dann sehen wir weiter.« Elizabeth legte das Foto auf den Tisch und stand abrupt auf. »Jonathan wird Ihnen gleich die Decke bringen. Rufen Sie uns an, wenn Sie etwas herausgefunden haben.« Damit ließ sie Brady alleine zurück.

-79-

»Bitte, Finn. Es ist wichtig.« Brady hatte auf der Rückfahrt von den Mahonys direkt bei Finn Fallon angerufen, um ihm mitzuteilen, dass er die DNA von David Mahony mit der von Toby Simmon abgleichen sollte.

»Wir sind schon zwei Wochen in Verzug. Ich kann euch nicht immer vorziehen, Mann, so leid mir das tut. Weißt du, wie viele Spuren ich alleine aus eurem Dezernat zur Auswertung bekomme?«

»Finn, bitte. Vergiss alles, was ich dir vorher gegeben habe. Vergiss alles, was du von Sean, Kilian oder mir bekommen hast, vergiss die Spuren aus dem Haus. Du musst einfach nur die DNA eines Säuglings mit der von Toby abgleichen. Bitte.« Brady schloss das Autofenster, um Finn besser verstehen zu können.

»Und heute Abend soll ich wieder eine Ausnahme machen. Und wieder und wieder ...«

»Finn«, bat Brady. »Nur noch diesen einen Gefallen. Ich schwöre es.«

»Gut, dieses eine Mal noch. Und ich muss mich erstmal nicht um eure ach so-wichtigen Spuren an der Simmon-Leiche kümmern?«

»Simmon-Leiche? Ist Toby ...«

»Ich rede von diesem Nate.« Finn gähnte. »Der ist jetzt erstmal unwichtig?«

»Moment, Moment. Nate Simmon ist *tot*? Seit wann?«

»Willst du mich auf den Arm nehmen, Kumpel? Das solltest du doch wissen, oder?«

»Ich war bei ... Ich rufe dich später noch mal an. Kümmer' dich erstmal um beide. Nate und Toby.«

»Hey, Halt, so war das nicht–«

Brady legte auf und wählte Seans Nummer.

»Brady? Gut, dass du anrufst«, meldete sich sein Partner. Es war laut bei ihm im Hintergrund, als wäre er draußen, irgendwo an einer Straße.

»Das dachte ich mir. Hast du mir irgendwas zu sagen?«

»Tja, sieht so aus, als würde einer unser Lieblingsverdächtigen wegfallen.« Sean entfernte sich hörbar ein paar Schritte von der Geräuschquelle. »Nate Simmon ist tot. Passanten haben ihn heute Morgen zwischen Müllcontainern und Abfallhaufen gefunden. Unweit von deinem Haus entfernt. Er wurde erstochen und seine Hände wurden abgeschnitten – wenn du mich fragst, kommt unser Täter langsam richtig in Fahrt.«

»Und das sagst du mir erst jetzt? Ich muss erstmal nachfragen, bevor ich das erfahre?«

»Du warst beschäftigt. So'n Toter läuft nicht weg.«

Brady zwang sich zur Ruhe. »Wie ist es passiert?«

»Erstochen. Wir haben zwanzig oder einundzwanzig Stiche in den Brustkorb gezählt. Da muss jemand ganz schön wütend gewesen sein.«

»Nur wer bleibt uns jetzt noch?«

»Gute Frage.«

»Finn Fallon sagt, ihr habt DNA gefunden?«

»In der Tat. Ein paar Haare hingen in Simmons Wunde. Es hat einiges an

Überredungskunst gebraucht, bis Fallon versprochen hat sich dafür einzusetzen, dass–«

»Ja, ja, ich weiß. Bei mir hat er auch schon rumgejammert, dass zu viel zu tun ist.« Brady fuhr an den Straßenrand und schaltete den Motor ab. Er war zu aufgebracht, um noch vernünftig fahren zu können. »Du sagst, ihr habt ihn in der Nähe meiner Wohnung gefunden?«

»Gegenüber von deinem Haus, in einer Gasse. Vielleicht hat er dort auf dich gewartet.«

»Das ergibt doch alles keinen Sinn ... Nate hat versucht, Toby zu töten, soviel ist doch sicher. Außerdem wollte er mich oder Chloe oder uns beide umbringen. Logischerweise würde ich annehmen, dass er dann auch Thompson und Caldwell auf dem Gewissen hat. Aber sein Tod jetzt bedeutet ...«

»... dass es noch mindestens einen weiteren Mitspieler mit mörderischen Intentionen gibt, richtig, McCarthy.«

»Also, entweder haben wir es mit einem ganz Fremden zu tun oder Namara ist immer noch nicht aus dem Rennen«, mutmaßte Brady.

»Richtig. Fallon gleicht die Haare mit Namaras DNA ab und dann dürfen wir gespannt sein. Was hat dein Besuch bei den Mahonys ergeben?«

»Noch mehr Arbeit für Fallon und seine Leute. Genaueres erzähle ich dir später. Ich fahre schnell zu ihm und dann komme ich zum Tatort. Bis gleich.« Brady ließ das Handy sinken. Es fühlte sich an, als stünde er nur noch wenige Meter von der Lösung entfernt und trotzdem war sie nicht greifbar. Die Puzzleteile in seinem Kopf gehörten alle zum gleichen Spiel, aber er war nicht fähig, sie richtig zusammenzusetzen. Er hatte den Inhalt, aber der Rahmen fehlte. Ohne Konturen gab es zu viele Möglichkeiten, die ein passendes Bild ergeben konnten. Er musste die DNA-Ergebnisse abwarten. Sie würden zumindest einen Teil der Begrenzung bilden, die er benötigte, um nicht in seinem eigenen Chaos verloren zu gehen.

-80-

Nate Simmon bot einen erbärmlichen Anblick. Er lag zwischen Unrat und Altpapier und hatte die Augen starr auf das Stückchen Grau am Himmel gerichtet, dass zwischen den Häuserfassaden zu erkennen war. Sein gesamter Körper war blutbesudelt und sein Oberkörper von Messerstichen zerfetzt. Von seiner Leiche zum nächsten Kanaldeckel hatte sich ein Rinnsal aus Blut gebildet, das zum großen Teil aus seinen Armstümpfen gelaufen zu sein schien. Die Hände hatte man in einer Mülltonne gefunden.

»Irgendwelche Papiere?«, fragte Brady und machte ein paar Beamten Platz, die Nate Simmon für den Abtransport präparierten.

»Nichts. Seine Taschen sind absolut leer. Nicht einmal Kaugummipapier oder ein Kassenbon«, sagte Kilian, der lange vor Brady eingetroffen war.

»Wäre ja auch zu schön gewesen.«

Sean trat neben die beiden. »Irgendjemand hat mit großer Wut, aber nicht mit sonderlich viel Kraft auf ihn eingestochen. Die Einstiche sind nicht sehr tief, aber in ihrer Anzahl absolut tödlich.«

»Vermutlich ist er am Blutverlust und nicht an Organverletzungen gestorben, sagen sie«, ergänze Kilian.

»Ich kann mir auf all das keinen Reim machen, echt nicht.« Brady schüttelte den Kopf. »Allein schon die Verstümmelungen. Füße, Mund, Hände – was hat das zu bedeuten?«

»Um das herauszufinden, bräuchten wir erstmal einen Verdächtigen, den wir danach fragen können.«

»Wenn Namaras Alibis nicht wären ...«

»Wenn ihr wollt, mache ich mich mit Amy Namaras Fall vertraut, fahre Anfang der Woche noch mal zu den Eltern raus und fühle ihnen auf den Zahn«, bot Kilian an.

Sean und Brady wechselten einen raschen Blick, dann nickte Sean. »Tu das. Ich bemühe in der Zeit mal die Chefetage und bitte um Verstärkung, sofern ich am Sonntag jemanden antreffen kann.«

Der Unterton in Seans Stimme zeigte, dass er diese Aufgabe nur ungern übernahm.

»Ich kann das auch machen.«

Sean winkte ab. »Ach was. Tritt du lieber Fallon und seinem Team in den Hintern, damit der Mahony-Simmon-Abgleich schnell über die Bühne geht. Dann sind wir wenigstens eine Sorge los.«

»Ist gut.« Brady wollte nicht an Toby erinnert werden, auch wenn er wusste, dass er es dem Jungen schuldig war. »Wenn ihr nichts mehr habt ...« Er deutete auf seine Wohnung auf der gegenüberliegenden Straßenseite.

»Geh nur, wir machen auch gleich Feierabend.«

Als am nächsten Morgen sein Handy klingelte, hatte Brady das Gefühl, sich gerade erst ins Bett gelegt zu haben. Ein Blick auf die Uhr zeigte ihm, dass es bereits nach elf war. Er hatte gnadenlos verschlafen! Blitzschnell durchforstete er seinen Kopf nach einer Ausrede, aber ihm fiel einfach keine passende ein. Also musste er es mit der Wahrheit versuchen.

»Hallo?« Seine Stimme war heiser, als hätte er die ganze Nacht gesungen.

»McCarthy, du lebst noch?« Sean legte übertrieben viel Überraschung in seinen Unterton. »Ich dachte schon, der tote Simmon hat dich doch noch erwischt.«

»Mein Gott ... Ich habe verpennt. Ich mach mich sofort auf den Weg.«

Brady rieb sich die Augen, um den letzten Benommenheitsschleier loszuwerden. »Ich hab keine Ahnung, was los ist. Ich habe gestern eine Schlaftablette genommen …«

»Daran wird es liegen. Von mir aus kannst du heute zu Hause bleiben, aber ich glaube nicht, dass du das willst.«

»Die Ergebnisse …«

»Tja, Fallon hat auch ohne deinen Arschtritt die Nacht durchgeackert. Er meinte, er braucht noch ungefähr eine Stunde und dann hat er's.«

»Danke, ich beeile mich!«

-81-

Der Entzug hatte plötzlich eingesetzt und fiel dafür umso heftiger aus. Nach seinem Zusammenbruch in seinem alten Kinderzimmer hatte sich Patrick gerade eben noch ins Gästezimmer schleppen können, wo er auf dem Bett endgültig schlapp gemacht hatte. Die Nacht im Knast war einfacher gewesen, weil er dort gewusst hatte, dass er sich zu Hause mit neuem Stoff versorgen würde. Sein Entschluss, ganz mit dem Kokain aufzuhören, raubte ihm hingegen von einer Sekunde auf die andere jeden letzten Rest Energie. Jedes Mal, wenn Patrick aufwachte, fühlte er sich wie gerädert und schlief sogleich wieder ein. Er hätte ewig so weitermachen können, wenn nicht am Sonntagmittag sein Vater ins Gästezimmer gekommen wäre und ihn unsanft geweckt hätte, indem er ihn an der Schulter packte und ihn so lange schüttelte, bis er die Augen öffnete.

»Wir fahren jetzt zu einem Arzt, und zwar sofort!«

»Wir *sind* Ärzte, Dad«, nuschelte Patrick und zog sich das Kissen über den Kopf.

Sein Vater blieb gnadenlos. »Willst du mir vielleicht etwas erzählen? Vielleicht etwas über das leere Tablettenröhrchen und den kleinen Plastikbeutel im Badezimmermüll?«

Patrick stöhnte und schaute unwillig unter dem Kissen hervor. »Du darfst es Mum nicht sagen.«

»Hier.« Jack legte unbeholfen eine Tablette neben ihm aufs Kissen. »Nimm die.«

»Was ist das?« Patrick beäugte die blauweiße Pille kritisch. Eigentlich wollte er das hier ohne Hilfsmittel durchstehen, doch die Vorstellung, wieder Chemie zu Hilfe zu nehmen, war allzu verlockend.

»Propranolol. Mein Blutdruckmittel. Das wird dir das Ganze ein bisschen erleichtern.« Ohne ihn eines weiteren Blickes zu würdigen, stapfte Jack zurück zur Tür.

»Dad?«

Jack drehte sich zu ihm um und musterte ihn mit unverhohlener Enttäuschung in den Augen.

»Schließ mich hier ein, okay?«

-82-

Brady hatte eine Dreiviertelstunde gebraucht, um sich aus dem Bett und durch die Stadt zum Phoenix Park zu kämpfen. Unterwegs hatte er Pasteten und Kaffee für alle besorgt. Als er das Büro betrat, hing Kilian über einem Stapel Zeitungsartikel und von Sean fehlte jede Spur. Brady stellte seine Mitbringsel auf einen der freien Tische und fragte nach seinem Partner.

Kilian deutete mit einem Finger an die Decke. »Ist bei Sullivan und bettelt um Verstärkung.«

»Vergeblich vermutlich. Möchten Sie einen Kaffee?«

»Gerne.« Kilian nickte. »Ich habe alles kopiert und ausgedruckt, was ich über die Namaras in Zeitungen finden konnte.«

Brady reichte ihm einen Becher und sah sich die Berichte genauer an. »Ich denke auch, dass es kein Zufall sein kann, dass ausgerechnet Patrick Namara mit in den Fall gezogen wurde. Wir haben zwei tote Kindesentführer, Spuren von Namara an einem der Tatorte und ganz zufällig ist es Namaras Schwester, die früher entführt wurde?« Brady schüttelte den Kopf.

»Das denke ich auch.«

Das Telefon schrillte und Kilian und Brady griffen gleichzeitig nach dem Hörer.

»Bitte.« Kilian zog die Hand zurück.

»Detective McCarthy vom Morddezernat?«

»Fallon hier«, gähnte eine verschlafene Stimme, die Brady nur mit Mühe Finn zuordnen konnte. »Wir haben die Ergebnisse vom DNA-Abgleich Simmon und Mahony.«

Brady schirmte den Hörer mit der Hand ab und flüsterte: »DNA-Ergebnis.«

Kilian richtete sich auf und schaltete das Telefon auf Lautsprecher.

»Dann schieß mal los, Finn.« Brady spürte, wie seine Handflächen schwitzig wurden.

»Das war gar nicht so leicht, aus der Babydecke noch brauchbare Spuren herauszubekommen. Die Leute sollten ihre Beweismittel besser lagern. Ich habe versucht, die DNA mittels PCR zu replizieren – vergebens. Wir haben durchgearbeitet wegen euch Sklaventreibern.«

»Finn, raus mit der Sprache!«

»Ihr habt kein Verständnis für das arbeitende Volk.« Der Gerichtsmediziner seufzte theatralisch und räusperte sich. »Der Vergleich hat ergeben, dass Toby Simmon mit den Mahonys verwandt ist.«

Brady wusste nicht, ob er sich freuen sollte, oder ob die Verwirrtheit überwog. »Das heißt, er ist David.«

»Nein, das heißt, er ist mit ihnen verwandt. Wie ich schon sagte, waren die DNA-Spuren des Babys rar gesät, aber dafür haben die Eltern die Decke verunreinigt wo es nur ging. Tränen, Schweiß, Haare …«

Brady runzelte die Stirn und blickte Kilian an.

»Verwandtschaftstest«, murmelte der und nickte.

»Wer auch immer die Stimme war, sie hat recht. Wir haben die Eltern-DNA mit Simmon abgeglichen und siehe da …«

»Die Mahonys vermissen aber nur ein Kind.«

»Dann wird es wohl David sein, wenn du realistisch denkst. Ich kann dir nur sagen, was die Tests ergeben haben.«

»Danke, Finn. Danke!« Brady stand auf und war schon fast bei der Tür.

»Jaja, davon kann ich mir auch nichts kaufen.« Finn lachte leise und schien schon etwas versöhnlicher gestimmt zu sein. »Also, dann mache ich mich mal wieder an die Arbeit.«

Brady wusste nicht, was jetzt das richtige Vorgehen war, doch in Anbetracht der Tatsachen hielt er es für richtig, die Mahonys sofort zu benachrichtigen. Toby – oder David, wie er eigentlich hieß – konnte im Krankenhaus jede Unterstützung gebrauchen. Er zweifelte auch nicht daran, dass es den Mahonys gut tun würde, was er ihnen zu sagen hatte. Er klingelte und diesmal wurde ihm die Tür ohne vorheriges Vorzeigen der Dienstmarke geöffnet.

»Mister McCarthy.« Elizabeth stand im Türrahmen und lächelte ihm entgegen. »Ich hätte sie so schnell nicht wieder erwartet. Kommen Sie doch rein.«

Am liebsten hätte Brady ihr »Ihr Kind lebt« entgegen gebrüllt, aber er wusste, dass er sich zumindest ein wenig wie ein Polizist verhalten musste. Deshalb begrüßte er Elizabeth kurz und nahm im Wohnzimmer Platz.

»Möchten Sie etwas trinken?«

»Nein, Danke. Ist ihr Mann zu Hause?«

Elizabeth' Augen weiteten sich und sie schluckte hart. »Ich hole ihn.«

Brady wollte ihr etwas Beruhigendes hinterherrufen, aber sie war schon aus dem Zimmer verschwunden.

Jonathan und Elizabeth brauchten nur wenige Sekunden, bis sie zurück waren.

»Detective.« Jonathan reichte Brady die Hand. Dieser hielt es nun nicht mehr aus.

»Misses Mahony, Mister Mahony … Der DNA-Abgleich hat ergeben, dass der Junge, den wir gefunden haben, mit Ihnen verwandt ist.«

Jonathan schüttelte ungläubig den Kopf, während sich Elizabeth erst einmal setzen musste. Beiden stand der Schock ins Gesicht geschrieben.

»Detective …« Elizabeth' Stimme war tränenbelegt. »Das ist nicht … Ist das wahr? Wie ist das möglich …?«

»Wir möchten sofort zu ihm!«, mischte sich jetzt Jonathan ein. Tränen liefen ihm über die Wangen, doch das schien er überhaupt nicht zu bemerkten.

Brady straffte die Schultern und blickte das Elternpaar an. »David liegt im Krankenhaus. Er hat eine schwere Kopfverletzung und wurde in ein künstliches Koma versetzt.«

»Aber … er lebt?«, vergewisserte sich Elizabeth.

»Ja.« Brady nickte. »Er macht sich gut, sagen die Ärzte.«

»Fahren wir zu ihm!«, forderte Jonathan und lief aus dem Wohnzimmer. Er bewegte sich fahrig und wirkte wie in Trance.

Elizabeth schaute ihrem Mann hinterher, dann strich sie Brady über den Arm. »Vielen Dank, Detective. Sie wissen gar nicht, wie sehr ich diesen Moment herbeigesehnt habe.«

Nachdem Brady die Mahonys zum Krankenhaus gebracht hatte, musste er erst einmal durchatmen. Er war froh, dass es wenigstens für Toby ein Happy End gab. Natürlich würde der Weg für die Mahonys noch lang und steinig werden. Es würde ein richtiger Elterntest folgen und es bedurfte einer Menge Papierkram, bis die Verwandtschaftsverhältnisse amtlich geklärt waren, aber Brady zweifelte nicht daran, dass die Familie stark genug war, um dies zu überstehen. Der behandelnde Arzt hatte den Mahonys von den guten Fortschritten erzählt, die ihr Sohn machte, und er gab ihnen die Hoffnung, Toby innerhalb der nächsten zwei Tage aus dem Koma holen zu können.

Es war bereits Mittag, als Brady den Rückweg zum Revier antrat. Die Sonne gab sich alle Mühe die graue Wolkendecke zu durchbrechen und den dunstigen Nebel zu vertreiben.

-83-

Dienstagmorgen fühlte sich Patrick fit genug, um aufzustehen. Sein Vater war noch ein paar Mal bei ihm gewesen und gestern Abend hatte Patrick ihm versichern können, dass er die Tür nicht mehr hinter sich abschließen musste. Zwar wäre er immer noch lieber zugedröhnt als clean, aber der Drang war nicht so stark, dass er ihm nachgeben würde, das wusste er.

Unten im Haus hörte er seine Eltern ihr alltägliches Leben führen. Manchmal Schritte, von Zeit zu Zeit den Wasserkocher, den dumpfen Klang des alten Fernsehers. Ihm fiel auf, dass er sie nicht lachen hörte und er fragte sich, ob das schon immer so gewesen war. Als er gerade versuchte, sich die Weihnachtsfeiertage vor Augen zu rufen, klingelte es. Wieder Schritte, dann die überraschte Stimme seiner Mutter. Patrick näherte sich der Zimmertür und lauschte auf das Geschehen im Erdgeschoss. Er glaubte, eine zweite Stimme auszumachen, männlich und fremd. Ob seine Eltern Besuch erwarteten, wusste er nicht. Er wusste sowieso sehr wenig über ihr Leben.

Patrick griff nach der Klinke und öffnete die Tür ein Stück.

»... nur ein paar Minuten, Misses Namara.«

»Geht es wieder um Patrick? Wir haben Ihnen beim letzten Mal schon alles gesagt!«

Patricks Puls beschleunigte sich. Die Polizei.

»Beruhigen Sie sich bitte.« Die Stimme des Polizisten klang einfühlsam und freundlich. Patrick fiel auf, dass sie weder McCarthy noch Callahan gehörte. Vielleicht arbeitete die Dubliner Polizei mit der von Glencullen zusammen.

»Kommen Sie rein.«

»Wer ist denn da?« Jetzt hatte sich auch Jack dazugesellt.

Sei ein Mann und geh runter, flüsterte ein Engel – oder vielleicht auch ein Teufel – auf Patricks Schulter, aber das würde er gewiss nicht tun.

»Vielleicht setzen wir uns, Misses Namara. Es wird eine Weile dauern«, erklärte der Beamte. So wie er sich aufführte, hätte man meinen können, Patrick sei tot. Er war froh für seine Eltern, dass sie wussten, dass er am Leben war.

Nachdem er sie und den Polizisten ins Wohnzimmer gehen gehört hatte, verließ er so leise er konnte das Gästezimmer und näherte sich der Treppe.

»Es gibt neue Erkenntnisse in dem Fall, wegen dem Sie vor vier Tagen befragt worden sind. Wir wissen jetzt, dass die ganze Angelegenheit etwas mit mehreren Kindesentführungen zu tun hat.«

»Mein Gott«, stieß Evelyn hervor und auch Patrick wurde hellhörig. Sein erster Gedanke galt Tammies Sicherheit.

»Wir gehen davon aus, dass die beiden Toten, die in Brittas aufgefunden wurden, zwei US-stämmige Kindesentführer waren«, fuhr der Beamte fort.

»Also haben sie unsere Tochter entführt?« Evelyns Stimme bebte.

»Es ist davon auszugehen. Und es ist auffällig, dass Ihr Sohn auf irgendeine Art und Weise in diesen Fall verwickelt ist. Von daher müssen wir Sie bitten, uns noch mal ein paar Fragen zu beantworten.«

Patrick spürte, wie sein Herz pochte. Scheinbar hatten sie ihn wieder im Visier. Er hörte Papier rascheln, dann wieder den Polizeibeamten: »Kennen Sie eine der Personen auf den Fotos hier?«

»Sind das ... Das sind alte Fotos von den beiden Entführern, richtig?«

»Ja, Misses Namara.«

»Und die anderen?«

»Zwei Jungen, die möglicherweise von ihnen entführt worden sind.«

»Ich habe keinen von denen je gesehen!«, beteuerte Jack. »Und du, Evelyn?«

Seine Mutter schien ebenfalls zu verneinen, denn der Polizist ging nicht weiter auf die Bilder ein. »Gut, dann hätte ich noch eine weitere Bitte an Sie.« Er legte eine bedeutungsschwere Pause ein, ehe er fortfuhr: »Könnten Sie uns die Ereignisse von damals noch einmal genau schildern? Die Entführung Ihrer Tochter?«

Seine Eltern protestierten nicht, aber das Schweigen, das ihrer Schilderung vorausging, sagte eigentlich alles. Patrick war sauer, weil der Beamte die alten Wunden abermals aufriss.

»Also schön. Wir waren auf einer Geburtstagsfeier. Bei meinem Bruder, drüben in Gloucestershire. Nur meine Frau und ich.«

»Und Ihre Kinder waren allein?«

»Patrick war fünfzehn!« Die Stimme seines Vaters klang aufgebracht. »Und es waren andere Zeiten damals. Man hat nicht hinter jeder Ecke einen lauernden Perversen vermutet.«

»Jack ...«

»Entschuldige, Evelyn.«

Patrick konnte förmlich sehen, wie sein Vater die Hand seiner Mutter drückte. Die beiden waren so arglos. So gutgläubig.

»Am Morgen nach unserer Abreise bekamen wir einen aufgeregten Anruf. Patrick war aufgewacht und hatte Amy wecken wollen. Aber ihr Bett war leer.«

Patrick versuchte durchzuatmen, doch seine Lungen waren wie versteinert. Er starrte die Treppe herunter, auf das Erkerfenster neben der Tür.

»Der Junge hat die Polizei alarmiert und das ganze Dorf aufgescheucht. Sofort haben alle angefangen, die Felder und den Wald nach ihr abzusuchen. Wir haben uns selbstverständlich auch gleich auf den Heimweg gemacht, aber als wir ankamen, gab es immer noch keine Spur von ihr.«

»Hat die Polizei etwas herausgefunden?«

»Tz!« Jacks Stimme war nun voller Bitterkeit. »Nur, dass es am Haus keine Einbruchsspuren gab. Nicht an den Türen, nicht an den Fenstern.«

»Sie meinen ...«

»Ich meine, dass unsere Tochter entweder nach draußen gelaufen ist oder ihrem Kidnapper selbst die Tür geöffnet haben muss.«

»Und Ihr Sohn? Hat er gar nichts mitbekommen?«

»Der hat geschlafen. Paddy hatte schon immer einen festen Schlaf.«

Patrick spürte, wie ihm schwindelig wurde. Die Treppe und die dahinter liegende Diele drehten sich vor seinen Augen, das Fenster stierte ihn an wie ein einzelnes, bösartiges Auge und der Ausdruck darin sagte: *Ich kenne dein Geheimnis.*

Patricks Puls raste. Was, wenn sie dahinterkamen? Was, wenn der Polizist es längst wusste und nur auf den passenden Moment wartete, es seinen Eltern zu sagen? Die Wahrheit würde sie umbringen, da war er sich sicher. Und noch etwas war ihm klar: Die Polizei durfte ihn auf keinen Fall hier vorfinden, denn wenn sie ihn noch einmal befragten, würde er nicht die Kraft haben, seine Lügen von damals zu erneuern. Lügen, die aus Angst und Schockiertheit entstanden waren und deren Nährboden während der letzten neunzehn Jahre gründlich zerfressen worden war.

Er raffte sein letztes bisschen Selbstbeherrschung zusammen und schlich sich die Treppe herunter, während der Beamte sein Verhör ungerührt fortsetzte.

»Ist Ihnen im Vorfeld der Entführung irgendetwas an Ihrer Tochter aufgefallen? Hat sie sich anders verhalten als sonst?«

»Ich bitte Sie. Amy war *sechs*!«

»Doch, Jack, da war etwas.«

Patrick erreichte die Diele und schlich weiter in die Küche.

»In den Wochen bevor sie verschwand, und das haben wir auch damals schon zu Protokoll gegeben, sprach sie oft von einem schwarzen Mann, der sie beobachtet.«

»Von einem schwarzen Mann? Naja, von dem sprechen alle Kinder irgendwann ...«

Patricks zitternde Hand senkte sich auf die Klinke der Hintertür, die raus in den Garten führte.

»Aber nicht alle Kinder verschwinden spurlos, Detective.«

Patrick riss die Tür auf, stürmte aus dem Haus und rannte auf den Wald zu, ohne sich auch nur ein einziges Mal umzudrehen.

-84-

Wenn man den Wald erstmal betreten hatte, büßte er einiges von seinem Schrecken ein. Vereinzelte Vögel flatterten zwischen den kahlen Ästen hin und her und ab und zu knackte es im Unterholz. Nicht dieser Ort war schuld an Amys Schicksal, nicht im Geringsten. Auch wenn er damals das Gefühl gehabt hatte, dass er oder etwas Boshaftes, das ihm innewohnte, sich seine Schwester geholt hatte, so wusste er jetzt, dass der Wald nur eine Ausflucht gewesen war. Es hatte so viele Ausflüchte gegeben in seinem Leben.

Er blieb stehen, blickte sich schwer atmend in alle Richtungen um. Niemand schien ihm zu folgen, also ließ er sich zu Boden sinken und lehnte sich gegen einen der Bäume.

Die Polizisten waren nun also doch wieder auf ihn gekommen und zum ersten Mal ließ Patrick die Frage zu, die er vielleicht schon seit Weihnachten irgendwo im Hinterkopf hatte: War es möglich? Bestand auch nur der Hauch einer Chance, dass er derjenige war, der diese beiden Menschen umgebracht hatte? Vielleicht war es so, wie McCarthy und Callahan glaubten. Vielleicht war er noch in der Nacht des fünfundzwanzigsten zum Camac gefahren und auf die Farm gestoßen. Vielleicht hatte er den bärtigen Mann gefoltert und kannte längst die ganze Wahrheit über Amy, wollte sie nur nicht wahrhaben. War ihm der Getötete nicht ein bisschen bekannt vorgekommen, als die Polizisten ihm sein Bild gezeigt hatten? Hatte es nicht einen kurzen Funken des Erkennens in seinem Hirn gegeben?

Es half nichts. Es gab nach wie vor nur einen Weg, der Sinn machte. Er musste den Mann mit der Narbe sprechen, der, wenn Patrick die Worte des Polizisten richtig deutete, ebenfalls ein Entführungsopfer war. Der offenbar auf der Flucht war und hoffentlich die ganze Wahrheit kannte.

Patrick atmete ein paar Mal tief durch, ließ zu, dass sich sein Körper halbwegs beruhigte. Dann holte er sein Handy aus der Tasche und schickte ein Stoßgebet zum Himmel, dass es mittlerweile getrocknet war. Als er es einschaltete, entdeckte er Wasserflecken unter der Displayoberfläche, doch es funktionierte. Dass er telefonieren konnte, war für ihn wie ein Zeichen, auf dem richtigen Weg zu sein. Er suchte mit zitternden Fingern die Nummer heraus und hielt sich das kühle Metallgehäuse ans Ohr.

»Ja?« Grace klang verwundert. Ihre Stimme hatte an Kraft verloren, seit sie das letzte Mal gesprochen hatten.

»Grace? Hör bitte zu, kannst du …«

Sie unterbrach ihn nicht.

»Kannst du mich in Glencullen abholen? Jetzt gleich?«

»Ist alles in Ordnung mit dir, Patrick?«

»Ja, es geht mir gut. Ich kann nur nicht … Bitte komm her. Ich erkläre dir dann alles. Versprochen.«

Zu seiner Überraschung willigte sie ein. Er nannte ihr eine Bushaltestelle als Treffpunkt, die am Waldrand lag und die sie mit dem Navigationsgerät finden würde. Dann stand er auf und machte sich auf den Weg durch den winterlichen Wald, um endlich die Wahrheit zu finden. Es musste eine logische Erklärung für alles und insbesondere für die Mordwaffen in seinem Wagen geben. Unmöglich, dass er ein Mörder war. Andererseits war er das in gewisser Weise seit seinem fünfzehnten Lebensjahr.

-85-

Das Klingeln an der Haustür zerriss die nächtliche Stille und ließ Patrick zusammenfahren. Warum in Gottes Namen hatte er Molly vorher ein dutzend Mal gesagt, dass sie anklopfen sollte? Er schaute zur Treppe und lauschte. Oben blieb alles still; Amy schien nach wie vor zu schlafen.

Erleichtert erhob er sich vom Sofa und öffnete. Molly warf sich lachend in seine Arme. »Kaum zu glauben, dass meine Eltern das erlaubt haben!« Sie drückte ihn an sich, dann trat sie die Tür hinter sich zu.

»Ssh!« Patrick legte ihr einen Finger auf die Lippen. Sie fühlten sich kalt und feucht an, was nicht verwunderlich war. Draußen war dichter Nebel aus den Wiesen vor dem Landhaus aufgestiegen und hatte das Haus nahezu komplett eingehüllt.

»Ach ja, deine Schwester.« Molly ließ ihre Reisetasche achtlos vor der Eingangstür stehen und ging zum Sofa herüber, wobei ihr Blick auf den ausgeschalteten Fernseher fiel. »Was machst du?«

»Lesen.« Patrick setzte sich neben Molly und betrachtete sie genauer. Feine Wassertröpfchen hingen in ihrem dunkelbraunen Haar, ihre Wangen waren gerötet und ihre Augen glänzten vor Aufregung, als sie sich im Wohnzimmer seiner Eltern umsah.

»Nett habt ihr's hier. Ein wenig altmodisch, aber nett.« Sie wandte sich ihm zu und lächelte genau das Lächeln, mit dem sie ihm vor vier Wochen in der Schule das erste Mal aufgefallen war. Es war ein warmes und gleichzeitig verschmitztes Lächeln, das ihn neugierig machte.

»Also, meine Eltern denken, dass noch mehr Leute aus unserer Klasse hier sind. Deidre, Nelly, Josh und – ach was soll's? Sie werden dich kaum ausfragen. Was hast du deinen erzählt?«

Patrick zuckte gleichgültig mit den Schultern. »Gar nichts. Sie sind bei meinem Onkel in England und vor morgen Abend nicht zurück.«

»Und deine Schwester?«

»Die hält dicht.«

»Dann haben wir sozusagen sturmfrei ...« Molly beugte sich zu ihm herüber und er konnte nicht anders, als sie zu küssen. Sie schmeckte nach Himbeersirup und Vanille. Patrick schloss die Augen und vermochte sich keinen anderen Fünfzehnjährigen vorzustellen, der auch nur annähernd so viel Glück hatte wie er gerade.

Molly lehnte sich zurück und zog ihn mit sich. Er begann, die Knöpfe ihrer Bluse zu öffnen. Seine Finger zitterten und er brauchte eine halbe Ewigkeit, bis er es geschafft hatte, den ersten Knopf durch die kleine Öffnung zu zwängen.

»... Paddy?«

Es dauerte einen Augenblick, bis er die Stimme richtig eingeordnet hatte. Dann sprang er auf und wandte gleichzeitig den Kopf in Richtung Treppe. Für einen Moment wurde ihm so schwindelig, dass er gegen den Tisch schwankte und eine Limonadenflasche samt Gläsern herunterfegte. Molly lachte spöttisch und Patrick spürte, wie ihm die Röte ins Gesicht stieg. Er hasste Amy. Dauernd musste sie zur falschen Zeit aufkreuzen. Schlimm genug, dass er ständig als ihr Babysitter abgestellt wurde. Jetzt musste sie ihm auch noch den besten Moment seines Lebens kaputtmachen.

»Was willst du?«, fuhr er sie an, wobei er sich Mühe gab, autoritär zu klingen. Molly sollte ihn nicht für einen Verlierer halten.

»Da ist wieder dieser Mann. Draußen. Auf der Wiese.« Amy drückte ihren Lieblingsteddy fest an ihre Brust und machte einen Schritt die Treppe herunter.

Mollys Lachen verstummte hinter ihm und er hörte, wie sie sich aufrichtete.

»So ein Blödsinn! Da ist kein Mann und jetzt ab ins Bett.«

»Nein.« Amy kam jetzt vollends die Treppe herunter und drückte sich in der Nähe des Kamins herum. In ihrem dünnen Nachthemd musste sie frieren, schoss es Patrick durch den Kopf und eine kindische Schadenfreude machte sich in ihm breit.

»Dann bleib eben da stehen.« Patrick hielt Molly die Hand hin. »Komm, wir gehen in mein Zimmer.«

Molly nahm seine Hand und er registrierte verärgert, wie sie Amy über seine Schulter hinweg anlächelte. Er fühlte sich verraten. Molly sollte auf seiner Seite sein, sollte seine Wut auf Amy teilen und sich nicht hinterrücks mit ihr gegen ihn verbünden.

»Komm schon«, sagte er noch einmal mit Nachdruck und zog Molly mit sich.

Amy schaute ihnen beiden nach, wie sie nach oben gingen, und er konnte ihren vorwurfsvollen Blick im Rücken spüren. Doch glücklicherweise blieb sie, wo sie war.

Wenige Minuten später lag Molly auf seinem Bett. Als sie eingetreten waren, hatte er den muffigen Geruch von alten Sportsachen und vergammelten Essensresten wahrgenommen, doch Molly hatte nichts dazu gesagt. Sie hatte sich wie selbstverständlich auf seinem Bett niedergelassen und ihre Bluse aufgeknöpft, während er das Fenster öffnen gegangen war.

»Willst du, dass ich erfriere?« Sie lachte und zog seine Bettdecke über sich. »Komm mich wärmen.«

Es klopfte.

»Verdammt noch mal!« Patrick stampfte zu seiner Zimmertür und riss sie auf. Dann packte er Amy am Arm und zerrte sie den Flur entlang.

»Du gehst jetzt ins Bett, Amy. Ich will dich weder heute noch morgen früh in meiner oder Mollys Nähe sehen, haben wir uns da verstanden?«

Amy hatte sichtlich Mühe, mit ihrem großen Bruder Schritt zu halten. Sie trip-

pelte neben ihm her und hatte ihren Stoffbären unter den Arm geklemmt.

»Er ist an der Tür. Der schwarze Mann. Er hat geklopft.«

Patrick blieb stehen und Amy prallte gegen seinen Oberschenkel. Sie verzog das Gesicht und begann zu jammern, verstummte aber sofort wieder, als sie seinen wütenden Blick auffing.

»Es gibt keinen schwarzen Mann, der sich nachts vor unserem Fenster herumtreibt und nur auf den richtigen Moment wartet, um dich fressen zu können! Werd endlich erwachsen.« Patrick setzte sich wieder in Bewegung und Amy folgte ihm.

»Aber–«

»Was aber?« Ihm kam eine Idee. »Willst du nachsehen gehen?«

Amy nickte stumm und ergriff seine Hand.

»Gut, gehen wir nachsehen. Und dann gibst du Ruhe.« Patrick begleitete Amy die Treppe herunter und warf einen Blick durch die Fenster der Eingangstür. Er konnte kaum etwas erkennen. Der Nebel hing wie ein undurchsichtiger Vorhang vor den Fenstern und verlor sich dahinter in der Dunkelheit.

»Niemand da, siehst du?«

Amy machte einen Schritt nach vorne und deutete auf das Erkerfenster direkt neben der Tür. »Er hat mich dadurch angeguckt. Und dann hat er geklopft.«

Patrick stöhnte genervt und riss die Tür auf. »Hier ist keiner.« Er trat ganz nach draußen und drehte sich um seine eigene Achse. »Weit und breit niemand zu sehen. Was glaubst du denn? Dass sich jemand die Mühe macht, an einem so vernebelten Abend hier raus zu kommen?«

Amy stand zitternd an der Tür. Ihr Blick war ernst. Zu ernst für eine Sechsjährige. Ihre braunen Augen starrten in die Dunkelheit und sie runzelte die Stirn.

Patrick kam wieder ins Haus. Er fröstelte. Die Feuchtigkeit hatte sein Shirt innerhalb weniger Sekunden klamm werden lassen. »Geh' jetzt schlafen.«

»Patrick?« Molly stand am Treppenabsatz. Sie hatte sich wieder angezogen und die Arme um den Oberkörper geschlungen. »Ist alles okay?«

»Ja.« Er warf Amy einen mahnenden Blick zu. »Geh ins Bett.«

»Aber–«

»Kein „Aber" mehr.«

»Der Mann–«

Patrick unterbrach sie, indem er scharf die Luft einsog. »Ich habe doch gerade eben nachgesehen!«

»Aber–«

»Was??« Patrick reichte es jetzt. Er packte Amy erneut am Arm und stürmte mit ihr zur Tür. »Glaubst du mir nicht?« Mit der einen Hand riss er ihr den Teddybären aus dem Arm, mit der anderen drückte er die Klinke herunter.

»Paddy!«

»Geh und sieh selber nach.« Er holt aus und warf den Stoffbären in den Nebel.

Sofort setzte Amy ihm nach und Patrick knallte die Tür hinter ihr zu. Erleichtert ließ er sich gegen die Wand des Erkers sinken. Endlich hatte er sich durchgesetzt. Amy würde sie ganz sicher nicht noch einmal nerven. Weder bei diesem noch bei einem anderen Besuch von Molly.

»Du wärst ein ganz schön strenger Vater, weißt du das?« Molly schaltete das Licht aus und kam auf ihn zu. Im Schein des Kaminfeuers hatte ihre Haut einen gleichmäßigen, gebräunten Teint, der seine Augen automatisch in ihren Ausschnitt wandern ließ.

»Sie braucht das manchmal.« Er grinste schief und fragte sich insgeheim, wie lange er seine Schwester in der Dunkelheit stehen lassen musste, damit sie eine Lehre aus der Sache zog.

»Ja, sie scheint wirklich eine Nervensäge zu sein.« Molly begann zaghaft, seinen Hals zu küssen. Patrick merkte, wie ihm heiß wurde. Er schloss die Lider, konnte sich jedoch nicht vollkommen auf seine Freundin konzentrieren. Etwas irritierte ihn. Die Stille. Eigentlich hätte Amy längst schreiend und kreischend vor die Tür hämmern müssen.

Langsam drehte er den Kopf zum Erkerfenster und sein Herz schien stehen zu bleiben. Dort, an der Scheibe direkt neben der Tür, war im Feuerschein des Kamins ein fettiger Abdruck zu erkennen, so als hätte jemand von außen seine Stirn gegen das Glas gedrückt.

»Was hast du?«

Patrick befreite sich aus Mollys Umarmung, riss die Tür auf und stürmte nach draußen.

-86-

Jahrelang hatte sich Patrick nicht gestattet, an diese Nacht zu denken und doch waren ihm all ihre Details im Gedächtnis geblieben. Amys vorwurfsvoller Blick. Ihre Schutzlosigkeit. Ihr kindlicher Zorn. Die unverhohlene Bestürzung, mit der sie ihrem Teddy hinterhergelaufen war. Gott, er war ein Monster gewesen. Er hatte sie hinaus gestoßen, hatte sie dem schwarzen Mann überlassen. Dabei hätte er sie beschützen sollen. Es wäre seine Pflicht gewesen. Er erinnerte sich genau an den Schock, den er verspürt hatte, als er den Abdruck an der Scheibe gesehen hatte. Und an das schlechte Gewissen, als er ihn im Morgengrauen weggewischt hatte.

Molly und er waren gleich losgelaufen, hatten das ganze Grundstück und den Wald nach ihr durchkämmt, aber da hatte es schon keine Spur mehr von ihr gegeben. In den frühen Morgenstunden hatte er Molly nach Hause geschickt, vollkommen kopflos und aufgewühlt. Er hatte sich seiner Tat geschämt und es nicht über sich gebracht, jemandem zu sagen, was geschehen war. Also hatte er seine Eltern angerufen und sie belogen, dass Amy aus ihrem

Bett verschwunden sei. In den darauffolgenden Wochen hatte eine Suchaktion die andere gejagt. Die Bürger von Glencullen hatten sich zusammengeschlossen und die Polizei nach Kräften unterstützt. Doch weder Hunde noch Hubschrauber hatten Amy aufgespürt.

Während er an der Bushaltestelle saß und auf Grace wartete, zogen die vergangenen Jahre wie ein Film an ihm vorbei. Wie oft hatte er versucht, sein Tun vor sich selbst zu rechtfertigen? Wie oft hatte er sich gesagt, dass er erst fünfzehn gewesen war, ein verliebter Teenager, der nichts von der Bedrohung gewusst hatte, die da draußen auf sie wartete? Aber diese Entschuldigungsversuche hatten nie etwas geändert und sie änderten auch jetzt nichts. Das Gesetz von Aktion und Reaktion war ein Fakt – kalt, aber unbestreitbar. Wenn er sie nicht aus dem Haus gejagt hätte, wäre sie nicht verschwunden. So einfach, so klar, so grausam war das.

Der Wagen von Graces Vater war der erste und einzige, der hier vorbeikam, seit Patrick den Waldrand erreicht hatte.

Sie hielt direkt vor ihm und blickte ihn durchs Autofenster an, prüfend und lauernd, aber ohne Wut, ohne Vorwurf in den Augen. Patrick spürte auf einmal schmerzlich, wie sehr er sie und Tammie vermisste.

Er stieg ein und schnallte sich an. »Hey.«

»Hey.« Sie machte keine Anstalten loszufahren. »Du hast gesagt, du erklärst mir alles.«

»Das werd ich auch. Auf der Fahrt. Komm schon, wir haben keine Zeit zu verlieren.«

Endlich gab sie Gas und für eine ganze Weile sagte keiner von ihnen etwas. Patrick hing seinen Gedanken nach. Er hoffte, dass er es schaffen würde, mit dem Narbenmann zu sprechen. Dass er es schaffte, Licht ins Dunkel zu bringen und einen Schlussstrich unter die ganze Sache zu ziehen, bevor sich die Polizei wieder auf ihn stürzte. Er wollte, dass zumindest seine Eltern endlich mit alldem abschließen konnten.

»Ich hab deine Mutter angerufen«, gab Grace ganz unvermittelt zu.

»Ich weiß. Du hast sie beide ganz schön in Aufruhr versetzt.«

»Das meine ich nicht. Ich meine jetzt gerade.«

Schnell blickte er zu ihr herüber. »Was soll das heißen?«

»Ich hab mir gedacht, dass du bei ihnen warst und mich gewundert, warum du nicht mit deinem eigenen Auto zurück nach Dublin fährst.«

»Tja, jetzt weißt du's.«

»Nein, ehrlich gesagt nicht!« Sie klang ungehalten. »Wenn du so unschuldig bist, wie ich hoffe, dann hättest du einfach deinen Wagen nehmen und fahren können. Du hättest dich nicht an der Polizei vorbei aus dem Haus schleichen müssen wie ein–«

»Wie ein *was*?« Patrick starrte Grace an, obwohl er selbst nicht wusste, was er jetzt von ihr hören wollte.

Grace blickte nach vorn, aber er sah ihr trotzdem an, wie aufgewühlt sie war. »Ich liebe dich, Patrick.«

Ihre Worte trafen ihn wie ein Schlag ins Gesicht.

»Und deine Eltern lieben dich auch und wir alle haben Angst um dich. Ich will jetzt, dass du mir sagst, was mit dir los ist.« Sie machte eine Pause und er konnte hören, wie ihr Atem zitterte. »Sonst widerrufe ich meine Aussage.«

»Sonst tust du was?« Seine Stimme war nicht mehr als ein heiseres Krächzen.

»Du hast mich schon verstanden.«

»Du willst also allen Ernstes, dass ich im Knast lande?«

»Nein, ich will, dass du ehrlich zu mir bist. Ich bin deine Frau, verdammt noch mal!«

»Meine Frau, die einen Fickfreund im Kindergarten–«

Grace trat hart auf die Bremse und Patrick musste sich am Armaturenbrett festhalten, um nicht mit dem Kopf gegen die Windschutzscheibe zu knallen.

»Du weißt doch genau, dass das nicht wahr ist! Warum tust du das? Warum richtest du dich selbst so zugrunde?« Graces Stimme war schrill, sie schien ihm förmlich das Trommelfell zu zerreißen.

Er starrte nur geradeaus, die Hand immer noch am Armaturenbrett.

»Ich rede mit dir!«

Patrick antwortete nicht. Schließlich schnallte sich Grace ab und stieg aus dem Wagen. Er schaute auf und sah sie am Straßenrand ein paar Schritte gehen. Ihre Schultern bebten. Irgendwann, als sie sich halbwegs beruhigt zu haben schien, lehnte sie sich gegen die Motorhaube und fuhr sich mit beiden Händen durchs Gesicht. Auch Patrick stieg aus. Er stellte sich neben sie, in dem kläglichen Versuch, auf irgendeine Art und Weise für sie da zu sein, ohne wirklich da sein zu wollen oder zu können.

»Es tut mir leid.« Seine Worte hörten sich leer an und er spürte, dass Grace das bemerkte.

»Das hilft mir nicht.«

»Ich weiß.«

»Ich bin nicht blöd, Pat. Es fiel dir schon immer schwer, offen zu sein. Denk nicht, dass ich das nicht gemerkt habe. Du hattest schon immer mit dir selbst zu kämpfen und du hast das auch immer irgendwie alles mit dir selbst ausgemacht, aber ... Aber jetzt schaffst du das nicht mehr alleine, merkst du das denn nicht?«

»Ich bin okay.«

»Du bist ein Wrack.«

»Ich bin auf dem richtigen Weg.«

»In dein Verderben, ja.«

Er sagte nichts.

»Patrick! Sprich endlich mit mir!« Grace trat vor ihn und blickte ihm in die Augen. Sie schien, bei dem was sie darin entdeckte, zu erschaudern. »Hast du es getan? Hast du diese Menschen umgebracht?«

»Ich glaube nicht.«

»Du *glaubst* nicht?«

»Aber ich wünsche es mir.« Patrick spürte, wie sein Zugeständnis eine neue Wand zwischen ihnen errichtete. Als sie ihre Köpfe erreicht hatte, wurden Graces Augen hart. Sie wandte sich ab und ging zurück zur Fahrertür.

»In was auch immer du dich da verstrickt hast – zieh jemand anderen mit rein!«

»Bitte?«

»Ich weiß nicht, ob du dich noch daran erinnerst, aber wir haben ein Kind!« Sie öffnete die Tür und sah Patrick ein letztes Mal an. »Ich will für Tammie da sein. Ich lass mich nicht mit in deine Abgründe zerren.« Damit stieg sie ein und er konnte gerade noch rechtzeitig zur Seite gehen, bevor sie davon brauste.

-87-

Erst, wenn man jemanden brauchte, wurde einem klar, auf wie wenig Leute man sich tatsächlich verlassen konnte. Jedoch hatte Patrick zumindest jemanden, den er guten Gewissens mit in den Abgrund reißen konnte.

Er war dem Polen auf der Landstraße entgegengelaufen und als er Jerzy entdeckte, hatte er gerade Rockbrook zu Fuß erreicht. Der Dealer hatte ihm am Telefon lang und breit erklärt, dass er weder ein Auto noch einen Führerschein besaß, doch als Patrick ihm eine geradezu unanständige Summe für sein Kommen versprochen hatte, war ihm eingefallen, dass die Freundin seines Cousins einen alten Golf hatte, den sie ihm sicher leihen würde und dass er in der Betoneinöde von Dolphin's Barn während seiner langen, trostlosen Jugend die ein oder andere Runde gefahren war.

Jetzt brachte er den Golf ruckelnd zum Stehen und sprang aus dem Auto, als würde er befürchten, dass es jede Sekunde explodieren könnte. »Ich schwöre dir, wenn ich mein Geld nicht sehe ...!!«

»Du *siehst* dein Geld, Jerzy. Steig ein.« Patrick nahm auf dem Fahrersitz Platz. Im Auto stank es nach einer üblen Mischung aus Rauch und Duftbaum, aber alles, was ihn nach Dublin brachte, war in Ordnung.

»Steig endlich ein, wir müssen los!«

»Mir ist kotzübel, ich sag es dir!« Der Pole ließ sich auf den Beifahrersitz fallen und knallte die Tür so heftig zu, dass der ganze Wagen wackelte. Sobald er saß, trat Patrick aufs Gas.

»So eine Scheiße hab' ich noch nie gemacht! Stell dir mal vor, die Bullen hätten mich angehalten! Weißt du, was die in Mountjoy mit einem wie mir machen? Mehr als zwei Fäuste habe ich nicht und da drin wartet eine ganze Meute ausgehungerter Schwuchteln, die nichts Besseres zu tun haben als den ganzen Tag Gewichte zu stemmen!«

»Beruhig dich bitte.«

Jerzy zog die Nase hoch und schaute aus dem Fenster. »Wo ist dein Auto? Mal wieder gestohlen?«

»Nein.«

Der Dealer steckte sich eine Zigarette an und hielt Patrick die Packung hin. Dieser schüttelte den Kopf. Seine Lungen hatten sich lange nicht so gut angefühlt wie nach seinem unfreiwilligen Waldspaziergang. Er hörte, wie Jerzy an seiner Kippe sog und heftig die Luft ausstieß. »Du steckst ganz schön in der Scheiße, oder? Glaub mir, ich weiß wie jemand aussieht, der in der Scheiße steckt.«

»Weißt du das.«

Patrick sah aus dem Augenwinkel, dass Jerzy zu ihm herüberblickte. Er nahm sein Basecap ab, strich sich die dunkelblonden Strähnen aus der Stirn und schien mit sich zu hadern, bevor er weiter sprach. »Dein Wagen, dein alter Ford Escort. Das ist die Kiste, von der sie in den News gesprochen haben, oder?«

Patricks Hände verkrampften sich ums Lenkrad. Warum um alles in der Welt musste sein Weg nach Dublin heute derart steinig sein?

Jerzy betrachtete ihn und zog offensichtlich seine eigenen Schlüsse daraus, dass Patrick nicht antwortete. Er nickte und zog abermals an seiner Zigarette. »Glaub mir, ich weiß wie ein Mörder aussieht. Ich erkenne einen Mörder, wenn ich einen sehe, und du bist keiner. Ich denke, du bist eigentlich ein ganz netter Kerl und ich will dir was mitgeben, bevor du mich gleich in Dublin absetzt und ich raus bin aus der Nummer.«

»Okay.«

»In meiner Heimat gibt es ein Sprichwort. *Człowiek strzela, Pan Bóg kule nosi.* Du hast vermutlich keinen Schimmer, was das bedeutet.«

»Nicht im Geringsten.«

»Dann will ich es dir sagen. Es heißt, dass du dem Schicksal vertrauen musst. Dass dir gar nichts anderes übrig bleibt und dass am Ende immer genau das geschehen wird, was geschehen soll. Der Mensch schießt, aber Gott lenkt die Kugel. Und er lenkt sie so, dass alles gut wird. Wenn der Weg dahin auch irgendwie beschissen ist.«

»Danke, aber ...« Patrick öffnete das Fenster und ließ die kalte Nachmittagsluft in den Wagen strömen. »... ich glaube weder an Gott noch ans Schicksal.«

-88-

Patrick durfte Jerzys Wagen bis morgen Abend behalten und weiter als bis dahin hatte er ohnehin noch nicht geplant. Eigentlich hatte er nicht einmal bis dahin einen genauen Plan.

Er schloss die Tür auf, betrat das Haus und lauschte.

»Hi.« Sophie stand auf der Treppe und kam offensichtlich gerade von oben. »Ich wasche gerade mein Zeug, also ...« Ihr Blick begegnete dem seinen.

Patrick ließ die Tür hinter sich ins Schloss fallen und atmete durch. »Sophie, ich ...«

Sie schüttelte energisch den Kopf und das Haar flog ihr um die Schultern. »Nein, sag nichts.« Sie kam die letzten Stufen herunter und blieb vor ihm stehen, so dicht, dass er die Wärme ihres Körpers spürte. »Es ist okay.«

Er musterte sie prüfend, konnte aber kein Anzeichen dafür entdecken, dass sie nicht aufrichtig war. Ein Stein fiel ihm vom Herzen, denn gerade nachdem sie sich so nah gekommen waren, wollte er sie keinesfalls verletzen. »Es tut mir trotzdem leid, dass ich einfach abgehauen bin. Das war nicht sehr ...«

»Manchmal ist man einfach nicht sehr ...« Sie schaute an ihm vorbei, in irgendeine Ferne, die nur sie zu kennen schien. Dann fand ihr Blick wieder den seinen. »Ich denke, wir sind quitt, denn ich habe etwas zu gestehen.«

»Etwas zu gestehen?«

»Ja. Ich habe mir die Artikel auf dem Computer angesehen.«

Er wollte etwas sagen, aber sie ließ ihn nicht zu Wort kommen.

»Ich habe das nicht gemacht, um in deinem Privatleben herumzuschnüffeln, sondern weil ich mir Sorgen gemacht habe. Ich dachte, dort finde ich vielleicht einen Hinweis darauf, wo du abgeblieben bist.«

Er nickte und spürte, dass er ihr zumindest eine ansatzweise Erklärung schuldete. »Diese beiden Toten ... Es sieht alles danach aus, dass sie meine Schwester entführt und ermordet haben.«

»Und jetzt wurden sie selbst ermordet.«

»Ja.«

»Mein Gott, diese ganze Geschichte ist so erschütternd.« Sophie atmete durch. »Ich habe auch einen Bruder, weißt du? Wenn mir etwas zustoßen würde ... Ich mag mir gar nicht vorstellen, was er tun würde.«

Ihre Worte brachten Patrick dazu, sich zu schämen. *Lügen*, wäre es ihm beinahe entfahren, aber er durfte von seinen eigenen Verfehlungen natürlich nicht auf andere schließen.

»Du weißt, dass ich verdächtigt werde.«

»Ja. Und was willst du jetzt tun?«

»Ich muss mit den Typen sprechen, die vor ein paar Tagen auf dieser Farm in Brittas verhaftet worden sind. Beziehungsweise mit dem einen davon, der noch ansprechbar ist.«

Sophie verzog den Mund, als habe sie etwas Saures gegessen. »In den Nachrichten haben sie gesagt, dass er ermordet worden ist. In der Nacht von Freitag auf Samstag.«

»Verdammt!« Patrick wandte sich ab und fuhr sich mit beiden Händen durchs Haar. Es hätte so einfach sein können. Freitag auf Samstag ... Er versuchte, sich die Nacht ins Gedächtnis zu rufen, doch Sophie unterbrach seinen Gedankengang.

»Vielleicht kannst du dich auf die Farm schleichen und dich dort umsehen.« Sophie packte ihn an den Schultern und drehte ihn zu sich. In ihren Augen funkelte Abenteuerlust. »Vielleicht findest du dort etwas, das dich entlastet. Oder sogar die Wahrheit über deine Schwester.«

Patrick dachte kurz nach. Sein letzter Ausflug zur Farm kam ihm ins Gedächtnis, das kalte Grauen, das ihn schon bei ihrem Anblick überkommen hatte. Doch er sah ein, dass das alte Gemäuer wohl der einzige Anhaltspunkt war, der ihm nun blieb. Wie man es auch drehte und wendete, dort draußen schien alles zusammenzulaufen. »Ja, du hast recht. Es wird bald dunkel. Am besten mache ich mich gleich auf den Weg.«

Sophie drückte seine Schultern. »Wenn du nichts dagegen hast, komme ich mit.«

Er wusste nicht, ob das so klug war, doch andererseits hatte Sophie, wie sie selbst zugegeben hatte, jetzt wohl ein ziemlich umfassendes Wissen über die Geschehnisse der vergangenen Wochen. Vielleicht war es ganz gut, sie mitzunehmen.

»Also schön. Dann fahren wir.«

-89-

Brady befand sich gerade auf dem Nachhauseweg, als sein Handy klingelte.

»Hey, Sean.«

»Fallon hat angerufen. Namaras DNA wurde an Nate Simmons Leiche gefunden. Wir haben eine Verhaftung vorzunehmen, Kollege.«

Brady trat auf die Bremse und fuhr links ran. »Das ist jetzt ein Scherz! Kaum bin ich weg ...«

»In der Tat.« Sean schien ebenso erleichtert wie er selber. »Wie sieht es aus, kommst du mit?«

»Aber sicher.« Er setzte den Blinker und wendete so gut es mit einer Hand ging. »Wo treffen wir uns? Vorm Haus des Docs?«

»Ja, aber warte im Wagen. Du gehst nicht alleine rein, ist das klar?«

»Alles klar!« Brady legte auf und gab Gas.

-90-

If you love me, won't you let me go?, schallte es metallen aus dem Autoradio, das Sophie gleich nach dem Aufbruch aufgedreht hatte. Die Fahrt war bisher größtenteils schweigend verlaufen, was Patricks Nervosität ein wenig gemäßigt hatte. Trotzdem fragte er sich ununterbrochen, was er auf der Farm finden würde. Was dieser Abend für ihn ändern würde.

Brittas war um diese Zeit wie ausgestorben. Entweder war das in diesem Dorf normal oder die Menschen verschanzten sich vor neugierigen Reportern. Auf dem Parkplatz des einzigen Pubs entdeckte Patrick zwei Übertragungswagen, beide von kleineren Privatsendern. Der Rest der Meute belagerte vermutlich das Krankenhaus, in dem der überlebende Junge im Koma lag.

Patrick steuerte Jerzys Wagen über die ruckeligen Landstraßen und betete, dass das klapprige Auto bis zur Farm durchhielt. Als sie schließlich ankamen und auf den schmalen Trampelpfad abbogen, hatte das Anwesen nichts von seinem Schrecken verloren. Im Gegenteil: In der Abenddämmerung sah es noch mehr wie ein Geisterhaus aus, erfüllt von einer unheimlichen, lebensfeindlichen Spannung.

»Wow«, sagte Sophie nur und atmete eine Wolke an die Scheibe.

»Ja.« Wie schon beim letzten Mal schien hier alles verlassen zu sein, also parkte Patrick den Golf einfach vor der Absperrung aus Flatterband. Er stieg aus und ließ den Anblick des Hauses auf sich wirken, darauf bedacht, sich kein wichtiges Detail entgehen zu lassen. Diese Stille hier, die finstere Stimmung, der Nebel, der über allem lag – dieser Hof war vermutlich der denkbar perfekteste Ort, um jemanden gefangen zu halten. Und um jemanden zu töten.

Sophie war neben ihn getreten. »Stell dir vor, hier lebst du.«

Patrick fragte sich, wie Sophie in Belfast lebte. Er konnte sie sich viel besser in einem sonnigen Strandhaus vorstellen als in Nordirlands trüber Hauptstadt. Irgendwo weit weg von hier.

»Möchte ich gar nicht. Bringen wir es hinter uns.« Patrick lief los. Er fühlte sich wach und konzentriert. Fokussiert. Er wusste, dass er nicht weiterleben konnte wie bisher und dass er hier einfach irgendeine Spur finden musste.

Er stieg über das Absperrband und hob es dann leicht an, sodass Sophie darunter her tauchen konnte.

»Bleib hinter mir«, flüsterte Patrick und ging langsam aufs Hauptgebäude zu. Sie erreichten den Stall, aber die Stille blieb vollkommen. Vermutlich hatte man die Tiere fortgebracht und es war nur logisch, dass ein verlassenes Haus leise war. Dieses Anwesen schien allerdings nicht nur leise zu sein. Es schien etwas zu verschweigen.

Sie kamen am Hauptgebäude an und passierten das erste Fenster. Patrick rechnete mit allem, mit Augen, die ihn aus dem Inneren des Hauses anstarrten, mit verzerrten Geisterfratzen, aber die Tatsache, dass das Fenster von innen vernagelt war, erschreckte ihn mehr, als ihn alles andere hätte erschrecken können. Er konnte nur mutmaßen, welche Gründe es dafür gab, sich hinter Brettern zu verstecken.

»Da vorne ist die Tür«, wisperte Sophie, die über seine Schulter hinwegspähte.

Patrick nickte und kurz darauf erreichten sie den Eingang zum Haus. Der kitschige, aber vertrocknete Kranz an der Tür passte so gar nicht zu seinem Gesamteindruck des Grundstücks. Patrick zog den Ärmel seiner Jacke über seine Hand und drehte den Türknopf, doch das Glück verließ sie früh: Es war abgeschlossen.

»Scheiße«, kommentierte er.

»Kannst du sie eintreten?«

Patrick tastete die Tür ab. Sie wackelte ein wenig und schien nicht allzu massiv zu sein. Er wies Sophie an, ein paar Schritte zurückzugehen, tat es ihr dann gleich und nahm Anlauf, um sich mit der Schulter gegen das Holz zu werfen, wie er es aus Filmen kannte. Er hörte ein protestierendes Krachen und als er erneut an der Tür rüttelte, ging es schon viel müheloser. Erneut nahm er Anlauf und als er sich ein zweites Mal mit voller Kraft gegen die Tür warf, gab sie nach.

Sophie lachte kurz und schrill. »Verrückt«, entfuhr es ihr, aber Patrick war viel zu nervös, um die Bemerkung einzuordnen.

Aus dem Korridor des Hauses drang ein süßlicher Geruch und Schwärze starrte ihnen entgegen.

Patrick machte einen Schritt ins Haus und ertastete einen Lichtschalter. Er fand und betätigte ihn, doch nichts geschah.

»Kein Strom.« Noch während er die Worte aussprach, fiel ihm wieder ein, woran er von Anfang an hätte denken sollen. Im Internet hatte gestanden, dass eine mittelalterliche Farm in den Fokus der Ermittlungen gerückt war. *Mittelalterlich* schrie doch förmlich danach, dass es hier keinen Strom gab.

»Was jetzt?« Sophie sah ihn ratlos an. »Hast du ein Feuerzeug?«

Patrick zog sein Zippo aus der Hosentasche und legte es in ihre ausgestreckte Hand. »Aber damit kommen wir nicht weit. Ich habe eine Taschenlampe im Auto.«

Sie nickte. »Dann hol sie. Ich sehe mich schon mal um.«

»Einverstanden.« Er schob sich an Sophie vorbei und beeilte sich, zurück zum Wagen zu kommen. Der Boden war matschig vom letzten Regen und das

Schmatzen unter seinen Schuhen erinnerte ihn unangenehm an sein Erlebnis während der Flut. Momentan war er weit von den Gedanken entfernt, die er dort gehabt hatte und er fühlte sich verhältnismäßig gut. Er spürte förmlich, dass er auf dem richtigen Weg war. Als wäre irgendetwas von Amy hier, um seine Schritte zu lenken.

Patrick nahm die Taschenlampe aus dem Handschuhfach und kontrollierte kurz, ob sie funktionierte. Es war nicht unbedingt das leuchtstärkste Modell, aber sie war okay. Er eilte zurück zum Haus und durch die jetzt offen stehende Tür, schaltete die Lampe ein und sah sich nach seiner Begleiterin um.

»Sophie?«

Nichts.

Er sagte noch einmal, diesmal lauter, ihren Namen, doch sie antwortete nicht und es rührte sich nichts. Die Stille blieb vollkommen, keine Schritte, nicht das geringste Geräusch war zu hören. Als ob das Haus sie verschluckt hatte. Patrick schloss die Augen und schickte ein Stoßgebet zum Himmel. Dann rief er erneut nach Sophie und lief los.

-91-

Bradys Herz raste und Schweißperlen hatten sich auf seiner Stirn gebildet. Er hatte dem Moment der Verhaftung so lange entgegengefiebert und nun, da es so weit war, wünschte er sich, ihn noch ein bisschen aufschieben zu können. Ihm gingen hundert Szenarien durch den Kopf, in denen alles nur Erdenkliche schief lief. In einem davon Stürme Patrick Namara mit einer Pumpgun aus dem Haus und schoss sie alle über den Haufen. In einer anderen Schrekkensvision jagte Namara sich und das gesamte Haus in die Luft, kurz nachdem die gesamte Einheit ins Innere vorgedrungen war. Außerdem malte Brady sich in allen Einzelheiten aus, wie die anschließende Hausdurchsuchung ablaufen würde. Er sah vor seinem inneren Auge einen Folterkeller, ähnlich dem auf der Schaffarm, in denen der Doktor perverse Menschenexperimente veranstaltete.

»Bereit?«, wisperte Sean von neben ihm. Er hatte sich zusammen mit Brady und Kilian am Vordereingang positioniert. Streifenbeamten bewachten den Hinterausgang und den Garten und Harrison und White, zwei weitere Kollegen, hatten die Straße im Blick, falls Namara auf dem Weg nach Hause war.

Brady nickte und Sean drückte auf die Klingel. Sie warteten eine gefühlte Unendlichkeit, bis Sean ein zweites Mal klingelte. Dann ein drittes Mal.

»Der Mistkerl ist nicht hier.«

»Hee, Richards, sehen Sie mal in der Garage nach dem Wagen!«, rief Kilian einem der Streifenbeamten zu.

»Und jetzt?« Brady konnte seine Nervosität kaum verbergen.

»Jetzt befragen wir ein paar Nachbarn.« Sean schaute auf die Uhr. »Kurz nach acht. Vielleicht hat er Überstunden gemacht und wir sollten mal in der Praxis vorbeischauen.«

»Erstmal die Nachbarn.« Kilian wandte sich ab und steuerte eines der Nachbargrundstücke an.

»Kein Auto in der Garage«, rief Richards zurück.

»Scheiße ... Damit habe ich nicht gerechnet.« Brady sah sich ratlos um.

»So was kommt vor. Die Verbrecher sitzen nicht immer zu Hause uns warten auf uns. Geh zu White und Harrison. Vielleicht haben die etwas rausgefunden.« Sean ließ ihn stehen und machte sich ebenfalls auf den Weg zu einem der Nachbarhäuser.

Brady schaute ihm hinterher. Die Situation war ernüchternd. Er hatte so fest damit gerechnet, dass sie Namara gleich hinter Schloss und Riegel bringen würden und jetzt waren sie von ihrem Ziel wieder unendlich weit entfernt.

Sein Handy vibrierte in seiner Tasche. Er holte es heraus und hätte es vor Überraschung beinahe fallen lassen, als er sah, dass er eine SMS von Chloe bekommen hatte. Brady schaute sich nach seinen Kollegen um, die damit beschäftigt waren, die Nachbarn vom Abendprogramm oder dem Essen abzuhalten und ging zu seinem Auto herüber, wo er etwas ungestörter war. Dann rief er die Nachricht auf.

du musst mir helfen bin auf
Schaffarm er will mich töten
schnell

Brady begriff sofort. Er vergewisserte sich, dass seine Pistole am Holster saß und sprang in seinen Wagen. Er durfte keine Zeit verlieren. Wer auch immer Chloe in seiner Gewalt hatte, würde Ernst machen, soviel stand nach den ganzen Ereignissen fest. Und er konnte sich auch lebhaft vorstellen, wer dieser Jemand war.

Brady gab Gas und preschte an seinen verdutzen Kollegen vorbei. Auch wenn es sicherer gewesen wäre, mit Verstärkung hinzufahren, so fehlte ihm doch die Zeit, Sean und den anderen alles zu erklären. Es bestand kein Zweifel daran, dass Doktor Namara in der Lage war, schnell und kaltblütig zu töten und Brady hoffte inständig, dass er nicht zu spät kam.

Zuerst war er versucht, Chloe zurückzurufen, doch dann wurde ihm klar, in welche Gefahr er sie damit eventuell bringen konnte. Er trat das Gaspedal voll durch, doch es schienen hunderte von Kilometern zwischen Dublin und Brittas zu liegen.

-92-

Patrick war blindlings durch alle Räume gelaufen, doch in keinem davon hatte er Sophie oder auch nur das kleinste Lebenszeichen von ihr finden können. Er kam wieder im Erdgeschoss an, rief ihren Namen, aber es blieb alles still. Was hatte das zu bedeuten? Wer konnte ihr in den paar Sekunden, die er gebraucht hatte, um die Lampe zu holen, etwas angetan haben?

Hastig verließ er das Gebäude und rannte zurück zum Wagen, doch auch dort war sie nicht. Er rief sie noch einmal und irgendwo in der Wildnis ums Haus antwortete ihm eine Eule. Dann war es wieder völlig still.

Patrick überlegte kurz und entschied sich dafür, zum Innenhof zu laufen. Zuerst glaubte er, dass er auch hier nicht fündig werden würde, doch dann vernahm er ein Geräusch aus dem Stall. Ein leises Scharren, das er nicht einordnen konnte. Vielleicht war Sophie verletzt und konnte nicht deutlicher auf sich aufmerksam machen. Patrick richtete die Taschenlampe auf die Stalltür, dann besann er sich eines Besseren und schaltete sie ab. Wenn sie jemand überwältigt hatte, sollte dieser Jemand ihn nicht unbedingt kommen sehen. Er schob die Lampe in seinen Hosenbund und zog stattdessen die Pistole hervor. Dann schlich er auf die Tür zu und öffnete sie behutsam.

Der Stall war leer, wie Patrick vermutet hatte. Sämtliche Boxen waren verlassen und einzig der Geruch nach Heu und Mist erinnerte daran, dass hier bis vor Kurzem Tiere gelebt hatten. Er machte ein paar Schritte vorwärts, die Waffe fest in der Hand, doch er konnte unmöglich gleich die ganze Stallung einsehen. Die Boxen waren durch Bretterzäune voneinander abgetrennt, an den Wänden waren Heuballen aufgeschichtet und sorgten dafür, dass es mehr Schatten und verwinkelte Ecken als nötig gab. Patrick betete, dass sie hier war und dass er sie lebend finden würde.

-93-

Ewigkeit. Vor ihrer Zeit im Keller hatte Amy nie verstanden, was dieses Wort bedeutete. Sie hatte gedacht, die Zeit, die man Weihnachten auf seine Geschenke warten musste, wäre eine Ewigkeit. Jetzt wusste sie es besser. Als Douglas sie schließlich holte, waren ihre Hände kalt und tot und ihr Kopf war viel zu schwer für ihre Schultern. In der Küche, dort, wo Mary meistens war, versuchte er, sie auf einen Stuhl zu setzen.

»Los, halt sie fest«, fuhr Mary ihn an. Es war komisch, ihre Stimme zu hören, nach so langer Zeit. Irgendwie schön, denn auch wenn Mary sie in den Keller geschickt hatte, hatte sie ihr noch nie wehgetan und hatte ihr bis jetzt immer zu essen und zu trinken gegeben.

Amy hörte, wie ein Stuhl über den Boden gezogen wurde. Dann Marys Stimme. »Sieh mich an.«

Sie versuchte, den Kopf zu heben, doch ihr Kinn schien an ihrer Brust zu kleben.

»Sieh mich an, Albia.«

Sie musste es schaffen. Sie durfte nicht zulassen, dass Mary wieder böse wurde. Mühsam und unendlich langsam richtete sie sich auf und öffnete die Augen. Es war Abend und es brannten nur ein paar Kerzen, das Licht war viel weniger schlimm, als sie geglaubt hatte.

Mary saß vor ihr und sah sie an. »So ist es gut. Du bist ein braves Mädchen.«

Amy blickte sich um. Hinter Mary stand der Junge und zerteilte auf der Küchentheke ein Tier. Amy hatte das schon gesehen, vor einer Ewigkeit, kurz nachdem sie sie aus dem Zimmer gelassen hatten. Das Tier hatte kein Fell mehr, es sah aber aus wie ein kleiner Hund.

»Brav und wissbegierig.« Mary lächelte. »So war ich auch als kleines Mädchen. Und ich wusste immer, dass ich eine Tochter kriegen würde, die genauso ist.«

Ihr Blick wurde ernster. Der Junge hörte mit dem Schneiden auf und Douglas' Griff wurde fester. Beide schienen sich auf einmal sehr unwohl zu fühlen, als ob sie glaubten, dass jetzt etwas Schlimmes passierte. Dann winkte Mary ab und beide entspannten sich wieder.

»Ich habe mit meinen Eltern auch auf einer Farm gelebt. Mit ihnen und meinen zwei Brüdern, weißt du?« Sie lachte. Es war das erste Mal, dass Amy sie lachen hörte. »Nein. Natürlich nicht, woher auch? Es war eine Farm wie diese hier, nur dass wir keine Schafe hatten. Wir hatten Weizenfelder, meilenweit, überall um uns herum. Wir waren so glücklich.« Sie strich Amy eine verfilzte Haarsträhne aus dem Gesicht. Etwas in Amy sagte ihr, dass sie es geschehen lassen musste. Sie wusste, was für ein Glück sie hatte, dass der Junge sich nicht getraut hatte, sie umzubringen. Dieses Glück musste sie bewahren.

»Dann, eines Nachts, wurde ich davon wach, dass sich ein Auto unserer Farm näherte. Dann klirrte Glas und dann hörte ich Schreie ...« Mary streichelte Amy über die Wange. Ihre Finger waren so kalt wie die des Jungen. »... und dann wurde auf einmal die Tür zu meinem Zimmer aufgerissen. Ich hatte ein hübsches Zimmer, mit Spitzengardinen und einer kleinen Blume auf der Fensterbank, die ...« Mary schüttelte den Kopf und ließ die Hand sinken. »Ein sehr böser Mann kam in mein Zimmer, Albia. Und er machte sehr böse Dinge mit mir.«

»Der schwarze Mann«, entfuhr es Amy und sie presste sofort die Lippen aufeinander.

»Ja ...« Mary lächelte. »Ja, der schwarze Mann. Er und seine Freunde haben mir meine Eltern weggenommen. Aber das ist jetzt nicht mehr schlimm. Jetzt bin ich selbst Mutter und du bist meine Tochter. Verstehst du?«

Amy wollte nicht, aber sie glaubte, dass sie verstand. »Ja, Mutter«, sagte sie.

Mary beugte sich zu ihr herüber und nahm sie in die Arme. Sie ließ es geschehen, weil sie hoffte, dass sie dann endlich etwas zu trinken bekam. Mit der Zunge fuhr sie durch ihren trockenen Mund und spürte, dass ein Backenzahn locker war. Sie glaubte nicht, dass sie einen Wunsch frei hatte, aber sie nahm sich vor, die Zähne aufzubewahren für den Tag, an dem ihre echte Mutter sie fand. Dann würde sie sich all das wünschen, was ihr hier fehlte und dass sie es für immer behalten dürfte.

Über die Schulter ihrer falschen Mutter sah Amy, wie der Junge sich umdrehte. Dicke, schwarze Fäden zogen sich durch seine Wange und seine Hände waren voller Blut. Er starrte Amy an, vielleicht wollte er ihr irgendetwas mitteilen, aber seine Augen blieben leer.

-94-

Die Schaffarm lag stockfinster vor ihm. Nur der Mond sorgte für etwas Sicht. Brady hatte das Wagenlicht ausgeschaltet und war die letzten Meter im Schritttempo gefahren. Er wollte nicht das Risiko eingehen, gesehen zu werden.

So leise er konnte, stieg er aus dem Auto und ließ die Wagentür offen. Er umklammerte die Dienstwaffe mit einer Hand und wunderte sich darüber, wie er mit jedem Schritt, den er vorwärts tat, ruhiger wurde. Vielleicht war es Selbstschutz. Sein Herz hatte auf dem Weg hierher derart schnell geschlagen, dass Brady sich fragte, wie lange es dieses Tempo durchhalten mochte. Jetzt war es in einen langsamen, gleichmäßigen Rhythmus verfallen.

Brady schlich zum Hintereingang des Hauses. Nun hieß es Abwägen. Sollte er das dunkle Gebäude samt Stall durchsuchen, in der Hoffnung, auf Chloe und Namara zu stoßen? Oder sollte er lautstark nach ihr rufen? Die erste Möglichkeit nahm zu viel Zeit in Anspruch und konnte zur Folge haben, dass Chloe bereits tot war, bevor er sie fand. Die zweite Möglichkeit barg das Risiko, dass Namara Chloe aus Panik umbrachte. Einfach aus dem Grund, weil er Brady kommen hörte. Er hatte sein Handy ausgeschaltet, da ihn während der Fahrt mehrere Anrufe von Sean erreicht hatten und er sich nicht durch das Klingeln verraten wollte. Doch insgeheim wäre er nun froh über den Rat und die Anwesenheit seines Partners gewesen. Auch wenn er es ungern zugab, hatte der Alte doch bisher immer recht gehabt.

Keine Zeit für Bedauern. Aus der Scheune waren Schritte zu hören und sie ließen Brady herumfahren. Er wusste, dass diese nicht von den Schafen kommen konnte. Die Tiere waren schon vor vielen Tagen vom Tierschutz weggebracht worden und so blieben nur zwei Möglichkeiten: Entweder Chloe oder Patrick Namara befanden sich im ehemaligen Schafstall.

Geduckt huschte Brady zu dem alten Gebäude herüber. Dabei hielt er sich so nah es ging an den Wänden des Haupthauses, um nicht gesehen zu werden. Er konnte nur hoffen, dass Chloe noch am Leben war. Etwas tief in ihm sagte ihm, dass es so war. Dass sie noch lebte und er nicht zu spät kam.

Brady schlich zum Scheunentor, das nur angelehnt war. Drinnen sah er einen Schatten aufgeregt hin- und herlaufen.

»Doktor Namara, keine Bewegung!« Brady stieß die Tür auf und richtete die Waffe auf die menschliche Silhouette direkt vor sich.

»Ich bin hier!« Es war Chloes Stimme, die von der anderen Seite der Scheune an sein Ohr drang.

»Chloe!«

»Sophie?« Doktor Namara fuhr zu Chloe herum und schien sie selbst erst in diesem Moment zu entdecken. Brady hatte keine Ahnung, weshalb er sie so nannte. Vielleicht war es eine Folge seiner Geistesgestörtheit, vielleicht Teil eines perfiden Spiels. Brady hatte keine Zeit, darüber nachzudenken, denn der Doktor fuhr zu ihm herum und entsicherte eine Pistole, die er in der Hand hielt.

Brady zielte, so gut es seine Augen in der Dunkelheit zuließen. Der Knall zerriss die Nacht und Doktor Namara wurde in einen der Heuballen geschleudert, die neben der Wand aufgetürmt waren. Brady setzte ihm nach und trat ihm die Waffe aus der Hand. In der Dunkelheit konnte er sehen, dass sie aus Namaras Nähe rutschte und das reichte ihm. Er richtete seine eigene Pistole auf den Kopf des Doktors und trat näher. Patrick Namara lag reglos am Boden und blutete aus einer Wunde in seiner Brust. Anstatt zu atmen, röchelte er nur, seine Augen waren geschlossen und er schien nicht bei Bewusstsein zu sein.

Brady schaute sich nach Chloe um und entdeckte sie auf dem Boden einer Box, dicht an den Zaun gedrängt.

»Chloe, bist du in Ordnung?« Brady hockte sich vor sie und strich ihr eine Haarsträhne aus der Stirn. Ihre Haut fühlte sich fiebrig und schweißnass an und ihr Atem ging stoßweise.

»Er wollte mich töten«, wimmerte sie. »Er wollte mich umbringen …«

»Sssh … Es ist vorbei, er kann dir nichts mehr tun.« Brady schloss Chloe in die Arme. »Bist du verletzt?«

Sie schüttelte den Kopf, aber so aufgewühlt wie sie wirkte, war er sich nicht sicher, dass sie seine Frage überhaupt verstand.

»Bleib einfach hier sitzen, Chloe. Ich rufe einen Arzt und meine Kollegen an. Es wird alles gut.« Vorsichtig stand er auf und lächelte ihr aufmunternd zu. Er hoffte, dass sie es trotz der Dunkelheit sehen konnte. »Es dauert nicht lange.«

Er vergewisserte sich, dass Namara noch an Ort und Stelle und immer noch außer Gefecht gesetzt war, dann holte er sein Handy heraus. Als er es einschaltete stellte er fest, dass er mehrere Anrufe von Sean verpasst hatte. Der Alte würde Augen machen, wenn er ihm erzählte, was passiert war.

»McCarthy, was treibst du denn?«, meldete sich Sean. Er war außer Atem und seine Stimme überschlug sich.

»Ich habe Namara gefunden.« Brady ging ein paar Schritte auf das offene Scheunentor zu und atmete die frische Luft ein.

»Mach bloß keinen Unsinn, wo steckst du?«

»Auf der Schaffarm. Ich habe den Doc hier gefunden.«

»Verflucht, Junge, hast du den Verstand verloren?«

»Beruhig dich, Sean. Er ist völlig wehrlos.«

»McCarthy, was hast du getan? Namara ist nicht unser Mann!«

»Ist er nicht? Ich verstehe nicht ganz, er wollte Chloe ...« Brady begriff nun gar nichts mehr und gleichzeitig alles. Es schien, als hätte man ihm mit einem Ruck den Boden unter den Füßen weggezogen.

»Sie haben David Mahony aus dem Koma geholt. Namara ist nicht unser Mann, Brady, hörst du? Chloe ist es, deine Chloe! Mahony hat es uns gesagt!«

Brady ließ das Handy sinken und drehte sich langsam um. Chloe stand vor ihm und hatte Namaras Pistole auf ihn gerichtet.

»Fallen lassen.« Sie deutete mit dem Kopf auf Bradys Waffe.

Brady öffnete die Hand und seine Pistole fiel mit einem dumpfen Laut ins Stroh. »Chloe, was ...?« Er war nicht in der Lage, einen klaren Gedanken zu fassen. Noch vor zwei Minuten schien alles gut zu werden und jetzt?

Chloe entsicherte die Waffe und richtete den Lauf auf seine Stirn. In ihrem Blick lag eine Kälte und Entschlossenheit, die er noch nie zuvor bei ihr gesehen hatte.

»Bitte, mach keinen Unsinn. Tu das nicht.« Brady spürte, dass ihm Tränen über die Wangen liefen. »Chloe ...«

Sie verzog den Mund zu einem Grinsen. »Es gibt keine Chloe.« Mit diesen Worten drückte sie den Abzug.

Epilog

Das Erste, was Patrick hörte, war das stetige Piepsen des Herzmonitors. Er lebte also, aber er konnte in diesem Moment nicht ausmachen, ob das ein gutes oder ein schlechtes Zeichen war. Scheinbar war er in einem Krankenhaus, aber wie war er hierher gekommen? Das Letzte, woran er sich erinnerte, war, dass er durch ein dunkles Haus gehetzt war, über eine verfallende alte Farm, auf der Suche nach Amy.

Stopp.

Es war nicht Amy gewesen, die er gesucht hatte, sondern Sophie. Das Kindermädchen hatte ihn begleitet und war dann verschwunden und dann war auf einmal Brady McCarthy aufgetaucht und hatte auf ihn geschossen. Das bedeutete, dass er nach wie vor verdächtig war. Vielleicht überführt. Vielleicht war das hier die Krankenstation des Gefängnisses, in dem er den Rest seiner Tage verbringen würde. Wenn er mit dieser Vermutung recht hatte, hoffte Patrick, dass er lange, lange bewusstlos gewesen war.

Er versuchte sich zu bewegen, kontrollierte, ob seine Gliedmaßen noch funktionierten, ob er noch vollständig war. Sofort explodierte ein greller Schmerz in seiner Brust, der ihn zurück in die Kissen sinken ließ. Er stöhnte auf und es fühlte sich komisch an. Seine Kehle war völlig ausgetrocknet, als habe ihm jemand ein Stück Schmirgelpapier in den Hals gesteckt. Etwas stimmte nicht.

Patrick hob die Hand zum Hals, es kostete ihn unendliche Anstrengung. Er ertastete einen dünnen Schlauch, der sich scheinbar in seine Haut hinein wand und die Erkenntnis traf ihn wie ein Blitz: Er atmete nicht. Zwar merkte er, wie stetig Luft in seine Lungen gepumpt wurde und wie sie durch seinen Mund wieder entwich, aber dafür war er nicht verantwortlich. Es war die Maschine. Es hatte seine Lunge erwischt. Für einen kurzen Moment drohte er in Panik zu geraten, dann überrollte ihn die Erinnerung wie ein Sturzbach. Er wusste das alles schon. Er war hier im Krankenhaus schon mehrmals kurz wach geworden, hatte mitbekommen, wie es Tag und wieder Nacht wurde. Hatte bei jedem Aufwachen versucht, die Ereignisse zusammenzukriegen, aber jedes Mal hatte ihn etwas davon abgehalten. Ein paar Mal war er vom heißen Pochen in seiner Brust wieder bewusstlos geworden. Manchmal waren Stimmen um ihn herum gewesen, die es ihm unmöglich gemacht hatten, sich zu konzentrieren. Einmal hatte eine Schwester seinen Blutdruck gemessen und mit lauter Stimme verkündet, dass ihn seine Frau um fünf besuchen würde. Grace. Er hoffte, dass das heute gewesen war. Er musste sie sehen, mit ihr sprechen, sich für alles, was er getan hatte, entschuldigen. Wie spät mochte es sein?

Er öffnete die Augen und grelles Licht stach ihm ins Hirn. Scheinbar war es Tag. Seine Augen brauchten eine Weile, um sich scharf zu stellen, minutenlang erkannte er nur eine weiße, verschwommene Krankenhausmasse. Dann nahm er eine Bewegung neben seinem Bett wahr.

»Grace?« Er erschrak über seine eigene Stimme, die man eigentlich gar nicht als solche bezeichnen konnte. Sie klang rau und heiser wie die eines Hundertjährigen, der sein Leben lang gebrüllt hatte.

»Tut mir Leid, da muss ich dich enttäuschen.«

Es war die Stimme einer Frau, aber tatsächlich ganz eindeutig nicht die von Grace. Patrick kniff die Augen zusammen, doch alles was er erkannte, waren dunkle, lange Haare und darunter eine blasse Fläche.

»Wer ...« Er brachte es nicht fertig, weiter zu reden.

»Glaub mir, ich weiß, wie sich das anfühlt.«

Ein Glas wurde an seine Lippen gehalten und er trank gierig. Dann versuchte er erneut, die dunkelhaarige Frau auszumachen. »… hast du … dir die Haare gefärbt, Gracie?«

»Bist du tatsächlich so schwer von Begriff?«

In der Stimme der Frau schwang jetzt Wut mit und Patrick erinnerte sich dunkel, sie schon einmal gehört zu haben.

Es gibt keine Chloe, hatte sie gesagt. McCarthy hatte sie so genannt, in der Scheune, wo er auf Patrick geschossen hatte. Aber wieso? Sie hieß Sophie. Es wollte Patrick nicht gelingen, die Zusammenhänge zu verstehen. Sophie war blond gewesen, seine Besucherin hatte dunkles Haar …

»Patrick.« Sie strich ihm das Haar aus der Stirn und beugte sich über ihn. Jetzt konnte er sie etwas besser erkennen. Tatsächlich, es war Sophie, aber sie hatte ihr Haar dunkel gefärbt. Und sie trug eine weiße Schwesternuniform.

»Weißt du denn immer noch nicht, wer ich bin?« Ihr Blick war vorwurfsvoll. Es waren diese vorwurfsvollen braunen Augen, die ihn endlich verstehen ließen.

»Nein«, entfuhr es ihm und das war alles, wozu er fähig war. Der Schock, den die Erkenntnis mit sich brachte, fegte sämtliche Empfindungen, sämtliche Gedanken aus ihm heraus und ließ ihn so leer zurück, dass er einen Moment lang glaubte, gestorben zu sein. Dann schlich sich die Erkenntnis langsam weiter in sein Hirn. Sie lebte.

»Amy.« Er hob die Hand und tastete nach ihr, musste sich erstmal davon überzeugen, dass sie real war. »Das ist unmöglich …«

Für den Bruchteil einer Sekunde lächelte sie, dann nahm sie seine Hand und legte sie zurück auf die Decke. »Und? Bist du jetzt froh?« Ihre Worte klangen seltsam leer, wie einstudiert.

»Bist … bist du okay, Amy?«

Sie starrte ihn an. Sie sah noch genauso aus wie damals. Wie hatte er so blind sein können? Und wieso hatte sie sich derart verkleidet und sich bei ihm als Kindermädchen eingeschlichen? Tausend Fragen brannten ihm auf der Zunge, aber er war zu fassungslos, um sie zu stellen. Er wollte nur hören, dass es ihr gut ging. Dass sie vielleicht bei anderen Eltern aufgewachsen war, dass sie ihre eigene Familie vielleicht vermisst hatte, aber dass ihr nicht die Dinge zugestoßen waren, die sie alle die ganze Zeit über befürchtet hatten.

»Das hängt wohl ganz davon ab, wie man okay definiert.« Amy stand auf und machte ein paar Schritte durchs Krankenzimmer. Sie bewegte sich lautlos, geschmeidig. Wie jemand, der gelernt hatte, auf der Hut zu sein.

»… es tut mir so leid, Amy …« Er konnte nicht aufhören, ihren Namen zu sagen. Er konnte nicht aufhören, sich zu sagen, dass sie lebte. Und gleichzeitig wusste er, dass die Erleichterung, die er darüber empfand, trügerisch war.

»Ja, tut es dir leid?« Sie drehte sich zu ihm herum und blieb stehen. »Tut es dir leid, dass du mir nicht geglaubt hast? Dass du mich diesen Verrückten in die Arme getrieben hast?«

»Welchen …« Seine Stimme versagte. »Was ist dir nur zugestoßen?«

»Wenn man so will …« Sie setzte sich wieder, verschränkte die Arme. »… habe ich eine harte, gute Schule durchlaufen. Ich lernte, Rollen zu spielen. Ich lernte, auf der Hut zu sein. Ich lernte zu kämpfen. Ich hatte einen Bruder, der mich hasste. Sobald unsere Mutter außer Sichtweite war, versuchte er, mich fertig zu machen. Ihn habe ich mir bis zum Schluss aufbewahrt.«

Patrick spürte sein Herz schmerzhaft gegen seine Brust donnern. »Du? … Du hast all diese Morde begangen?«

»Was dachtest du denn?« Sie musterte ihn kalt. »Dass du es warst, du Junkie?«

Patrick wusste nicht, was er dazu sagen sollte. Amy, seine kleine Schwester, das kleine Mädchen mit dem Teddybären, sollte eine Mörderin sein?

»Ich musste sie büßen lassen, Patrick.« Sie lehnte sich zurück. »Zuerst habe ich mir Douglas geschnappt, den schwarzen Mann.« Sie lachte kurz und schüttelte den Kopf. »Mit seinem Klumpfuß war er leichte Beute. Ich habe gewartet, bis er allein draußen war, um sich um die Schafe zu kümmern und dann …«

»Du hast …«

»Was? Ihn gefoltert? Auge um Auge, Paddy.« Sie schaute ihn einen Moment lang an, bevor sie weiter mit ihren Taten prahlte. »Dass die Jungs mit Mary fliehen würden, war klar. Sie war krank und schwach. Die Luft da draußen, der Moder und der Schimmel hatten ihr zugesetzt … Sie zu finden, war einfach. Ich musste nur nach diesem hässlichen Truck suchen. Und dann habe ich ihr das Hirn weggeblasen …«

Patrick schloss die Augen. Er konnte Amys Tonfall nicht ertragen, diese Kälte in ihrer Stimme. Was war nur aus ihr geworden?

»… und dafür gesorgt, dass sie ein für alle Mal ihr verdammtes Schandmaul hält. Das konnte Nate nicht ertragen, er war ihr absolut hörig, dabei hat sie mit ihm das Gleiche gemacht wie mit mir. Er wusste sogar, dass sie ihn gekidnappt hatten, aber …« Sie zuckte die Achseln. »Erstaunlich, was eine gute Gehirnwäsche aus einem Menschen machen kann.«

»… ihr habt … sicher beide schlimme Dinge durchgemacht.«

»Drei. Wir waren drei. Aber Nate war der Einzige, der sich ihr bedingungslos unterordnete. Alles hat er für diese Hexe geregelt. Er war klug, ein richtiges Superhirn und er wollte Mary unbedingt gefallen. Er hat sogar dafür gesorgt, dass uns die Leute aus der Stadt in Ruhe lassen, ist das zu fassen?«

»Amy … bitte beruhige dich …« Wieder griff Patrick nach ihrer Hand, doch sie zog ihre zurück.

»Ich bin ruhig. Es ist gut. Ich habe ihn erwischt, als er mir vor dem Haus dieses treuherzigen Bullen aufgelauert hat, um mich zu erledigen. Ironie des Schicksals, was?«

Patrick wusste nicht, was er sagen sollte. Er blickte seine Schwester an und sah gleichzeitig eine Fremde, geformt auf dieser furchtbaren Farm, aus Schmerz und Leid und Entbehrungen, die er sich gar nicht vorzustellen vermochte. »... ich werde es niemandem sagen, Amy ... Es kann immer noch alles gut werden ... Mum und Dad–«

»Mum und Dad haben mich beerdigt, und genau das sollten sie auch!«

»Aber wieso? Sie würden ...«

»Sie würden mich nicht lieben können, Paddy. Lassen wir die kleine Amy ruhen.«

»... du hast die Zähne auf dem Grundstück vergraben ...?«

»Unter dem Kreuz, das Mary für mich aufstellen ließ, nachdem sie glaubte, dass ich im Moor gestorben sei. In Wahrheit hatte ich seit Monaten meine Flucht geplant, meine Habseligkeiten in den Wald geschafft und mir überlegt, wie ich meinen Tod inszenieren würde. Am Ende fanden sie nur einen Fetzen meiner Kleidung im Geäst neben dem Moor – die arme Albia war ertrunken. Du glaubst nicht, wie glücklich ich war, als ich endlich den Mut dazu aufbrachte.« Sie schloss die Augen, massierte ihre Schläfen mit den Fingern.

»... und du hast deine Sachen in den Fluss geworfen.«

»Die Strömung ist schwach, deshalb musste ich einige hundert Meter von der Farm weg. Ich wusste, dass Mary und Douglas sie nicht finden würden. Sie hätten sich nie so weit von ihrem Zuhause entfernt. Tja und dann ... dann musste ich einen Schlussstrich ziehen, das wurde mir klar, als ich nach Dublin kam. Ich merkte, dass ich keineswegs frei war. Dass es nichts gab, was mich mit den Leuten dort verband. Ich kam in einem Abrisshaus unter, beobachtete die Menschen und fand nichts, in dem ich ihnen glich. Ich musste verstehen, dass ich nur frei sein konnte, wenn ich mich ganz und gar von allem befreite, was früher gewesen war. Von euch, aber vor allem von Mary und Douglas und ihrem verkommenen Handlanger. Ich tat das für mich und für Toby. Er ist erst fünfzehn, Paddy, aber er war mir ein besserer Bruder als du. Unglücklicherweise hat er mich am Ende verraten ... Pech für Brady McCarthy.«

»... du hast ihn erschossen.«

»Ich musste. Wenn es um Rache geht, muss man konsequent sein.«

»Du hast dich auch an mir gerächt ...«

»Ja.«

Er sah sie förmlich vor sich, wie sie ihre Pläne schmiedete. Wie sie, gerade dem Wahnsinn der Kidnapperfamilie entkommen, die Weichen stellte, um für Vergeltung zu sorgen. Wie sie ihn und seine Familie aufspürte, sie beobachtete, sich einschlich. Zumindest wusste er jetzt, wer die Hotelkarte in seinem Haus deponiert hatte. Wer seinen Wagen gestohlen hatte. Wer die Mordwaffen in den Kofferraum gelegt hatte.

»Ich nahm mir Zeit. Studierte meine Rollen ein: Sophie, das Kindermädchen, und Chloe, die Reporterin. Ihr habt mich förmlich in euer Haus gezerrt und die Presse hat mir meine Insiderinfos nur so aus den Händen gerissen ... Es war so einfach. Man könnte meinen, das Schicksal war ganz auf meiner Seite.« Sie lächelte ihn an. »Deine Kleine ist mir ans Herz gewachsen, das kannst du mir glauben. Sie hat was von mir, findest du nicht? Du hast doch noch etwas Gutes zustande gebracht ...«

Ewigkeiten, wie es ihm vorkam, schauten sie einander nur an. Es war alles gesagt. Es machte alles einen Sinn. Dann löste sich Amy sichtlich von ihm und ihre Züge entspannten sich.

»Das spielt jetzt alles keine Rolle mehr, oder? Ich verschwinde und dich wird man zum Zweck der Ehrenrettung öffentlich an den Pranger stellen. Ich wette, das Auto hat die Bullen schon zu deinem polnischen Freund geführt. Wenn für ihn ein guter Deal heraus springt, erzählt er sicher von der Waffe, die er dir verkauft hat.«

Patrick war unfähig, etwas zu sagen. Konnte er ihr verübeln, was sie getan hatte? Konnte er ihr, nach der Hölle, in die er sie geschickt hatte, übel nehmen, dass sie ihm auch eine Hölle bereitet hatte? »Bitte verzeih mir, Amy ...«, hörte er sich selbst sagen.

»Das geht nicht. Die Amy, die du ins Verderben gestürzt hast, ist tot. Und du wirst sie für immer auf dem Gewissen haben.«

Der Satz hallte in Patricks Kopf wider, als sei er die tiefste und klarste nur mögliche Wahrheit, die man ihm sagen konnte. Und wenn er seine Schwester betrachtete, wusste er, dass sie recht hatte. Sie war Amy und doch nicht Amy. Sie war Amys böser Geist. Amys geschändetes Andenken. Sie erkannte, dass er verstand, und nickte. Dann beugte sie sich zu ihm herunter und küsste ihn auf die Stirn. »Leb wohl, Paddy.«

Sie brach ab und er nahm eine ruckartige Bewegung wahr, die er nicht einordnen konnte. Er verstand erst, was sie getan hatte, als auf einmal alle Luft aus seinen Lungen wich und ein plötzlicher Schmerz seine Brust zusammendrückte.

Amy erhob sich. Er wollte etwas sagen, aber er konnte nicht. Er wollte die Hand nach ihr ausstrecken, aber seine Kraft reichte nicht. In der Tür warf sie ihm einen letzten Blick zu und er registrierte die plötzliche Stille. Und noch etwas registrierte er: Das Pumpen der Herz-Lungen-Maschine hatte aufgehört. Genau wie das Piepsen des Herzmonitors. Beides hatte abrupt geendet, als Amy den Stecker gezogen hatte. Patricks Blickfeld verkleinerte sich und Amy verschwand. Das Letzte was er sah, war die große, runde Uhr an der Wand über der Tür. Es war eine Minute vor fünf.

Nadine d'Arachart und Sarah Wedler, geboren 1985 und 1986 in Hattingen, studieren Sozialwissenschaften an der Ruhr-Universität Bochum und schreiben seit mehr als zehn Jahren gemeinsam. Neben zahlreichen Veröffentlichungen in Anthologien und Jahrbüchern erhielten sie verschiedene Preise für ihre Kurzgeschichten und Drehbuchideen. Außerdem nahmen sie am Finale des Open Mike 2011 teil. Zuletzt wurden sie im November 2012 mit dem Förderpreis des Literaturbüro Ruhr ausgezeichnet.

Ihr erster Roman „Die Muse des Mörders", ein Remake des E.T.A.-Hoffmann-Klassikers „Das Fräulein von Scuderi", erschien im Frühjahr 2012. Ihr zweites Buch, der Thriller „Abgründe" wurde im April 2012 als E-Book veröffentlicht.

weitere Bücher:

- „Die Muse des Mörders" (ISBN: 3-902800-03-8) Labor Verlag, 2012
- „Abgründe" (ISBN: 3-8450-0450-9) Satzweiss.com -Chichili Agency, 2012
- „linie 14 letzte reihe ich" (ISBN 978-3-89733-282-9) projekt Verlag, 2013
- „Watcher. Ewige Jugend" (Die Niemandsland-Trilogie, Band 1) (ISBN: 3-646-60032-2) Carlsen Impress, 2014